GOLDMANN

Außer dem vorliegenden Band ist von Shirlee Busbee
als Goldmann-Taschenbuch erschienen:

Stürmische See. Roman (9132)

Shirlee Busbee

Dem Feuer verfallen

Roman

Aus dem Amerikanischen
von Helga August

GOLDMANN VERLAG

Titel der Originalausgabe: Gypsy Lady
Originalverlag: Avon Books, New York

Die Erstausgabe dieses Taschenbuchs
erschien unter dem Titel »Zigeuner-Lady«

Der Goldmann Verlag
ist ein Unternehmen der Verlagsgruppe Bertelsmann

Made in Germany · 2. Auflage · 2/89

Umschlagentwurf: Design Team München
Farbige Umschlagzeichnung:
C. Vega / Luserke / Walter Wyles, Friolzheim
Druck: Elsnerdruck, Berlin
Verlagsnummer: 8974
Lektorat: Inge Rhee / MV
Herstellung: Heidrun Nawrot/AS
ISBN 3-442-08974-3

Prolog

Der goldene Armreif

Im Komantschenland, September 1791

Der Tag war heiß, und Jason Savage war heilfroh, als er das Ziel der langen Reise endlich vor sich auftauchen sah, nachdem er und seine Freunde – der indianische Gefährte seiner Kindheit, ein Cherokese namens Bluttrinker, und ihr Anführer Phillip Nolan – viele Wochen unter der sengenden Sonne im Sattel zugebracht hatten. Auf der letzten Wegstrecke waren sie dem Lauf des Roten Flusses gefolgt, der seinen Namen nach dem rötlichen Lehm der texanischen Ebene trug, den er mitspülte. Jetzt befanden sie sich tief im Palo Duro Canyon, und Jason seufzte erleichtert auf, als er das erste Zelt der Kwerha Rehnuk entdeckte.

So mancher andere hätte sich bei diesem Anblick eher aus dem Staub gemacht, denn nicht von ungefähr gehörten ausgerechnet diesem kleinsten Unterstamm der Komantschen die besten Jagdgründe. Im riesigen Gebiet des Komantschenlandes gab es keinen Stamm, der den Kwerha Rehnuk an Wildheit und Grausamkeit gleichkam.

Noch weitab von ihrem Lager war keine Ansiedlung vor ihnen sicher. Immer blieb hinter ihnen die Rauchspur von niedergebrannten Farmen zurück. In ganz Neuspanien wagte sich ihnen keiner entgegenzustellen. Sie waren die unumschränkten Herren dieses Gebietes – überheblich im Bewußtsein ihrer Macht und gnadenlos im Zugriff.

Wie alle Unterstämme des »Volkes« hielten sie gewaltige Pferdeherden; und dieser Herden wegen war Jason mit seinen Freunden so weit in das Komantschenland vorgedrungen. Einem Stammesangehörigen gehörten oft 250 Tiere, und ein Häuptling besaß bis zu 1500. Einerseits lag das daran, daß die Komantschen zu den gerissensten Pferdedieben zählten, zum anderen aber waren sie unter allen Prärie-Indianern die einzigen erfolgreichen Züchter.

Jasons anfängliche Erleichterung wich unbehaglicher Spannung. Nolan hatte zwei Jahre lang bei diesem Stamm gelebt – er war dort also gut bekannt. Doch das hatte nicht viel zu bedeuten. Jetzt war nur wichtig, daß die Kwerha Rehnuk sich zu einem Handelspalaver aufgelegt fühlten.

Nolan setzte sich an die Spitze der drei Reiter und gab durch Zeichen zu verstehen, daß sie in friedlicher Absicht kämen und Waren tauschen wollten. Jason hielt sein Gewehr griffbereit vor sich über dem Sattel. Eine Zeitlang unterhielten sich Nolan und einer der Indianer in der Zeichensprache. Dann wandte Nolan sich um und murmelte Jason zu: »Sie sind einverstanden.«

Das Lager zog sich am Flußufer hin, die Zelte waren durch Lükken im Pappel- und Weidenbewuchs deutlich zu sehen. Jason staunte über die sorglose Mißachtung aller Befestigungsregeln, die die Komantschen an den Tag legten. Das weit auseinandergezogene Indianerlager würde sich nur schwer verteidigen lassen, wenn es angegriffen wurde.

Doch dann belächelte Jason seine Gedanken. Wer wagte schon bei klarem Verstand einen Angriff auf dieses Zeltdorf?

In der Mitte des Lagers wurde ihnen ein großes Zelt aus Büffelleder zugewiesen, und Jason machte sich daran, Bluttrinker zu helfen. Gemeinsam luden sie die mitgebrachten Tauschwaren von den Packpferden und verstauten sie im Zelt.

Er bemerkte, daß sie von den Komantschenfrauen neugierig beobachtet wurden. Doch beim näheren Anblick dieser kurzbeinigen, untersetzten Schönheiten mit dem struppigen Haar war Jason froh darüber, daß das »Volk« seine Squaws nicht mit weißen Männern teilte. Nur sehr ungern hätte er einen der Häuptlinge durch Zurückweisung seiner übelriechenden Frau gekränkt. Die Komantschen wuschen sich nur zu besonderen Anlässen.

Phillip Nolan war sofort weggegangen, um im Dorf Bekannte zu besuchen. Als er zurückkehrte, sah er entschieden zuversichtlicher aus. Nolan war ein Zweimetermann mit schwarzem Haar, blauen Augen und breiten Schultern. Er war etwa fünf Jahre älter als Jason und hatte ein hartes und bewegtes Leben geführt. Viele unglaubliche Erzählungen und skandalöse Geschichten rankten sich um ihn. Jason, der gerade achtzehn war und voller Abenteuerlust steckte, umgab ihn mit nie wankender Heldenverehrung und uneingeschränkter Bewunderung.

Als sie im Zelt standen, sagte Nolan leise: »Es wird wohl nicht allzu schwierig sein, gute Preise herauszuholen. Sie brennen darauf, daß wir anfangen. Aber laßt euch nicht auf Pferderennen ein! Sie sind ungemein clever darin, schnelle Pferde nach nichts aussehen zu lassen. Fremde hereinzulegen, ist hier ein beliebter Sport.«

Sie befolgten Nolans Rat, und so verliefen die Tage im Lager ohne Zwischenfall bis zu dem Morgen, an dem sie wieder aufbrechen wollten. Sie hatten alle Messer, Äxte, mehrere Gewehre, Schmuck und eine Anzahl Spiegel, die es den Indianern besonders angetan hatten, verkauft und dafür fünfzig sorgsam ausgewählte Pferde erhalten.

Doch dann kam Quanah mit einer Jagdgruppe ins Lager zurück. Er warf einen Blick auf die fünfzig Pferde und verlangte Bezahlung für ein geschecktes, das angeblich ihm gehörte. Nolan setzte ihm geduldig auseinander, daß er dieses Pferd von Nokoni, einem der Häuptlinge, erworben habe. Doch mit dieser Erklärung gab sich Quanah nicht zufrieden. Er wurde so ausfällig, daß Nolan vorschlug, gemeinsam zu Nokoni zu gehen und die Besitzfrage mit ihm zu klären. Doch vor Nokonis Zelt verwirrte sich die Lage noch mehr, denn jeder der beiden Komantschen beharrte steif und fest darauf, daß das umstrittene Pferd sein Eigentum sei. Diplomatisch schlug Nolan vor, die beiden sollten die Streitfrage vielleicht besser unter sich klären. Das Pferd gab er zurück.

Jason und Bluttrinker hatten die Auseinandersetzung aus einigem Abstand aufmerksam verfolgt. Als Nolan zu ihnen zurückkam, sahen sie ihm an, daß es Ärger gegeben hatte. Ohne Umschweife sagte er: »Machen wir lieber, daß wir hier wegkommen. Die Sache gefällt mir gar nicht. Je schneller wir außer Sichtweite sind, desto besser.«

Die drei Männer stiegen auf ihre Pferde und trieben die frisch erworbene Herde vor sich aus dem Lager.

Nolan war ernsthaft besorgt. Wenn der Verlierer des unerwarteten Streits seinen Ärger an den weißen Männern auslassen wollte, brauchte er nur nach Freiwilligen zu rufen, und dann hatten sie eine Bande mordlustiger Komantschen auf dem Hals.

Nolan brauchte seine Bedenken nicht mitzuteilen; Jason und Bluttrinker besaßen ein untrügliches Gespür für eine mögliche Gefahr, und sie suchten instinktiv die kahlen, mehr als dreihundert Meter hochragenden Canyonwände ab. Gab es da irgendwo zwischen den grotesken Felstürmen und Zacken ein Versteck? Oder auch nur eine Einbuchtung, in der sie Zuflucht finden und sich verteidigen konnten? Auf die Pferde würden sie wohl verzichten müssen, wenn sie nicht ganz besonders großes Glück hatten – es gab kaum eine Möglichkeit, mit den Pferden und dem Leben davonzukommen. Es widersprach Jasons Natur, so einfach klein beizugeben. Er schrie zu den anderen hinüber und deutete auf einen Spalt, der sich in den endlos scheinenden Wänden auftat. Dann überließ er es ihnen, die Pferde zu bewachen, und drang in die Öffnung ein.

Hier hätten zwei Pferde kaum nebeneinander Platz gehabt. Sein Atem wurde schneller, als er erkannte, daß der Riß weiter in die Felswand hineinführte. Mit neuerwachter Hoffnung wendete er sein Pferd und beeilte sich, zu den anderen zurückzukommen.

Minuten später trieben sie die Pferde mit halsbrecherischer Geschwindigkeit in den kleineren Canyon. Der Durchlaß, durch den sie gerade gekommen waren, ließ sich gut verteidigen. Aber wenn dieser kleine Canyon keinen zweiten Ausgang hatte, konnte er mit seinem kahlen gelben Sandboden leicht zu einer Todesfalle werden.

An der gegenüberliegenden Wand fanden sie endlich den zweiten Durchlaß. Und dahinter lag ein dritter Canyon. So suchten sie sich im Zickzack ihren Weg durch ein endloses Labyrinth, in dem die Felsen bald auseinanderwichen, bald eng zusammenrückten. Langsam kamen sie in südwestlicher Richtung voran; und noch immer warfen sie wachsame Blicke zurück.

Erst am Spätnachmittag waren sie einigermaßen sicher, daß der Verlierer im Streit um das gescheckte Pferd sich nicht mehr an ihnen rächen konnte. Nur hatten sie sich in dem Bemühen, eine möglichst verwirrende Spur zu hinterlassen, jetzt auch selbst verirrt. Ihre Lage war jedoch nicht ausweglos, denn alle drei hatten Erfahrung mit dem Überleben in dieser unwegsamen Wildnis, und Wasser und Proviant reichten noch eine Weile – für sie selbst. Aber sie mußten dringend Wasser für die Pferde finden.

Auf der Suche danach zwängte Jason sein Reitpferd von neuem in einen engen Spalt, der hinter riesigen herumliegenden Felsbrokken fast nicht zu sehen und enger als alle, die er erforscht hatte, war. Seine Beine streiften die Kiesel- und Kalksteinwände. Es war fast völlig dunkel und unangenehm kühl, als er durch den engen Spalt inmitten dieses Meeres von Felsen und Canyons ritt. Die Luft war von dumpfer Feuchtigkeit durchdrungen. An den Wänden fand Jason kleine Kondenstropfen. Schließlich erreichte er eine Stelle, an der Wasser aus dem Fels heraussickerte. Hier mußte eine Quelle verborgen sein.

Plötzlich endete der Spalt, Jason blickte auf ein kleines Tal herab, das aus einer Puppenwelt zu kommen schien. Der Boden war mit saftigem Büffelgras bewachsen, in den Grasflächen verteilt lagen kleine, von Bäumen umsäumte Seen. Ungläubig starrte er auf diese Oase inmitten einer trockenen Felswüste. Während er seinen Blick weiter umherschweifen ließ, bot sich ihm ein immer erstaunlicheres Bild. Eine Gruppe von aus dem Fels gehauenen Pueblo-Terrassen türmte sich vor ihm auf. Mit wachsendem Staunen blickte er auf eine riesenhaft aufragende Pyramide.

Unzählige Stufen führten zu einer Plattform hoch. Von dort oben mußte man eine atemberaubende Aussicht haben.

Nach einem Augenblick des stummen Staunens lenkte er sein Pferd die steil abfallende Wand zur Talsohle hinunter. Einem Träumenden gleich ritt er langsam zu den Hausterrassen hinüber, die sich wie Igel an die orangegelben Wände der sich riesig auftürmenden Felsmassen drückten. Zur unteren Pueblo-Reihe führte ein schmaler, gewundener Pfad hinauf, und Jason suchte die leeren Fensterhöhlen nach einem Anzeichen von Leben ab. Doch sie schienen verlassen.

Nun wurde er sich der Gefahr bewußt, in die er sich begeben hatte, und stellte seine Nachforschungen ein. Er trieb sein Pferd wieder zu der kaum wahrnehmbaren Felsöffnung hinauf, durch die er gekommen war, und kehrte in die Welt der trockenen, steinigen Canyons zurück. Mit kurzen Worten erzählte er Nolan und Bluttrinker von seiner Entdeckung.

In weniger als drei Stunden würde es dunkel sein, und sie beschlossen nach kurzer Beratung, ihr Lager in dem neuentdeckten Tal aufzuschlagen.

Zuerst hatten sie Schwierigkeiten, die indianischen Pferde in den Felsriß hineinzubringen, doch schließlich zog Jason eines der Tiere hinter sich her, und die anderen folgten zögernd.

Als er wieder im Tal war, stieg Jason vom Pferd und beobachtete, wie die Pferde eines nach dem anderen aus der Öffnung auftauchten und zu den üppigen Grasflächen hinunter jagten. Gespannt wartete er auf Bluttrinker und Nolan. Als die beiden das Tal sahen, entschädigte ihr Gesichtsausdruck ihn für alle Mühen des heißen Nachmittags.

Er lächelte. »Ich hab's euch ja gesagt! Habt ihr schon mal so etwas erlebt?«

Nolan starrte fasziniert auf die Pyramide und nickte geistesabwesend. »Die Azteken in Mexiko haben solche Pyramiden als Tempel gebaut«, sagte er ausdruckslos.

»Du meinst, hier waren . . .?« fragte Jason. Vor Aufregung über Nolans nüchterne Feststellung brachte er den Satz nicht zu Ende.

»So weit nördlich habe ich noch nie von Azteken gehört. Aber immerhin – unmöglich ist es nicht. Als die spanischen Conquistadoren in Tenochtitlán, dem heutigen Mexiko City, eindrangen, sind viele Azteken entkommen. Könnte schon sein, daß manche es bis hier herauf geschafft haben.«

Bluttrinker betrachtete die Pyramide mit Unbehagen. Das vage Gefühl einer unheimlichen Gefahr kroch über seine Haut, und als kenne er bereits den Zweck der hohen Plattform, die das gewaltige Bauwerk krönte, murmelte er: »Das ist kein guter Ort! Ein Fluch liegt über diesem großen steinernen Zelt.«

Doch Nolan und Jason schenkten ihm keine Beachtung, und so folgte er ihnen hinunter in die Talsohle. Angst hatte er nicht, doch mit dem empfindlichen Instinkt für Dinge, die normalen Menschen verborgen bleiben, glaubte er, körperlich die Gefahr zu spüren.

Für ausgiebiges Umherstreifen wurde es zu schnell dunkel. Die beiden weißen Männer mußten sich mit einem flüchtigen Blick in das leere Innere der unteren Pueblo-Reihe zufriedengeben. Bluttrinker weigerte sich mitzugehen. »Ihr werdet nichts finden, gar nichts!« behauptete er mit undurchdringlichem Gesicht. »Die den Fels zerschnitten haben, sind vor langen Monden fortgegangen.«

Am folgenden Tag stellten Jason und Nolan aber doch eingehendere Nachforschungen an. Verächtlich folgte ihnen Bluttrinker, während sie die vielgeschossigen Wohnbauten durchkämmten. Der Cherokese behielt recht; außer Tonscherben und geflochtenen Matten, die bei der geringsten Berührung zerfielen, fanden sie nichts.

Auf dem flachen Dach des höchsten Pueblo-Teils ließ Jason sich im Schatten eines überhängenden Felsens mißmutig nieder. »Ein bißchen mehr hätte ich doch erwartet«, sagte er. »Wenn man wenigstens wüßte, warum sie das alles im Stich gelassen haben.«

»Vielleicht«, meinte Nolan nachdenklich, »hatten sie gehört, daß die Spanier im Anzug waren.« Er zuckte die Achseln. »Auch eine Seuche kann sie in Panik versetzt haben, oder die Hohepriester haben ihnen wegen ungünstiger Vorzeichen befohlen, die Sachen zu packen. Wer kann das heute noch feststellen . . .«

»Meinst du wirklich, daß es Azteken waren?«

»Ein Fachgelehrter bin ich ja nicht gerade, aber . . .« Nolan deutete mit einer Kopfbewegung zu der Pyramide hinüber. »Das sieht doch sehr nach Azteken aus. Wir können es uns ja mal genauer ansehen.«

Es war ein langer Weg nach oben, und mit jeder Stufe verstärkte sich das Gefühl einer düsteren Bedrohung. Bluttrinkers Augen richteten sich starr auf einen Steinaltar, auf dem dunkle, rostbraune Flecken zu erkennen waren. Er schüttelte sich.

Die Gegenwart versank – er sah weder Jason noch Nolan, er sah schwarz gewandete Priester, deren Haar von Opferblut verklebt war, deren Ohren selbst beigebrachte Schnitte entstellten, und über deren grausame Gesichter sich in Augen- und Mundhöhe breite schwarze Farbstriche zogen. Auch den Steinaltar sah er nicht länger leer. Wie aus großer Entfernung starrte Bluttrinker auf ein barbarisches Geschehen, das nur ihm sichtbar war. Ein Jüngling mit feinen Gesichtszügen wurde auf dem steinernen Block von vier grotesk aufgeputzten Priestern niedergehalten. Der Hohepriester in roter Robe hob das Opfermesser langsam hoch in die Luft; in fiebriger Erwartung stieß er mit glühenden Augen die Klinge in die Brust des Opfers, riß aus der klaffenden Wunde das warme, zukkende Herz und bot es der Sonne dar.

Aus Bluttrinkers Gesicht war alle Farbe gewichen. Zitternd taumelte er zurück, bis Jasons beunruhigte Stimme ihn innehalten ließ.

»Was ist los?« rief Jason.

Bluttrinker holte tief Atem. Als er sprach, konnte Jason ihn kaum verstehen. »Dies ist ein Ort des Bösen, mein Bruder. Im Kampf zu sterben, ist ehrenhaft. Aber für einen Gott, der immer nur Blut sehen will, wie ein Schwein abgeschlachtet zu werden – dafür gibt es in der Sprache eines Mannes kein Wort.«

Mehr konnten sie nicht aus ihm herausbekommen, und für den Rest des Tages kapselte er sich völlig von den anderen ab. In der Nacht schlief er kaum; grauenvolle Szenen voll Brutalität und Niedertracht geisterten durch seine Wachträume. Bei Sonnenaufgang stand er schon wieder auf dem Dach des höchsten Felsenhauses und starrte grüblerisch zur Pyramide hinüber. Plötzlich ging er wie in Trance zu der Felswand hinüber. Eine Kraft, die er nicht begriff, lenkte seine Hände wie die eines Fremden. Er drückte gegen einen bestimmten Punkt, und augenblicklich schien ein großer Gesteinsbrocken herauszubrechen, und er starrte in ein schwarzes, klaffendes Loch im Fels. Gegen den übermächtigen Zwang, weiter hineinzugehen, ankämpfend, blieb er wie angewurzelt stehen, bis

Jasons Stimme den unheimlichen Bann brach.

Erleichtert wandte Bluttrinker sich um. »Laßt uns von hier fortgehen!« bat er flehend.

Jason, der für Bluttrinkers Stimmungen immer Verständnis hatte, hätte ihm wohl nachgegeben, wenn Nolan, dessen Augen vor Abenteuerlust sprühten, nicht gesagt hätte: »Wenn du hier schon einen versteckten Eingang entdeckst, können wir doch wenigstens einen Blick hineinwerfen – oder?«

Angezogen und abgestoßen zugleich gab Bluttrinker ihrem Drängen nach. Mit Fackeln stiegen die drei Männer in die steinerne Höhle hinunter. Über ihnen wölbte sich eine hohe Steindecke. Die Höhle war fast völlig rund und nicht allzu weit. Doch ein rohbehauener Torbogen führte noch tiefer in den Fels. Jason wagte sich als erster hindurch – und blieb so plötzlich stehen, daß Nolan ihn fast umstieß. Er starrte mit der gleichen Faszination in den zweiten, hinteren Raum.

Aus dem rohen Gestein war ein langes Sims herausgemeißelt. Darauf stand eine massive, finstere, zähnefletschende Statue von abstoßender Häßlichkeit. In ihre Stirn war ein barbarisches Symbol eingehauen, und im eigentümlichen Gegensatz dazu saß auf jedem ihrer Handgelenke ein steinerner Kolibri. Die Figur war über und über mit Ornamenten aus Gold, Silber, Perlen und Türkisen bedeckt. Neben ihr stand ein lange nicht benutzter Weihrauchkessel, außerdem mehrere Kultgegenstände aus Gold und Silber in genauer, ganz bestimmter Anordnung. Nachdem sie ihr anfängliches Entsetzen überwunden hatten, wanderten ihre Blicke weiter, und ein steinerner Altar, der vor der Statue stand, zog ihre Aufmerksamkeit auf sich. Die Knochen des letzten Opfers lagen – seit langer Zeit unberührt – darauf.

Schweigend traten die beiden Weißen näher heran. Jason bückte sich nach einer gezackten Obsidianklinge, deren Griff mit Türkisen besetzt war. Erst als er das Messer in der Hand hin und her drehte, wurde ihm bewußt, wozu dieses Messer benutzt worden war. Er zuckte zusammen, stieß einen unterdrückten Fluch aus und schleuderte es heftig zu Boden.

Die Stille war fast unerträglich, keiner von ihnen wagte, die Statue oder einen der handgeschmiedeten Gold- oder Silbergegenstände zu berühren.

Jason wich langsam zurück und streifte dabei den Arm des Skeletts. Die Knochen fielen auseinander, und er beobachtete gebannt, wie ein Reif aus Gold und Smaragden herunterfiel und vor seine

Füße rollte.

Er konnte der Versuchung nicht widerstehen und hob ihn auf. »Den nehme ich mit, aber nichts anderes.«

Nolan war die ganze Entdeckung nicht so unter die Haut gegangen wie den beiden jüngeren Männern. Er lachte und zog achtlos ein zweites, gleich aussehendes Armband von dem anderen Arm des Skeletts. »Und ich nehme dieses. Wenn wir das alles wegschaffen könnten, würde ich nicht lange überlegen.«

Jason, dem diese Idee Widerwillen einflößte, starrte ihn wortlos an. »Ohne mich!« sagte er dann. Nolan sah ihn ungläubig an. »Macht ihr euch so viel Gedanken darum?«

Als beide stumm nickten, fuhr er achselzuckend fort: »Da wir das Zeug ohnehin nicht transportieren können, stellt sich die Frage ja auch gar nicht – zumindest jetzt nicht.« Spöttisch fügte er hinzu: »Hättet ihr etwas dagegen, wenn ich später noch einmal zurückkäme, um das alles zu holen? Ich würde sogar mit euch teilen.« Doch wieder schüttelten beide energisch den Kopf.

»Meinetwegen kannst du alles haben«, erwiderte Jason mit Bestimmtheit. »Außer dem hier.« Und er hielt das Smaragdarmband hoch.

Bluttrinker äußerte keine Ansprüche; er hatte nur den einen Wunsch, so schnell und so weit wie möglich von hier fortzukommen. Er warf einen letzten Blick in die schaurige Höhle, dann ging er mit großen Schritten hinaus ins Sonnenlicht. Jason und Nolan folgten ihm.

Die Heimkehr

Cornwall in England, Oktober 1796

Der Himmel war wolkenverhangen, die Nacht schwarz und sternenlos. Die silberne Mondsichel blieb hinter schweren, dahinjagenden Wolken verborgen; ein eisiger Wind wehte vom Ärmelkanal landeinwärts und pfiff zornig um die Felsklippen Cornwalls.

Zwischen den halb eingestürzten Ruinen einer alten normannischen Burg lag ein schlankes, halbwüchsiges Mädchen und beobachtete gespannt, was unten am Strand im spärlichen Schein einiger

Sturmlaternen vor sich ging. Schattenhafte Gestalten verstauten hastig hölzerne Kisten und Kästen in einer engen Höhle. Hinter dem Mädchen stand ein kleiner, drahtiger Mann, dessen schwarzes Haar und dunkle Hautfarbe Zigeunerblut verrieten. Manuel schien nur zu ihrem Schutz mitgekommen zu sein; Tamara hingegen war hier, um die Schmuggler zu belauschen.

Verzweifelt versuchte sie, auf den kantigen Steinen eine bequemere Lage zu finden. Sie seufzte wehmütig. Wie gern wäre sie jetzt unten am Strand! Ihr Bruder Adam war ja auch dabei; es war einfach ungerecht, daß er solch ein Abenteuer erleben konnte, während sie ständig warten mußte. Sie blickte sich nach ihrem Begleiter um. »Manuel, können wir nicht hinuntergehen, um zu sehen, ob sie außer Brandy und Seide noch etwas mitgebracht haben? Bitte?«

Manuel schüttelte energisch den Kopf; Tamara preßte mißmutig die Lippen zusammen und drehte sich wieder um, um die Schmuggler zu beobachten. Es war ungerecht von Manuel und Adam, daß sie ihrem Vorschlag, Männerkleider anzuziehen und mitzumachen, nicht zugestimmt hatten, dachte sie empört. Wo das Ganze in erster Linie ihre Idee gewesen war! Je länger sie darüber nachdachte, desto wütender wurde Tamara. Trotzig trat sie gegen ein Stück morsches Mauerwerk und brachte so eine Flut von kleinen und größeren Steinen ins Rollen. Manuels geflüsterte Bitte, sich ruhig zu verhalten, ignorierte sie. Es ist gemein, einfach gemein, dachte sie. Nur weil Adam fünfzehn war und sie erst zwölf!

Mißmutig starrte sie auf die schemenhaften Umrisse des französischen Frachtschiffes »Marianne« hinunter, das unmittelbar hinter der weiß schäumenden Brandung vor Anker lag. In nur wenigen Minuten würde das Schiff aus der geschützten Bucht auslaufen – mit einer Mannschaft, die heute nacht durch englisches Gold reich geworden war.

Ein Windstoß ließ Tamara ihren dünnen Schal enger um die Schultern ziehen, als sie dem langsam entschwindenden Schiff nachblickte. Mit plötzlich erwachtem Schuldbewußtsein wurde ihr klar, daß ihnen Reinas Zorn gewiß war, wenn sie von diesem nächtlichen Abenteuer erfuhr. Die alte Zigeunerin vertrat Mutterstelle an ihr und Adam; und wenn sie herausfand, daß ihr eigener Sohn Manuel den Schmugglern geholfen hatte, würde sie ihnen allen bei lebendigem Leib die Haut abziehen.

Auch Manuel dachte an Reina, und der Gedanke, daß er den beiden Kindern die Erlaubnis zu diesem Abenteuer gegeben hatte, verursachte ihm jetzt Unbehagen. Mit Erleichterung sah er, daß das heimliche Treiben unten am Strand zu Ende ging. Sehr bestimmt sagte er zu Tamara: »Adam wird jeden Augenblick hier sein. Es ist Zeit, daß wir verschwinden. Du wartest hier, während ich die Pferde hole. Widersprich mir nicht! Wenn irgend jemand von der Sache heute nacht erfährt, ist der Teufel los.«

Als Adam plötzlich hinter einem der schwarzen Steinblöcke auftauchte, fuhr sie zusammen und stieß einen erschreckten Schrei aus. Seine strahlend blauen Augen glänzten im schwachen Schein einer Sturmlaterne, als er grinsend zwei Goldstücke vor ihrer Nase schwenkte. »Nicht schlecht für eine halbe Stunde Arbeit – meinst du nicht auch? Da hättest du doch nicht mithalten können, Schwesterchen. Und wenn du so wie eben gequiekt hättest, wäre unser Schwindel schnell entdeckt worden.«

»Ich habe nicht gequiekt!« rief sie hitzig. »Du hast dich hinterlistig herangeschlichen.«

»Huuh – hinterlistig angeschlichen!« verulkte Adam sie mit unnatürlich erhobener Stimme, und sie ging empört auf ihn los. Die Balgerei hörte erst auf, als Manuel mit drei Pferden am Zügel wieder auftauchte. Einen Moment lang stand er da und betrachtete die Geschwister. Sie werden wirklich langsam erwachsen, wie Reina ständig behauptet, stellte er fest. Tamara war noch ein Kind, doch die zarten Knospen ihrer Brüste deuteten an, daß sie bald eine Frau sein würde. Adam, groß und breitschultrig, zog schon jetzt die bewundernden Blicke der Zigeunermädchen auf sich. Seine pechschwarzen Haare standen in eigenartigem Kontrast zu seinen unbekümmerten blauen Augen, und sein Lächeln war ebenso charmant wie das seiner Schwester. Die Kinder besaßen nur sehr wenig Ähnlichkeit miteinander, wenn man von dem schwarzen Haar absah, aber da sie verschiedene Väter hatten und nur Halbgeschwister waren, war das nicht weiter verwunderlich. Tamaras mandelförmige Augen strahlten in einem unwahrscheinlich klaren Veilchenblau und waren von den dichtesten schwarzen Wimpern umrahmt, die Manuel je gesehen hatte. Die kleine Tamara, dachte sich Manuel, wird eines Tages sicher viele Herzen brechen.

Geistesabwesend schüttelte er den Kopf bei dem Gedanken, was die Zukunft diesen beiden Kindern bringen, und ob sie ihre wahre Geschichte je erfahren würden.

Der Streit zwischen Tamara und Adam endete wie gewöhnlich damit, daß er seine Schwester liebevoll in den Arm nahm. »Jetzt hör auf, Kate! Du hast recht, ich habe mich angeschlichen.«

Manuels Lippen wurden schmal. Wie oft war Adam schon bestraft worden, weil er seine Schwester Kate genannt hatte. Und doch tat er es immer wieder. Manuel sah ihn noch als fünfjährigen Jungen vor sich, mit verwirrten blauen Augen, wie er immer wieder gerufen hatte: »Sie ist nicht Tamara! Sie ist Kate!«

Zum Glück hatte niemand diesem Kindergeplapper allzu viel Bedeutung beigemessen, dachte Manuel grimmig und sagte: »He – seid ein bißchen leiser. Es könnten Zollbeamte in der Gegend sein, und die sollten uns hier wirklich nicht finden.«

Leicht und anmutig schwangen sie sich auf die ungesattelten Tiere. Auch Manuel wollte aufsteigen, als ihn der plötzliche bestürzte Gesichtsausdruck Tamaras herumfahren ließ.

Er wurde blaß; direkt hinter ihnen stand mit zornsprühenden Augen Reina. Um ihre schmalen Schultern lag ein feuerroter, zerrissener Schal. Sie bebte vor Zorn, und der vierzigjährige Manuel kam sich plötzlich wie ein verängstigtes Kind vor.

»So . . .«, flüsterte sie endlich, »so also verbringt ihr eure Abende!«

Manuel schluckte. »Nun, Reina . . .«, begann er, doch sie schnitt ihm mit einer wütenden Handbewegung das Wort ab.

»Sei still, du faule Ratte! Mit dir rede ich später. Und ihr . . .« Ihre Augen waren hart und ohne den gewohnten Ausdruck der Zuneigung, als ihr Blick über Tamara und Adam wanderte. »Ihr werdet diesen Abend noch lange bereuen.«

Mit kalter Stimme befahl sie ihnen, sofort ins Zigeunerlager zurückzukehren . . .

Die Geschwister warfen Manuel noch einen verstohlenen Blick über die Schulter zu, weil sie wußten, ihm stand jetzt Schlimmes bevor.

Tatsächlich putzte ihn seine Mutter so gnadenlos herunter, daß er, als ihr Wortschwall endlich abflaute, sich vollkommen kraftlos fühlte. Sie warf ihm einen letzten, zornigen Blick zu, drehte sich auf dem Absatz um und marschierte in Richtung auf das Zigeunerlager. Manuel ging ergeben, das Pferd am Zügel führend, hinter ihr her. Als er sie verstohlen von der Seite anschaute, bemerkte er, daß ihre schlimmste Wut verebbt war. »Was hast du jetzt vor?« fragte er bedrückt. »Willst du sie etwa verprügeln?« Als sie schwieg, fuhr er fort: »Adam ist kein Kind mehr und wird sich das nicht gefallen lassen. Er wird auch nicht dulden, daß du Tamara schlägst. Wie also willst du sie bestrafen?«

Schweigend gingen sie weiter, und Manuel glaubte schon, daß

Reina seine Frage ignorierte, als sie unvermittelt sagte: »Ich habe nicht vor, sie zu schlagen.« Grimmig fügte sie hinzu: »Aber sie werden sich noch wünschen, daß sie nur Prügel bekommen hätten.«

Unruhig und leicht befremdet starrte Manuel sie an, doch sie sagte nichts mehr. Nach einer Weile platzte er heraus: »Reina! Wir hätten diese Kinder nie stehlen dürfen! Und wenn der Mann uns noch viel mehr Gold gegeben hätte.«

»Darüber haben wir doch in all den Jahren schon oft genug gesprochen, Manuel«, sagte sie müde. »Natürlich war es falsch. Aber wenigstens haben wir sie nicht – wie befohlen – umgebracht. Was haben wir schon Böses getan? Wenn wir nicht darauf eingegangen wären, hätte er das Geld einem anderen gegeben, und dann wären die beiden mit durchschnittenen Kehlen in einem alten Brunnen gelandet. Vielleicht war es unrecht, aber wir brauchten das Gold dringend. Adam und Tamara haben es bei uns nicht schlecht gehabt. Ich glaube nicht, daß sie sich an irgend etwas erinnern.«

»Ich weiß nicht«, murmelte Manuel nachdenklich, »manchmal kommt es mir so vor, als ob Adam sich genau erinnert – besonders, seit wir wieder in dieser Gegend sind. Tamara nicht, sie war ja gerade erst zwei Jahre alt. Ich möchte nur wissen, warum wir gleich beide Kinder mitnehmen sollten. Tamara war doch die einzige, die ihm im Wege stand. Wieso auch Adam?«

Reina warf ihm einen spöttischen Blick zu. »Das ist doch ganz klar – er wollte kein Risiko eingehen, daß statt Tamara dann vielleicht der Junge alles erbt. Ein Stiefsohn ist schließlich auch ein Erbe, wenn sonst keiner da ist.«

Doch Manuel blieb hartnäckig. »Trotzdem war es nicht richtig von uns.«

»Ach, halt den Mund!« schimpfte Reina ärgerlich. »Langweile mich nicht mit deinem Geschwätz von Recht und Unrecht. Es kommt immer darauf an, wie man die Sache sieht. Wir haben sie mitgenommen und für sie gesorgt. Fang jetzt nicht an, dich zimperlich aufzuführen.«

Als sie ihre Wagen erreichten, gingen sie wortlos auseinander.

Tamara lag zusammengerollt auf ihrem Strohlager. Aufmerksam beobachtete sie, wie Reina ihr Bett richtete. Erst als die Alte sich hingelegt hatte, wurde Tamara ruhig und versuchte einzuschlafen. Doch sie schlief schlecht und wachte am nächsten Morgen mit dem lähmenden Gefühl bevorstehenden Unheils auf.

Reina blieb unansprechbar. Adams hartnäckige Versuche, die

alte Frau fröhlicher zu stimmen, blieben erfolglos. Als sie beim Frühstück am Feuer saßen, drückte er Tamara an sich – ebenso zu seiner eigenen Aufmunterung wie um ihr Mut zu machen. So traf Reina sie an. »Seid ihr fertig?« fragte sie kalt.

Sie nickten.

»Gut. Dann kommt mit!« knurrte sie.

In böser Vorausahnung folgten Tamara und Adam ihr einen schmalen Pfad hinunter, der zum Gut des Earl von Mount führte. Was hatte Reina vor? Zigeuner waren bei den einfachen Bürgern nicht willkommen und schon gar nicht bei den reichen, adligen Angehörigen der feinen Gesellschaft.

Der Herrensitz, der jetzt am Ende einer von Bäumen umsäumten Auffahrtstraße auftauchte, hätte wohl jedem Respekt eingeflößt. Die verwitterten Wände aus massivem grauen Stein wurden zu beiden Seiten von efeubewachsenen Türmen bewacht. Es war nicht verwunderlich, daß Mountacre in der Umgebung meist nur das »Schloß« genannt wurde. Tamara und Adam erwarteten, zum Hintereingang geführt zu werden, und das Herz blieb ihnen stehen, als Reina zielbewußt die breiten Herrschaftsstufen erklomm und den blankpolierten Klopfer hob.

Auf Reinas gebieterisches Pochen hin erschien ein Butler in der Tür – korrekt bis in die Fingerspitzen, angetan mit einer makellosen Livree. Einen Augenblick lang sah er geringschätzig auf sie herab. Als ihm bewußt wurde, daß diese schäbigen, verschmutzten Gestalten tatsächlich Einlaß begehrten, wich er unwillkürlich einen Schritt zurück. Außer sich über dieses freche Verhalten wollte er die Tür zuwerfen, als sein Blick zufällig auf Tamaras neugieriges Gesicht fiel. Verblüfft starrte er sie an.

Reina, der diese Reaktion nicht entging, fragte trocken: »Lassen Sie uns jetzt vielleicht zum Earl vor?«

Vielleicht hätte er sie doch noch davongejagt, wenn nicht hinter ihm die Stimme seines Herrn erklungen wäre. »Wer ist da, Bekins? Was sind denn das für Manieren, Besucher an der Tür stehen zu lassen?« Wortlos wandte der Butler sich um und eilte, den dreien voraus, in die Vorhalle.

Adam und Tamara sahen sich staunend um. Goldgerahmte Spiegel zierten die Wände, über ihnen hing ein mächtiger Kristallkronleuchter, unter ihren Füßen schimmerte weißer Marmorboden wie frisch gefallener Schnee. Am Fuß der geschwungenen Treppe standen ein vornehm aussehender Herr und eine Dame. Ein jüngerer Mann mit eigentümlich finsterem Gesicht kam soeben durch die Halle. Beim Anblick der Zigeuner blieb er abrupt stehen; etwas wie Furcht flackerte sekundenlang in seinen kalten, grauen Augen auf. Das Paar an der Treppe verharrte bewegungslos.

Der alte Herr an der Treppe, den die vielen Falten und die grauen Strähnen in seinem schwarzen Haar nur noch ansehnlicher machten, konnte nur der Earl von Mount sein. Die Frau neben ihm in dem weichen, rosafarbenen Musselingewand mußte Lady Tremayne sein. Der jüngere Mann war wahrscheinlich ein Gast oder ein Verwandter.

Tamara betrachtete sie mit nur geringem Interesse, doch als sich auf dem Gesicht des Earl Mißfallen über die seltsamen, schmutzigen Gäste spiegelte, verzog auch sie das Gesicht und sah ihn böse an.

Adam hingegen ließ keinen Blick von der schlanken, blauäugigen Dame an der Seite des Earl. Ein spontanes Gefühl der Vertrautheit ließ ihn einen zögernden Schritt auf sie zu tun. Lady Tremayne, die ihn wie eine Träumende angesehen hatte, erbleichte; ihre Hand grub sich in den Ärmel ihres Mannes.

Erstaunt sah der Earl sie an; ihr Blick wanderte in qualvollem Unglauben von dem hochgewachsenen Jüngling zu dem Mädchen neben ihm. Die Augen des Earl folgten dem Blick seiner Frau, und die gleiche ungeheuerliche Ahnung stieg in ihm auf, als er die beiden Kinder genauer ansah.

»Was, zum Teufel . . .«, rief er, verstummte aber, als er in Tamaras Zügen forschte. Seine Kehle war wie zugeschnürt, als er ihr in die Augen sah – Augen, die ebenso veilchenblau waren wie seine eigenen. Undeutlich, wie aus großer Ferne, hörte er die alte Zigeunerin sagen: »Hier ist Ihre Tochter Catherine, Mylord, der wir den Namen Tamara gaben. Und das ist Adam, Ihr Stiefsohn. Man hat nur Ärger mit den beiden. Ich bin zu alt, um mit ihnen fertig zu werden. Nehmen Sie sie zurück!«

Erster Teil

Beau Savage

Winter 1802/03

1

Jason Savage war sich der schlafenden Frau neben ihm kaum bewußt. Er verschränkte beide Arme unter seinem Kopf und starrte zu den rohgehauenen Dachbalken hinauf. Seine Gedanken waren weit von diesem Prunkzimmer des »Landgasthofes zum Weißen Pferd« entfernt.

Davalos. Leise sprach er den Namen vor sich hin, und wieder durchfuhr ihn der Schock des plötzlichen Erkennens wie vor ein paar Stunden. Jason hatte im Gastzimmer gesessen und ahnungslos aufgesehen, als er seinen einstigen Freund aus Kindertagen entdeckte. Auch Davalos hatte offenbar nicht erwartet, ihm hier zu begegnen, denn er hatte ihn nur völlig verblüfft angesehen und war sofort wieder verschwunden. Jason hatte ihm folgen wollen, um festzustellen, ob es tatsächlich Blas Davalos, Offizier der spanischen Armee, war. Was suchte ein spanischer Offizier hier in Amerikanisch-Virginia?

Dieses Zusammentreffen war ein unvorhergesehener Zufall gewesen. Jasons Pferd hatte ein Eisen verloren, und Annie, die Frau neben ihm, war so gastfreundlich wie stets gewesen.

Lange Zeit lag er schlaflos da, dann erhob er sich aus den warmen Kissen und trat nackt ans Fenster. Er stieß die hölzernen Fensterläden auf, lehnte sich mit beiden Armen auf das Fensterbrett und starrte hinaus.

Das Mondlicht ließ ihn wie ein dunkles, silberglänzendes Standbild aussehen. Sein schwarzes Haar war von fahlem Silber überzogen; das Grün seiner Augen verbarg sich im unergründlichen Schwarz. Seine Nase, die hohen Jochbögen und der sinnliche Mund waren in Silber getaucht, Kinn und Wangen tiefschwarz; die harten Schatten machten sein Gesicht fremd und unerbittlich. Die kräftigen Muskeln seiner Arme waren deutlich zu erkennen, das Armband aus Gold und Smaragden glänzte im Mondlicht.

Noch immer grübelte er über das unerwartete Auftauchen von Davalos. Es konnte eine harmlose Erklärung dafür geben, doch Jason glaubte nicht recht daran. Ein sechster Sinn schien ihn vor einer Gefahr zu warnen, und er hätte gern gewußt, ob Nolan vor seinem erneuten Aufbruch zum Palo Duro Canyon das gleiche ungute Gefühl gehabt hatte. Einen Moment lang verzog sich Jasons feingeformter Mund voller Schmerz, als er daran dachte, daß Nolan tot war – gestorben durch Davalos' Hand.

»O Gott, laß das Grübeln«, dachte Jason ärgerlich. »Nolan war ein Mann, und er kannte das Risiko.« Doch die Erinnerung an dieses schreckliche Ereignis ließ ihn nicht mehr los.

Nolan war tot, und alle, die ihn auf jener letzten Reise begleitet hatten, waren ebenfalls tot. Bis auf einen. Dieser eine Überlebende hatte nach seiner Rückkehr eine schreckenerregende Geschichte erzählt. Die spanische Kolonialregierung in New Orleans bestritt zwar energisch die Richtigkeit dieses Berichtes, doch Jason glaubte daran – er kannte Davalos, und er wußte, wozu er fähig war.

Jasons Hände ballten sich zu Fäusten. Er verwünschte die Fügung, die es so eingerichtet hatte, daß er bei Nolans Aufbruch außer Landes gewesen war. Jason war ehrlich genug, sich einzugestehen, daß er und auch Bluttrinker unter keinen Umständen an der Expedition teilgenommen hätten. Und wie hätte er wissen sollen, daß Davalos den spanischen Gouverneur davon überzeugt hatte, Nolan sei ein Spion? Wie hätte Jason rechtzeitig davon erfahren sollen, daß Davalos mit einem Trupp spanischer Soldaten aufgebrochen war, um den Amerikaner Nolan angeblich noch vor allzu tiefem Eindringen in spanisches Gebiet abzufangen?

Davalos wußte, daß Nolan Jasons Freund gewesen war, und das war Grund genug für ihn, den Mann zu hassen. Unbewußt streiften Jasons Fingerspitzen über das Armband. Nolan hatte das Ebenbild dieses Bandes getragen, und es war der wirkliche Grund für Davalos' Verfolgungsjagd gewesen. Obwohl Nolans Habseligkeiten später nach New Orleans zurückgebracht wurden, hatte sich darunter kein goldenes Armband befunden. Der einzige Überlebende hatte ausgesagt, daß Nolan noch am Leben war, als sie sich dem spanischen Trupp ergeben hatten. Sie seien alle noch am Leben gewesen, denn nach kurzem Schußwechsel hätte Davalos ihnen versprochen, sie unversehrt über die nächste Grenze abzuschieben. Im amtlichen spanischen Bericht wurde behauptet, Nolan sei umgekommen, weil er sich der Festnahme widersetzt habe. Jason lächelte grimmig. Davalos hatte sein Wort gebrochen. Nolan und seine Männer waren gefesselt und gefoltert worden. Als der Überlebende zum letztenmal etwas von Nolan gesehen hatte, war Jasons Freund zum neuerlichen Verhör in Handschellen und in Ketten von Davalos beiseite geführt worden – von Davalos allein.

Ohne alle diese Einzelheiten zu kennen, hatte Jason ihn gleich bei seiner Rückkehr nach New Orleans zum Duell gefordert – nur auf die Nachricht hin, daß Davalos die Verfolger Nolans angeführt hatte. Doch in dem Augenblick, als er Davalos sein Schwert hätte in die Brust stoßen können, erinnerte er sich an seine frühere Freundschaft zu dem Mann, und er hatte ihm statt dessen mit der Klinge einen tiefen, häßlichen Striemen über Stirn und Augenbrauen beigebracht.

Aufgewühlt und ärgerlich über die Gedanken, die ihn in der nächtlichen Stille quälten, wandte Jason sich vom Fenster ab und ging zum Bett zurück. Als sein Körper beim Hineinschlüpfen die Frau streifte, drehte sie sich schlaftrunken zu ihm um und murmelte: »Jason?«

Mit plötzlich erwachter Leidenschaft küßte er zärtlich ihr Ohr. »Annie«, flüsterte er. »Annie, Liebes, wach auf.«

Noch halb im Schlaf spürte sie seine warmen Küsse auf ihrem Hals und Ohr. Erst als er ihren Mund suchte, wurde sie richtig wach und preßte sich gegen seine harte Männlichkeit. Er stöhnte auf, als er ihre Hand spürte, und liebkoste mit wachsender Erregung ihren weichen Körper. Schließlich war er über ihr, zwischen ihren Schenkeln und drang ungeduldig in sie ein. Gemeinsam gelangten sie auf den Wogen ihres rasenden Blutes zum Höhepunkt ihrer Leidenschaft.

Als sie wieder ruhig nebeneinander lagen, hatte er die quälenden Gedanken vergessen. Er zog Annie in seine Arme, und sie schliefen ein.

Er war gerne in Thomas Jeffersons Bibliothek in Monticello. In der offenen Feuerstelle brannte ein wärmendes Feuer, weinrote Vorhänge aus schwerem Samt hielten den eisigen Wind ab, der ums Haus blies.

Thomas Jefferson, der 3. Präsident der Vereinigten Staaten, war eine imposante Erscheinung mit weißer Haarmähne, großflächigem, markantem Gesicht, braunen Augen unter buschigen Brauen und von hohem Wuchs.

Jason und sein Gastgeber saßen entspannt bei einem Glas Brandy und plauderten. Selbst der argwöhnischste Beobachter hätte nichts als einen privaten Besuch vermutet, zumal der Präsident ein guter Freund von Jasons Vater Guy war und seinen Besucher von Kindesbeinen an kannte. Diese privaten Beziehungen waren es auch, die Thomas Jefferson, als er von Jasons bevorstehender Reise nach London erfuhr, die Idee eingaben, ihm einen vertraulichen Auftrag zu erteilen. In London waren gerade verschiedene, sehr geheime Mitteilungen zu erledigen – so explosive Anweisungen an den dortigen US-Gesandten, daß sie nicht über die üblichen Kanäle laufen konnten. Und Jason schien genau der richtige Mann zu sein. Er war jung, intelligent, im Umgang mit Pistole und Degen wohlgeübt und in gewissen Augenblicken von eiskalter Rücksichtslosigkeit.

»Also, Jason – nimmst du meine Post mit nach London?«

Jasons Mund verzog sich zu einem Lächeln. »Warum nicht?«

Jefferson, der das Lächeln mißdeutete, fragte scharf: »Was ist daran so komisch?«

Jasons Grinsen verschwand. »Ach . . . nichts, Sir. Ich dachte nur, wozu eine Reise, um englische Zuchtpferde für unsere Plantage einzukaufen, doch am Ende gut sein kann.«

»Und dieser . . . Davalos aus New Orleans ist Leutnant in der spanischen Armee?«

Jason nickte.

»Und du bist ganz sicher, daß du ihn gestern hier gesehen hast?«

»Völlig sicher«, erwiderte Jason mit Nachdruck.

»Gib acht, mein Junge . . . in diesen Briefen deines Präsidenten an den Gesandten Rufus King steht einiges, was die Spanier auf keinen Fall erfahren dürfen!«

2

Jason Savage, sein Diener Pierre und sein Stallmeister Jacques hatten während der Überfahrt mit der ganzen Wucht der Atlantik-Winterstürme zu kämpfen. Als er sechs Wochen später in London von Bord ging, schwor sich Jason, nie wieder im Winter eine solche Fahrt zu unternehmen. Doch es blieb ihm nicht viel Zeit für Erinnerungen an schwankende Kabinenwände und würgende Seekrankheit. Ungeduldig erwartete ihn bereits sein Onkel, der ältere Bruder seines Vaters, am Berkeley Square.

Garret Ainsley Savage, Lord Satterliegh, Viscount Norwood, Herzog von Roxbury, war seit mehr als zwanzig Jahren Witwer; seine eigenen Söhne waren schon Männer gewesen, als Jason nach England kam, um in Harrow die Schule zu beenden. Der Herzog war ein schlanker Mann von 65 Jahren. Seine stets etwas schläfrig wirkenden grauen Augen lagen tief unter den buschigen schwarzen Brauen, er zog auch heute noch die Blicke der Damen auf sich. Sein müder Zynismus ließ ihn selten wie andere Männer empfinden – um so erstaunlicher war daher die Zuneigung, die er seinem Neffen entgegenbrachte.

Doch Jason wußte auch, daß der Herzog zu den engsten Beratern des englischen Premierministers Addington gehörte und das Wohl seines Landes bedenkenlos über alle persönlichen Freundschaften stellte. Das bedeutete, daß die geheime Post, die Jason für den amerikanischen Gesandten bei sich trug, auch vor seinem Onkel geheim bleiben mußte, denn die Interessen der Seemacht England unterschieden sich erheblich von denen der unabhängigen Vereinigten Staaten.

Es war, als ahnte Roxbury genau, was in seinem Neffen vorging. Das Gespräch drehte sich an diesem Abend nicht so sehr darum, daß Spanien seine amerikanische Kolonie Louisiana mit der Hauptstadt New Orleans dem französischen Kaiser Napoleon überlassen wollte – noch darum, daß andererseits auch die Vereinigten Staaten an Louisiana interessiert waren; noch gar darum, daß es gegenwärtig zwischen Napoleon und England um die Frage »Frieden oder Krieg« ging. Das flackernde Kaminfeuer und die Flasche Wein bildeten den behaglichen Rahmen für ganz familiäre Gespräche. Erst als sie sich zurückzogen, erwähnte der Herzog jemanden, der nicht zur Familie gehörte.

Er blieb am Fuß der Treppe stehen und sagte mit amüsiertem Unterton in der Stimme: »Es wird dich sicher nicht allzu sehr überraschen, daß deine liederlichen Freunde Barrymore und Harris mir pausenlos Fragen stellen, ob du immer noch nicht eingetroffen bist. Du kannst sicher sein, daß sie morgen in aller Herrgottsfrühe vor der Tür stehen werden.«

Es dauerte tatsächlich nicht lange, bis seine englischen Kumpane mit »Hey!« und »Hallo!« in das vornehme Haus einfielen. Frederick Barrymore, Erbe eines Barontitels, war schlacksig und fast ebenso groß wie Jason. Er hatte hellblaue Augen, blondgelocktes Haar und ein überschäumendes Temperament. Tom Harris war kleiner und zeigte bereits Neigung zur Rundlichkeit. Er hatte traurige braune Augen, feuerrotes Haar und Sommersprossen. Meist war er still, etwas schwer von Begriff und zufrieden, Barrymore überallhin folgen zu dürfen.

»Bei Gott!« Seine Augen strahlten, als er Jasons Hand schüttelte. »Daß man dich auch mal wieder sieht, Savage!« schrie Barrymore begeistert.

Harris, der weniger beredte, strahlte nur und meinte: »Ich freue mich.«

Zwischen Jason, dem Sohn eines Plantagenbesitzers aus den Südstaaten und einer Französin aus New Orleans, und den beiden englischen Aristokratensöhnen hätten Welten liegen können. Doch tatsächlich ergänzten sie sich vortrefflich. Nach der stürmischen Begrüßung verbrachten sie mehrere Stunden in Jasons Zimmer, tranken und frischten alte Erinnerungen auf.

»Kommst du heute nachmittag mit zum Hahnenkampf in Bartholomew Fair?« fragte Barrymore. »Die haben einen Roten, eine wahre Bestie, den mußt du gesehen haben.«

Jason dachte an die Notiz, die er dem Gesandten Rufus King heute morgen hatte zukommen lassen, und lehnte ab.

Jason hatte die beiden soeben hinausbegleitet, als er im Korridor auf seinen Onkel traf. Der Herzog wollte einen Spaziergang hinüber zu White's Club für Gentlemen machen. »Kommst du mit?« fragte er. »Dann könnten wir dich gleich für die Mitgliedschaft vorschlagen.«

Jason schüttelte den Kopf. »Die Möglichkeit, in eurem berühmten Klub Mitglied zu sein, ist zwar verlockend, aber ich warte gerade auf Antwort von jemandem, dem ich heute morgen eine Nachricht geschickt habe. Vielleicht später? Am Freitag?«

Der Herzog zuckte die Achseln. Seine grauen Augen ruhten nachdenklich auf seinem Neffen. »So jung und schon so pflichtbewußt ...«, murmelte er. »Du hast dich verändert. Ich weiß nicht, ob mir das gefällt.«

»Ich kann ja etwas ganz Verrücktes anstellen, wenn dich das beruhigt«, bot Jason spöttisch an. »Wenn ich mir ein bißchen Mühe gebe, kann schon heute abend der Teufel los sein.«

Roxbury sah ihn mißbilligend an. »Verausgabe dich nicht gleich, wenn ich bitten darf.«

Unmittelbar, nachdem der Herzog gegangen war, traf eine Antwort vom amerikanischen Gesandten ein. Jason öffnete den Umschlag und war erfreut zu lesen, daß King ihn um zwei Uhr nachmittags empfangen wollte.

Genau um zwei Uhr wurde Jason in Rufus Kings Arbeitszimmer geführt. Die Begegnung hätte unbehaglich, ja, sogar peinlich werden können, denn es war Jason sehr wohl bewußt, daß der beleibte Mann mit Halbglatze, der ihm hinter dem Schreibtisch gegenübersaß, keineswegs zu Präsident Jeffersons Anhängern gehörte. King seinerseits wußte, daß dieser Besucher mit dem Herzog von Roxbury verwandt war, der eine schwer durchschaubare, aber wichtige Rolle in der englischen Regierung spielte. Und der Vater des jungen Mannes, der Plantagenbesitzer Guy Savage, gehörte zum engsten Kreis um Jefferson.

Aber Rufus King war ein gewandter Diplomat und ließ sich seine Überlegungen nicht anmerken. »Es ist mir eine Freude, Sie endlich einmal persönlich kennenzulernen! Ich habe schon viel von Ihnen gehört.«

Auf Jasons erstaunten Blick hin verzog King sein Gesicht zu einem Lächeln. Er kicherte: »Ich kenne Ihren Vater flüchtig, und wie jeder Vater spricht er gerne von seinem Sohn. Aber, um ehrlich zu sein – das Schmeichelhafteste über Sie hört man von Herzog Roxbury.«

»Ich sehe, mein Ruhm eilt mir voraus«, erwiderte Jason trocken. »Doch die beiden sind aus begreiflichen Gründen voreingenommen, und ich kann Sie nur dringend bitten, sich Ihr eigenes Urteil zu bilden.«

Rufus King lachte. »Ja, ich fürchte, so ist das mit Verwandten meistens. Und nun sagen Sie mir, was ich für Sie tun kann.«

Froh darüber, keine Zeit mehr mit weiteren Banalitäten vergeuden zu müssen, stand Jason auf. Vor den erstaunten Augen des Diplomaten begann er, seinen schmalgeschnittenen, dunkelblauen Überrock auszuziehen. Als er Kings verblüfftes Gesicht sah, grinste er und sagte: »Keine Sorge! Ich bin noch nicht reif für gewisse Anstalten. Aber ich habe hier ...« Er zerrte an einigen Hemdknöpfen. »... einige geheime Mitteilungen für Sie, und kein anderes Versteck war für die verdammten Dinger besser als dieser Platz auf meiner Haut. Ich bitte um Nachsicht.«

King sank erleichtert in seinen Sessel zurück – seine braunen Augen jedoch hingen gespannt an dem Lederbeutel, den Jason ihm reichte. »Dies ist der Grund meines Besuches. Was mich betrifft, so bin ich verdammt froh, ihn endlich los zu sein.«

King hatte bereits begonnen, Jeffersons große, schwer lesbare Schrift zu entziffern. Als er zu Ende war, hob er den Kopf und starrte den Überbringer mit unverhohlener Neugier an.

»Wissen Sie, was diese Schreiben enthalten?« fragte er schließlich.

»Monsieur King, ich bin nur der Bote«, erwiderte Jason mit entwaffnendem Lächeln. »Ich weiß ganz vage, daß Präsident Jefferson zwischen den Vereinigten Staaten und England einen Beistandsvertrag nicht ungern sehen würde; das ist alles.« Und das, so dachte er im stillen, ist eine verdammte Lüge! Denn natürlich weiß ich ziemlich sicher, weshalb er diesen Beistandsvertrag haben will – damit die Vereinigten Staaten den Franzosen das Louisiana-Gebiet ohne große Schwierigkeiten abnehmen können, sobald die Franzosen es von den Spaniern bekommen.

»Aha«, sagte King bedächtig. Es war ihm bekannt, daß der Präsident sein eigenes System für die Beschaffung und Überbringung von Nachrichten hatte. Aber war dieser junge Mann wirklich nur ein Bote? Wenn der Präsident ihm wichtige Schreiben anvertraut hatte, dann konnte er ihm ebenso gut noch ergänzende Weisungen gegeben haben. Aber an wen und zu welchem Zweck?

King lächelte liebenswürdig. »Also dann – wenn das alles ist . . .? Lassen Sie mich Ihnen für die prompte Überbringung danken.« Er stand auf und streckte ihm die Hand entgegen. »Hoffen wir, daß sich Ihr Besuch in England erfreulich anläßt. Wenn ich irgend etwas für Sie tun kann, lassen Sie es mich bitte unverzüglich wissen.«

Jason grinste. »Verstehen Sie etwas von Zuchttieren? Dann wäre ich schneller wieder bei Ihnen, als Sie denken.«

»Zuchttiere?«

»Ja. Armand Beauvais, mein Großvater, und ich wollen es in Louisiana mit englischen Vollblütern versuchen. Hauptsächlich bin ich in London, um den Grundstock für unsere Zucht einzukaufen.«

»Aber natürlich – Ihr Onkel hat so etwas erwähnt. Da sollten Sie unbedingt zu Tattersall gehen, wenn Sie meinen Rat hören wollen.«

Und Jason tat genau das. Mit Barrymore und Harris im Schlepptau tätigte er bei den Tattersallschen Pferdeauktionen so gute Käufe, daß er dem Stallmeister seines Onkels eine beträchtliche Zahl von Tieren übergeben konnte.

Einige Zeit später mietete er sich ein neues Quartier in der St.

James Street. Jetzt war die Zeit der Streifzüge mit Barrymore und Harris gekommen, doch erste warnende Vorzeichen mischten sich in das unbekümmerte Treiben.

Eines späten Vormittags wachte er nach einer durchzechten Nacht mit einem solchen Brummschädel auf, daß ihm Zweifel kamen, ob er diese Gangart noch lange würde durchhalten können. Das unmäßige Trinken, Spielen und Herumtreiben mußte aufhören, sonst kam er als Invalide nach New Orleans zurück!

Als Jason diese reuevollen Gedanken durch den gepeinigten Kopf gingen, kam sein Diener Pierre herein. Auf seinem affenähnlichen Gesicht lag ein verwirrter Ausdruck. »Monsieur«, fragte er Jason, »haben Sie heute nacht etwas gesucht?«

Jason sah ihn aus umnebelten Augen und fragte mit schwachem Spott: »Wieso und wann? Um halb fünf, als ich nach Hause kam?«

»Ich weiß es nicht, aber die Sachen in Ihrem Kleiderschrank sind aus der gewohnten Ordnung gebracht. Und Ihre Schuhe sind ebenfalls nicht mehr so, wie ich sie zurückgelassen habe.«

Jason zuckte matt die Achseln. »Das wird das neue Dienstmädchen gewesen sein, die hat ihre Neugier nicht im Zaum halten können.«

»Wenn das so ist, Monsieur, dann hat sie sich aber auch in Ihren Schreibtischfächern umgesehen«, erwiderte Pierre mit unbewegter Miene.

»Was, zum Teufel, soll das heißen? Woher willst du das wissen?«

»Als ich heute morgen das Durcheinander in Monsieurs Kleidern und Schuhen bemerkte, habe ich gleich überall nachgesehen, wie weit diese Spioniererei wohl gegangen ist. Sie hat offenbar alles durchsucht. Nichts war allzu auffällig durcheinandergeworfen, nur gerade so viel, daß gewisse Gegenstände nicht mehr an ihrem gewohnten Platz sind.«

»Sag dem dummen Ding, daß du ihr auf die Schliche gekommen bist. Wenn das noch einmal vorkommt, wird sie entlassen.« Damit war der Zwischenfall für Jason erledigt.

Eine Woche später besuchte er eine weitere Pferdeauktion in Epsom Downs. Obwohl noch vereinzelte Schneereste zu sehen waren, schien die Sonne strahlend, die Auktion hatte eine große Menschenmenge herausgelockt. Die drei Freunde wanderten in den belebten Gängen zwischen den Boxen ziellos umher, betrachteten Waliser Ponys, schwere Shire-Pferde und natürlich besonders die Vollblüter, die Jason interessierten.

Er stand am Rand eines mit einem Seil abgegrenzten Ringes, in dem die Tiere einzeln zum Verkauf vorgeführt wurden, als ihn das unbehagliche Gefühl beschlich, beobachtet zu werden. Anfangs kümmerte er sich nicht darum, doch das Gefühl verging nicht. Er musterte unauffällig die bunt zusammengewürfelte Menge rings um sich her. Doch sein suchender Blick entdeckte niemanden, der ihm über Gebühr Interesse widmete.

Er zuckte die Achseln und wollte gerade seine Aufmerksamkeit wieder den Pferden im Ring zuwenden, als er ein modisch gekleidetes Paar auf sich zukommen sah. Im gleichen Augenblick zischte Barrymore ihm aus dem Mundwinkel zu: »Ach, du meine Güte – da kommt die Markham mit Clive Pendleton am Arm!«

Elizabeth Markham war eine ausnehmend hübsche Witwe von ungefähr fünfundzwanzig Jahren. Sie hatte eine üppige Figur, die durch das hochtaillierte, lavendelfarbene Musselinkleid noch betont wurde. Ein Strohhut mit breitem grünem Band, das unter einem Ohr zur Schleife gebunden war, und weiße Handschuhe vervollständigten ihre Garderobe. Ihr Vater war der Earl von Mount, Lord Tremayne – ein Titel, den er ein knappes Jahr zuvor nach dem Tod seines älteren Bruders geerbt hatte. Jason war Elizabeth und ihren Eltern schon einmal begegnet, als er, zusammen mit Roxbury, ein Dinner besuchte, das die Markhams in ihrem Londoner Stadthaus gegeben hatten. Elizabeths funkelnde, hellbraune Augen und ihr gleichfarbenes Haar mit einem Stich ins Rötliche hatten ihn sofort angezogen. Sie hatten miteinander geflirtet, und in den folgenden Tagen hatte er immer wieder ihre Gesellschaft gesucht. Sie ist eine verdammt hübsche Frau, stellte er fest, und Erregung stieg in ihm auf, als sie ihn jetzt anlächelte.

»Wie schön, Sie wiederzusehen, Jason! Wir scheinen uns in der letzten Zeit dauernd über den Weg zu laufen. Hoffentlich hat Ihnen der Ritt neulich durch den Hyde-Park auch ohne mich Freude gemacht. Ich war untröstlich, Sie nicht begleiten zu können, aber ich hatte wirklich schon eine andere Verabredung.« Sie legte ihre behandschuhte Hand auf seinen Arm und sah ihn durch lange, golden flimmernde Wimpern neckend an. »Ich hoffe jedoch, daß Sie Ihre Einladung wiederholen.«

Dann drehte sie sich nach ihrem Begleiter um und lächelte süß. »Verzeihen Sie! Darf ich Sie mit Clive Pendleton bekannt machen?« Sie legte eine Hand über den Mund und kicherte: »Wie vergeßlich von mir! Sie haben sich ja schon auf der Party meines Vaters kennengelernt, nicht wahr?«

Jason erwiderte Clive Pendletons Verbeugung. Er wußte, daß Pendleton Hauptmann in der Armee gewesen war und daß er entfernt zur Tremayne-Familie gehörte. Sein Pate war dem Vernehmen nach der verstorbene Bruder des jetzigen Earl gewesen. Jason gefiel dieser Pendleton nicht; er fand die kalten, grauen Augen und das schmale, spöttische Gesicht abstoßend. Doch er verbarg seinen Widerwillen.

»Wollen Sie sich uns anschließen?« fragte er höflich.

Die Antwort kam von Elizabeth. »Ich weiß nicht«, sagte sie zögernd. »Wir sind wirklich nur ganz zufällig vorbeigekommen und können nicht lange bleiben.«

»Wie bedauerlich«, sagte Jason zu Elizabeth, »daß wir Sie nicht zum Bleiben überreden können.«

»Wird man Sie heute abend bei White's sehen?« fragte Clive Pendleton.

»Nein, heute nicht. Wir sind zu einem Herrenabend bei Freddy Barrymore verabredet. Nichts Besonderes – Kartenspielen und eine Flasche Wein oder auch zwei.« Mehr der Form halber fügte er hinzu: »Wollen Sie nicht auch kommen?«

Zu ihrer Verblüffung sagte Clive Pendleton zu.

Als Elizabeth und ihr Begleiter gegangen waren, sah Barrymore Jason finster an und grollte: »Warum, zum Kuckuck, hast du das getan? Der Kerl verdirbt uns doch den ganzen Abend.«

»Ich habe einfach nicht geglaubt, daß er annimmt.« Jason zuckte die Achseln. Um das Thema zu wechseln, fragte er Harris: »Soll ich dich abholen?«

Doch Harris kannte Jasons Hang zu langen Fußmärschen. Mißtrauisch erkundigte er sich: »Gehst du zu Fuß oder reitest du?«

Jason lächelte. »Tom! Freddy wohnt keine drei Ecken weiter! Wenn das Wetter so bleibt, wird es ein schöner Abend, und ich werde zu Fuß gehen. Kommst du mit?«

Harris schüttelte entschieden den Kopf. In diesem Augenblick hatte Jason wieder dieses merkwürdige Gefühl, jemand starre ihn unentwegt an oder belausche ihr Gespräch. Er fuhr herum, doch niemand in der Menge schien ihnen besondere Aufmerksamkeit zu widmen.

»Was, zum Teufel, ist los mit dir?« wollte Barrymore gereizt wissen.

»Verzeih. Ich dachte, ich könnte Elizabeth noch etwas zurufen, aber ich sehe sie nicht mehr«, erwiderte Jason entschuldigend.

»Ach, du liebe Zeit! Ich sag dir eines, Jason, um die machst du besser einen ganz großen Bogen. Sie geht immer bis hart an die Grenze des Skandals, eines Tages aber zieht sie andere mit hinein. Halt dich zum Zeitvertreib lieber an die Zwei-Shilling-Mädchen von Covent Garden und laß diese Dame jemand anderen ruinieren«, warnte Barrymore.

»Ich bin kein grüner Junge mehr, mein Freund«, sagte Jason belustigt. »Ich dachte eigentlich, daß ich meine Weibergeschichten bisher ganz gut dirigiert habe.«

»Aber sie spielt!« entgegnete Harris sehr ernst. »Den Besitz ihres Mannes hat sie in nur zwölf Monaten durchgebracht! Trotzdem hat ihr Vater noch Schulden begleichen müssen. Ganz London weiß, daß sie hinter einem reichen Mann her ist.«

Barrymore war noch nicht zufrieden. »Da machst du dich besser rechtzeitig aus dem Staub!« beharrte er. »Jas – merkst du nicht, daß sie schon ihre Fühler nach dir ausstreckt? Und nach deinem Geld.«

Im gleichen Augenblick sagte Clive Pendleton etwas Ähnliches zu Elizabeth. »Das war ja reichlich eindeutig, wie du dich ihm angeboten hast«, sagte er mit einem gehässigen Unterton. »Solche Kalbsaugen! Solch ein Schmollmund!«

»Was sonst hätte ich machen sollen?« erwiderte sie heftig. »Wer hat denn von mir verlangt, daß ich mich an ihn heranmachen soll? Wenn du willst, daß ich ihn aushorche, dann mußt du mich das schon so machen lassen, wie ich es für richtig halte. Er hat bestimmt nichts gegen meine Kalbsaugen und meinen Schmollmund gehabt. Du bis vor kurzem übrigens auch nicht! Aber jetzt kommt es ja auf ihn und nicht auf dich an!«

»Du solltest dir lieber über meine Reaktion Gedanken machen, meine Liebe. Schließlich bezahle ich deine Rechnungen, denk daran. Da fällt mir ein – wieviel hast du neulich wieder bei Mrs. Everett verloren? Fünfhundert? Tausend?«

Mürrisch antwortete Elizabeth: »Über tausend.«

»Dachte ich mir schon. Kommt dein Vater dafür auf?« fragte er kühl.

»Du weißt doch, daß er es nicht tut, Clive – sei nicht so gemein! Wenn du meine Schulden nicht bezahlst, läßt er mich bis in alle Ewigkeit auf seinen Landgütern schmoren. O Gott, wie ich Mountacre hasse! Clive, ich habe dich noch nie im Stich gelassen, oder?«

»Nein. Und sieh zu, daß das so bleibt!« drohte er. Nach einer

Weile langte er in seine Rocktasche und zog eine Lederbörse heraus, die schwer von Goldmünzen war. »Das sollte fürs erste genügen. Aber vergiß nicht, ich will wissen, was Savage in London vorhat.«

»Warum glaubst du denn überhaupt, daß er irgend etwas vorhat?« fragte sie nachdenklich. »Seit er angekommen ist, hat er sich um nichts als um Pferde und das Londoner Nachtleben gekümmert.«

Pendleton lächelte dünn. »Das stimmt nicht ganz. Er hat zum Beispiel dem amerikanischen Gesandten Rufus King gleich zu Anfang einen Besuch abgestattet; und in der Zwischenzeit hat Roxbury, der gerissene alte Fuchs, mindestens ein verschwiegenes Dinner gegeben, bei dem King und Savage die einzigen Gäste waren. Ich gäbe etwas darum, wenn ich wüßte, was an diesen Abenden besprochen wurde! Für so etwas habe ich eine Nase – ich glaube, Napoleon würde nicht schlecht dafür bezahlen. Vergiß nie, daß ich davon lebe – und du nebenbei auch. Mach es bei Savage nur nicht gar so auffällig.«

»Na schön, aber ich glaube, du irrst dich. Savage kann nichts wissen.«

»Irren ist menschlich. Doch wenn wir gut vorbereitet sind, übersehen wir keine noch so geringe Möglichkeit. Bevor ich Savage als harmlos einstufe, möchte ich, daß du ihn dir genauer ansiehst.«

Doch dazu hatte er selbst schon früher Gelegenheit, denn er verbrachte den Abend beim Kartenspiel mit Jason, Barrymore und Harris.

Barrymores düstere Voraussagen bewahrheiteten sich nicht. Obwohl der Abend ohne Pendleton angenehmer verlaufen wäre, verdarb er niemandem die Stimmung. Sie blieben bis gegen drei Uhr morgens zusammen.

Clive Pendleton zog sich als erster zurück. Harris war so betrunken, daß Barrymore ihm ein Nachtlager bei sich anbot. Jason saß mit Barrymore noch einige Zeit zusammen, bevor auch er aufbrach.

Es war eine schöne Nacht, und Jason ging, wie geplant, zu Fuß nach Hause. Die Straßenlaternen warfen vereinzelte goldene Lichtflecke auf die verlassene Straße, als er zur St. James Street hinunterging. Er hatte den halben Weg zurückgelegt, als eine verstohlene Bewegung in einer dunklen Seitengasse seine Aufmerksamkeit erregte. Er war nur noch einige Meter davon entfernt, und sein Schritt verlangsamte sich. Unauffällig sah er die verlassene Straße hinauf und hinunter und verfluchte seinen Leichtsinn, keine Waffe bei sich zu tragen. Der reich verzierte Stock würde ihm nicht viel helfen, wenn, wie er vermutete, ein Angreifer in der Dunkelheit lauerte. Er überlegte, ob er umkehren sollte, doch die beiden Gestalten, die sich ihm aus der dunklen Gasse näherten, zerstörten diese Pläne im Ansatz.

Sie umkreisten ihn wie Wölfe, seine Größe schien sie mißtrauisch zu machen. Und weil sie zögerten, griff Jason zuerst an. Mit Schwung warf er den Umhang über den Mann, der ihm am nächsten war, und war mit zwei schnellen Schritten bei ihm. Seine Handkante sauste mit solcher Wucht nieder, daß er dem Kerl fast das Genick brach. Zur gleichen Zeit stieß er ihm ein Knie in die Weichteile. Der erste Angreifer krümmte sich auf dem Kopfsteinpflaster. Jason fuhr herum, und es gelang ihm gerade noch, den Knüppelschlag des anderen mit seinem Spazierstock abzuwehren. Der Stock zersplitterte, doch er gewann Zeit, um die Waffe des anderen vom Boden aufzuheben und sie gegen seinen Angreifer zu richten. Doch dieser hatte für einen solchen Zweikampf nicht den Mut. Er warf Jason einen verblüfften Blick zu und rannte dann die Straße hinunter. Als Jason sich wieder nach dem ersten umdrehte, überraschte es ihn nicht, auch ihn auf der Flucht zu sehen. Humpelnd rannte er in der entgegengesetzten Richtung davon. Eine Minute lang stand Jason schweratmend da, dann stahl sich jenes Gefühl wieder in sein Bewußtsein, daß er nicht allein war, daß dort im Schatten der Seitengasse immer noch jemand zu ihm herüberstarrte. Sekundenlang zögerte er, doch dann entschied er sich, es dabei bewenden zu lassen. Schließlich war er kein Narr! Er hob seinen Umhang vom Boden auf, und während seine Hand die erbeutete Keule fest umklammerte, setzte er seinen Heimweg fort.

Am nächsten Morgen wachte er schlechtgelaunt auf. Seine Stimmung verbesserte sich auch nicht, als ihm sein Onkel gemeldet wurde, noch bevor er angezogen war. Und da es ungewöhnlich war, daß Roxbury ihn in seiner Junggesellenwohnung aufsuchte, beobachtete er ihn über den Frühstückstisch hinweg mit wachsamem Mißtrauen.

Da der Herzog keine Anstalten machte, als erster zu sprechen, sondern ihn nur interessiert anschaute, fragte Jason schließlich: »Gibt es einen besonderen Grund für deinen frühen Besuch?«

»Aber nein, mein Junge! Ich war gerade in der Nähe und dachte, ich sehe einmal bei dir vorbei. Wie geht es dir so in letzter Zeit?«

»Danke.«

»Sonst nichts? Aber sicherlich hast du dich doch gut unterhalten«, fragte der Herzog mit großen, unschuldigen Augen.

Jason musterte ihn nachdenklich. Wußte Roxbury von den Ereignissen der letzten Nacht? Und wenn ja, wie hatte er so schnell davon erfahren? Jason nippte an seiner Tasse Kaffee und antwortete: »Ich habe mich ausgezeichnet unterhalten. Barrymore und Harris haben mich in jede Lasterhöhle Londons eingeführt, ich selbst habe auch noch einige entdeckt, von denen die beiden bisher nichts gehört hatten. Ich habe bei Barrymore mit ihm, Harris und Pendleton bis nach Mitternacht Karten gespielt. Zufrieden?«

Der Herzog runzelte die Stirn. »Jason, gehört Pendleton zu deinen Freunden?«

Jason lehnte sich in seinem Stuhl zurück. »Nein, das würde ich nicht gerade sagen. Man könnte eher meinen, daß er und Elizabeth Markham immer gerade dann auftauchen, wenn ich es am wenigsten erwarte. Es sieht so aus, als suche Pendleton meine Freundschaft – ich habe keine Ahnung, warum.«

»Es ist, glaube ich, an der Zeit, daß du etwas mehr über Clive Pendleton erfährst. Er ist durchaus nicht nur der simple Beau, den die kleineren und größeren Skandale der Gesellschaft entzücken. Bis er vor zwei Jahren sein Offizierspatent verkaufte, war er Hauptmann in der Armee. Vielleicht sollte ich noch sagen, man hat ihn von höherer Stelle gebeten, sein Offizierspatent zurückzugeben. Seitdem zeige ich ein gewisses Interesse an dem, was er treibt. Du mußt nämlich wissen, daß er ein ganz besonderes Talent besitzt. Er kann ein Dokument, oder was dir sonst einfällt, in Sekunden überfliegen und das Gelesene noch nach Monaten auswendig hersagen. Damals, als wir Krieg mit Napoleon führten, ist er von unserem kommandierenden General hinter die französischen Linien geschickt worden. Seine Dienste erwiesen sich als unschätzbar – bis sich herausstellte, daß er seine Informationen gegen Höchstgebot an jedermann verkaufte. Sehr unpatriotisch. Nichts ist bewiesen worden, doch man hat ihm nahegelegt, sich künftig dem Zivilleben zu widmen. Wie er das tut, ist oft Gegenstand unserer Aufmerksamkeit gewesen.«

»Und?« fragte Jason mit wachsender Spannung.

»Das alte Lied, mein Junge. Nichts kann bewiesen werden. Und es geht nun einmal nicht an, ihn nur deshalb zu verhaften, weil er sich in Gesellschaft wohlbekannter französischer Spione sehen läßt.«

Jason pfiff leise vor sich hin. »Du willst damit sagen«, fragte er,

»daß Pendleton mich für eine – Quelle interessanter Informationen hält?«

Der Herzog lachte. »Wahrscheinlich ja. Aber sei vorsichtig, er ist ein außerordentlich unangenehmer Bursche.«

»Ich werde mir deine Warnung zu Herzen nehmen, Onkel. Aber was kann er von mir schon erfahren?«

»Ich bin sicher, daß er nichts von dir erfährt – zumal du ja auch keine Geheimnisse hast.«

Barrymore und Harris waren aufs Land gefahren. Jason hatte ihnen versprochen, später nachzukommen, denn er hatte eine Einladung von Elizabeths Mutter zu einer Party am Freitag. Würde Elizabeth ihn weiter umgarnen? Würde Pendleton versuchen, etwas aus ihm herauszubekommen? Diese Gelegenheit, die beiden zu beobachten, wollte er sich nicht entgehen lassen.

Am Freitagmorgen begleitete er seinen Onkel beim Ausritt zum Hyde-Park, den die Londoner nur unternahmen, um gesehen zu werden, und den Jason deshalb bisher gemieden hatte wie die Pest. Und natürlich trafen sie auf Clive Pendleton. Doch der Offizier lüftete diesmal nur kühl den Hut und ritt weiter. Jason wechselte einen Blick mit Roxbury, der Herzog zuckte die Achseln. »Hast du ihm beim Kartenspielen etwa eine böse Niederlage beigebracht?«

»Nein. Ich glaube nicht, daß er verstimmt ist. Vielleicht ändert er seine Taktik und überläßt es jetzt Elizabeth, mich zu bearbeiten.«

Tatsächlich war Clive Pendleton auf dem Weg zu seiner Helferin. Er fand Eilzabeth in so übler Laune, daß man die Luft hätte schneiden können. Sie ließ dem Diener kaum Zeit, Pendletons Mantel zu nehmen und hinauszugehen, bevor sie explodierte: »Dieses verdammte Zigeunermädchen und ihre Mutter sind da!«

»Zigeunermädchen?«

»Tu doch nicht so, als ob du sie noch nie bemerkt hättest! Meinst du, ich sehe nicht, wie du hinter ihr und ihrem Vermögen her bist?«

»Du sprichst in Rätseln«, erwiderte er kalt.

»Ich meine die liebe Kusine Catherine – oder Tamara, wie ihre schmierigen Zigeuner sie nennen. Aber ich habe eine Neuigkeit für dich, mein Lieber – sie kann dich nicht ausstehen! Die bekommst du nie!«

»Ob sie mich ausstehen kann oder nicht, ist nebensächlich«, entgegnete Pendleton mit der gleichen kalten Gelassenheit. »Ihre Mutter findet mich akzeptabel. Catherine ist also hier?«

»Aber sie ist nicht zur Party eingeladen. Mach dir also keine falschen Hoffnungen!«

»Dann verstehe ich nicht, warum du dich über ihr Kommen so aufregst. Wenn sie nicht zur Party erscheint, kann sie dir auch nicht bei Savage in die Quere kommen. Das wüßte ich außerdem auch zu verhindern.«

»Ach so! Ich darf für dich die Hurendienste leisten und Informationen sammeln, aber die dreckige kleine Zigeunerin muß vor der bösen Männerwelt beschützt werden!« Elizabeth lachte verächtlich. »Wir sind schon ein trauriges Paar, Clive! Wir hätten ein Vermögen erben können, als der Earl endlich starb – ich als seine Nichte und du als Patensohn –, und da muß diese elende alte Zigeunerin seine Tochter Catherine und seinen Stiefsohn Adam zurückbringen! Ich werde ihr dafür noch einmal eigenhändig den Hals umdrehen!«

3

Zur gleichen Zeit stand Catherine Tremayne in einem Schlafzimmer direkt über ihnen am Fenster und sah bedrückt auf den Grosvenor Square hinaus. Fast ärgerlich starrte sie auf das Kopfsteinpflaster und die eleganten Häuser, die den Platz umsäumten, herunter und sehnte sich nach den ruhigen grünen Wiesen von Leicestershire. Auch wenn sie das freie Leben auf dem Land dem hektischen Trubel der Stadt noch immer vorzog, war sie äußerlich doch zu einer Städterin geworden. Sie kleidete sich, wie es von der Tochter eines alten Adelshauses erwartet wurde, und sie benahm sich so. Wenn es gar nicht anders ging, war sie sogar in der Lage, mit ältlichen, scharfzüngigen Damen Konversation zu machen und Tee einzuschenken.

Selbst die Zeit, die sie an einer strengen Schule für junge Damen hatte verbringen müssen, hatten ihr eigenwilliges Wesen und ihre Sehnsucht nach der sorglosen Freiheit, die sie in ihren Zigeunerjahren kennengelernt hatte, nicht bezwingen können. Als sie an Mrs. Siddons »Seminar für junge Damen« zurückdachte, preßte sich ihr weicher Mund zusammen, und ein böses Glimmen trat in die mandelförmigen, veilchenblauen Augen. Einen Augenblick lang stiegen wieder jene Wut und der unbändige Wunsch, sich zu widersetzen, in ihr auf, die sie an jenem schrecklichen Morgen empfunden hatte, als Reina sie zu ihrem Vater, dem Earl, gebracht hatte; noch einmal durchlebte sie die ganze Empörung und ohnmächtige Wut, als man sie aus dem unbeschwerten, aufregenden Zigeunerleben gerissen und in das steife Korsett einer aristokratischen Familie gepreßt hatte. Adam und sie hatten sich aneinandergeklammert und sich gegenseitig getröstet, als diese drei fremden Menschen die seltsamsten Dinge von ihnen verlangt hatten. Sie mußten sich waschen und Schuhe tragen. Ein Glück, dachte sie plötzlich voller Zuneigung, daß ihre wirkliche Mutter Rachael, Lady Tremayne, sehr taktvoll gewesen war und sie nicht gleich mit unwillkommenen Liebkosungen überschüttet hatte. Catherine hatte der süßduftenden, jugendlich aussehenden Dame, die nun Reinas Platz einnehmen sollte, anfangs tiefes Mißtrauen entgegengebracht und jedes aufkeimende Gefühl der Zuneigung zu ihrer Mutter krampfhaft unterdrückt. Doch im Laufe der Zeit hatte Catherine voller Überraschung entdeckt, daß sie ihre Mutter sehr gern hatte.

Als Catherine ihre Mutter, die mit geschwollenem Kiefer auf dem Bett lag, leise stöhnen hörte, eilte sie an ihre Seite. »Kann ich gar nichts für dich tun?« fragte sie besorgt. »Soll ich dir die Stirn mit Rosenwasser abwaschen?«

Rachael war eine schlanke Frau mit hellblauen Augen und feinen Gesichtszügen. Mit ihren dunkelbraunen Locken sah sie eher wie Catherines Schwester als wie ihre Mutter aus. An diesem Morgen war ihr ein vereiterter Zahn gezogen worden, und sie litt offensichtlich starke Schmerzen.

Mit schwachem Lächeln antwortete sie: »Nein, mein Liebes. Laß mich nur hier liegen. Irgendwann werde ich schon wieder schlucken können, und dann trinke ich etwas von der ausgezeichneten Brühe, die Mrs. Barrows für mich gekocht hat. Aber du könntest dir unseren unverhofften London-Aufenthalt doch zunutze machen. Warum stattest du Amanda Harris nicht einen Besuch ab? Sie würde sich bestimmt freuen, dich wiederzusehen.«

Catherine zuckte die Achseln. »Ach, lieber nicht. Amanda hat vieleicht schon andere Pläne, und außerdem ist unser Aufenthalt hier sehr kurz, und wir sind schließlich nicht zu unserem Vergnügen hier.«

»Das wohl nicht«, stimmte Rachael ihr lächelnd zu. »Aber du könntest doch wenigstens deine Tante heute nachmittag zum Tee besuchen. So kämst du noch einmal aus diesem Zimmer heraus.«

Voller Empörung und wenig damenhaft schnaubte Catherine: »Lieber würde ich im Mäusekeller sitzen, als Tante Cecis blödes Geschwätz über die Party heute abend über mich ergehen zu lassen! Noch dazu, wo sie heute morgen alle Leute hat wissen lassen, wie ungelegen unser Besuch ist. Glaubt sie etwa, daß du dir diese schrecklichen Zahnschmerzen absichtlich zugelegt hast?«

Rachael seufzte. Ihr entzündeter, schmerzender Zahn hatte diese überstürzte Reise nach London notwendig gemacht, sonst wäre sie ihrer Schwägerin Ceci lieber aus dem Weg gegangen. Cecis bittere Abneigung ging auf die Entdeckung zurück, daß ihr Mann beim Tod seines älteren Bruders praktisch nur den Earl-Titel geerbt hatte, während die beträchtlichen Liegenschaften und Geldsummen, die bis dahin mit dem Titel verbunden gewesen waren, laut Testament jetzt Rachael, Catherine und Adam gehörten. Rachael hatte sich jahrelang um ein gutes Verhältnis zu Ceci bemüht, doch Cecis kaltes, selbstsüchtiges Wesen machte das unmöglich.

Was Rachael mitunter Sorgen bereitete, war Catherines Verachtung für die Vergnügungen moderner junger Damen. Mit achtzehn Jahren trieb sie sich noch immer am liebsten in Pferdeställen oder im Zigeunerlager herum, anstatt sich für die letzte Mode zu interessieren. Sogar ein möglicher längerer Aufenthalt in London rief bei ihr keine Begeisterung hervor. Sie hatte nur wenige junge Männer kennengelernt und schien mit ihrem Leben, so wie es war, zufrieden zu sein.

Dieses Zigeunerlager war eine weitere Überraschung in dem Testament ihres Mannes gewesen. Das Dokument verfügte ausdrücklich, daß Reinas Sippe das unantastbare Recht habe, auf jener Wiese unweit Mountacres zu lagern, und das, obwohl er Reina in der ersten Erregung in das nächstgelegene Verließ hatte werfen lassen wollen. Nur Catherines Bitten und Tränen und ihr feindseliges Schweigen hatten ihn dazu bewegen können, sie wieder freizulassen. Er hatte eingesehen, daß sich, wenn er Reina und die Zigeuner bestrafte, die Kluft zwischen ihm und seinem einzigen Kind nur noch vergrößern würde. Widerstrebend hatte er erlaubt, daß sich die Kinder und die Zigeuner besuchten. Es gefiel ihm sicher nicht, aber wenigstens sah ihn seine Tochter nun nicht mehr an wie ihren ärgsten Todfeind. Er war ein kalter, strenger Mann gewesen, der seine Gefühle nur schwer zeigen konnte, und doch hatte er häufig versucht, Catherine zu zeigen, wie sehr er sie mochte. Wenn er es doch nur auch mir gegenüber getan hätte, dachte Rachael unglücklich, wäre unsere Ehe wesentlich liebevoller gewesen.

Rachael schüttelte den Kopf und verscheuchte die traurigen Gedanken und beobachtete ihre Tochter, die ruhelos im Zimmer auf und ab ging.

»Mach dir nichts aus Cecis Benehmen, mein Liebes«, sagte sie sanft. »Sie kann nicht anders. Komm, sieh dich wenigstens ein wenig im Haus um.«

Catherine spürte, daß Rachael lieber allein sein wollte. Sie ging hinaus auf den Korridor und lief leichtfüßig die Treppe herunter zu der kleinen, alten Bibliothek, die Tante Ceci ihr am Morgen mit langem Gesicht als Aufenthalt zugewiesen hatte. Catherine war gerne dort. Eine Wand war völlig von ledergebundenen, alten Büchern bedeckt; an der gegenüberliegenden Seite befand sich eine offene Feuerstelle aus Marmor. Davor stand eine altmodische braune Couch, dem Fenster gegenüber ein Schreibtisch.

Kaum hatte sie die Tür hinter sich geschlossen, kam hinter ihr jemand herein. Sie erwartete, einen der Diener zu sehen, und drehte sich mit fragendem Lächeln um. Ihr Lächeln erstarb, als sie Clive Pendleton sah.

»Da du mich sonst so ausdauernd meidest, trifft es sich glücklich, daß ich Elizabeth gerade einen Besuch abgestattet habe«, sagte er.

»Du hast dich in der Tür geirrt«, erwiderte Catherine. »Ich bin nicht Elizabeth.«

Er unterdrückte seinen Ärger und lächelte. Ungeniert berührte er ihre Wange. Catherine fuhr zurück, als habe er sie geohrfeigt, und schlug seine Hand zur Seite.

»Wer weiß, was alles noch geschieht«, murmelte er ungerührt. »Wenn du deine kindische Abneigung gegen mich überwinden könntest, würdest du feststellen, daß ich einer Frau eine ganze Menge bieten kann. Deine Mutter hätte bestimmt nichts dagegen, wenn ich mich dir etwas . . . eingehender widmete.«

Sein kühler Blick umfaßte ihre Figur, und wieder empfand er dieses bittersüße Gefühl, das sie stets in ihm erweckte. Warum mußte sie nach all den Jahren zurückkehren? Und warum war sie so hübsch geworden? Er stöhnte auf, seine Gelassenheit verschwand, er riß sie in seine Arme.

Als er ihren warmen, weichen Mund spürte, zog er sie enger an sich und drängte seine Zunge zwischen ihre Lippen.

Catherine hatte geahnt, daß er sie küssen würde, und da sie nicht wußte, welche Gefühle ein einziger Kuß hervorrufen konnte, hatte sie, neugierig zu erfahren, was zwischen Mann und Frau im Rausch der Leidenschaft wohl passierte, stillgehalten. Doch sie entdeckte schnell, daß das ein schwerer Fehler gewesen war – es war ihr unangenehm, seine Zunge in ihrem Mund zu spüren, und als seine Hand ihre Brust berührte, schüttelte sich ihr schlanker Körper vor Widerwillen. Verwirrt und angewidert stemmte sie sich gegen seine Brust, doch ohne Erfolg. Clive ignorierte ihre Abwehrversuche und zog sie immer enger in seine Arme. Mit äußerster Kraftanstrengung gelang es Catherine, einen Arm frei zu bekommen. Voller Wut schlug sie ihm mit der geballten Faust aufs Ohr und trat mit dem spitzen Absatz kräftig auf seinen Fuß. Auf solch schmerzhafte Weise angegriffen, erstarb Clives Leidenschaft ebenso schnell, wie sie über ihn gekommen war, und er ließ sie los.

Catherine würdigte ihn keines Blicks, ergriff einen silbernen Brieföffner, der auf dem Schreibtisch lag, und hielt ihn Clive wie ein Messer entgegen. Als Clive einen unsicheren Schritt auf sie zu tat, fauchte sie ihn voller Abscheu an:

»Bleib, wo du bist! Wenn du näher kommst, zeige ich dir, wie Zigeuner mit Messern umgehen.«

Clive wußte, daß er nichts mehr bei ihr erreichen würde, lächelte ihr siegessicher zu und verließ die Bibliothek.

Catherine brauchte eine Weile, bis sie sich wieder beruhigt hatte. Sie durchquerte den Raum, kniete sich vor dem Feuer nieder und hielt ihre Hände in die aufsteigende Wärme. Nach einer Weile setzte sie sich auf die Couch, lehnte ihren Kopf gegen die Rückenlehne und starrte träumend ins Feuer. Ihre Gedanken wanderten zu Adam. Ob er wirklich so glücklich in Amerika war, wie er in seinen wenigen Briefen schrieb? Er fehlte ihr sehr, auch jetzt noch, nach drei Jahren.

Catherine war immer einsam gewesen, obwohl sie sich dessen nicht bewußt war. An Mrs. Siddons Schule hatte sie nur eine wirkliche Freundin gehabt – die schüchterne, sanfte Amanda Harris. Doch diese Freundschaft war von kurzer Dauer, denn als sie die Schule verließen, trennten sich ihre Wege. Amanda war zu ihrer Großmutter, der vornehmen, verwitweten Herzogin von Avon, gezogen, und Catherine war nach Hunter's Hill zurückgekehrt. Doch sie war zufrieden mit ihrem Leben auf der Farm und erfuhr nicht viel von der Welt außerhalb Hunter's Hill.

Aus dem Haus vernahm sie das entfernte Rumoren der Vorbereitungen für die Party. Das letzte, was sie vor dem Einschlafen hörte, war das Schlagen der alten Uhr im Erdgeschoß.

Stunden später erwachte sie mit einem Schlag. Was sie aufgeweckt hatte, wußte sie nicht, doch nach dem Gewirr von Geräuschen zu schließen, die aus dem Parterre heraufdrangen, war Tante Cecis Ballabend in vollem Gang. Lautlos wie eine Katze reckte sie sich und blinzelte in die mattglühenden Holzreste der Feuerstelle. Sie wollte gerade aufstehen, als das Rascheln von Papier sie in der Bewegung innehalten ließ.

Vorsichtig spähte sie hinter der Couch hervor und sah zu ihrer Überraschung einen ihr unbekannten Mann am Schreibtisch sitzen. Neben seinem Ellbogen flackerte eine Kerze, sein dunkler Kopf war über ein Schriftstück gebeugt. Catherines Anwesenheit hatte er offensichtlich nicht bemerkt.

Sie konnte sein Gesicht nicht sehen, doch aus der Art, wie er angezogen war, schloß sie, daß er einer der Ballgäste sein mußte. Plötzlich, als ahnte er, daß ihn jemand beobachtete, blickte er auf. Der Schein der Kerze fiel voll auf sein Gesicht, und Catherines Herz zog sich schmerzhaft zusammen, als sie in das harte, dunkle Gesicht starrte. Ein seltsam erregendes Gefühl stieg in ihr auf, als er seine Augen prüfend durch den Raum wandern ließ. Als er aber nichts entdecken konnte, zuckte er seine breiten Schultern und beugte sich wieder über das Schriftstück.

Von blinder, unbegründeter Panik ergriffen, kroch Catherine schnell zur Tür hin. Sie wußte nicht, warum ihr die Nähe dieses Mannes solchen Schrecken einflößte, sie wußte nur, daß sie ihm entkommen mußte. Gerade streckte sie die Hand nach der Klinke aus, als seine schleppende, fremd klingende Stimme sie zusammenfahren ließ. »Arrêtez! Stop!«

Catherine wandte sich um und sah ihn vom Schreibtisch aufstehen; ihre Blicke trafen sich. Und plötzlich war die Angst verschwunden, sie empfand nur noch Ärger über ihre dummen Gefühle. Hilflos und wütend streckte sie ihm die Zunge heraus und flüchtete, während sein lautes Lachen hinter ihr herhallte, die Treppe hinauf, als wären alle Dämonen der Hölle hinter ihr her.

Wie ein Kind, das Angst vor Fremden hat, rannte sie zum Zimmer ihrer Mutter. Sie klopfte leise an, schlüpfte hastig hinein und schloß die Tür hinter sich.

»Catherine!« rief Rachael überrascht. »Kind! Wieso bist du noch auf? Es ist schon sehr spät.«

Catherine küßte sie leicht auf die Wange und erwiderte:

»Ich war eingeschlafen – unten in der Bibliothek und bin gerade erst aufgewacht. Kann ich etwas für dich tun?«

»Nein, mein Liebes. Ich fühle mich schon viel besser und kann es kaum erwarten, bis wir morgen zurückfahren.«

Sie unterhielten sich noch eine Weile, dann wünschte Catherine ihrer Mutter eine gute Nacht und ging in ihr Zimmer.

Weder Rachael noch Catherine hatten auf ihre übereilte London-Reise ein Dienstmädchen mitgenommen. Catherine zog sich aus und schlüpfte nackt ins Bett und genoß die fast sündige Freude, das weiche Bettuch auf ihrer nackten Haut zu spüren. Leise vor sich hin kichernd dachte sie daran, was wohl ihre Mutter gesagt hätte, wenn sie das gewußt hätte. Doch plötzlich verflog die gelöste Stimmung, ein beklommener Ausdruck huschte über ihr schmales Gesicht, als das dunkle, arrogante Gesicht eines Mannes mit glitzernden grünen Augen in ihren Gedanken auftauchte.

Sie versuchte, den jungen Mann aus der Bibliothek zu vergessen, aber es war, als hätten seine hohe Gestalt und sein Gesicht sich unauslöschlich in ihr Gedächtnis gebrannt. Noch jetzt empfand sie diese unerklärliche Erregung, wenn sie an seine große, breitschultrige Gestalt, die nachlässige Eleganz seiner Kleidung und den Hauch abenteuerlicher Rücksichtslosigkeit dachte, der sie so fasziniert hatte, als sie, ängstlich versteckt, in sein Gesicht gestarrt hatte.

Ruhelos, von seltsamen Gedanken und unbekannten Gefühlen gequält, warf sie sich im Bett hin und her. Wütend trommelte sie auf die unschuldigen Kissen und schalt sich eine dumme Gans, die so viel über einen Mann, den sie wahrscheinlich nie wiedersehen würde, nachdachte. Und, sagte sie sich, wahrscheinlich ist er ohnehin nur ein aufgeblasener Geck, der mich zu Tode langweilen würde, wenn ich ihn doch wiedersehen sollte.

Aber nichts konnte ihn aus ihrer Phantasie verdrängen. Sie seufzte ergeben und erträumte sich alle möglichen Fortsetzungen des kurzen Zusammentreffens. Kurz bevor sie endlich einschlief, dachte sie darüber nach, wie es wohl wäre, wenn sein Mund sie zärtlich küßte.

4

Jason Beauvais de Ulloa Savage sank lachend in seinen Stuhl hinter dem Schreibtisch zurück. Was für ein freches, kleines Luder! Sie hatte ihm einen Schreck eingejagt, als er aufgeblickt und sie zur Tür hatte schleichen sehen. Aber er hatte nicht erwartet, daß ihm die junge Dame die Zunge herausstrecken würde. Nachdenklich runzelte er die Stirn. Er wußte, daß sie kein Dienstmädchen sein konnte, denn sie trug ein elegantes Kleid, war jedoch auch nicht für einen Ball angezogen; also handelte es sich nicht um einen Partygast. Elizabeths jüngere Schwestern waren noch viel zu klein – also wer, zum Teufel, war dann dieses kleine Wesen mit den zornigen Augen? Er dachte noch eine Weile darüber nach und wandte sich dann wieder Barrymores scheußlicher Schrift zu.

»Jas!

Wann kommst Du endlich nach? Die Jagd macht hier keinen Spaß, und Harris und ich fallen uns gegenseitig auf die Nerven! Ich weiß schon, Du willst Amanda und ihre Großmutter nach Brownleighs begleiten, aber kannst Du sie nicht dazu überreden, ein paar Tage früher zu kommen?

Aber genug davon! Weil ich weiß, daß Dich verdammten Pferdehändler nur Gäule reizen, habe ich mich danach umgesehen und welche gefunden, genau richtig für Dich. Sie gehören einer Zigeunersippe, die auf der Besitzung der Gräfin Mount lagern (das ist die Tante der flotten Elizabeth). Wenn Du willst, kann Dich Harris mit der Gräfin bekannt machen, aber sie ist noch im Trauerjahr. Am besten machst Du den Handel mit den Zigeunern selbst. Die Pferde sind jedenfalls erste Klasse. Du weißt ja, Zigeuner sind nie lange am selben Platz anzutreffen – also komm so schnell wie möglich.

Ich schicke meinen aufdringlichsten Diener mit diesem Brief zu Dir. Er hat den strikten Befehl, Dich überall aufzuspüren. Vielleicht hat er Glück und überrascht Dich in einer verfänglichen Situation.

Dein Dir sehr verbundener Frederick Barrymore.«

Barrymores Bote hatte Jason den Brief mitten in einem Tanz überreicht, als handele es sich um Leben und Tod. Als aufmerksamer Gastgeber hatte der Earl Jason in die Bibliothek geführt und ihn allein gelassen, damit er die vermutliche Katastrophennachricht in Ruhe lesen konnte. Typisch Barrymore, die Entdeckung von ein paar Pferden zum Weltereignis zu erklären!

Jason lächelte und warf die Nachricht auf die glühenden Holzreste. Er fand, ein paar Tage auf dem Land könnten ganz erfreulich sein. London begann ihn ohnehin zu langweilen, besonders seit einige ältere Damen beharrlich versuchten, ihn bei wohlsituierten Familien mit heiratsfähigen Töchtern einzuführen.

Als er ein leises Geräusch vernahm, drehte er sich schnell um und war überrascht über die Enttäuschung, die er empfand, als er Elizabeth Markham den Raum betreten sah und nicht das aufregende

Mädchen von vorhin.

Mit einladendem Lächeln und anmutigem Hüftschwung trat Elizabeth neben ihn. Ihr kupfergrünes Ballkleid war so schockierend tief ausgeschnitten, daß es kaum noch etwas verhüllte. Der Duft ihres Parfums stieg zu ihm auf, als sie mit sanfter Stimme sagte: »Also hierhin sind Sie verschwunden! Mein Vater sagte, Sie hätten eine dringende Nachricht erhalten. Hoffentlich nichts Ernstes?«

»Nein. Aber wenn ich gewußt hätte, daß eine dringende Nachricht Sie zu mir locken würde, hätte ich schon längst einmal dafür gesorgt, eine zu bekommen.«

Sie schlug ihm spielerisch mit dem Fächer auf die Finger. »Na, Sie sind mir einer! Ich war nur in Sorge, daß Sie vielleicht eine unangenehme Nachricht erhalten haben.«

Sie sah ihn neugierig an, doch er ignorierte die unausgesprochene Frage und zog sie langsam zu sich heran. »War es wirklich nur Besorgnis, die Sie hierher führte?« fragte er dicht an ihrem Mund.

Bevor sie antworten konnte, verschloß er ihren Mund mit einem fordernden Kuß, der sie über sein Begehren nicht im Zweifel ließ. Elizabeth drängte sich an ihn, es gefiel ihr, wie er ihre Lippen erforschte, Schauer der Erregung liefen über ihren Körper. Erst als er in ihr Ohr murmelte: »Treffen wir uns nach dem Ball an einem verschwiegenen Platz?«, löste sie sich aus seinen Armen.

Ihr Fächer flatterte aufgeregt hin und her. »Sir! Sie sind sehr kühn! Ich glaube, Sie haben mich falsch eingeschätzt. Ich kann mich nicht mit Ihnen allein treffen, ich muß auf meinen Ruf achten«, erwiderte sie heiser. »London ist voller Klatschmäuler. Wenn uns einer sieht!«

Jason lächelte mit schmalen Lippen. »Was schlagen Sie vor?« fragte er.

Seine direkte Frage und ihr Verlangen nach seiner Umarmung brachten sie einen Augenblick aus der Fassung. Unsicher nagte sie an ihrer Unterlippe. Sie hatte es satt, auf Clive Pendletons Gnade und Barmherzigkeit angewiesen zu sein, und suchte verzweifelt nach einer guten Partie. Und Jason Savage war genau der Mann, den sie sich erträumte.

Leider wußte sie auch, daß er nicht im Traum an Heirat dachte. Und nachdem sie bereits einmal wegen einer Affäre das Tagesgespräch sämtlicher Salons gewesen war, konnte sie sich eine offene Liaison mit dem Gentleman aus Louisiana nicht leisten. Andererseits – wenn sie seine Geliebte wurde, war er bestimmt ein großzügiger und freigebiger Liebhaber. Von ihm konnte sie teure Geschenke und Schmuckstücke erhoffen, die sich später in hübsche Goldmünzen umsetzen ließen. Außerdem hatte sie als seine Geliebte unter Umständen eine viel größere Chance, Mrs. Savage zu werden. Seidenbetten hatten schon mehr als einmal zum Traualtar geführt. Also blickte sie neckisch zu ihm auf und seufzte: »Sie sind so ungeduldig. Lassen Sie mich nachdenken.«

Jason erriet ihre Gedanken nur zu genau und konnte ein spöttisches Lächeln nicht unterdrücken. Er verbeugte sich und sagte: »Madame, Sie sind bezaubernd. Ich werde begierig auf Ihre Entscheidung warten. Da Sie aber um Ihren Ruf so besorgt sind, ist es wohl besser, wenn wir hier nicht miteinander gesehen werden.«

Doch so schnell wollte Elizabeth das heimliche Zusammensein nicht abbrechen. »Sind Sie immer so vorsichtig?« fragte sie provozierend. »Dann ist es kein Wunder, daß der Gesandte King Sie so gern und oft empfängt!«

Jasons Augen verengten sich unmerklich. Sein Onkel hatte ihn gewarnt, Elizabeth arbeite für Clive Pendleton, doch er hatte ihn nicht ernst genommen. Doch nun schien sie ihn offensichtlich aushorchen zu wollen. »Woher wissen Sie, daß er mich gern und oft empfängt? Haben Sie Spione auf mich angesetzt?« fragte er kalt.

Elizabeths vielsagendes Lächeln verschwand jäh, sie antwortete scharf: »Seien Sie nicht dumm! Es war nur ein Scherz. Wenn Sie mir solche Sachen unterstellen, ist es wohl besser, wenn ich gehe. Bemühen Sie sich nicht weiter.« Sie warf ihre kastanienbraunen Locken zurück und wandte sich zur Tür, doch Jason drehte sie zu sich herum und nahm sie ohne Zögern in die Arme.

»Verzeihen Sie, wenn ich unhöflich war«, sagte er langsam, »aber ich habe nicht den Wunsch, Klatsch über Gesandte und deren Einladungen auszutauschen. Sie sind viel zu schön, als daß wir unsere Zeit mit solchen Gesprächen vergeuden könnten. Bleiben Sie hier bei mir, und ich werde Ihnen zeigen, was ich meine.«

Elizabeth spürte, wie ihr ganzer Ärger bei seiner Berührung verging. Sie sah in sein dunkles Gesicht, ihre Vorsätze gerieten ins Wanken. Warum eigentlich sollte sie nicht bei ihm bleiben?

Er las die Antwort in ihren Augen und gab ihr keine Gelegenheit mehr zu antworten, sondern verschloß ihren Mund mit einem langen Kuß. Als er bemerkte, daß sie seinen Kuß erwiderte, gab er ihre Lippen frei und flüsterte in ihr Ohr: »Wenn wir die Tür abschließen, wird uns niemand stören.«

Die Versuchung war groß. Elizabeth spürte seinen warmen Körper, sah das einladende Feuer im Kamin und die ganze Intimität des Raumes. Niemand würde sie stören, denn niemand außer ihrem Vater wußte, wo sie waren, und der Earl mußte sich um seine Gäste kümmern, würde sie längst vergessen haben.

Mit zwei Schritten war Jason an der Tür und drehte den Schlüssel herum. Seine Augen waren dunkel vor Verlangen, als er zurückkam, und Elizabeth wußte, daß sie sich lieben würden – sie konnte nicht anders, und die Möglichkeit, entdeckt zu werden, machte alles noch erregender.

Behutsam legte er sie auf die Couch, seine Lippen lagen auf ihrem Hals, und als seine Hand unter ihr Kleid glitt und ihre Schenkel streichelte, wurde ihr Verlangen übermächtig. Noch einmal versuchte sie, ihn abzuwehren, doch er schob nur ihre Hand beiseite und küßte sie leidenschaftlich.

Ihr Körper schien in Flammen zu stehen, als sein suchender Mund zu ihrer Brust heruntergglitt, und sie wünschte, sie könnten es wagen, sich auszuziehen – sie wollte ihn nackt spüren.

Jason öffnete das Oberteil ihres Kleides, seine warme Hand spielte an ihren Brustwarzen, seine Lippen bedrängten hart und fordernd ihren Mund. Mit der anderen Hand schob er ihr Kleid hoch, und seine suchenden Finger fanden den weichen Flaum zwischen ihren Schenkeln. Elizabeth stieß ein Stöhnen höchster Lust aus, als er sie so berührte. Sie war voll Verlangen nach ihm und glaubte schreien zu müssen, wenn er sie nicht bald nahm. Ihr ganzer Körper stand in Flammen, und sie begehrte ihn, wie sie noch nie einen Mann begehrt hatte. Ihre Hände krallten sich in sein Samtjackett, und sie bat: »Zieh es aus.« Doch er murmelte nur: »Beim nächstenmal. Die Jacke stört uns doch nicht.«

Schnell entledigte er sich seiner schwarzen Seidenhosen; im nächsten Augenblick fühlte Elizabeth ihn in sich eindringen und drängte sich ihm hungrig entgegen. Sie spürte ihn in sich – seine Größe und Härte allein waren schon eine Liebkosung – und schrie leise: »O Gott, Jason! Nimm mich!«

Mit fast brutaler Härte legten sich seine Lippen auf ihren Mund. Seine Hände preßten ihren Leib an sich, als er wieder und wieder, tiefer und härter in sie eindrang, bis ihr ganzer Körper vor Leidenschaft raste.

Später lag sie erschöpft in den Kissen. Nie zuvor hatte ein Mann sie so glücklich gemacht. Dann kehrte sie langsam in die Realität zurück, ihr wurde bewußt, was geschehen war. Mit einem Ruck setzte sie sich auf.

»Oh, mein Gott«, begann sie. »Was mußt du jetzt von mir denken!« Doch Jason, der gelassen seine Hosen zurechtzog, beugte sich nur über sie und küßte sie sanft. »Ich finde, daß du eine herrliche Frau bist, und hoffe, daß du mich hoffentlich bald noch mehr von dir sehen läßt, als ich schon gesehen habe.«

Das war nicht gerade das, was sie gern gehört hätte, doch sie konnte hoffen. Wenigstens wollte er sie wiedersehen.

Sie beschlossen, getrennt in den Ballraum zu gehen. Jason betrat als erster den Salon, damit Elizabeth die Möglichkeit hatte, schnell in ihrem Zimmer zu verschwinden und verfängliche Spuren zu beseitigen.

Am Eingang blieb er stehen und ließ seine Blicke schweifen. Als er Amanda Harris neben ihrer Großmutter entdeckte, ging er zu ihr hinüber. Auguste Dudley, die Herzogin von Avon, hatte weißes Haar und lebhafte, schwarze Augen. Sie war fast siebzig Jahre alt. In ganz London war sie als furchterregender alter Drache bekannt, und Jason fühlte sich nicht allzu wohl bei seinem Vorhaben, sie zu einer früheren Abreise zu überreden. Doch es war den Versuch wert, und so steuerte er, ohne lange herumzureden, gleich auf sein Ziel zu. Zu seiner Überraschung stimmte ihm Auguste Dudley sofort zu. Sie war von dem winterlichen Reigen der Bälle und Tees in immer der gleichen vornehmen Gesellschaft gelangweilt.

»Wollen wir heute in einer Woche aufbrechen?« fragte sie.

Jason verbeugte sich. »Ausgezeichnet. Ich treffe alle Vorbereitungen. Und jetzt – Amanda, darf ich um diesen Tanz bitten?«

Amanda wurde rot, senkte die Augen und nahm die Aufforderung dankend an. Sie war nicht sehr groß und hatte rotes Haar, doch sonst war sie ihrem Bruder überhaupt nicht ähnlich. Sie war eine bezaubernde junge Dame, Jason hatte sie gern, so wie er eine jüngere Schwester gern gehabt hätte. Auf dieser Basis waren sie bereits dicke Freunde und schwatzten beim Tanzen munter drauflos. Gegen Ende des Tanzes erinnerte er sich plötzlich wieder an den Eindringling mit den zornigen Augen. Neugierig fragte er: »Hält sich zur Zeit eine junge Dame bei Elizabeth auf?«

Einen Augenblick sah Amanda ihn verwirrt an, dann sagte sie: »Oh, du meinst Catherine! Aber ich hatte keine Ahnung, daß sie in London ist. Ich möchte wissen, warum sie mich nicht besucht hat.«

»Catherine?«

»Ja, Elizabeths Kusine.«

»Ach so«, sagte Jason ein wenig enttäuscht. So, wie seine Beziehung mit Elizabeth sich jetzt entwickelte, konnte er nicht gut die Bekanntschaft ihrer Kusine suchen. Also verdrängte er voll Bedauern Catherine aus seinem Gedächtnis und schenkte Amandas lebhafter Schilderung von Catherines Vergangenheit nur wenig Aufmerksamkeit. Später sollte einmal eine Zeit kommen, in der er sich wünschte, er hätte besser zugehört.

Elizabeth war in den Salon zurückgekommen, und Jason beobachtete mit schmalen Augen, wie sie sofort auf Clive Pendleton zuging. Sie hatte ihn also wirklich aushorchen wollen. Er lächelte grimmig und hätte gern gewußt, ob sie Pendleton wirklich alles erzählte, was in der Bibliothek zwischen ihnen vorgefallen war.

Doch das hatte Elizabeth nicht vor; ihre Beziehung zu Jason wollte sie geheimhalten. Falls Clive dahinterkam, daß sie versuchte, Jason zur Heirat zu bewegen, würde er mit Sicherheit Mittel und Wege finden, um diesen Plan zu vereiteln. Sie war viel zu wertvoll für ihn, als daß er es in Kauf nehmen konnte, sie an einen Ehemann zu verlieren.

Clive blickte hoch, als sie auf ihn zukam. Er trennte sich von seinen Gesprächspartnern, nahm ihren Arm und ging mit ihr ein Stück weiter. »Nun?« fragte er leise. »Hast du etwas herausgefunden?«

Sie blickte nervös über ihre Schulter und erwiderte mürrisch: »Er hat mir nichts sagen wollen. Sobald ich King erwähnte, hat er mich beschuldigt, ihm nachzuspionieren.«

»Übertreibst du nicht etwas?« fragte Clive gereizt, und ein mißtrauischer Funke glomm in seinen kalten grauen Augen.

»Na ja, vielleicht ein kleines bißchen«, antwortete sie langsam. »Aber ich brauche mehr Zeit, bis er mir traut. Du kannst doch nicht erwarten, daß ein Mann einer Frau, die er kaum kennt, gleich alles erzählt. Jason ist schließlich kein Dummkopf.«

»Dann würde ich empfehlen, daß du dich etwas schneller in sein Vertrauen einschleichst«, erwiderte Clive scharf. »Das heißt, wenn du willst, daß ich dir weiter beim Abtragen dringender Schulden behilflich bin.«

Elizabeths Lippen preßten sich zusammen, doch sie zwang sich, ruhig zu bleiben. »Ich habe ja wirklich die Absicht, für Jason Savage unentbehrlich zu werden, und sobald ich etwas erfahre, teile ich es dir mit.«

»Na schön. Aber denke immer daran, mein Liebling, wer deine Rechnungen bezahlt, wenn Savage wieder weg ist.«

Elizabeth gestand sich ein, daß er recht hatte; eine Minute später zog sie mit einem Verehrer davon. Zynisch lächelnd beobachtete Clive, wie sie ungeniert mit dem jungen Mann flirtete. Wenn überhaupt jemand Jason Savage seine Geheimnisse entlocken kann, dann ist es Elizabeth, entschied er. Er war sicher, daß Elizabeth ihm nicht alles erzählt hatte, was zwischen ihr und Savage vorgefallen war. Aus eigener Erfahrung kannte er diesen verschleierten Blick befriedigter Begierde in Elizabeths Augen, und er konnte sich vorstellen, was zwischen den beiden vorgefallen war. Daß es Savage gelungen war, mit ihr zu schlafen, störte ihn wenig, aber daß sie es ihm nicht erzählt hatte, beunruhigte ihn. Sie wollte ihn also an der Nase herumführen. Clives Lippen verzogen sich zu einem häßlichen Lächeln. Man würde ja sehen, wer am Ende wen an der Nase herumführte, dachte er boshaft – und das gilt auch für Catherine.

Sein verletzter Stolz ließ ihn den Nachmittag nicht vergessen. Aber wenn er Catherine nicht heiraten konnte, würde er dafür sorgen, daß auch kein anderer sie bekam – eher richtete er sie zugrunde!

Als Clive in seine Wohnung zurückkehrte, beschäftigten ihn diese Gedanken noch immer. Er machte es sich in seinem Wohnzimmer vor dem Feuer bequem und begann Pläne zu schmieden, wie er sich diese kleine Zigeunerin mit ihrem Riesenvermögen würde gefügig machen können. Sie hatte ihn heute vormittag zwar abgewiesen – aber würde sie es auch noch tun, wenn sie in Not geriete? Vielleicht wäre es besser, sie finanziell zu ruinieren und ihr dann die Heirat mit ihm als Rettung anzubieten, dachte er.

Er runzelte nachdenklich die Stirn und ging zu einem soliden kleinen Panzerschrank, der in die Wand eingebaut war. Er öffnete ihn und wühlte in den Papieren, bis er einen Brief mit Rachaels sauberer Handschrift in den Händen hielt. Wie gut, daß er ihn aufgehoben hatte!

Den Brief, der schon ein paar Jahre alt war, hatte Rachael an ihre französische Kusine Madame Poulin geschrieben. Daran war natürlich nichts Ungewöhnliches, aber der Brief war zu einem Zeitpunkt nach Frankreich geschmuggelt worden, zu dem England mit Frankreich Krieg geführt hatte. Clive hatte damals hinter den französischen Linien spioniert und sich für kurze Zeit in Madame Poulins Haus verstecken müssen, und bei dieser Gelegenheit war ihm Rachaels Brief in die Hände gefallen.

Am nächsten Morgen wachte er mit einem Gefühl hämischer Zufriedenheit auf. Catherines Niederlage würde nur noch eine Frage der Zeit sein!

Er hatte gerade gefrühstückt, als sein Diener eintrat.

»Sir, ein ausländischer Herr wünscht Sie zu sprechen. Er wollte seinen Namen nicht sagen, glaubt aber, daß ihm dies Eintritt verschaffen werde.«

»Dies« war eine Rolle Goldmünzen. Voller Interesse und Neugier ließ Clive den Herrn hereinbitten.

Der Mann, der eintrat, war offensichtlich Spanier; er hatte schwarze Augen, schwarzes Haar und eine dunkle Hautfarbe. Eine Narbe verunstaltete eine seiner Augenbrauen. Als er sprach, war sein südländischer Akzent unverkennbar.

»Bitte, nehmen Sie Platz, Mister . . .?« Clive sah den Besucher fragend an.

Der Mann zögerte eine Sekunde, dann sagte er langsam: »Señor Davalos.«

»Ah, ja. Bitte, nehmen Sie Platz, Señor Davalos, und sagen Sie mir, was ich für Sie tun kann.«

Davalos setzte sich auf einen dünnbeinigen Stuhl Clive direkt gegenüber. Der starre Blick seiner Augen erinnerte den Hausherrn unangenehm an ein Reptil.

»Was also kann ich für Sie tun?« wiederholte Clive seine Frage nach einer Weile.

»Ihr Name ist mir empfohlen worden als der eines Mannes, der gewisse Dinge beschafft, ohne viel zu fragen. Und besonders, ohne darüber zu reden – Sie verstehen?«

Clive verstand sehr gut. Mehr als ein Besucher hatte ihm so gegenüber gesessen und ihn um seine Dienste gebeten. Trocken antwortete er: »Ich verstehe vollkommen. Sie wollen nicht mit mir gesehen werden, aber es wäre Ihnen angenehm, wenn ich für Sie geheim und etwas außerhalb der Gesetze gewisse Dinge erledige.«

Davalos nickte zustimmend, ein leises, schnelles Lächeln huschte über sein Gesicht.

Geschäftsmäßig fuhr Clive fort: »Dann sind wir uns ja einig. Worum handelt es sich?«

Davalos antwortete mit einer Gegenfrage. »Sie sind mit einem gewissen Jason Savage bekannt, der gegenwärtig England besucht, um angeblich Pferde einzukaufen?«

Clive neigte den Kopf und sah Davalos aus schmalen Augen interessiert an. »Ja, ich bin Savage schon begegnet. Wollen Sie, daß er umgebracht wird oder soll er nur ein wenig in Schwierigkeiten geraten? Ich kann beides arrangieren.«

Davalos zuckte die Achseln. »Was aus ihm wird, interessiert mich nicht. Aber bevor er von dieser Erde verschwindet, möchte ich in den Besitz einer Karte gelangen, die er besitzt. Wenn Sie ihn beseitigen müssen, um an diese Karte heranzukommen – meinetwegen.«

»Eine Karte? Welche Art von Karte?«

»Sagen wir – eine Karte, die zu einem Schatz führt.«

Habsucht glomm in Clives grauen Augen auf, doch er unterdrückte sie sofort wieder und sagte nur geringschätzig: »Aha. Vergraben oder gesunken?«

»Nein, nichts dergleichen. Ich bin nicht einmal sicher, daß es diese Karte gibt. Vielleicht hat er sämtliche Einzelheiten, die mich interessieren, im Kopf. Ich weiß nur, daß er Informationen besitzt, die ich haben muß, und daß diese Informationen möglicherweise in eine Karte eingezeichnet sind. Und wenn er aus dem Grund nach England gekommen ist, den ich hinter der Tarnung mit dem Pferdekauf vermute, dann muß er seinen geheimen Geldgebern schließlich einen Beweis vorzeigen.«

»Geldgeber? Wofür? Sprechen Sie von einem großen Landkauf? Wollen Sie mit alldem sagen, daß diese Karte Teil eines Landkauf-Plans ist – falls sie existiert?«

»Nein. Und ebenso wenig spielt Politik dabei mit. Falls es die Karte gibt, zeigt sie einen Pfad, der ins neuamerikanische Neuspanien hineinführt. Die Gegend, von der ich spreche, ist von Weißen bisher kaum betreten worden. Ich habe nur eine Gewißheit: Es gibt dort einen Schatz.« Davalos sah Clive unverwandt an. »Falls Sie gerade überlegen sollten, wie Sie mich betrügen können, möchte ich Sie warnen, denn es wäre zwecklos. Die Karte können nur er und ich lesen. Ich glaube nicht, daß Sie dafür einen anderen Käufer finden würden. Verstehen wir uns?«

Clive runzelte die Stirn, als er die verborgene Drohung in den Worten des anderen hörte, ein unbehagliches Prickeln kroch über seinen Rücken. Doch er hatte gelernt, sich zu beherrschen, und erwiderte in gelangweiltem Ton: »Es ist nicht meine Art, Töpfen voll Gold nachzulaufen, die am Ende der Welt versteckt sein können. Ich kaufe und verkaufe Informationen. Wenn Sie wünschen, daß ich diese Karte für Sie stehle, dann werde ich es tun. Aber . . .« Clives Stimme wurde hart. »Versuchen Sie nicht, mir zu drohen, Señor Davalos.«

Davalos lehnte sich etwas entspannter zurück, und wieder erschien auf seinem Gesicht der dünne, böse Schimmer eines Lächelns. »Wir wissen, was wir voneinander zu halten haben, si? Also sprechen wir jetzt über Geld.«

Es dauerte nicht lange, bis sie sich über den Preis geeinigt hatten. Das einzige, was Davalos nicht behagte, war Clives Forderung, die Hälfte sofort zu erhalten.

Davalos zahlte aber die verlangte Summe und kehrte in sein kleines Zimmer zurück, das in einer wesentlich weniger vornehmen Gegend lag als Clives Wohnung. Er verriegelte die Tür, setzte sich an einen grob gezimmerten Tisch und zog unter seinem Überrock einen sorgfältig eingewickelten Gegenstand hervor. Fast ehrfürchtig wickelte er ihn aus und legte ihn in die Mitte des Tisches.

Der Gegenstand war schön und edel geformt. Ein goldenes Armband, mit Smaragden besetzt. Lange Zeit starrte er wie hypnotisiert auf das glänzende Gold und die glitzernden Smaragde, doch dann kroch ein gieriges Grinsen über sein Gesicht. Eines Tages würde alles ihm gehören, und eines noch viel früheren Tages würde eine Überraschung auf Jason Savage warten, eine äußerst unerfreuliche, wie Davalos hoffte.

5

Der Abend vor Jasons Abreise nach Brownleigh's begann wie viele andere seit seiner Ankunft in London – zusammen mit einem Freund nahm Jason in seiner Wohnung ein ausgezeichnetes Dinner ein, danach schlenderten sie zu »White's Club für Gentlemen« und spielten Karten mit ein paar Freunden.

Im Verlauf des Abends hatte Jason dem Portwein etwas reichlich zugesprochen und war ein wenig betrunken, als er am frühen Morgen die teppichbedeckten, schmalen Stufen zu seiner Zimmerflucht hinaufstieg.

Doch seine gute Laune verflog, als er die Tür aufgeschlossen hatte. Mißmutig starrte er in die pechschwarze Dunkelheit, die ihn begrüßte. Verdammter Pierre! Er hatte seinem Diener den Abend freigegeben, der Narr hätte eigentlich genügend Verstand haben müssen, eine Kerze brennen zu lassen. Dabei hätte Jason schwören können, daß er in dem Spalt unter der Tür Licht gesehen hatte.

Er tastete sich durch die Dunkelheit und fluchte vor sich hin, als er über einen Stuhl stolperte. In seinem angetrunkenen Zustand traf ihn der Angriff völlig unvorbereitet, jemand warf sich mit voller Wucht auf ihn und riß ihn zu Boden. Hilflos lag er unter dem Gewicht des Angreifers und rang nach Luft; sein vom Alkohol umnebelter Kopf wurde plötzlich völlig klar, seine Hände umklammerten die Kehle des Unbekannten. Der Eindringling ächzte überrascht, als er die tödliche Umklammerung spürte. Mit der Kraft der Verzweiflung versuchte er, Jasons Griff zu lockern. Sie wanden und rollten sich auf dem Boden herum.

Ihre Körper krachten an Möbelstücke, stießen Tische und Stühle um, mehr und mehr kämpfte der Einbrecher um sein nacktes Leben. Doch Jasons Griff war gnadenlos. Ohne die geringsten Skrupel würgte er ihn zu Tode. Als der unbekannte Angreifer unbeweglich dalag, stemmte Jason sich schweratmend hoch. Er tastete sich auf ein Wandbord zu und zündete mit Feuerstein und Zunder eine Kerze an.

Er war dem Toten nie begegnet. Nach seiner Kleidung zu schließen, hatte der Mann zu den ärmeren Schichten gehört.

Jason wandte sich um und brüllte nach Pierre, doch nur unheilvolles Schweigen antwortete ihm. In plötzlicher Sorge riß er die Tür zum Zimmer des Dieners auf – und stieß einen erleichterten Seufzer aus, als das flackernde Kerzenlicht ihm Pierre gefesselt und geknebelt, sonst aber offensichtlich wohlbehalten, zeigte.

Jason hatte den Knebel kaum entfernt, als ihn ein aufgeregter Wortschwall auf französisch begrüßte; während er ihm noch die Fesseln abnahm, begleitete Pierre seine Erklärungen schon mit wilden Gesten. Es kostete Jason mehrere Minuten, bis er sich zusammenreimen konnte, was eigentlich vorgefallen war.

Pierre war früh von einem Treffen mit Jacques zurückgekehrt. Noch halb in der Wohnungstür war er von hinten angegriffen, überwältigt und gefesselt worden. Jason konnte sich vorstellen, daß das nicht allzu schwierig gewesen war, denn Pierre hatte zwar das Herz eines Löwen, war aber klein und schmächtig.

Tief in Gedanken ging Jason, gefolgt von dem noch immer aufgeregt plappernden Pierre, wieder ins andere Zimmer zurück. Als Pierre den Toten auf dem Boden liegen sah, verstummte er abrupt. Auf seinen fragenden Blick hin nickte Jason nur. Dann goß er sich und dem nun sehr schweigsamen Pierre einen doppelten Brandy ein.

Schweigend tranken sie, bis Jason nachdenklich sagte: »Pierre! Ich fürchte, mein Onkel wird sehr ungehalten sein.«

»Ah, non, Monsieur!« rief Pierre. »Diese Engländer, sie sind alle Barbaren, doch Ihr Onkel ist eine Ausnahme. Er wird wissen, was zu tun ist.«

»Stimmt schon, aber im Augenblick können wir gar nichts tun, denn der Herzog wird alles andere als erfreut sein, wenn wir ihn um diese frühe Stunde wecken. Es wird schon schlimm genug werden, wenn er das hier tagsüber erfährt. Ich habe das ungute Gefühl, mein Freund, daß der morgige Tag sehr nervenaufreibend verlaufen wird, und deshalb sollten wir jetzt schlafen gehen.«

»Aber diese Unordnung, Monsieur. Ich muß aufräumen!« rief Pierre, dessen ordnungsliebende Seele sich gegen den Zustand des Zimmers zutiefst empörte. Und erst jetzt bemerkte Jason das schreckliche Durcheinander, das nicht allein vom Kampf herrühren konnte.

Die Schreibtischfächer waren herausgezogen und umgedreht worden, überall auf dem Boden lagen Papiere verstreut, die Bücher waren aus den Regalen auf die Erde geworfen worden. Nicht einmal der massive Eichenschrank war verschont geblieben; seine Türen standen offen, und der Inhalt war rücksichtslos durchwühlt worden.

Nachdem er die Verwüstung eine Zeitlang betrachtet hatte, warf Jason dem Toten einen fast schuldbewußten Blick zu und murmelte unsicher: »Es scheint ja fast, daß er mich gar nicht umbringen wollte.«

Er kniete neben dem Toten nieder und durchsuchte seine Taschen, doch außer einigen persönlichen Dingen fand er nichts. Er überlegte eine Weile und ging dann in sein Schlafzimmer. Wie erwartet, fand er auch hier die Spuren einer hastigen Suche.

Seine Kleider lagen verstreut auf dem Boden, die Kopfkissen waren aufgeschlitzt, Bettfedern schwebten in kleinen Wolken über dem ganzen Durcheinander. Doch das Verblüffendste war, daß der Mann zwischen alldem ein kleines Vermögen in Form von Ringen, Perlennadeln und Juwelen übersehen oder ignoriert hatte.

Pierre sah ihn entgeistert an und fragte fassungslos: »Wieso läßt ein Dieb ein solches Vermögen einfach liegen?« Jason wandte sich zu ihm um und fragte eindringlich: »Wann bist du nach Hause gekommen?«

»Vor Mitternacht, Monsieur.«

Jason zog eine goldene Taschenuhr heraus. »Es ist jetzt nach vier, ich muß also kurz nach drei gekommen sein. Warum war der Dummkopf da immer noch hier? Er hatte doch Zeit genug, sich aus dem Staub zu machen. Und wenn er kein Dieb war, was, zum Teufel, hat er dann gesucht?«

Pierre wußte, daß sein Herr keine Antwort erwartete. Er kniete am Boden nieder und sammelte die Kleidungsstücke auf. Jason sah ihm geistesabwesend zu; er suchte nach einer Erklärung für diesen rätselhaften Vorfall und überlegte, ob diese nächtliche Überraschung etwas mit seiner Botenrolle für Präsident Jefferson zu tun haben konnte. »Was soll's?« meinte er plötzlich, drehte sich auf dem Absatz um und ging in das Wohnzimmer zurück.

Im ersten Licht des Tages schickte er Pierre mit einer dringenden Mitteilung zu Roxbury und ließ ihn bitten, sofort zu ihm zu kommen. Doch der Herzog ließ sich Zeit bis zum Mittag. Er war sehr elegant gekleidet, sein Anzug war von fahlem Taubengrau, und in seiner schmalgliedrigen Hand schwang lässig ein mit einer Kugel verziertes Stöckchen. Wie Jason geahnt hatte, war die Entdeckung einer Leiche im Zimmer des Neffen für seinen Onkel weder schokkierend noch gar erschreckend. Es war ganz einfach unpassend. Er ließ seine schläfrigen Augen, denen nichts entging, angelegentlich über die herumgestreuten Papiere und Bücher wandern.

»Ich nehme an, daß dies der Grund für deine kleine Notiz von heute morgen ist?« fragte er.

Mit ernstem Gesicht lauschte er Jasons Bericht über die Ereignisse der Nacht. »Das nenne ich einen ausgefüllten Abend, junger Mann!« bemerkte er, als Jason seine Schilderung beendet hatte.

Der nickte mit unbeweglicher Miene. Roxbury seufzte, sein Neffe erinnerte ihn immer wieder an das Land jenseits des Großen Teiches, in dem er aufgewachsen war. Jason war wie Amerika – jung, unbesonnen, laut und stets dazu geneigt, die Muskeln spielen zu lassen, ohne Rücksicht auf die Folgen. Schließlich schüttelte Roxbury langsam den Kopf und murmelte, während er auf den Leichnam starrte: »Jason, Jason, ich fürchte, du warst ein wenig voreilig. Der arme Teufel war offensichtlich nur ein Dieb. Mußtest du ihn gleich umbringen?«

»Als er mich im Dunkeln angriff, konnte ich das nicht wissen. Ich fühlte mich bedroht«, verteidigte sich Jason. »Aber ich habe dir noch nicht alles gesagt. Komm mit in mein Schlafzimmer, ich werde dir etwas Interessantes zeigen.«

Pierre hatte zwar während der Nacht die schlimmste Unordnung beseitigt, und deshalb lagen die Schmuckstücke nicht mehr auf dem Boden herum, sondern fein säuberlich auf einem Tischchen. Jason zeigte darauf. »Wenn der Mann nur hinter Wertsachen her war, weshalb hat er dann dies hier nicht mitgenommen? Warum hat er sich nicht die Taschen damit vollgestopft und ist verschwunden?«

Der Herzog kratzte sich nachdenklich am Kinn. »In der Tat, das scheint ganz unerklärlich. Oder hängt es am Ende damit zusammen, daß man dich neulich nachts nach deinem Kartenspiel mit Clive Pendleton überfallen wollte?«

»Du hast . . . Du weißt . . .?« fragte Jason entgeistert.

»Vielleicht«, fuhr Roxbury ungerührt fort, »hängt es auch damit zusammen, daß man deine Sachen früher schon einmal durchsucht hat? Wenn nicht gar mit deinem hastigen Besuch beim Gesandten King . . .«

»Du weißt das alles?«

»Ich lege nun einmal Wert darauf«, sagte Roxbury mit schläfrigen Augen, »gewisse Dinge sofort zu erfahren.«

Jason unterdrückte mit Mühe einen plötzlichen Zornesausbruch. »Diesen Andeutungen muß ich ja wohl entnehmen, daß mir in deinem Auftrag auf Schritt und Tritt jemand nachgespürt hat, seit ich in London bin.«

Sein Onkel zuckte die Achseln. »Es wäre gut, wenn du dich nicht allzu sehr damit aufhalten würdest. Du entsinnst dich vielleicht, daß ich dir neulich gesagt habe, wie gern ich Clive Pendleton einmal bei einer hübschen kleinen Gaunerei ertappen würde. Und so etwas war ja am ehesten gegen dich zu erwarten, nicht wahr, mein lieber Junge – nachdem er schon die lustige Witwe Markham auf dich angesetzt hatte.«

»Weshalb dann, verdammt noch mal, hat dein Spitzel mich heute nacht ins Haus spazieren lassen, ohne mich zu warnen? Das hätte ja ebenso gut ein Mordanschlag auf mich sein können.«

»Das«, erwiderte der Herzog müde, »hat nur den Grund, daß meinem Mann vorher die Kehle aufgeschlitzt worden ist.«

»Die Kehle aufgeschlitzt? Wie kannst du dann noch von einem gewöhnlichen Dieb sprechen?« fragte Jason fassungslos.

»Na schön, ich werde deiner Logik folgen und von einem Mörder sprechen. Vielleicht gibt dir die gleiche Logik aber auch eine Vermutung ein, was er gewollt haben kann?«

Unwirsch erwiderte Jason: »Bei mir gibt es nichts, was einen Spion interessieren könnte. Und das einzige von wirklichem Wert, das nicht im Schlafzimmer war, trage ich an mir.« Während er sprach, knöpfte er sein Hemd auf und zeigte seinen rechten Arm.

Der Arm, den er seinem Onkel entgegenhielt, war genauso sonnenverbrannt wie sein Gesicht. Auch die Muskeln, die unter der dunklen Haut spielten, ließen den Verdacht nicht aufkommen, daß Jason ein schmächtiger Salonlöwe wäre. Aber Roxburys Blick blieb an einem breiten Goldreif mit Smaragden hängen, der Jasons Oberarm umspannte. Er nahm das goldgeränderte Vergrößerungsglas, das er an einem schwarzen Samtband um den Hals trug, und untersuchte das seltsame Schmuckstück. Es war eine schöne Arbeit, die Muster waren zweifellos nicht europäisch. Aus gewissen Abnutzungszeichen schloß er, daß es jahrhundertealt sein mußte. »Sehr hübsch.«

Jason mußte über die trockene Bemerkung seines Onkels grinsen, knöpfte das Hemd wieder zu und sagte: »Du alter Fuchs! In Wirklichkeit macht dich mein Azteken-Armband doch wahnsinnig neugierig.«

»Azteken-Armband?« fragte Roxbury interessiert.

Jason nickte und fügte hinzu: »Ich habe es vor Jahren in der neuspanischen Wildnis gefunden. Wie es dahin gekommen ist, kann ich auch nur vermuten. Es hat mich vom ersten Augenblick an behext, ich habe es seither nie mehr abgenommen. Es ist so eine Art Talisman geworden.«

»Meinst du, daß der Einbrecher das gesucht hat?«

»Das bezweifle ich. Es ist ja nicht gerade so, daß ich es jedem zeige«, erwiderte Jason spöttisch.

»Ausgenommen allen jenen Damen, für die du mehr ablegst als nur einen Hemdsärmel. Wenn man zum Beispiel an die überaus einladende Elizabeth Markham denkt, Clive Pendletons Verbündete...«

»Onkel!«

»Schon gut, schon gut. Deine Bekleidungsgewohnheiten sind allein deine Angelegenheit. Bedenke bitte nur, daß Clive Pendleton ernst genommen werden muß. Weißt du nicht eine angenehme Art, aus London zu verschwinden, bis ich hier einiges klären kann?«

»Ich hatte sowieso vor, heute nachmittag aufs Land zu fahren.«

»Ah, das wird Brownleigh's Jagdgesellschaft sein, habe ich recht?«

»Onkel, diese Alleswisserei macht mich langsam nervös!«

»Du bist eingeladen?«

»Ja, Harris und Barrymore sind schon dort. Aber ich wohne nicht in Brownleigh's Landhaus, sondern in einem Gasthaus, das in der Nähe liegt.«

»Heute nachmittag, sagst du?«

»Ja, soll ich es verschieben?«

»Nein, nein, Jason, ganz im Gegenteil! Laß dich durch kleine Ungelegenheiten wie die heute nacht keinesfalls von deinen Plänen abbringen. Reise nur.«

»Aber – der Tote in meinem Wohnzimmer.«

»Was ihn betrifft, so hast du doch sowieso schon eingeplant, daß ich das in Ordnung bringe. Laß Pierre nur zusammenpacken, was du zur Reise brauchst; alles übrige besorgen meine Leute. Sie müssen bald hier sein.«

Jason grinste gequält. »Weißt du, wenn du in der Nähe bist, komme ich mir wie ein Provinztrottel vor. Ich bin mit meinen Angelegenheiten eigentlich schon eine ganze Reihe von Jahren allein fertig geworden. So in Watte gepackt zu werden, gefällt mir nicht.«

Roxbury lächelte unschuldig. »Aber keineswegs! Nur kannst du augenblicklich auf Brownleigh's Landsitz ungleich nützlicher sein, und da ist doch auch die schöne Witwe. Wenn ich dich brauche, werde ich nicht zögern, mit dir in Verbindung zu treten.«

6

So kam es, daß Jason am Nachmittag Amanda und ihre Großmutter aufs Land begleitete, so als wäre nichts geschehen. Er brachte die beiden Damen zu Brownleigh's großem Landhaus und quartierte sich selbst im »Gasthaus zum Fuchs« ein, wo ihm fast der gesamte zweite Stock hergerichtet worden war: zwei große Schlafzimmer mit Ankleideräumen, Wohn- und Speisezimmer. Pierres Quartier lag ganz in der Nähe am gleichen Korridor.

Auch als sich am nächsten Morgen eine fröhliche Jagdgesellschaft vor Brownleigh's Haus versammelte und Jason auf seinem Rappen angeritten kam, ereignete sich nichts Ungewöhnliches. Zurufe von seiten der Herren, lange Seitenblicke von den Damen. Besonders Elizabeth Markham konnte nicht an sich halten, immer wieder verstohlen in seine Richtung zu schauen.

Es war ein schöner Morgen, die Luft war klar und kühl; vereinzelte Nebelschwaden zogen über die grünen Hügel und kleinen Täler. Die Pferde waren unruhig, als sie losritten; ihr Atem war in der Morgenluft deutlich zu sehen, und das laute, aufgeregte Gebell der Hunde tönte über die friedliche Landschaft. Die Tiere hatten eine Fährte aufgenommen, und die gesamte Jagdgruppe galoppierte geschlossen hinterher.

Jason blieb bald zurück; sein Schwarzer hatte sich beim Überspringen eines hölzernen Zauns einen Vorderfuß verletzt und begann zu lahmen. Er besah sich den Schaden, stieg wieder auf und lenkte sein Pferd in einen Weg, der zum Gasthof zurückführte. Er war noch nicht weit gekommen, als er einen anderen Reiter hinter sich hörte. Er drehte sich um und war nicht überrascht, Elizabeth zu sehen.

Sie trug ein Reitkostüm aus grünem Samt, auf ihren Locken saß ein kecker, kleiner Hut. Sie lächelte Jason zu. »Schade«, bemerkte sie mit einem Blick auf sein lahmendes Pferd. »Du wirst das Beste versäumen.«

Er erwiderte ihr Lächeln und sagte: »Ach, es gibt immer wieder eine Gelegenheit zur Jagd. Ich fürchte auch, daß ich keinen Geschmack daran finden würde, zuzusehen, wie zwanzig Hunde einen Fuchs zerreißen.«

»Aber, Jason! Du bist doch nicht einer von diesen Schwächlingen, die gleich in Ohnmacht fallen, wenn sie Blut sehen!« rief sie zornig.

Er runzelte die Stirn über ihren barschen Ton, nickte aber nur höflich. »Wie Sie meinen, Madame.«

Seine kurze Antwort brachte sie etwas aus dem Konzept; im liebenswürdigsten Ton, der ihr möglich war, sagte sie: »Verzeihung! Das war wohl nicht sehr nett von mir. Meine Mutter sagt auch immer, daß ich meine Zunge besser im Zaum halten soll.«

»Ganz wie Sie meinen, Madame«, wiederholte er.

Sie zog einen Schmollmund. »Könntest du nicht einmal etwas anderes sagen?«

Er blickte sie abschätzend an, taxierte ganz offen ihre vollen Brüste, die schlanke Taille, die runden Hüften. Ungeniert zog er sie mit den Augen aus und amüsierte sich über das tiefe Rot, das ihr Gesicht überzog. Er hielt ihrem entrüsteten Blick stand und sagte: »Was würdest du mich denn gerne sagen hören? Du bist mir gefolgt und hast die Unterhaltung begonnen.«

»Ich sehe, daß Sie lieber allein sein wollen. Entschuldigen Sie, daß ich mich aufgedrängt habe.« Dann wollte sie ihr Pferd wenden, doch seine sehnige, braune Hand ergriff schnell den Zügel ihres Pferdes. Im nächsten Augenblick fühlte sie sich rauh aus dem Sattel gehoben. Er preßte sie an sich und küßte sie ungestüm.

Sein warmer Mund lag auf ihren Lippen, und sie hielt, völlig überrumpelt, still, als sein Kuß drängender wurde und seine Hand ihre Brust suchte. Fast schmerzhaft war sich Elizabeth der Nähe des harten Männerkörpers bewußt, und nur die Tatsache, daß sie mitten auf einem Weg standen, veranlaßte sie, ihn abzuwehren.

Jason übersah ihre Befreiungsversuche und murmelte dicht an ihren Lippen: »Sachte, meine Süße. Ich weiß, daß hier nicht der Ort dafür ist, aber du bist so verdammt verführerisch.« Er neigte seinen dunklen Kopf und nahm ihr Ohrläppchen zwischen die Lippen. »Ich will mehr als nur einen verstohlenen Kuß auf einem staubigen Weg. Wann und wo kann ich wieder allein mit dir sein?«

Elizabeth starrte ihn an. Sie dachte daran, wie sich sein harter Körper in der Bibliothek an sie gepreßt hatte, und wußte, daß sie diesen Mann begehrte wie keinen anderen. Mit leiser Stimme sagte sie: »Der Wirt ›Zum Fuchs‹ soll sehr verschwiegen sein.« Jason lächelte und setzte sie ohne ein weiteres Wort in ihren Sattel zurück. Gemeinsam ritten sie zum Gasthof.

Das Zimmer war mit dicken, senffarbenen Teppichen ausgelegt, die blaßgelben Vorhänge an den beiden Fenstern waren genau darauf abgestimmt, ebenso die beiden roten Ledersessel vor dem gemütlichen Feuer. Neben der Feuerstelle stand ein zierlicher Tisch im Queen-Anne-Stil, unter einem der Fenster war eine Couch aus blauem Mohair gegen die Wand gerückt.

Doch Elizabeth nahm nicht allzu viel von der schönen Einrichtung wahr, sie setzte sich fast schüchtern auf die Couch. Jason nahm eine Karaffe, die neben dem Feuer stand, und schenkte ihr ein Glas warmen, gewürzten Rotwein ein.

Nur das Knistern des Feuers war zu hören. Jason ließ sich lässig in einen der Ledersessel sinken und streckte seine langen Beine aus. Das Schweigen begann, an Elizabeths Nerven zu zerren.

Jason mußte insgeheim lächeln, als er sie ansah. Frauen! dachte er. Warum muß man ihnen immer erst lange den Hof machen, ehe man mit ihnen ins Bett geht? Plötzlich hatte er die Tändelei satt; er stellte sein Glas ab und stand geschmeidig auf, ging zu ihr hinüber, nahm ihr das Glas aus den nervösen Fingern und zog sie langsam in seine Arme. Dann küßte er sie, lange und voll Verlangen, Elizabeth drängte sich an ihn, zufrieden seufzend, der Gedanke an das Bevorstehende prickelte wie Feuer auf ihrer Haut. Er begehrte sie, und als er sie an sich preßte, konnte sie seine harte Männlichkeit spüren. Seine Hände erforschten ihren Körper, und sie fühlte seine wachsende Erregung, als er sie zur Couch drängte. Ihre Jacke fiel zu Boden, ihre nackten Brüste warteten auf seine

Berührung. Seine Hände wanderten weiter über ihren glühenden Körper, schoben hastig ihren Rock hoch; Elizabeth bog sich ihm, vor Lust aufstöhnend, entgegen. Dann war er über ihr und drang so schnell und wild in sie ein, daß sie überrascht aufschrie. Doch ihre eigenen Begierden löschten alles andere aus, sie erwiderte jeden seiner harten Stöße, und er führte sie auf den Gipfel höchster Lust, bis sie schwach und zufrieden zurücksank.

Danach lagen sie schweigend, bis Jason sich aufsetzte und sie grinsend ansah. »War das nicht aufregender, als eine Hundemeute bei der Fuchsjagd zu beobachten?« fragte er neckend.

Später gestand er sich reuevoll ein, daß er sich mit dieser Bemerkung wirklich wie ein ungehobelter Klotz aufgeführt hatte – und daß er auch alle anderen Schimpfnamen, die Elizabeth ihm an den Kopf warf, verdiente. Im Augenblick jedoch waren die Folgen eher wohltuend. Elizabeth zog sich hastig an und stürmte wütend zur Tür hinaus, wofür er im Augenblick sehr dankbar war, und ihr Wutausbruch zeigte, daß sie zumindest heute morgen nicht von Clive Pendleton auf seine Spur gesetzt worden war, sondern sich von viel weiblicheren Wünschen hatte leiten lassen. Lächelnd schüttelte er den Kopf. Es war ja ein ganz erfreuliches Zwischenspiel gewesen, aber Elizabeth nahm sich leider ein bißchen zu wichtig. Er würde sich weder bei ihr noch bei irgendeiner anderen Frau entschuldigen, weil er das genommen hatte, was sie ihm anboten.

Barrymore sagte am Abend fast dasselbe. Jason hatte seine beiden Freunde bis dahin nicht gesehen, weil sie einen ausgedehnten Besuch beim benachbarten Gutsbesitzer unternommen hatten. Jetzt saßen sie zusammen, faul vom üppigen Abendessen, und Barrymore berichtete, daß er Elizabeth gefragt hatte, ob sie Jason am Morgen begegnet sei, und daß sie ihm für die unschuldige Frage fast die Augen ausgekratzt hätte. Jason hörte sich die Sticheleien eine Weile amüsiert an, dann brachte er das Gespräch elegant auf jenes Zigeunerlager, das Barrymore und Harris wegen der Zuchtpferde für ihn aufgestöbert hatten.

Barrymore ließ sich ohne Schwierigkeiten ablenken.

Bevor sie es sich zum Kartenspiel bequem machten, vereinbarten sie, am nächsten Morgen hinüber zu reiten.

7

Früh am nächsten Morgen machte Clive sich auf den Weg zum Zigeunerlager. Es lag nur wenige Meilen von Brownleigh's Landhaus entfernt, und er hatte keine Schwierigkeiten, die kunterbunte Ansammlung ausgefranster Zelte und grell angestrichener Wohnwagen zu finden. Als er sein Pferd anhielt, hörte er von der anderen Seite des Lagers her ein Pferd schnauben und stampfen.

Auf den ersten Blick schien es, als lägen die Bewohner noch in tiefstem Schlaf, alles sah so ungeheuer leer und verlassen aus. Sogar die Straßenköter, die sonst durch das Lager streunten, lagen zusammengerollt unter den Wagen.

Dann kam eine alte Frau mit grauen Strähnen im schwarzen Haar aus einem der Zelte und warf eine Handvoll dürrer Zweige auf das schwelende Feuer vor ihrem Zelt. Während Clive sie beobachtete, fragte er sich angewidert, was in Catherine gefahren sein mochte, daß sie sich immer noch mit diesen Leuten abgab.

Er mußte irgendein Geräusch gemacht haben, denn die Alte fuhr plötzlich herum und starrte in seine Richtung. Ihre schwarzen Augen weiteten sich, als er näherkam. Er erkannte Reina im gleichen Augenblick, in dem sie auch ihn wiedererkannte. Ihr Lächeln erstarb, die schwarzglühenden Augen wurden schmal, sie spuckte verächtlich ins Feuer. Ihr Verhalten ärgerte Clive, er fuhr sie an, ohne sich lange mit Höflichkeiten aufzuhalten: »Wo ist Catherine? Oder meinetwegen Tamara, wie ihr sie nennt?«

»Tamara schläft noch, mein geschniegeltes Böckchen. Du wirst noch eine Weile warten müssen, bis sie aufwacht.« Sie hielt inne und fügte dann verschlagen hinzu: »Oder willst du mit Manuel vorliebnehmen? Er ist im Wagen dort drüben.« Mit einer Kopfbewegung deutete sie zu einem der Wagen und drehte ihm dann demonstrativ den Rücken zu.

Clive biß die Zähne zusammen und betrachtete sie wütend. »Unverschämte alte Hexe! zischte er. »Ich hätte dir schon längst die Kehle durchschneiden sollen.« Er sprang vom Pferd und marschierte zu dem Wohnwagen, den Reina ihm als Manuels Behausung bezeichnet hatte.

Gerade als Clive den Wagen erreichte, wurde die rote Tür aufgestoßen, und Manuel kam die kurze Leiter herunter. Seine Haut war dunkel, die Augen glänzendschwarz und glitzerten wie Edelsteine in seinem lustigen Gesicht. Er lächelte, als er herauskam, doch das Lächeln verschwand und machte einem wenig erfreuten Stirnrunzeln Platz, als er Clive erkannte. »Was wollen Sie?« knurrte er.

»Wo ist Catherine oder Tamara?« herrschte Clive ihn an. »Ich weiß, daß sie hier im Lager ist. Such sie und bring sie hierher, und zwar sofort!«

»Ich stehe genau hinter dir, Clive. Und wenn du dich auf meinem Land befindest, wirst du dir etwas mehr Höflichkeit angewöhnen müssen – falls du weißt, was das ist.« Als Clive sich umdrehte, traute er seinen Augen kaum. War dieses schlanke Mädchen wirklich Catherine?

Zwischen der zurückhaltenden jungen Dame, die er in London kennengelernt hatte, und dieser Person hier gab es wenig Ähnlichkeit. Ihr Haar hing in wirren Locken herunter, ihr Gesicht hatte einen wilden, sinnlichen Ausdruck, der ihm vorher nicht aufgefallen war. Sie trug Zigeunerkleidung, einen einfachen, roten Rock und eine dünne Bluse aus gelbem Musselin. Ihre veilchenblauen Augen betrachteten ihn wachsam und unfreundlich, sie erinnerte Clive an ein Kätzchen, das nicht genau weiß, ob es fauchen und angreifen oder weglaufen soll.

Clive zwang sich zu einem Lächeln. »Ich entschuldige mich«, sagte er. »Aber ich muß dir dringend etwas sagen, und Manuel war . . . äh . . . nicht sehr hilfreich.«

Bei seinen Worten erschien ein ängstlicher Ausdruck auf Catherines Gesicht. »Was ist los?« fragte sie schnell. »Meine Mutter? Ist Rachael etwas zugestoßen?«

Catherines Besorgnis um ihre Mutter kam für Clive wie gerufen. Er sagte glatt: »Nein. Rachael ist nichts passiert . . . noch nicht.«

»Wie meinst du das . . . noch nicht?«

»Nun, das kommt ganz auf dich an, meine Liebe. Laß uns alleine reden – das ist eine private Angelegenheit und braucht sich nicht im Zigeunerlager herumzusprechen.«

Sie sah ihn mißtrauisch an. Manuel redete ihr in Zigeunersprache eindringlich zu.

Allmählich erwachte das Lager, Kochtöpfe klapperten, der Geruch von Rauch und gebratenem Speck erfüllte die Luft. Hinter den Wagen waren die gedämpften Stimmen der Männer zu hören, die das Vieh fütterten. Plötzlich hieß Catherine Manuel mit einer scharfen Handbewegung schweigen und erwiderte etwas in seiner Sprache. Er schien zufrieden, warf Clive einen Blick voller Feindseligkeit zu und verschwand.

Catherine blickte Clive eine Zeitlang mit offensichtlichem Mißtrauen an. »Also?« sagte sie dann.

»Gehen wir doch in deinen Wohnwagen. Soviel ich weiß, hat der Earl ja eigens einen für dich bauen lassen.«

»Glaubst du im Ernst, daß ich mit dir irgendwohin gehe, wo Manuel und die anderen uns nicht sehen können?« fragte sie ruhig. »So schnell vergesse ich nicht, was bei unserem letzten Alleinsein passiert ist. Außerdem«, fügte sie kalt hinzu, »ist Manuel nur weggegangen, weil ich ihm versprochen habe, in Sichtweite zu bleiben.«

Clives selbstzufriedene Stimmung verging; sein Blick wurde eisig, er folgte ihr auf eine kleine Lichtung unmittelbar außerhalb des Lagers. Dort wandte sich ihm Catherine zu. »Das ist weit genug«, sagte sie. »Nun, was ist mit meiner Mutter?«

»Genau genommen«, begann er, »spielt sie nur eine Nebenrolle. Wenn du tust, was ich dir sage, wird ihr nichts geschehen. Ich möchte, daß du für mich ein Dokument besorgst, das augenblicklich im Besitz eines Amerikaners ist, der im ›Gasthof zum Fuchs‹ wohnt.«

»Besorgen?« fragte Elizabeth verwirrt.

»Ohne daß er es bemerkt.«

»Ich soll für dich stehlen? Wie komme ich dazu?«

Clive zog ein Papier aus der Innentasche seiner Weste, ein unangenehmes Lächeln spielte um seine Lippen. »Ich kann dich das hier lesen lassen, wenn du willst. Aber ich kann es auch noch kürzer machen und dir sagen, daß es sich hier um die Abschrift eines Briefes handelt, den Rachael während des Krieges mit Napoleon an eine Kusine in Frankreich geschrieben hat. In Napoleons Frankreich! Das meiste ist nur belangloses Frauengeschwätz, aber gegen Ende erwähnt sie einen gewissen Leutnant Starmer, der sie hier in der Nähe mit einigen Freunden besucht hat.«

Er machte eine genußvolle Pause; Catherine sah ihn eindringlich an. Sein häßliches Grinsen verstärkte sich, als er fortfuhr: »Rachael war so unklug, das Abmarschdatum Leutnant Starmers zu erwähnen – und sogar den Namen des Schiffes, mit dem er zur Teilnahme am Krieg nach Frankreich übersetzen wollte. In einem Brief, der ins feindliche Frankreich ging! Und weißt du was? Starmers Schiff ist kurz nach dem Auslaufen versenkt worden, von den Franzosen!«

In Catherine stieg eine böse Ahnung auf. Mit gespielter Gleichgültigkeit sagte sie: »Na und?«

»Und infolgedessen, meine liebe Catherine, ist es doch durchaus möglich, daß jemand behauptet, Rachael habe für Napoleon spioniert und den Franzosen unsere Truppenbewegungen verraten. Natürlich wissen wir beide, daß es nicht so gewesen ist und daß wir es hier mit einem verhängnisvollen Zufall zu tun haben. Aber ich frage mich, ob mein Freund, Major White bei den Leibgarden Seiner Majestät, das auch so sehen würde?«

Falls es in Catherine je Zweifel gegeben hatte, ob sie Clive Pendleton unrecht tat – in diesem Moment verschwanden sie für immer. Ihre Augen funkelten ihn in unverhülltem Haß an, während sie versuchte, ihre Angst zu verbergen. Doch ihr war klar, daß der Brief, von dem er sprach, nie in die Hände des königlichen Militärs geraten durfte. Selbst wenn es Rachael gelungen wäre, ihre Unschuld zu beweisen, sie hätte ein Leben lang unter dem Gerede und den Spekulationen gelitten, die allein schon durch eine amtliche Untersuchung entstanden wären. Würgende Übelkeit erfaßte Catherine bei der Vorstellung, daß die scheue, stille Rachael gezwungen sein könnte, schroffen Armeeoffizieren Rede und Antwort zu stehen. Das durfte nicht geschehen, eher würde Catherine sich selbst in Gefahr begeben. Was hatte Clive gesagt? Sie sollte ein Dokument stehlen?

Voller Zorn und Angst starrte sie in sein hämisch grinsendes Gesicht.

»Bei deinem Anblick wird mir übel«, sagte sie unterdrückt. »Wie kannst du uns so etwas antun? Ich dachte, du magst Rachael! Und glaubst du etwa, daß du mir dadurch sympathischer wirst?«

Clive zuckte die Achseln. »Nehmen wir an, ich vernichte dieses gefährliche Stück Papier – heiratest du mich dann?«

»Ich würde dich nicht einmal heiraten, wenn du der einzige Mann auf der Welt wärst!« schrie Catherine außer sich.

»Siehst du, das habe ich mir gedacht. Ich habe nie ein Geheimnis daraus gemacht, daß ich dich haben will, ob freiwillig oder nicht. Wenn das aber nicht möglich ist, wirst du das Zimmer dieses Herrn für mich durchsuchen.«

Catherine wußte, daß sie besiegt war – im Augenblick jedenfalls –, und fragte verbittert: »Du läßt mir keine andere Wahl?«

Lächelnd drückte Clive ihr ein zweites Papier in die Hand. »Hier ist ein Lageplan des Stockwerks, in dem Jason Savage augenblicklich wohnt. Hinein kommst du über das Rosengitter unter diesem Fenster hier.« Er zeigte auf einen Punkt des Plans. »Sein Diener schläft weiter hinten. Von dem brauchst du nichts zu befürchten, wenn du ein bißchen vorsichtig bist. Was Savage selbst angeht, er ist in genau einer Woche, ebenso wie die ganze Brownleighsche

Jagdgesellschaft, zu einem Ball beim Grafen Waterford eingeladen. Waterfords Schloß liegt eine gute Strecke entfernt; bis Savage zurückkommt, wird es ziemlich spät sein. Du hast also den ganzen Abend Zeit für die Suche.« Clive machte eine Pause und überlegte. »Es ist übrigens nicht nötig, daß du das alles selbst machst. Wenn du willst, kannst du auch Manuel schicken.«

Catherine schüttelte den Kopf. »Ich schicke niemand anderen in Gefahr! Ich erledige es selbst. Wonach genau soll ich suchen?«

»Ich habe Grund zu der Annahme, daß sich zwischen seinem Gepäck irgendwo eine Karte oder ein Lageplan befindet. Bring mir diesen Plan.«

»Was für einen Plan?«

Clive machte ein finsteres Gesicht und schien nicht antworten zu wollen. Endlich sagte er: »Ich weiß nicht. Aber es könnte eine Karte existieren. Wenn du sie findest, kann ich sie für ein hübsches Sümmchen verkaufen.«

»Und wenn ich nun gar nichts tue und einfach behaupte, ich konnte nichts finden?« fragte Catherine.

»So dumm wirst du hoffentlich nicht sein. Das würde ich herausbekommen, verlaß dich drauf! Und wenn ich merke, daß du mich angelogen hast, wird mich nichts davon abhalten, Rachael ins Unglück zu stürzen – mach dir da keine Illusionen. Wenn ich wollte, könnte ich einen ganzen Berg Beweismaterial gegen sie zusammentragen. Ich kenne viele geschickte Leute; einige wären sogar imstande, weitere Briefe in Rachaels Handschrift für mich zu fälschen. Vergiß das nicht! Am Ende findest du meinen Antrag gar nicht mehr so unannehmbar.«

»Du Schwein!« preßte sie zwischen den Zähnen hervor.

»Verschone mich mit deinen Beschimpfungen! Wenn du so weitermachst, zeige ich Rachael an, nur um dir eine Lehre zu erteilen.«

Catherine blickte ihn haßerfüllt an, doch sie schwieg. Ungerührt fuhr Clive fort: »Und paß auf, daß du in Savages Zimmer keine Spuren hinterläßt – auch wenn du die Karte nicht finden solltest. Ich will nicht, daß er Verdacht schöpft. Es ist ja immer noch möglich, daß das, was ich haben will, auch in seiner Londoner Wohnung versteckt ist.«

»Wie soll ich dich benachrichtigen, ob ich etwas gefunden habe?« fragte Catherine ruhig.

Bevor Clive antworten konnte, hörten sie sich nähernde Schritte. Als Catherine sich umdrehte und den großen, schlanken

Mann über die Lichtung kommen sah, machte ihr Herz einen aufgeregten Sprung. Sie erkannte ihn sofort und fragte sich, ob auch er sie wiedererkennen würde. Doch als ihre Blicke sich begegneten, war in seinen grünen Augen keine Spur eines Erkennens. Jason war die scheinbare Vertrautheit zwischen Clive und Catherine nicht entgangen, und er vermutete, daß sie seine Geliebte war – im Augenblick jedenfalls. Für ihn gab es keinen Zweifel, daß sie in nicht allzu ferner Zeit ihm gehören würde, denn plötzlich – das war für ihn selbst überraschend – sehnte er sich nach einer Frau – nach dieser Frau. Sie war viel zu schön, um sich an einen Typen wie Clive zu verschwenden.

Catherine war sich seiner Blicke bewußt, und einen Augenblick lang wünschte sie sich, mit ihm allein zu sein. Doch sie verdrängte diesen Gedanken sofort wieder – wie konnte sie so für einen Mann empfinden, den sie gar nicht kannte? Nein, das war unmöglich!

Sie war Clive geradezu dankbar, daß er sie als Tamara vorstellte. Sie hätte nicht sagen können, warum – aber sie wollte nicht, daß er wußte, daß sie Lady Catherine war. Doch als Clive ihn dann als Jason Savage bekannt machte, zuckte sie zusammen. Er war der Mann, dessen Zimmer sie durchsuchen sollte!

Jasons grüne Augen fingen ihren weit aufgerissenen Blick ein. »Jetzt bin ich doppelt froh«, hörte sie ihn sagen, »daß mein Freund Barrymore mich heute morgen hierher gebracht hat. Sonst wäre ich Ihrer schönen Freundin womöglich nicht begegnet.«

Clive spürte, wie ihn kalte Wut packte. Die Tatsache, daß dieser Mann Catherine so provozierend ansah und ihren Körper bewunderte, erfüllte ihn mit Haß und Eifersucht. Es entging ihm auch nicht, daß Jason eine eigenartige Anziehungskraft auf Catherine ausübte – das steigerte nur noch seine Wut, aber er riß sich zusammen und fragte freundlich: »Was führt Sie denn in dieses Lager?«

Jason, der seine Blicke immer noch bewundernd über Catherine gleiten ließ, antwortete leichthin: »Ich will mir Pferde ansehen. Ich habe gehört, daß diese Sippe sehr schöne Tiere hat. Da drüben –« er nickte in Richtung der Wohnwagen, »sind irgendwo auch Barrymore und Harris, die sich gerade ein paar andere . . . Tierchen ansehen. Barrymore schien ganz überwältigt von den Reizen einer schwarzäugigen kleinen Hexe.«

Es war deutlich zu sehen, daß Jasons Gedanken ganz ähnliche Wege gingen, denn die ganze Zeit über ließ er keinen Blick von Catherine. Und Clive, von Eifersucht und Haß zerrissen, antwortete: »Ich werde anderweitig erwartet, aber Tamara kann Ihnen bestimmt die Pferde zeigen – falls Sie daran noch interessiert sind.« Mit einem bösen Blick auf Catherine setzte er noch hinzu: »Und wenn nicht, kann sie Ihnen vielleicht auf andere Weise behilflich sein.«

Catherine war völlig verwirrt und fühlte, als ihr die Bedeutung von Clives Bemerkung klar wurde, wie ihr brennende Röte ins Gesicht stieg. Es war etwas an dem Amerikaner, das sie faszinierte, aber zur gleichen Zeit warnte. Clives hastiger Aufbruch half ihr auch nicht aus der Verlegenheit. Sie war allein mit Jason, und obwohl sie sich das wenige Minuten zuvor noch gewünscht hatte, fühlte sie sich unsicher dabei. Sie biß sich verlegen auf die Unterlippe, während sie versuchte, ihrer Empfindungen Herr zu werden. Sie fühlte sich willenlos und losgelöst von allem um sie her und vergaß sogar, daß jetzt sie es war, die ihn mit offener Neugier anstarrte.

»Zufrieden?« fragte er. »Jetzt erkennst du mich bestimmt noch nach hundert Jahren wieder.«

Verlegen erwiderte Catherine: »Ich bitte um Entschuldigung, Sir, daß ich Sie so angestarrt habe, aber ich habe noch nie einen Amerikaner gesehen.«

Jasons Blick wurde scharf, doch ihre veilchenblauen Augen blickten ihn ganz unschuldig an. Viel zu unschuldig! »Na schön«, sagte er. »Jetzt hast du mich gesehen. Nun bring mich bitte zu den Pferden oder zu jemandem, der mir ein paar Auskünfte geben kann.« Dann streckte er die Hand aus, hob sanft ihr Kinn und fuhr fort: »Später werde ich mich etwas mehr um dich kümmern, Chérie, aber jetzt kommen erst die Pferde dran.« Er faßte sie bei den Schultern, gab ihr einen spielerischen Klaps auf den Po und rief fröhlich: »Marsch!«

Catherine war so durcheinander, daß sie ohne Widerrede tat, was er verlangte. Doch es dauerte nicht lange, bis ihr rebellisches Temperament wieder erwachte, Wut stieg in ihr auf. Er ist ein arroganter, überheblicher Kerl, der eine Lektion verdient, sinnierte sie. Vielleicht konnte Manuel ihn mit der Schandmähre übers Ohr hauen, die er neulich beim Würfelspiel gewonnen hatte. Das Pferd war ungeheuer schön anzusehen, hatte aber nicht die geringste Ausdauer. Wie dumm dieser Savage dastehen würde, wenn es gelang, ihm das Tier anzudrehen!

Sie machte ihn mit Manuel bekannt, doch in Zigeunersprache fügte sie hinzu: »Manuel, versuch, ihm den Neuen aufzuschwatzen. Du weißt schon, den wunderschönen Kastanienbraunen, der keine Hinterhand zeigt. Und treib den Preis so hoch wie möglich.«

Dabei schenkte sie dem schlanken, dunklen Mann neben sich ein süßes Lächeln und wollte weggehen, doch sie blieb gleich wieder stehen, als sie Jason nachdenklich sagen hörte: »Ich finde es unhöflich, in Gegenwart anderer in einer unbekannten Sprache zu reden. Ich selbst tue so etwas nur dann, wenn ich jemandem eine unangenehme Überraschung bereiten will.«

Sein harter Blick und das undurchdringliche Lächeln nagelten sie förmlich am Boden fest. Während sie nach Worten suchte, fuhr er fort: »Aber ich bin sicher, du würdest so etwas nie tun, schon gar nicht, wenn jemand dir so vieles zu bieten hat.« Träge nahm er eine schwarzglänzende Locke von ihrer Schulter; das Haar schmiegte sich um seine Hand, als gehorche es einem eigenen Willen. Mit dem gleichen seltsamen Lächeln sagte er: »Glaube mir, ich habe eine Menge zu bieten, aber ich kann dir mehr offerieren als Clive Pendleton, und ich bin bereit dazu. Du bist ein bezauberndes Wesen. Wenn du erst meine Geliebte bist, soll es dir an nichts fehlen. Und mit anderen werde ich dich auch nicht teilen, wie das Pendleton offenbar tut. Also spiel keine dummen Spiele mit mir.«

Ihr schien, als stünde sie stundenlang wie angewurzelt am selben Fleck; dann drehte sie sich mit einem unartikulierten Zornesschrei um und marschierte, nur mühsam den Wunsch, ihm in das spöttische Gesicht zu schlagen, unterdrückend, mit hocherhobenem Kopf davon. Mit Genuß murmelte sie all die Schimpfworte vor sich hin, die ihr leider zu spät einfielen. Sie zählte immer noch Jasons schlechte Eigenschaften auf, als sie ihren Wohnwagen betrat.

8

Catherines Wohnwagen sah von außen genauso aus wie alle anderen, doch er war wesentlich gemütlicher eingerichtet. An einer Wand stand ein kuscheliges, kleines Bett, auf der weichen Matratze lag eine weiche Daunendecke. An der Rückwand standen eine Eichentruhe und ein untersetzter, dickbauchiger Ofen, an einem kleinen Tisch unter dem winzigen Fenster zwei dazu passende Stühle.

Catherine warf sich aufs Bett und starrte mit blinden Augen zu der dunklen Holzdecke hinauf. Es war ein aufregender Vormittag gewesen, sie war innerlich völlig aufgewühlt. Gegen Clive Pendleton konnte sie sich nicht wehren – er hatte sie in der Hand. Aber im Fall des Amerikaners hatte sie die Wahl zwischen verschiedenen Möglichkeiten. Sie konnte ihrem gesunden Menschenverstand folgen, sich auf ihr Pferd setzen und nach Hunter's Hill hinüberreiten, dort wäre sie sicher. Ohne viel Aufhebens konnte sie wieder in ihre Rolle als Lady Tremayne schlüpfen, und Jason Savage mochte sich den Kopf darüber zerbrechen, was aus Clive Pendletons Zigeunermädchen geworden war. Er würde nicht lange brauchen, bis er sich mit einer anderen getröstet hatte. Doch unsinnigerweise störte es sie am meisten, daß er in ihr nicht gleich das Mädchen aus der Bibliothek erkannt hatte.

Ein herrisches Klopfen an der Tür unterbrach ihre Gedanken, und noch bevor sie antworten konnte, wurde die Tür aufgestoßen, und Reina schaute herein. »Nun, was heckst du wieder aus, meine Schöne?« fragte sie scharf. Der seltsame Ausdruck auf Catherines Gesicht war ihr nicht entgangen.

Catherine lächelte schuldbewußt und half der Alten die letzten beiden Stufen herauf. »Du kennst mich viel zu gut, Reina. Vor dir kann ich eben nichts verstecken.«

»Du vergißt, daß ich es war, die dich und deinen Halunken von Bruder aufgezogen hat.«

»Du alte Heuchlerin«, neckte Catherine. »Ich weiß doch, daß der Halunke in Wirklichkeit dein Augapfel ist! Adam kann anstellen, was er will – du findest es gut.«

Aber Catherine spürte, daß Reina irgend etwas bedrückte. »Was bereitet dir Kopfschmerzen? Ist es wegen Clive?«

Reina schnaubte angewidert. »Was soll dieser Narr mir schon groß Kopfschmerzen verursachen? He?« Doch dann verengten sich ihre Augen. »Was wollte er?«

Sie konnte Reina nicht die Wahrheit sagen, denn nichts hätte die alte Frau davon zurückgehalten, etwas gegen Pendleton zu unternehmen. Und Reina haßte Rachael, denn nie hatte die alte Zigeunerin es der feinen Lady verziehen, daß sie ihr die Liebe der Kinder gestohlen hatte. Die Tatsache, daß Rachael ihre wirkliche Mutter war, interessierte Reina überhaupt nicht. Auch wenn Catherine sich in diesem Augenblick noch so sehr danach sehnte, ihre Ängste jemandem anzuvertrauen – sie mußte lügen.

»Er wollte mich sehen . . .«, begann sie langsam.

»Das weiß ich auch!« fauchte Reina. »Ich möchte wissen, warum.«

»Er hatte gehört, daß ich hier draußen bei euch bin, und war neugierig, wie ich in Zigeunerkleidern aussehe.«

»Hältst du mich für eine Närrin?« fragte Reina ärgerlich.

»Bitte, Reina, sei nicht so! Ehrlich, es war nur Neugier. Du weißt doch, wie Clive Pendleton ist. Der steckt seine Nase in alles.«

»Blödsinn!«

»Es ist wahr! Er will immer alles wissen, und es ist ja auch nicht das erste Mal, daß er hier war.«

Reina war zwar noch immer nicht zufriedengestellt, wollte die Sache jedoch auf sich beruhen lassen. Viel mehr interessierte sie, was Catherine von dem hochgewachsenen, jungen Fremden hielt, der nach Pendleton gekommen war. »Was will denn der Fremde bei Manuel?« grollte sie.

Catherines Augen blitzten ärgerlich auf. »Dieser eingebildete Laffe! Er sagt, er will sich Pferde ansehen, aber ich glaube, daß er mit seinen Freunden bloß hergekommen ist, um sich einen billigen Jux zu machen.«

»Und das ist alles, was er will? Bloß Jux und Pferde?« fragte Reina trocken.

Catherine stand auf und ging zum Fenster hinüber. Gedankenverloren spielten ihre Hände mit dem Vorhang. »Nein, das ist nicht alles. Ich soll seine Geliebte werden! Weißt du, was er gesagt hat? Er wird mir mehr für meine Gunst bezahlen als Clive Pendleton.«

»Welch ein Mann!« krähte Reina. »Wirklich ein feines Böckchen! Er kommt ins Lager geritten und bestimmt auf der Stelle, daß er dich besteigen wird. Du solltest froh sein, daß du ihm gefällst.«

Catherine, die gar nichts mehr verstand, fragte verwirrt: »Du meinst, ich . . . soll seine Geliebte werden?«

»Möchtest du es denn?« fragte Reina, indem sie das Mädchen genau beobachtete.

»Natürlich nicht! Eine Lehre möchte ich ihm erteilen! So ein arroganter Kerl, zu denken, daß ich zu ihm ins Bett springe, wenn er mit dem Finger schnippt.«

»Wenn du ein Zigeunermädchen wärst, eine von echtem Blut, dann wärst du darüber nicht so beleidigt. Du würdest an das Gold denken, daß er dir schenken könnte. Du mußt dir vorstellen, was seine Gunst alles für dich bedeuten würde, wenn du nicht Lady Catherine wärst.«

»Aber ich bin Lady Catherine!«

»Ach so. Dann sag mir, wieso er dich hier in Zigeunerröcken vorfindet; gerade als du dich mit einem Mann wie eine billige Schlampe auf der Wiese triffst?« Reinas Stimme war steinern geworden, ihr Gesicht eine kalte, graue Maske.

Catherine sah sie entgeistert an. Noch nie hatte Reina so mit ihr gesprochen, Tränen stiegen ihr in die Augen. Doch Reina fuhr erbarmungslos fort: »Du mußt dich jetzt entscheiden. Nimm ihn und sei eine von uns – oder verschwinde! Du kannst nicht Lady und Zigeunerin zugleich sein. Und ich möchte, daß du uns verläßt.«

»Warum?« fragte Catherine fassungslos.

»Denkst du denn, dieser junge Amerikaner bleibt der einzige, der dich haben will?« keifte sie. »Bildest du dir ein, die Sippe muß dich bis in alle Ewigkeit beschützen? Glaubst du, ich oder Manuel werden immer in Rufweite sein? Was wäre denn gewesen, wenn es diesem jungen Bock eingefallen wäre, dich da draußen auf der Wiese zu überwältigen? Schüttle nicht den Kopf! Seine Freunde hätten uns im Schach gehalten, bis er mit dir seinen Spaß gehabt hätte! Glaubst du denn, so etwas ist noch nie vorgekommen?« Reinas Stimme überschlug sich vor Erregung, als sie Catherines schokkiertes, ungläubiges Gesicht sah. »Woher, glaubst du wohl, ist Ambras Kind gekommen? Ich werd's dir sagen! So ein junges Herrchen, ganz wie der Amerikaner da draußen, kam eines Nachmittags mit seinen Kumpanen ins Lager geritten, als unsere Männer nicht da waren, Ambra hat ihm gefallen. Nachdem er sie vor aller Augen vergewaltigt hatte, durften auch seine Freunde noch mal ran. Wie würde es dir denn gefallen, wenn sie das mit dir machen würden, meine stolze Lady?« Reina lehnte sich schweratmend zurück, Zornesröte überzog ihr dunkles Gesicht.

Catherine sah sie voller Entsetzen an. »Das habe ich nicht gewußt«, flüsterte sie.

»Nicht gewußt!« sagte Reina grimmig. »Woher auch? Du bist ja die große Lady Tremayne, die Zigeunerin spielt. Nein, du wirst nie erfahren, was es bedeutet, eine Zigeunerin zu sein. Diese jungen Böcke da draußen könnten uns umbringen, unsere Tiere stehlen und unsere Frauen vergewaltigen – der Polizist im Dorf würde sich nicht einmal die Mühe machen, hier heraus zu kommen und nachzusehen, ob wir anständig begraben sind.«

Mit weißem Gesicht und zittriger Stimme sagte Catherine: »Warum hast du das vor mir geheimgehalten? Warum hast du mir das nie gesagt? Ich hatte ein Recht, so etwas zu erfahren!«

»Du hast hier nur so viele Rechte, wie ich dir zugestehe. Und ich wiederhole, ich wünsche, daß du das Lager verläßt.«

»Wenn du so denkst, dann hättest du es mir sagen müssen«,

sagte Catherine, und ihren leisen Worten war anzuhören, wie weh ihr diese Auseinandersetzung getan hatte. Sie stand auf und sagte, während sie mit den Tränen kämpfte: »Ich sattle Sheba und gehe. Und . . . und . . .« Sie drehte sich um, damit Reina sie nicht weinen sah. Dann flüsterte sie mit kaum verständlicher Stimme: »Wenn du mir nur gesagt hättest, daß ich hier nicht mehr gern gesehen bin! Ich hätte mich niemals aufgedrängt . . . aber ich dachte, du liebst mich – ebenso wie ich dich.«

»Kind, es ist ja nicht, daß ich dich nicht will. Aber du kannst nicht noch länger in zwei verschiedenen Welten leben. Was heute passiert ist, war nur ein Vorgeschmack. Der nächste fragt dich nicht erst lange, ob du seine Geliebte werden willst. Willst du dauernd in der Gefahr leben? Besuch uns. Verbring einen Tag bei uns. Aber als Lady Catherine, nicht als Zigeunermädchen! Und bring deine Diener mit. Ich habe dich lieb, Kind, und ich will nicht, daß dir etwas passiert. Da sagt man manches harte Wort.«

Catherine wirbelte herum und warf ihre Arme um die Schultern der alten Frau. Mit heiserer Stimme rief sie: »Oh, Reina, ich dachte, du magst mich nicht mehr!«

Behutsam tröstend sagte sie: »Nein, Kind, das darfst du nie denken. Aber du mußt aufhören, mit der Gefahr zu spielen. Du bist zu jung und zu hübsch, als daß dich nicht eines Tages der Falsche sieht.«

Catherine gestand sich ein, daß Reina recht hatte. »Muß es denn gleich heute sein?« rief sie verzweifelt.

Reina zuckte traurig die Achseln. »Es wird nicht leichter, und ich mag dich nicht zwingen. Vielleicht nicht gerade heute – aber bald muß Lady Tremayne aufhören, Tamara zu sein.«

Catherine war ein einziges Häufchen Unglück. »Warum muß es mich auch nach beiden Seiten ziehen?« rief sie.

»Ist es denn so schwer, mein Kleines? Als Lady Catherine kannst du ebenso viel für uns tun. Du kannst uns immer noch besuchen, du bist uns jederzeit willkommen. Es würde mich sehr kränken, wenn du nicht mehr kämst.«

»Aber – nie wirklich frei zu sein, Reina – immer von tausend Anstandsregeln umgeben zu sein!«

»Ach, Kind, keiner von uns ist so frei, wie er sein möchte. Entweder du wirst eine Zigeunerin mit allen Konsequenzen – oder du gehst an deinen rechtmäßigen Platz als Lady Tremayne zurück.«

Einen Augenblick lang sah Catherine in das sorgenvolle Gesicht, dann ging sie zur Tür und sagte, ohne zurückzublicken: »Ich reite ein bißchen. Ich muß nachdenken. Du mußt mir Zeit lassen, Reina.«

»Wie du dich auch entscheidest – es muß bald sein.« Reinas Worte gingen Catherine noch im Kopf herum, während sie zu dem Platz rannte, an dem die Pferde angebunden waren.

9

Als sie außer Sichtweite war, lenkte Catherine ihr Pferd vom Trampelpfad fort und begann, im Galopp durch Gesträuch und Waldstreifen zu reiten. Sheba warf den Kopf in die Luft und brauste in wildem, scheinbar unkontrolliertem Tempo über die Wiesen.

Catherine, eine schlanke, junge Gestalt auf einem schönen jungen Tier, versuchte nicht, Sheba zu lenken; sie wurde eins mit dem galoppierenden Pferd. Sie lehnte sich vor, so daß ihre Wange fast auf dem vorgestreckten Pferdehals lag. Ihr langes, schwarzes, flatterndes Haar vermischte sich mit der Pferdemähne. Im Vollgefühl der warmen, kraftvollen Bewegung unter ihr bemerkte sie nichts von dem Reiter, der sie langsam überholte. Plötzlich donnerte ein Pferd neben Sheba her. Catherine fühlte, wie das Bein des anderen Reiters gegen sie streifte, als dessen Pferd sich im rasenden Galopp dichter und dichter an Sheba heranschob. Ein Arm mit stählernen Muskeln packte sie um die Taille und hob sie mühelos aus dem Sattel. Dann wurde sie wie ein Mehlsack quer über den Sattelbogen des anderen Pferdes geworfen. Benommen lag sie still und versuchte zu begreifen, was mit ihr vorging. Das Blut stieg ihr in den herunterbaumelnden Kopf, der fremde Sattel drückte sich schmerzhaft in ihren Bauch.

Allmählich verlangsamte der unbekannte Reiter den Gang seines Pferdes; er hielt auf den Waldrand zu, wo ein schmaler Bach floß. Dort stieg er ab, und wieder spürte sie diesen stählernen Arm um sich, der sie unsanft herunterhob. Ihre friedliche Benommenheit verging, alle Ereignisse dieses Morgens fielen ihr wieder ein, als sie den Mann sah, der vor ihr stand. Wer anderes konnte das schon sein, dachte sie wütend, als dieser Jason Savage!

»Alles in Ordnung?« fragte er leise.

»Was soll das heißen – alles in Ordnung?« schrie sie wenig damenhaft.

Die Besorgnis schwand aus seiner Stimme, er sagte trocken: »Ich sehe schon, die Angst hat deinem Temperament nicht geschadet.«

»Angst?« fragte sie ungehalten.

»Es kann ja sein, daß ich mich irre. Aber für mich hat das ganz danach ausgesehen, als wäre dir das Pferd durchgegangen. Ich dachte, ich hole dich von dem scheuenden Gaul herunter.«

»Wollen Sie etwa den Gentleman spielen?« fauchte sie. »Die Rolle muß aber reichlich ungewohnt für Sie sein.«

Er lehnte sich langsam gegen die rauhe Borke eines Baumstammes. »Ich sehe schon, es wird eine Menge Spaß machen, dich zu zähmen, meine Kleine. Clive Pendleton war etwas zu zahm für dich, glaube ich. Zwischen uns wird es etwas stürmischer zugehen.«

Wütend funkelte sie ihn an und zischte mit halberstickter Stimme: »Sie dummer, hirnrissiger Klotz! Denken Sie im Ernst, daß ich Ihre Geliebte werde, nur weil es Ihnen so paßt?«

Unvermittelt schnellte er aus seiner lässigen Haltung auf und riß sie in seine Arme. Er schloß ihren Mund mit einem langen, fordernden Kuß, der ihre kindlichen, romantischen Vorstellungen über Liebe zwischen Mann und Frau für immer zunichte machte.

Er preßte sie an sich, so daß sie seine Beine an den ihren fühlen konnte. Seine Küsse wurden immer leidenschaftlicher, seine Hände fuhren besitzergreifend an ihrem Rücken entlang und legten sich auf ihren festen Po. Als er ihren widerstandslosen Körper noch fester an sich preßte, spürte sie, wie seine harte Männlichkeit sich gegen ihren Leib rieb. Sinnliche Erwartung ließ sie, eng aneinander geklammert, zu Boden sinken. Behutsam band er ihre Bluse auf, und die Berührung der empfindlichen Haut der Brüste fuhr wie Feuer durch ihren Körper. Seine Zärtlichkeit machte jeden Widerstand unmöglich, und tief in ihrem Inneren wußte sie, daß sie ihn gar nicht abwehren wollte; er sollte weitermachen – und weitermachen. Und er tat es. Sein Körper lag halb auf ihr, ein Bein über ihrem Schenkel, sein Mund hinterließ eine brennende Spur, als er die zarte Linie ihres Halses und schließlich ihre nackten Brüste küßte. Als seine Hände über ihren Leib glitten, preßte sie sich, zu keinem Gedanken mehr fähig, noch enger an ihn. Dann schob er plötzlich ihren Rock hoch und streichelte ihre Schenkel. Ein brennender, süßer Schmerz ließ sie sich gegen seine liebkosende Hand drücken, ihr lustvolles Stöhnen erstarb in einem hungrigen Kuß.

Irgendwoher aus den dunklen Winkeln ihres Denkens drangen verschwommende Gefahrensignale in ein Bewußtsein, in dem völlige Verwirrung herrschte, und Catherine versuchte, ihn fortzustoßen. Doch er lachte nur leise und griff wieder unter ihren Rock. Langsam glitt seine Hand an ihren glatten Schenkeln hoch. Mit einemmal erfüllte sie die furchterregende Gewißheit darüber, wie das enden würde, und sie versuchte verzweifelt, aus seiner Umarmung freizukommen. Erst als er den Kopf hob und sie die entfesselte Begierde in seinen Augen sah, hatte sie die Kraft, sich aus seinem Griff zu winden. Sie rollte sich von ihm fort, stolperte auf ihre Füße und sah schweratmend auf ihn herunter.

Jason warf sich nach vorn, doch mit einem Schreckensschrei wich sie ihm aus. Mit einer einzigen geschmeidigen Bewegung kam er hoch. Seine Augen waren schmale Schlitze, als er verächtlich fragte: »Wieviel? Was sollen deine Gunstbeweise kosten? Eine eigene Kutsche für dich? Eine Reise nach London? Nach Paris?«

»Pa – Paris?« stotterte sie in grenzenlosem Staunen, daß er zu solchen Unkosten bereit war, nur um ein ihm völlig unbekanntes Mädchen zu besitzen. Jason aber faßte ihre Frage als Zustimmung auf; er griff nach ihr und murmelte: »In Ordnung. Ich nehme dich mit nach Paris.«

Catherine entschlüpfte ihm wieder, ihr einziger Gedanke war, daß es ihm nicht gelingen durfte, sie noch mal zu berühren. Denn wenn es ihm gelang, dann wußte sie nicht, ob sie einmal mehr die Kraft aufbringen würde, sich zu wehren.

Jason griff wieder nach ihr, doch diesmal faßte er in eine offene Messerklinge. Er fluchte, wich zwei Schritte zurück und blickte ungläubig auf das Blut, das aus einer tiefen Schnittwunde in der Hand quoll. Dann starrte er aus plötzlich kalten Augen das Mädchen an, das ein kleines Messer umklammerte.

Und Catherine wußte, daß sie den Kampf verlieren würde. Ihre einzige Chance war die Flucht. Sie rannte los, immer tiefer in den Wald hinein, verzweifelnd betend, daß er sie laufen lassen würde.

Doch Jason hatte nicht die Absicht, sie so leicht davonkommen zu lassen – schließlich hatte diese kokette, kleine Hexe ihn verletzt! Wie ein Blitz fegte er hinter ihr her, und schon nach wenigen Metern legten sich seine Hände wie eiserne Klauen um ihre Arme. Catherine fühlte sich in die Luft gehoben; sie wand und drehte sich verzweifelt. Er schwang sie im Bogen herum, setzte sie auf die Erde und drehte ihr mit grausamer Leichtigkeit den Arm auf den Rükken. Dann riß er, ohne auf ihre Wut- und Schmerzensschreie zu achten, das Messer aus ihren kraftlosen Fingern. Heftig warf er es zur Seite. »Du kleine Teufelskatze!« zischte er. »Du hättest mich töten können mit deinem Spielzeug. Was für ein Spiel spielst du mit mir? Ich hätte nicht übel Lust, dir den Hals umzudrehen.«

In Catherine explodierte all die Wut und Angst, die sich in ihr aufgestaut hatte. Sie holte blind aus und versetzte ihm mit der freien Hand eine schallende Ohrfeige. Das Klatschen erschreckte beide so, daß sie wie angewurzelt stehen blieben.

Dann hob er langsam seine unverletzte Hand und schlug ihr mit voller Überlegung den Handrücken ins Gesicht. Mit eisiger Stimme hörte sie ihn sagen: »Mach das nicht noch einmal, meine Liebe! Es mag sein, daß ich mir später eine ganze Menge von dir bieten lasse – aber das werde ich nicht dulden.«

Schmerz und Demütigung trieben ihr die Tränen in die Augen. Sie drehte den Kopf zur Seite, um es ihn nicht sehen zu lassen. Doch die Tränen tropften auf ihre Hand, die sie über den Mund gelegt hatte, um das Zittern ihrer Unterlippe zu beenden.

Plötzlich war sein Ärger verflogen, er hatte nur noch das Verlangen, sie zu trösten. Sanft zog er sie an sich; über sein Gesicht ging ein seltsames, kleines Lächeln, als ihr weiches Haar sein Kinn kitzelte. Mit einer Stimme, in der sich Behutsamkeit und Ironie mischten, sagte er: »Tamara, Tamara, was soll ich nur mit dir anfangen, ma petite? Du lächelst so einladend, du läßt dich küssen, und dann bedrohst du mich mit dem Messer! Und jetzt wieder halte ich ein warmes, weiches Mädchen in meinen Armen.«

Catherine hatte ihren Kopf an seiner breiten Brust vergraben, die Nase gegen sein weißes Hemd gedrückt. Nach einer Weile hob sie ihr tränennasses Gesicht und sah ihn verständnislos an. Sie war sicher, daß er ihre Hilflosigkeit dazu ausnutzen würde, seine geübten Liebkosungen fortzusetzen. Aber die Arme, die sie jetzt so sicher geborgen hielt, hatten nichts mehr von dem Feuer, das sie vorher so erschreckt hatte.

Langsam ließ er sie los, legte einen Arm um ihre Schulter und führte sie zurück zu der Wiese, wo die Pferde einträchtig grasten. Nachdem er am Bach seine Wunde ausgewaschen hatte, tauchte er ein Leinentaschentuch in das eiskalte Wasser und tupfte die Tränenspuren von ihrem Gesicht. Zu ihrer grenzenlosen Überraschung band er ihr dann die Bluse zu, und sie wünschte zutiefst, daß diese zärtliche Stimmung noch lange anhalten würde.

Mit charmantem Lächeln sagte er sanft: »Also dann? Wollen wir noch einmal von vorn anfangen, Chérie?«

Bevor sie auch nur einen Ton herausbrachte, machte er eine schwungvolle Verbeugung. »Erlauben Sie, daß ich mich Ihnen vorstelle? Jason Savage aus Louisiana, dem Ihre Reize wahrlich so zu Kopf gestiegen sind, daß sie jeden vernünftigen Gedanken verjagen.«

Als er das scheue Lächeln, das über ihr Gesicht huschte, bemerkte, empfand er ein warmes, zärtliches Gefühl für dieses Mädchen und spann erleichtert seine Rede weiter: »Ich muß um Verzeihung bitten, daß ich Sie so bedrängt habe, aber wir in Louisiana sind ungeduldige Leute, und eine Schönheit wie die Ihre treibt einen Mann dazu, seine Manieren zu vergessen. Nur ein einziger Blick in Ihr wunderschönes Gesicht, und jedermann wird mir beipflichten!« Mit einem sanften Anflug von Spott fügte er hinzu: »Außerdem sind wir Amerikaner sowieso ziemlich ausgehungert . . .«

Jetzt, da ihre veilchenblauen Augen ihn nicht mehr so wütend anfunkelten, war es ihm plötzlich, als könnte er in ihr Ähnlichkeit mit jemand anderem entdecken, doch er hätte nicht sagen können, mit wem. Also schob er den seltsamen Gedanken beiseite.

Gerade, als sie sich ein bißchen sicher fühlte, schreckte er sie von neuem auf. Er nahm sie bei der Hand und zog sie sanft in seine Arme. Mit weichem Lächeln murmelte er: »Aber laß uns jetzt von anderen Dingen reden, hm?« Seine Lippen streiften ihre Stirn. »Wann kommst du zu mir, meine Kleine?«

»W-was meinen Sie damit?« stammelte sie.

»Ich meine, wie lange brauchst du, um Clive Pendleton zu sagen, daß du einen neuen Beschützer hast? Ich bin begierig, unsere Bekanntschaft zu vertiefen.«

Jason verstand den verängstigten Ausdruck in ihren Augen falsch und sagte leise: »Ach so – es ist schwierig für dich, es Pendleton ins Gesicht zu sagen. Also werde ich das für dich übernehmen. Du brauchst nichts weiter zu tun, als deine Sachen zusammenzupacken und in den ›Gasthof zum Fuchs‹ zu kommen.«

»Wann?« brachte sie heraus, weil ihr diese Antwort am ungefährlichsten erschien.

Er lächelte, seine schneeweißen Zähne blitzten. »Morgen abend. Bis dahin werde ich alles geregelt haben.«

Catherine entdeckte zu ihrem fassungslosen Staunen, daß sie es gar nicht mehr so eilig hatte, aus seinen Armen fortzukommen – sie wollte bei ihm bleiben, wollte seinen Mund auf ihrem fühlen und das schmerzhafte Entzücken seiner Umarmung. Jason mußte ihre Empfindungen erraten haben, denn im nächsten Augenblick zog er sie wieder enger an sich, sein Mund verschloß ihre halbgeöffneten Lippen, als wäre er halbverhungert nach ihrem Kuß.

Doch diesmal war es Jason, der sie zurückschob. »Tamara, führe mich nicht in Versuchung! Ich bin nicht gewöhnt, zu warten, und eben jetzt begehre ich dich sehr. Wenn du nicht willst, daß ich dich jetzt nehme, geh lieber!«

Seine Worte und der fast ärgerliche Ausdruck seiner Augen rissen sie aus ihrem träumerischen Zustand, und sie begriff, wie nahe sie daran gewesen war, seinem leidenschaftlichen Drängen nachzugeben. Sie riß sich von ihm los und eilte zu ihrem Pferd, ohne sich umzudrehen. Wie dumm sie gewesen war! Es wäre ihr recht geschehen, wenn er sie mit Gewalt genommen hätte! Ihr Benehmen hatte ihn ja geradezu herausgefordert.

Sie war so sehr in Selbstvorwürfe versunken, daß sie nicht bemerkte, wie dicht er hinter ihr gekommen war. Fast hätte sie vor Schreck laut aufgeschrien, als er ihr plötzlich beim Aufsitzen half. Als sie oben saß, legte er besitzergreifend eine Hand auf ihren Schenkel und sagte: »Mach dir keine Sorgen, meine Kleine. Ich erledige alles, und bald verbringen wir viele schöne Stunden miteinander. Komm morgen abend in den Gasthof. Ich sage dem Wirt, daß ich dich erwarte.« Er ließ seine grünen Augen noch einmal über ihren Körper gehen und bemerkte: »Kleider brauchst du nicht mitzubringen, ich kaufe dir etwas Schönes.« Dann grinste er wieder. »Aber ich bezweifle, daß du in den ersten Tagen Kleider brauchen wirst.«

Sie setzte zu einer entrüsteten Antwort an, doch bevor sie reden konnte, klatschte er mit einer Hand auf Shebas glänzende Flanke, und das Pferd schoß mit ihr davon.

Sie ritt in halsbrecherischem Tempo zum Lager zurück. Minuten später rieb sie tief in Gedanken die schwitzende Sheba ab; dann schlenderte sie auf Reina zu, die mit ihrer Freundin Ilona in der Nähe von Catherines Wohnwagen saß.

Ilona war eine der ältesten und häßlichsten Frauen im Lager. Nicht einmal in jungen Jahren war sie eine Schönheit gewesen, und seither hatte das Leben ihr übel mitgespielt. Vor Jahren hatte sie bei einem Kampf mit dem Messer das linke Auge verloren; sie trug jetzt eine schmutzige schwarze Klappe. Aber nichts konnte die häßliche, verfärbte Narbe verbergen, die sich quer über ihre eingesunkene Wange und die breite Stirn zum Haaransatz hinzog. Ilona grinste Catherine willkommenheißend an und enthüllte dabei mehrere große Lücken, wo die Zähne entweder verfault oder ausgeschlagen worden waren. Catherine mochte Ilona. Sie ließ sich neben den beiden Frauen zu Boden gleiten.

Bald erhob sich Ilona. Vielleicht spürte sie, daß Catherine mit Reina allein sprechen wollte. Sie war kaum außer Hörweite, als Catherina zugab: »Du hast recht gehabt heute morgen. Es ist gefährlich für mich, ohne Dienstboten herzukommen. Ob es mir gefällt oder nicht – ich muß aufhören, die Zigeunerin Tamara zu spielen.«

Reina warf ihr einen erstaunten Blick zu, doch Catherine sagte nur: »Zieh in meinen Wohnwagen, er gehört dir. Wenn deine Sachen einmal drin sind, werde ich es nicht wagen, meine Meinung noch zu ändern.«

»Was ist mit der Hochzeit? Haben wir da noch Tamara zu Gast, oder schon Lady Tremayne?«

Catherine seufzte bestürzt. Richtig, in zwei Tagen wollten Zoltan und Sanchia heiraten – und Catherine hatte sich schon so darauf gefreut. Sie schnitt eine Grimasse. »Zur Hochzeit komme ich noch als Tamara. Es wird das letzte Mal sein«, sagte Catherine bestimmt und stand, um weitere Debatten zu vermeiden, auf.

Als sie kurz darauf noch einmal Ilona über den Weg lief, kam Catherine eine grandiose, eine geradezu teuflische Idee. Mit schadenfrohem Blitzen in den Augen blieb sie stehen und sprach mit Ilona. Nach diesem Gespräch lächelte sie auf eine Weise, die Jason Savage überhaupt nicht gefallen hätte.

10

Während Catherine schicksalsschwere Entscheidungen traf, ritt Jason nach Melton Mowbray, einer mittleren Ortschaft mit gut sortierten Läden; dort verbrachte er zwei Stunden damit, für seine neue Geliebte schöne Kleider auszusuchen. Schließlich hatte er ihr das versprochen.

Das Essen bei der abendlichen Dinnereinladung Brownleigh's war ausgezeichnet, die Gespräche geistreich und anregend. Das einzig Störende für Jason war Clive Pendletons seltsames Benehmen. Daß er Streit mit ihm suchte, war offensichtlich, doch Jason hatte keine Ahnung, warum. Die Sache mit dem Zigeunermädchen konnte kaum dahinterstecken, denn Pendleton hatte ihm die Kleine ja geradezu aufgedrängt. Als er ihn gleich zu Beginn des Abends davon in Kenntnis gesetzt hatte, daß Tamara von nun an ausschließlich unter seinem Schutz stehe, hatte Pendleton nur gleichmütig die Achseln gezuckt.

Nach Tisch zogen sich die Damen in den Salon zurück. Für die Herren wurde Portwein und Brandy aufgefahren. Bläulicher Zigarrenrauch erfüllte den Raum. Jason überlegte gerade, daß er sich verabschieden könnte, sobald die Damen zurückkehrten, als er merkte, daß er der Mittelpunkt aller Blicke war.

Und Clive Pendleton wiederholte, was er gesagt hatte: »Pah! Amerikaner! Sie sind doch alle ungewaschene Wilde. Am besten taugen sie für den Strick, falls sie nicht vorher schon an französischen Pocken krepieren.«

»Französische Pocken« war ein anderer Name für Syphilis. Betretendes Schweigen breitete sich aus. Jason blickte in die goldblitzende Flüssigkeit in seinem Weinglas, bis die Stille unerträglich zu werden begann. Dann sagte er ruhig: »Das hängt ganz davon ab, ob wir mit Ihren Prinzipien oder mit Ihren Frauen in Berührung kommen, meine ich.«

Jemand kicherte nervös, Clive nahm einen großen Schluck aus seinem Glas, ehe er antwortete: »Sie sind sehr klug für Ihre Sorte«, rief er.

»Das ist sehr freundlich von Ihnen, meine Klugheit öffentlich anzuerkennen«, erwiderte Jason kalt. »Ich fasse Ihre Feststellung als Kompliment auf.«

Bevor Clive darauf antworten konnte, erhob sich der Gastgeber von seinem Platz und schlug hastig vor: »Ich glaube, wir sollten jetzt zu den Damen hinübergehen.« Ohne ein Zeichen der Zustimmung abzuwarten, gab er dem Butler einen Wink. Die geschlossenen Flügeltüren zum Blauen Salon, wo die Damen sich niedergelassen hatten, wurden aufgezogen.

Tom Harris zerrte Jason hastig die Treppe herauf in sein Zimmer, wo Barrymore, der ihnen gefolgt war, sofort explodierte: »Auf mein Wort, Savage – wie konntest du dir das bieten lassen?«

Jason sah seinen Freund gelangweilt an. »Wäre es dir lieber gewesen, wenn ich einen Betrunkenen zum Duell gefordert und einen Riesenskandal verursacht hätte?« fragte er.

»Betrunken?« höhnte Barrymore. »Pendleton ist der härteste Säufer, den ich kenne.«

Jason zuckte die Achseln. »Ich sah keinen Grund, mich nur wegen seiner schlechten Manieren mit ihm zu duellieren.«

»Das waren keine schlechten Manieren«, schaltete sich Harris ein. »Das war Absicht. Er wollte, daß du ihn forderst – das habe ich gespürt.«

»Natürlich war es Absicht!« rief Barrymore. »Und du – du hast einfach dagesessen und ihn reden lassen!«

Jason gähnte seinen Freund an und lächelte schläfrig. »Mon ami, man tötet doch keinen, der etwas Geschmackloses sagt.«

»Mann, begreif doch endlich! Von dem Augenblick an, in dem du gekommen bist, hat Clive Pendleton nur auf eine Gelegenheit gewartet, dich anzurempeln! Mindestens ein halbes dutzendmal hat er dir heute solche Sachen an den Kopf geworfen, und du hast sie einfach ignoriert. Kapierst du nicht, daß er dich absichtlich auf eine Weise beleidigt hat, die kein Gentleman sich gefallen läßt?« rief Barrymore.

Jason seufzte, verschränkte die Hände hinter dem Kopf und legte sich bequem auf die Couch zurück. Gelangweilt erwiderte er: »Aber ich bin nicht darauf hereingefallen. Ich habe ihn mit seinen läppischen Beleidigungen stehen lassen.«

»Ich pfeif' drauf«, schrie Barrymore. »Du hättest dem Flegel sofort sagen müssen, daß er dir seine Sekundanten schicken soll. Für uns beide wäre es eine Ehre gewesen, deine zu sein.«

Als Jason schwieg, fragte Barrymore: »Ist es dir denn ganz egal, ob alle denken, du hast Angst vor dem Kerl?«

Jason warf ihm einen vernichtenden Blick zu und fragte ruhig: »Denkst du das auch?«

»Natürlich nicht«, war die empörte Antwort.

»Die Sache ist die«, sagte Harris ernst. »Wir glauben es nicht, aber die anderen vielleicht.«

Verächtlich fauchte Jason: »Pendleton hat wenigstens nie meine Courage in Zweifel gezogen, das hat er meinen Freunden überlassen.«

Barrymore verzog das Gesicht. »Hör mal«, sagte er. »Es hat doch keinen Zweck, daß wir untereinander Streit anfangen. Tom und ich haben deinen Mut keinesfalls in Zweifel gezogen. Ich hätte mich vielleicht nicht einmischen sollen. Was du mit Pendleton machst, ist deine Sache. Aber wo er auftaucht, sehe ich rot.«

Jason sagte eine ganze Weile nichts. Dann verschwand der böse, angespannte Zug um seinen Mund, er stieß ein kurzes Lachen aus. »Da überhöre ich absichtliche Beleidigungen durch einen Fremden und prügle mich fast mit meinen Freunden!«

»Du hast gewußt, daß es Absicht war?« fragte Barrymore neugierig.

»O ja, mon ami – und ob ich es gewußt habe! Wenn ich so etwas nicht erkennen würde, wäre ich unter Umständen schon lange nicht mehr am Leben.«

»Aber – ich meine, warum hast du es so einfach hingenommen?« frage Barrymore nachdenklich.

Jason stand auf und ging ruhig zur Tür. Dann drehte er sich um und sagte: »Warum? Weil ich auch gern wissen möchte, warum?«

»Warum was?«

»Warum Pendleton mich umbringen will.«

»Er will doch gar kein Duell auf Leben und Tod, er will nur ein bißchen Blut sehen«, erwiderte Barrymore bestimmt.

»Meinst du? Warum hat er dann fortwährend versucht, mich zu reizen? Ihr selbst habt euch vor einer Minute noch überschlagen, um mich zu überzeugen, daß seine Beleidigungen Absicht waren.«

»Aber das bedeutet doch nicht gleich ein Duell auf Leben und Tod«, stotterte Barrymore.

»Kommt, meine Freunde, wir wollen nicht mehr darüber reden. Gehen wir zu den Damen und genießen den Rest des Abends.«

Düster bemerkte Harris: »Der Abend ist mir verdorben. Am besten, wir bleiben hier und lassen uns vom Butler Wein bringen.«

Aber Jason hatte keine Lust, sich zu verkriechen. Sie gingen in den Salon, wo noch zahlreiche Gäste versammelt waren.

Mrs. Brownleigh, in kräftiges Rot gekleidet und genauso beleibt und freundlich wie ihr Mann, entdeckte sie sofort. Sie tippte Jason mit ihrem Fächer an und rief: »Sie böser Junge, wo waren Sie? Ich müßte Ihnen ja eigentlich böse sein! Elizabeth sagt, daß Sie ihr versprochen haben, für sie die Notenblätter umzudrehen. Wir warten schon alle im Musikzimmer.«

Elizabeth saß bereits hinter dem Flügel und warf ihm einen wütenden Blick zu. Aber Jason fand, daß diese Wut sie kleidete; mit ihren funkelnden braunen Augen und dem elfenbeinfarbenen Kleid sah sie bezaubernd aus. Sie konnte das Herz eines Mannes schon schneller schlagen lassen.

Um den Flügel herum waren zerbrechliche, vergoldete Stühle im Halbkreis aufgestellt, und nachdem jeder sich einen Platz gesucht und sich niedergelassen hatte, schlenderte Jason zu Elizabeth hinüber. Leise zischte sie ihm zu: »Wo warst du heute nachmittag?«

Einen Moment lang verstand er nicht, was sie meinte. Dann fiel ihm ein, daß er vage versprochen hatte, mit ihr auszureiten. Er zuckte nur die Achseln. »Später, meine Liebe. Ich werde dir alles erklären.«

Ihre Lippen kräuselten sich zu einem erzwungenen Lächeln.

»Bemüh dich nicht«, flüsterte sie. »Clive hat mir bereits von deiner Neigung für ungewaschene Naturkinder erzählt.«

Jason bemerkte, daß die anderen neugierig wurden. »Dann gibt es ja auch nichts zu erklären, nicht wahr? Ich schlage vor, daß wir das Thema fallen lassen, sonst haben die Klatschmäuler wieder etwas zum Reden.«

Elizabeth biß sich auf die Lippen. Sie wußte, daß er recht hatte, aber sie hätte schreien mögen vor Wut. So hatte sie sich ihr nächstes Zusammentreffen nicht vorgestellt. Sie verbarg ihre Gefühle hinter einem strahlenden Lächeln, ordnete ihre Notenblätter und begann zu spielen. Ihre Technik war gut, aber ihre Gedanken schweiften ab. Es war kein Wunder, daß die Zuhörer bald unruhig wurden, und Elizabeth war klug genug, die aufgesetzte Spielerei bald zu beenden. Nach dem üblichen höflichen Applaus flüchteten sich die älteren Herren zum Kartenspielen in ein anderes Zimmer. Die jüngeren Damen und Herren versammelten sich um den Flügel, während die älteren Damen sich auf der anderen Seite des Musikzimmers vom Butler Erfrischungen reichen ließen. Jason löste sich von der Gruppe der Jüngeren und bahnte sich einen Weg zu der Ecke, in der er Amanda schüchtern neben ihrer Großmutter sitzen sah.

Beim Klang seiner Stimme brach Auguste ihre Unterhaltung mit Elizabeths Mutter, Ceci Tremayne, ab und wollte wissen: »Wo ist dieser Herumtreiber von einem Enkel? Warum kümmert er sich nicht um uns?«

»Ich glaube, er hat sich Barrymore und den anderen zu einer Partie Karten angeschlossen, Madame.«

»Na, dann gute Nacht, Tom Harris! Den sehen wir heute nicht mehr. Besonders, wo er weiß, daß ich nach ihm gefragt habe. Dieser Hasenfuß! Daß ich den Tag erleben muß, an dem mein Enkelsohn sich vor einer alten Frau fürchtet.«

Jason gab eine unverbindliche Antwort. Jetzt begann sie ihn doch wahrhaftig nach Heiratsplänen auszufragen!

»Haben Sie denn schon eine passende Braut für mich?« spottete er.

Ceci Tremayne, die dem Gespräch aufmerksam gefolgt war, sprudelte los: »Ich meine doch, daß ein kultivierter Gentleman wie Sie sich nur mit einer Engländerin aus gutem Hause zufriedengeben kann.«

Auguste, die sich über die Unterbrechung und die kaum verhüllte Werbung für Elizabeth ärgerte, schnitt Ceci das Wort ab.

»Ja, ja«, sagte sie wegwerfend. »Aber ein bißchen mehr als nur gute Familie wird er sich schließlich auch wünschen.«

»Oh, natürlich«, gurrte Ceci. »Sicher werden Sie sich eine Braut aussuchen, die Schönheit und gute Erziehung mitbringt.« Und wie zufällig ging ihr mütterlicher Blick siegesgewiß zu Elizabeth hinüber, als ob sie sagen wollte: »Da finden Sie alles, was Sie sich nur wünschen.«

Jason, dem das Lachen vergangen war, erwiderte kühl: »Da Sie genau zu wissen scheinen, was ich brauche, überlasse ich es den Damen, für mich zu entscheiden. Wer weiß – vielleicht findet Ihre Wahl sogar meine Billigung!« Damit drehte er sich um und verschwand.

Auguste sah ihm nach, bis er aus dem Zimmer gegangen war. Dann blickte sie Ceci unfreundlich an und bemerkte grimmig: »Na, Verehrteste, dem haben Sie aber ein Licht aufgesteckt! Diesen jungen Herrn werden Sie so bald nicht wieder um Ihre launische Tochter herumstreichen sehen.«

Jason dachte ungefähr das gleiche, als er auf der Suche nach Harris und Barrymore ins Kartenzimmer kam. Elizabeth war eine ganz erfreuliche Bettgespielin, aber gnade Gott dem Dummen, der sie einmal ehelichte.

Er konnte seine Freunde nicht entdecken und wandte sich zum Gehen, als der Zwischenfall mit Pendleton geschah. Eine Sekunde später war alles vorbei; das Glas Wein, das Pendleton ihm ins Gesicht schüttete, die gewaltige Ohrfeige, mit der Jason den anderen gegen einen umstürzenden Kartentisch schleuderte . . .

Totenstille herrschte, als Jason den Raum verließ.

11

Als Jason in sein Zimmer zurückkehrte, stellte er erstaunt fest, daß es erst kurz nach Mitternacht war. Der Raum lag in völliger Stille, als er sich entspannt in den bequemen Sessel setzte und in die rotglühenden Reste des verglimmenden Feuers starrte. Neben Jason stand ein kleiner, eleganter Marmortisch, darauf eine halbgefüllte Kristallkaraffe mit Brandy. Er spielte mit seinem halbleeren Glas, setzte es an und trank es in einem Zug aus. Dann erhob er sich und ging ruhelos wie ein eingesperrter Tiger im Zimmer auf und ab. Plötzlich grinste er. Das war's – er brauchte eine Frau! Mit raschen Griffen zog er sich aus. Dann griff er in den Kleiderschrank und fand endlich, was er trotz Pierres Proteste auch hierhin mitgenommen hatte: seine amerikanische Trapperkleidung aus abgeschabtem Leder und die dazu passenden Mokassins.

Er bewegte sich lautlos wie ein Indianer, als er sich aus dem Gasthaus schlich. Minuten später stand er draußen in der frostkalten Luft, eine weitere Minute, und er war unbemerkt im Stall. Welch guter Pferdedieb er geworden wäre!

Kurze Zeit später galoppierte er auf einem stämmigen Rappen die Landstraße zu Brownleigh's Herrensitz hinüber. In einiger Entfernung vor seinem Ziel hielt er an und schlich um das Haus herum. Er suchte ein bestimmtes Fenster. Als er es gefunden hatte, faßte er die dicken, gummiartigen Efeuzweige, die sich wie Polypenarme an der senkrechten Hauswand festklammerten, und kletterte schnell und geübt daran hoch. Das Fenster stand halb offen; nicht, weil er annahm, daß sie ihn erwartete, sondern weil er ihre Vorliebe für frische Luft kannte. Zufrieden lächelnd schlüpfte Jason ins Zimmer und drückte sich hinter die bodenlangen Vorhänge.

Elizabeth, die sich für die Nacht zurechtmachte, trug ein durchsichtiges, meergrünes Negligé, das mehr zeigte, als es verhüllte. Ihr aufgelöstes Haar lag als schimmernde, nußbraune Welle um ihre zarten Schultern, als sie vor dem Schminktisch saß und ihr Kammermädchen im Spiegel beim Bürsten ihres Haares beobachtete. Als ihr das zu langweilig wurde, ließ sie ihren Blick im Zimmer umherwandern. Plötzlich weiteten sich ihre Augen, fast hätte sie sich verraten, als sie Jasons Gesicht entdeckte. Als er sah, daß sie ihn bemerkt hatte, kniff er verschwörerisch ein Auge zu. Als das Kammermädchen sich umdrehen wollte, zog er sich sofort wieder hinter den Vorhang zurück.

Barsch fuhr Elizabeth das Mädchen an: »Hör schon auf! Das ist genug für heute abend. Du kannst gehen, und ich möchte heute abend nicht mehr gestört werden.«

Das Mädchen ließ fast die Bürste fallen, so erschrocken war es über den Ton seiner Herrin. Aber so war Elizabeth Markham eben – nie ein Wort des Dankes, nie ein Trinkgeld. »Hysterische Ziege!« dachte das Mädchen böse, als es den Raum verließ. Es war kaum zur Tür hinaus, als es erstaunt hörte, wie innen der Schlüssel herumgedreht wurde.

Elizabeth drehte sich langsam um, der Saum ihres Negligés wirbelte um ihre schmalen Fesseln. Ihre Hand lag noch auf der Klinke, als sie sich gegen das schwere, dunkle Holz lehnte, von dem sich ihr Haar hell und strahlend abhob. Ein zufriedenes Lächeln spielte um ihren Mund, als Jason durch den Raum auf sie zukam.

Ein paar Schritte vor ihr blieb er stehen und betrachtete, was unter dem durchsichtigen Gewand zu ahnen war.

Unter dem tiefen, rechteckigen Ausschnitt konnte er ihre korallenroten Brustwarzen durch den dünnen Stoff schimmern sehen. Ein begehrlicher Funke begann in seinen Augen zu glimmen, Elizabeths Lächeln vertiefte sich. Sie lachte leise und herausfordernd: »Gefällt dir, was du siehst?«

Statt einer Antwort streckte er die Hand aus und zog ihren bereitwilligen Körper an sich; durch seine Kleidung hindurch konnte sie ihn hart und groß vor Begehren spüren. Und als sie in sein hageres Gesicht sah, entdeckte sie, daß sein Lächeln verschwunden war. Auf seinem Gesicht lag ein Ausdruck, der ihr wollüstige Schauer durch den Körper jagte. Jason fühlte es, beugte sich hinunter und küßte ihre warmen, wartenden Lippen. Ohne ihren Mund freizugeben, trug er sie zum Bett. Er legte sie behutsam hin und begann, sie zu entkleiden. Langsam schob er das durchsichtige Nachtgewand beiseite und streichelte ihre vollen Brüste. Sein Mund glitt liebkosend zu ihren Brustwarzen hinunter, und als sein Mund den ihren wieder fand, schwamm Elizabeth in einem Meer lustvoller Erwartung. Ihr Gewand lag achtlos beiseite geworfen auf dem Teppich, während seine Hände in wachsender Erregung über ihre seidenweiche Haut glitten.

Dann zog er sich auch aus und legte sich neben sie. Sie wölbte sich ihm entgegen, preßte sich immer enger an ihn und stöhnte leise, als er in sie eindrang. Diesmal waren seine Stöße langsam, sie schluchzte vor Lust und glaubte, es nicht mehr ertragen zu können. Ihr Körper erwiderte jede seiner Bewegungen, bis sie auf einer Woge der Leidenschaft davongetragen wurden.

Hinterher lagen sie wohlig erschöpft nebeneinander. Sie rieb ihr zerwühltes Haar gegen seine Schulter, während ihre Finger leicht über seine Brust fuhren. »Du frecher Kerl«, murmelte sie. »Einfach in mein Fenster einzusteigen! Wie wunderbar, daß du so frech bist!«

Jason sah sie amüsiert an. Im Bett war sie einfach unvergleichlich – und fast so erfahren wie er selbst. Ein Glück, sie wendete keine koketten Tricks an, um ihn zappeln zu lassen. Er gähnte und legte einen Arm über seine Augen. Elizabeth stützte sich auf einen Ellbogen und ließ ihre Finger ziellos über seinen entspannten Körper gleiten. Zum erstenmal bemerkte sie den Goldreif an seinem

Arm.

»Was ist das?« fragte sie.

Jason warf einen Blick auf das aztekische Armband und erwiderte: »Nur ein Schmuckstück, das ich gern trage. Warum?«

Sie zuckte die Achseln. »Nur so«, antwortete sie. »Ich war neugierig. Es ist ein bißchen ungewöhnlich für einen Mann, so etwas zu tragen, und ich dachte, es hat vielleicht eine besondere Bedeutung. Hat es dir eine Frau geschenkt?«

Jason warf ihr einen belustigten Blick zu und lachte. »Darüber spricht ein Gentleman nicht.«

Die Antwort paßte ihr gar nicht, und sie wechselte das Thema. »Findest du mich besser als Clive Pendletons Zigeunerin?« fragte sie.

»Da ich mit Clive Pendletons Zigeunerin, wie du sie nennst, nicht geschlafen habe, kann ich darauf nicht antworten.«

Diese Antwort gefiel ihr ebenso wenig, und sie fragte schmollend: »Was hast du da draußen eigentlich gemacht?«

Er seufzte. Warum mußten Frauen hinterher immer so viel reden? Er drehte sich auf den Bauch und sagte kurz: »Pferde eingekauft.«

»Liebster, was für ein komischer Platz, um Pferde einzukaufen. Soll ich dir das wirklich glauben?«

»Es ist mir ziemlich egal, ob du mir glaubst oder nicht. Es ist die Wahrheit, und wenn dir das nicht paßt, kann ich's auch nicht ändern.«

In weiser Einsicht ließ sie das Thema fallen und kuschelte sich an ihn. »Was hat Pendleton dir eigentlich darüber erzählt?« fragte er neugierig.

»Nur, daß du von Cathe – von Tamaras Reizen hin und her gerissen bist.«

»Wieso hat er ausgerechnet mit dir darüber gesprochen?« fragte Jason nachdenklich.

Sie lachte nervös. »Clive Pendleton gehört zu den Menschen, denen es Spaß macht, andere gegeneinander aufzustacheln. Er hat gewußt, daß er mich damit aufregen würde.« Sie küßte ihn zärtlich auf den Mund und murmelte: »Ich bin sehr eifersüchtig.«

»Wie gut kennst du Pendleton eigentlich?« Seine geflüsterte Frage ließ sie alarmiert zusammenfahren, und der kalte Blick seiner Augen trug auch nicht dazu bei, sie zu beruhigen. Doch dann gurrte sie zufrieden – er war eifersüchtig! »Liebster, jedermann kennt Clive Pendleton. Er ist überall anzutreffen«, erwiderte sie sanft und legte ihre Arme um seinen Hals.

»War er dein Liebhaber?«

»Lächerlich!« antwortete sie gereizt. »Er war der Patensohn meines Onkels, und wir haben uns schon als Kinder gekannt. Zu dieser Frage besteht wirklich kein Grund – außer, du bist eifersüchtig.«

»Eifersüchtig nicht, Chérie, nur neugierig.«

»Warum?« fragte sie kurz.

»Er scheint sich außergewöhnlich stark für alles, was ich tue, zu interessieren. Und das macht mich neugierig.«

»Ach, wer begreift schon Clive Pendleton! Müssen wir von ihm sprechen? Man hat nichts als Schwierigkeiten mit ihm.«

Jason lachte. »Wie wahr, mein Vögelchen, wie wahr!«

»Was soll das wieder heißen?«

»Heute abend hat er sich sehr bemüht, mich in eine Lage zu bringen, aus der ich mich nur mit Mühe herauswinden konnte.«

»Aber du hast dich nicht herausgewunden, gefordert hast du ihn!« Sowie die Worte heraus waren, hätte sie sich am liebsten auf die Zunge gebissen. Was hatte sie jetzt angerichtet!

»Ach«, sagte Jason. »Ich habe ihn also gefordert. Und woher weißt du das? Wieder von Pendleton? Es ist ausdrücklich ausgemacht worden, daß die Damen kein Wort erfahren sollen.«

Im stillen verfluchte sie Pendleton und seine ewigen Intrigen, aber sie lächelte verführerisch. »Jason!« beschwerte sie sich. »Bist du zu mir gekommen, um mir so alberne Fragen zu stellen? Wenn das alles ist, was dich interessiert, kannst du gleich gehen.«

»Nur deswegen? Ich glaube nicht«, erwiderte er lächelnd und küßte ihre halbgeöffneten Lippen. Diesmal hielt er sich nicht mit dem Vorspiel auf, sondern nahm sie plötzlich und brutal, als interessiere es ihn nicht mehr, was sie dabei fühlte. Doch gerade diese Brutalität erregte sie fast so sehr wie die früheren Zärtlichkeiten.

Sie hätte gern gewußt, wieviel er über ihre Bindung an Clive Pendleton wußte. Wenn sie Jason jetzt noch einen Heiratsantrag abschmeicheln wollte, mußte sie sehr vorsichtig sein. Doch gerade jetzt fühlte sie sich seiner sicherer als in den vergangenen Tagen. Er mußte sie lieben! War er nicht immer wieder hinter ihr her, und lag er jetzt nicht in ihrem Bett? Wer weiß, vielleicht bat er sie noch heute um ihre Hand. Sobald er ihr endgültig gehörte, würde sie ihm alles über Clive Pendleton und seine Machenschaften erzählen. Elizabeth kuschelte sich an ihn, legte ihren Kopf auf seine nackte Brust und stellte eine alte Frage: »Liebst du mich?«

Am liebsten hätte er laut aufgestöhnt. Mon Dieu, mußte sie denn wieder damit anfangen? Er war nicht in der Stimmung, ihr bedeutungslose Lügen aufzutischen. Abrupt stand er auf, zog sich wütend die lederne Trapperhose an und fuhr mit den Füßen in die Mokassins. Elizabeth sah ihm aufgeschreckt zu, dann sprang sie auf und stellte sich ihm in den Weg, legte ihre weichen Arme um seinen Hals und sagte mit zuversichtlichem Lächeln: »Du hast meine Frage nicht beantwortet. Liebst du mich?«

»Nein!« schleuderte er ihr entgegen.

Sie ließ die Arme sinken und starrte ihn entsetzt an. »Wie meinst du das?«

»Sehr einfach. Ich wollte dich haben. Du warst einverstanden, ich habe dir ebenso viel gegeben wie du mir. Es war schön – aber das heißt nicht, daß ich dich liebe. Ich habe dich sehr begehrt. Du bist eine schöne Frau, aber ein Dutzend andere haben mich ebenso angezogen.«

»Wie kannst du das sagen, nach allem, was zwischen uns gewesen ist?« fragte sie ungläubig.

»Begehren, meine Liebe, wird ständig mit Liebe verwechselt. Zum Glück glaube ich nicht an das, was du Liebe nennst, und sehe es schlicht als das, was es wirklich ist – simpler, animalischer Hunger.«

Als Elizabeth all ihre Träume in Scherben gehen sah, stieg bitterer Zorn in ihr auf. Das konnte er mit ihr nicht machen! Sie würde ihm einen Skandal anhängen! Ihr Blick ging zur abgeschlossenen Tür. Sie brauchte diese Tür nur aufzumachen und zu schreien – ein paar Augenblicke später würden ihre Eltern, die Brownleighs und andere Gäste auf den Korridor stürzen! Man würde ihn halbnackt in ihrem Schlafzimmer finden, ihm bliebe keine andere Wahl, als sie zu heiraten. Was scherten sie der Aufruhr und der Klatsch, wenn sie erst einmal die steinreiche Mrs. Savage aus Louisiana war!

Sie ergriff ihr dünnes Negligé und hüllte sich darin ein. Dann hielt sie spielerisch sein Lederhemd hoch. »Brauchst du das?«

Er versuchte, es ihr wegzunehmen, doch sie zog es schnell zurück, drückte es fest gegen ihre Brust und tänzelte weiter zur Zimmermitte. Er lehnte sich gegen einen Bettpfosten; seine Augen waren schmale grüne Schlitze, als er sie beobachtete. Es war etwas von der gebändigten Kraft eines lauernden Panthers an ihm, das flößte ihr fast Angst ein, aber ihr Lächeln blieb herausfordernd, während sie ihn nicht aus den Augen ließ.

»Willst du dein schönes Hemd nicht mehr anziehen?« reizte sie ihn. »Es ist schrecklich kalt draußen.« Sie schwenkte das Kleidungsstück dicht vor ihm hin und her, doch er machte keinen Versuch, danach zu greifen.

Seine Bewegungslosigkeit hätte ihr zu denken geben sollen, aber sie übersah das Warnzeichen. Jason verfluchte seine eigene Dummheit; er machte sich über Elizabeth Markham keine Illusionen mehr. Es war, als könnte er ihre verschlagenen Gedanken lesen, und er wußte, er mußte sie beruhigen, wenn er mit heiler Haut davonkommen wollte.

Wie eine Motte das Licht, so umtanzte sie ihn. »Jason, Liebster – warum spielst du nicht mit? Willst du denn dein Hemdchen nicht haben? Nimm, nimm, nimm.«

»Sicher will ich mein Hemd haben, aber ich habe nicht die Absicht, dich dafür durchs Zimmer zu jagen.«

Wenn sie ihrer selbst nicht ganz so sicher gewesen wäre, hätte sie das leichte Zusammenziehen seiner Muskeln bemerkt. Doch sie war leichtsinnig geworden und hüpfte immer näher heran. Wie eine zubeißende Schlange schoß sein Arm auf sie zu und entriß ihr das Hemd. Sie verlor das Gleichgewicht und fiel gegen ihn – gerade als seine stahlharte Faust so heftig gegen ihr Kinn krachte, daß ihr Kopf zurückflog. Der Schlag brach ihr fast das Genick, sie sank lautlos auf den Boden. Er kniete sich neben sie und untersuchte sie vorsichtig auf ernsthafte Verletzungen hin. Als er keine fand, hob er sie hoch und legte sie auf ihr Bett, als sei sie darauf ohne jede Nachhilfe eingeschlafen.

Jetzt bewegte er sich sehr schnell, warf das Hemd über und ging zur Tür und horchte. Auf dem Korridor war alles still. Er schloß geräuschlos auf.

Als er kurze Zeit später mit seinem Pferd zum Stall des Gasthofes zurückkehrte, war er nicht erstaunt, den Stallmeister Jacques auf ihn wartend vorzufinden. »Ganz der junge Herr!« brummte Jacques. »Nichts als dumme Streiche! Was wäre gewesen, wenn ich vor einer Stunde Zeter und Mordio geschrien hätte? Da hätten Sie schön dagestanden!«

Jason grinste ihn an und glitt von dem schwitzenden Pferd. »Aber ich habe mich auf dich verlassen. Ich weiß, daß du nicht dumm bist.«

Lautlos kehrte Jason in sein Zimmer zurück. Er war unruhig und wußte nicht, warum. Vergeblich suchte er die Räume nach Anzeichen dafür ab, daß in seiner Abwesenheit jemand hier gewesen war. Dann warf er einen Holzscheit auf die glimmende Asche des Feuers.

12

Der nächste Tag verging ohne größere Ereignisse und sehr, sehr langsam. Squire Hampton, ein in der Nachbarschaft lebender Witwer, hatte Jason zum Abendessen eingeladen, wo er auf Elizabeths Vater traf. Unwillkürlich zog er den Kopf zwischen die Schultern, doch der Earl von Mount fragte ihn nur freundlich, wie sich Jason im »Gasthof zum Fuchs« eingelebt habe. Demnach hatte Elizabeth doch den Mund gehalten!

Trotzdem verabschiedete er sich, so früh er konnte; und während er nach Hause kutschierte, eilten seine Gedanken voraus. Sicher war die süße, kleine Zigeunerin schon da; allein schon die Erinnerung an ihre weichen Lippen versetzte ihn in Erregung. Er konnte sich nicht erinnern, je eine Frau so begehrt zu haben wie dieses Zigeunermädchen. Und da er erst die vergangene Nacht mit Elizabeth verbracht hatte, konnte dieses übermächtige Verlangen kaum die Folge zu langer Enthaltsamkeit sein.

Als er im Gasthaus ankam, fragte er den Wirt sofort, ob das Mädchen da sei. Der Wirt warf ihm einen eigentümlichen Blick zu und nickte langsam. Leise vor sich hin pfeifend machte er sich auf den Weg nach oben, als Pierre ihm entgegentrat und fragte, ob er heute abend noch seine Dienste benötige.

Jason lachte verschmitzt: »Nein, ich glaube nicht. Es gibt gewisse Dinge, die ein Mann lieber allein erledigt. Und mit einem Mädchen zu schlafen, gehört dazu.«

»Sie ist sicher mal was anderes«, meinte Pierre trocken.

Jason zog die Augenbrauen hoch. »Hat Tamara dich etwa beleidigt? Sie ist manchmal ein bißchen sehr temperamentvoll.«

»Selbstverständlich nicht!« erwiderte Pierre. »Sie war so verhüllt, daß ich sie kaum sehen konnte, und Ihr Geschmack ist schließlich Ihre eigene Sache.«

»Na schön, wenn du es so siehst. Es wäre schon schlimm, wenn ich gegen den Geschmack meines Dieners verstoßen würde.«

Leicht verstimmt wünschte Pierre eine gute Nacht und zog sich zurück, während Jason die Treppe hinaufeilte. Zuerst sah er in das leere Gästeschlafzimmer, fand dort aber niemand und ging hastig durch die dunklen Räume in sein eigenes Schlafzimmer, wo neben dem Bett eine einzelne Kerze brannte. Der angenehme Duft eines Parfums drang in seine Nase, mit zufriedenem Lächeln sah er das farbenfrohe Bündel Frauenkleider, das in der Nähe des riesigen Bettes auf einen Stuhl geworfen war. Die rubinroten Bettvorhänge waren zugezogen, aber er sah, wie sie sich leicht bewegten, hörte das Bett knarren, als sich jemand darin herumdrehte.

Sein Lächeln vertiefte sich, und er rief leise: »Tamara, schläfst du?« Er mußte sich anstrengen, um die geflüsterte Antwort zu hören.

Er ging hinüber und wollte die Vorhänge aufziehen, doch sie flüsterte: »Bitte, löschen Sie das Licht und kommen Sie zu mir, Sir. Ich habe stundenlang auf Sie gewartet.«

Dennoch versuchte er, die Vorhänge zurückzuziehen, aber sie hielt sie von innen zu und sagte in leise bittendem Ton: »Bitte, beschämen Sie mich nicht. Noch nie hat mich ein Mann nackt gesehen. Bitte löschen Sie erst die Kerze. Tun Sie mir den Gefallen!«

Leise vor sich hin lachend trat Jason vom Bett zurück. In seiner Phantasie sah er sie, wie sie da drinnen auf dem Bett lag; das herrliche schwarze Haar fiel ihr bis zu den weißen Hüften herunter, und . . . Ungeduldig zog er sich aus und warf seine Kleider achtlos auf den Boden. Eine Sekunde später hatte er die Kerze gelöscht, der Raum lag im Dunkeln. Er riß die Bettvorhänge beiseite, doch seine tastenden Hände fanden nur Leere.

»Tamara?« fragte er sanft.

»Hier, Sir.« Die Stimme kam von der anderen Seite des Bettes.

Und dann hielt er sie in seinen hungrigen Armen, ihr Mund öffnete sich, als sie sich an ihn drängte und seine Hände hastig über ihren Körper glitten. Plötzlich erstarrte er in zorniger Überraschung und stieß fluchend den sich an ihn klammernden Körper von sich.

»Wer bist du?« fragte er drohend.

»Nur Tamara, Ihr kleines Zigeunerliebchen, das sich nach Ihrer Umarmung sehnt«, kam die undeutliche Antwort, während ihre Arme sich von neuem nach ihm ausstreckten. Er wand sich aus ihrer Umklammerung, sprang aus dem Bett und zündete die Kerze wieder an. Die Kerze hoch haltend starrte er mit einer Mischung aus Unglauben und Wut auf die nackte Frau.

Ein anzügliches Lächeln entblößte Ilonas schwarze Zähne. Ihre runzeligen, schlaffen Brüste hingen ihr fast bis auf den Bauch, das ungekämmte graue Haar stand wirr von ihrem Kopf ab. Unbekümmert und unverschämt zeigte sie ihre Nacktheit, während ihr gesundes Auge ihn voller Hohn anstarrte.

Mit kaum verständlicher Stimme knurrte er: »Was, zum Teufel, machst du hier? Wo ist Tamara?« Doch während er noch fragte, kannte er schon die Antwort. Das kleine Biest hatte ihn prächtig hereingelegt!

Ilona sagte den Spruch auf, der ihr eingeschärft worden war: »Tamara konnte nicht kommen, und weil sie weiß, daß Sie einsam sind, hat sie zum Zeichen Ihrer hohen Wertschätzung mich geschickt.«

Er stand völlig bewegungslos, die Beleidigung hätte nicht deutlicher und nicht absichtlicher ausfallen können. »Raus!« befahl er eisig.

Ilona zerrte sich hastig ihre Kleider über, wobei sie Jason verstohlen ansah. Sie war nicht dumm, spürte den mühsam im Zaum gehaltenen Zorn und betete im stillen darum, er möge sich noch so lange beherrschen, bis sie draußen war. Jason wartete stumm neben dem Bett, bis sie verschwunden war. Dann stellte er die Kerze mit solch wilder Gewalt hin, daß sie fast aus dem Halter gefallen wäre, und ging mit großen, schnellen Schritten zu seinem Kleiderschrank. Wütend zog er seine Ledersachen an und stürzte mit finsteren Gedanken in die Nacht hinaus.

Zum Trottel stempeln ließ er sich nicht! Dieses hellhäutige, kleine Luder würde schon merken, was sie sich damit eingebrockt hatte! Bevor diese Nacht vorbei war, würde sie noch um seine »hohe Wertschätzung« betteln. Welche Genugtuung es ihm bereiten würde, ihren schlanken Hals zwischen seine Hände zu bekommen!

Jason jagte den Rappen mehrere Meilen weit in hartem, ungezügeltem Galopp durch die mondhelle Nacht, und erst als seine größte Wut abgeflaut war, ließ er ihn langsamer gehen. Aber seine Gedanken an Tamara wurden deshalb nicht freundlicher. Sie hatte ihn beleidigt, wie er noch nie beleidigt worden war – sie hatte ihn in seinem männlichen Stolz verletzt. Dieses Mal würde sie nicht so leicht davonkommen!

Geräuschlos näherte er sich dem Zigeunerlager, band sein Pferd in einiger Entfernung davon fest und schlich noch näher heran. Er wußte genau, wo der gesuchte Wohnwagen stand, denn gestern hatte er ihrer schlanken Gestalt nachgeschaut, als sie zu ihrem Wagen ging. Er stand etwas abseits von den anderen – eine Tatsache, die jetzt ein grimmiges Lächeln auf seine Lippen lockte.

Lautlos kroch er zu dem Wohnwagen hinüber und schlüpfte hinein. Nachdem er die Tür geräuschlos hinter sich geschlossen hatte, blieb er einige Augenblicke zögernd stehen. Durch das kleine Fenster fiel schwach das Mondlicht herein und warf ein merkwürdig graues Licht in das Innere des Wagens. Schwach konnte er den kleinen Tisch und die Stühle erkennen. Seine Augen verengten sich, als er das Bett mit der schlafenden Gestalt erkannte. Er huschte zu der ahnungslosen Schläferin hin; sie lag mit dem Gesicht zur Wand, so konnte er ihr Gesicht nicht erkennen – aber er war sicher, daß sie im Schlaf noch über ihn lachte. Und während er auf sie herunterstarrte, stieg wieder eiskalte Wut in ihm auf.

Mit einer raschen Bewegung drückte er sie nieder; das Gewicht seines Körpers hielt sie bewegungslos, während er mit der anderen Hand einen Schreckensschrei erstickte und ihr ein Messer an die Kehle hielt. Alle Pläne jedoch, die er sich ausgemalt hatte, wurden zunichte gemacht, als er plötzlich im Schein des Mondlichts erkannte, daß die Frau unter ihm nicht Tamara war. Einen Augenblick lang lockerte sich sein Griff – und Reina schaffte es beinahe, ihm zu entwischen. Doch dann riß er sie zurück und hielt sie in seinen Armen gefangen.

Schweigend starrten sie sich in dem schwachen Licht des Mondes an. Als Reina Jasons hartes Gesicht erkannte, gab sie ihren Widerstand auf. Gedankenvoll betrachtete sie das schwarze Haar, das in seine Stirn fiel, die zornerfüllten Augen und den sinnlichen Mund. Tamara ist eine Närrin, dachte sie. Eine Frau mit Verstand hätte etwas darum gegeben, so einen Mann an sich zu binden. Als sie seinen großen, geschmeidigen Körper so eng an sich gepreßt fühlte, wünschte sie sich, vierzig Jahre jünger zu sein. Tamara war eine alberne Jungfrau, die nicht wußte, was gut für sie war! Sie hätte dem Himmel danken sollen, daß er sie begehrte.

Während Jason in das runzlige, alte Gesicht Reinas starrte, stieß er die schlimmsten Verwünschungen aus. Das war doch tatsächlich ein Abend, an dem er nur lauter alte Weiber in seinen Armen hielt, wo immer er auch diesen warmen, jungen Körper suchte.

Unterdrückte Wut sprach aus jedem seiner Worte, als er sie anknurrte: »Wenn du auch nur laut atmest, schneide ich dir die Kehle durch. Ist das klar?«

Reina nickte, und Jason nahm vorsichtig seine Hand von ihrem Mund. Reina rührte sich nicht.

»Wo ist Tamara?« fuhr er sie an.

Reina schnaubte und log: »Sie ist bei Clive Pendleton. Sie glauben doch nicht, daß der sie so einfach hier läßt, wo er weiß, daß Sie hinter ihr her sind.« Mit listigem Interesse beobachtete sie, wie es in seinem Gesicht arbeitete, sie stichelte schadenfroh weiter: »Tamara hat Sie reichlich frech gefunden! Sie hat ihren eigenen Kopf und entscheidet gern selbst, was sie tun will.«

Er zuckte ungeduldig die Achseln. »Wann kommt sie wieder?«

»Wann? Wozu soll das gut sein? Haben Sie immer noch nicht genug?«

»Sie soll mir selbst sagen, daß sie nichts von mir wissen will. Ich glaube nämlich, du lügst mich an, Alte! Tamara versucht doch bloß, ihren Preis hochzutreiben! Wenn sie ganz so abgeneigt wäre, hätte sie sich gestern nicht so entgegenkommend gezeigt.«

Reina hatte Mühe, ihr Erstaunen zu verbergen. Also hatte Tamara ihr doch nicht alles erzählt! Sie starrte den jungen Mann eindringlich an, faßte schließlich einen Entschluß und sagte langsam: »Morgen abend haben wir hier im Lager eine Zigeunerhochzeit. Dann wird Tamara hier sein.«

Sie sah seine Zähne im Dunkeln blitzen, hörte sein leises Lachen. Er lockerte seinen Griff und fragte: »Hör mal, du alte Hexe – kann ich hier verschwinden, ohne daß du die ganze Gegend zusammenkreischst?«

Reina kicherte und erwiderte trocken: »Wir haben ja keinen Streit. Lassen Sie mich schlafen.« Damit drehte sie sich auf die Seite. »Und machen Sie die Tür ordentlich zu, wenn Sie gehen.«

Ohne Hast ritt Jason zum Gasthof zurück. Hin und wieder verschwand der Mond hinter dahinjagenden Wolken, die schmale Straße lag im Dunkeln. Die Bäume zu beiden Seiten warfen lange, schwarze Schatten auf die Straße. Tamara hatte ihn überlistet und seinen Stolz verletzt, aber Jason wußte nicht, worüber er sich mehr ärgerte – darüber, daß sie nicht zu ihm gekommen war oder weil sie ihm ein abstoßendes, altes Weib ins Bett gelegt hatte. Wenn er daran dachte, wie heftig er diese verwelkten, alten Lippen geküßt hatte, drehte sich ihm der Magen um. Diese kleine Schlange, wie sie jetzt wohl über ihn lachen würde!

Plötzlich hörte Jason ein schwaches Rascheln hinter sich. Schon seit einiger Zeit hatte er mit halbem Ohr ähnliche Geräusche vernommen, aber er war zu tief in Gedanken versunken gewesen, um genau darauf zu achten. Nun wurde sein Verfolger offenbar unvorsichtig.

Seine Hand glitt zu dem langen Messer an seinem Gürtel, er atmete erleichtert auf. Falls sein unsichtbarer Begleiter näher kam, würde er sich mit dem Messer zur Wehr setzen. Flüchtig kam ihm der Gedanke, daß die alte Zigeunerin wohl doch das Lager aufgeweckt hatte; doch Zigeuner würden eine laute Hetzjagd veranstaltet haben, wer immer sein stiller Verfolger sein mochte – er wollte unbemerkt bleiben.

Jason tat, als habe er nichts bemerkt, und ritt weiter die schmale Landstraße hinunter. Mit angespannten Nerven lauschte er auf jedes Geräusch hinter sich und kam schließlich zu dem Schluß, daß es nur ein Verfolger war. In seiner augenblicklichen Stimmung kam ihm ein Zweikampf gerade recht. Immer noch scheinbar ahnungslos, ließ er sein Pferd in gemäßigten Trab fallen. Er wollte zwar nicht den Anschein erwecken, flüchten zu wollen, ebenso wenig aber lag ihm daran, den Gegner durch unnötige Trödelei herauszufordern. Möglicherweise war der Unbekannte ja nur neugierig, aber wenn er an die Worte seines Onkels dachte, schien ihm das recht unwahrscheinlich.

Dann ließ er sein Pferd schneller gehen und hörte, daß der andere mit ihm Schritt hielt. Es schien fast, als spielten sie miteinander. Wenn Jason langsamer wurde, tat es ihm der andere sofort nach, legte er Tempo zu, blieb der Verfolger trotzdem im gleichen Abstand. Aber der fremde Reiter machte jetzt keinen Versuch mehr, unbemerkt zu bleiben, und Jason war klar, daß es nur noch eine Frage von Minuten war, bis etwas geschehen würde. Während er sein Pferd in einen leichten Galopp fallen ließ, überlegte er, ob er nicht doch lieber fliehen sollte, doch da er keine Ahnung hatte, wo er sich befand, verwarf er diesen Gedanken.

Schließlich beschloß er, dem albernen Spiel ein Ende zu bereiten, und gab seinem Pferd die Sporen. In diesem Augenblick brach der unbekannte Reiter zwischen den Bäumen hervor. Jason warf einen schnellen Blick über die Schulter, doch der Mond war hinter Wolkenbänken verborgen, und so konnte er nur undeutlich eine massige Gestalt auf einem Pferd erkennen.

Der Verfolger hatte sich zwar aus seiner Deckung herausgewagt, machte jedoch keinen Versuch, ihn einzuholen. Mit einemmal erkannte Jason, daß er bewußt in diese Richtung getrieben wurde. Plötzlich schob sich der Mond hinter den Wolken hervor – und in dieser Sekunde sah Jason das kurze Aufblitzen von Metall in der Hand eines zweiten Reiters, der ihm entgegenkam.

Instinktiv riß Jason an den Zügeln; der Hengst bäumte sich auf. Jason kämpfte noch um die Herrschaft über das Tier, als ein Schuß krachte, er spürte einen stechenden Schmerz an der Schulter. Obwohl der erste Reiter alles unternahm, Jasons ausschlagendem Pferd nicht allzu nahe zu kommen, rannte er ihm voll gegen die Flanke. Einen Augenblick später prallte auch noch der andere Angreifer auf das wirre Knäuel von Menschen und Pferden.

Durchgerüttelt und von blindem Zorn erfüllt, geriet Jason völlig außer sich und wurde selbst zum Angreifer. Er riß sein Pferd aus dem Gewirr, ritt gleich darauf wieder einen Angriff und überrumpelte so die beiden Wegelagerer. Sie begriffen nicht schnell genug, was vor sich ging.

Der Mann, der den Schuß abgefeuert hatte, sah die Gefahr nicht auf sich zukommen. Alles, was er bemerkte, war ein mattes Blinken an seiner Kehle, aber da hatte er nur noch einen Sekundenbruchteil zu leben, zu einem Schrei kam er nicht mehr. Während er vom Pferd sackte, versuchte sein Kumpan die Zügel zur Flucht herumzureißen.

Doch Jason ließ ihn nicht entkommen. Schon nach wenigen Sätzen hatte er ihn eingeholt und schnellte sich auf den Rücken des fremden Pferdes hinüber. Der Flüchtende spürte, wie ein Arm mit eisernen Muskeln sich von hinten um seinen Hals legte, und die scharfe Messerklinge, die Jason ihm in die Rippen drückte. In Todesangst warf er sich zur Seite, doch es half nichts. Beide stürzten zusammen von dem dahinrasenden Pferd. Jason überwältigte den anderen schnell. Während er seine Arme mit den Knien am Boden festhielt, starrte er in ein ihm fremdes Gesicht. Fast sanft setzte Jason ihm das Messer an die ungeschützte Kehle. »Mon ami, du bist ein Dummkopf«, keuchte er. »Und ich glaube, ich werde dich dafür ins Jenseits befördern.«

»Ach, lassen Sie mich doch leben! Wir wollten doch nur ein bißchen Geld verdienen.«

»Und du hast gedacht, ich sei eine leichte Beute, was?« fragte Jason leise.

Der Mann nickte eifrig. »Genau! Alleine, auf einer leeren Straße, da konnte nicht viel schiefgehen . . .«

»Du lügst, mein Freund. Dein ehemaliger Freund hat versucht, mich zu erschießen. Wer hat euch dafür bezahlt?«

»Niemand! Ich schwöre es, bei allem, was mir heilig ist.«

Mit kalt entschlossenem Gesichtsausdruck zog ihm Jason leicht das Messer über den Hals, und ein dünner, blutiger Streifen erschien auf der Haut des Mannes. Jason blickte den Mann, der ihn voller Entsetzen anstarrte, eiskalt an. »Noch einmal, mon ami. Wer hat euch dafür bezahlt, mir aufzulauern?«

»Keiner. Es war Zufall, sage ich Ihnen!« schrie der Mann.

Langsam schnitt Jason dem anderen Hemd und Jacke auf, so daß dessen Brust freilag, und sagte fast im Plauderton: »Ich muß dich warnen, ich bin kein Engländer. Hast du schon einmal von den blutgierigen Wilden gehört, die in der Neuen Welt leben? Von ihnen habe ich gelernt, auf mancherlei Weise mit dem Messer umzugehen. Ich könnte dir die Haut abziehen wie einem Kaninchen und dich dann qualvoll verrecken lassen.« Er bemerkte den plötzlichen Ausdruck von Panik auf dem Gesicht des Mannes und fuhr fort: »Sag mir, wer dich geschickt hat, oder du wirst mein Messer zu spüren bekommen.« Gleichzeitig stach er die Messerspitze ein wenig in die behaarte Brust des Angreifers.

Der Mann schrie laut auf, seine Worte überschlugen sich. »Ich weiß es nicht! Es war ein Fremder, ich habe ihn nie zuvor gesehen! Töten Sie mich nicht!«

»Soll ich dir etwa glauben, daß ein völlig Fremder dir den Auftrag gibt, mich umzubringen? Woher konnte er wissen, daß du nicht auf der Stelle zum Gendarmen läufst und die Sache anzeigst?«

Die Antwort klang mürrisch. »Der Gastwirt vom ›Fuchs‹ weiß, daß wir verschwiegen sind. Er hat den Mann zu uns geschickt. Sie können ihn fragen.«

Gedankenvoll starrte Jason in das verschlagene Gesicht des Mannes. Möglich war es schon, daß der Bursche die Wahrheit sagte. Der Gastwirt würde am ehesten wissen, wer in dieser Gegend dazu bereit war, gegen klingende Münze schmutzige Arbeit zu erledigen. Mit ihm würde er später noch ein Wörtchen zu reden haben, doch noch war er mit dieser Kreatur nicht fertig. »Wie sah euer Auftraggeber aus?« fauchte er.

»Weiß ich nicht. Ich habe nicht mit ihm gesprochen.« Der Mann deutete mit dem Kopf zu dem Toten herüber. »Buckley hat den Handel abgeschlossen. Erst mal fünfhundert auf die Hand, den Rest, wenn Sie tot sind.«

Jason stieß einen überraschten Pfiff aus. Jemand wollte ihn also unbedingt ins Jenseits befördern und war bereit, sich seinen Tod einiges kosten zu lassen. »Hat der Unbekannte deinem Freund Buckley gesagt, warum ich unter die Erde soll?« fragte er neugierig.

Der Mann schüttelte den Kopf. »Bloß, daß wir Sie fertigmachen sollen und daß es in einer Woche erledigt sein muß.«

Jasons wilder Zorn hatte sich gelegt, zurückgeblieben war eiskalte Wut. Was, zum Teufel, sollte er jetzt mit diesem Kerl anstellen? Doch während er noch überlegte, besiegelte der Mann sein Schicksal selbst. Plötzlich riß er einen Arm unter Jasons Gewicht los, schleuderte ihm eine Handvoll Sand ins Gesicht und warf ihn ab. Mit blinden Augen spürte Jason, wie der andere ihm das Messer aus der Hand zu winden versuchte. Als dies nicht gelang, versuchte er, Jasons Hand mitsamt dem Messer in Jasons Bauch zu stoßen. Im Kampf um die Waffe stieß Jason schließlich blindlings zu, bis der andere leblos zurückfiel.

Als Jason sich die Augen freigerieben hatte, starrte er auf einen zweiten Toten hinunter. Geistesabwesend wischte er das Messer ab und wurde sich plötzlich des fast unerträglichen Schmerzes in seiner Schulter bewußt. Er wendete sein Pferd und ritt in die Richtung, aus der er gekommen war, zurück. Hoffentlich dauerte es nicht zu lange, bis er seinen Weg fand!

13

Die Wunde sah unangenehm aus; der Schuß hatte quer durch seine Schulter eine tiefe Furche gerissen. Aber hier in seinen eigenen Räumen konnte Jason sich den geschickten Händen seines Dieners überlassen. Es war nicht das erste Mal, daß Pierre sich um solche Verletzungen seines Herrn kümmern mußte.

Es mochte gegen drei Uhr nachmittags sein, als Jason durch ein kaltes, nasses Gefühl auf dem Kopf jäh aus dem Schlaf gerissen wurde. Er fuhr hoch und hörte die gelassene Stimme seines Onkels: »Ich glaube, es ist Zeit, daß du aufstehst. Ich bin bei Sonnenaufgang aus London abgereist und finde deine Faulheit ekelhaft.«

Jason schüttelte seinen nassen Kopf und schielte vorwurfsvoll auf das leere Wasserglas in Roxburys Hand, der unmittelbar neben dem Bett stand.

»Was führt dich zu mir?« fragte er schließlich. »Ich dachte, du hältst es unter deiner Würde, irgendwo anders als in London zu sein.«

»Ja, natürlich«, erwiderte Roxbury phlegmatisch. »Aber ab und zu tut ein Aufenthalt auf dem Land ganz gut.«

Jason warf ihm einen ungläubigen Blick zu, band sich ein Betttuch um die Hüften und tappte zu dem marmornen Waschtisch.

»Und was hast du wieder angestellt?« fragte der Herzog und deutete auf den Wundverband.

»Ich habe überhaupt nichts angestellt«, antwortete Jason gereizt.

Der Herzog hob das Lorgnon und betrachtete das schlaftrunkene Gesicht seines Neffen. »Bist du schlechter Laune, Jason? Wenn du erst einmal gebadet und halbwegs wie ein Gentleman angezogen bist, vergeht das von selbst. Ich habe mir die Freiheit genommen, ein Essen zu bestellen. Pierre bereitet ein Bad vor. Soll ich mich eine Weile mit der Besichtigung dieses vorzüglichen Gasthauses vergnügen, oder erträgst du es, wenn ich hier bleibe?«

»Mach doch, was du willst – das tust du ja sowieso immer«, knurrte Jason, als Pierre, gefolgt von vier Hausknechten, die eine riesige Messingbadewanne trugen, hereinkam.

Während des Essens ließ Roxbury ihn in Ruhe. Aber als der Tisch abgeräumt war und die Diener das Zimmer verlassen hatten, fragte er geradeheraus: »Würdest du mir bitte jetzt gütigst mitteilen, wie du zu dieser Schußwunde kommst? Und laß uns bitte nicht unnötig darüber debattieren, ob das eine Schußwunde ist – ich habe Pierre beim Verbandwechsel zugesehen und kann Schußwunden ganz gut erkennen.«

Jason zuckte die Achseln und schilderte mit kurzen Worten die Ereignisse der letzten Nacht; nur, weshalb er durch die nächtliche Landschaft geritten war, verschwieg er.

»Na, immerhin«, bemerkte Roxbury, »kann ich dankbar dafür sein, daß ich diese beiden Leichen nicht aus deinen Zimmern herausschaffen muß.«

»Darf ich jetzt vielleicht auch mal was fragen?« fragte Jason ungeduldig. »Weshalb bist du eigentlich hier? Du wirst mir doch nicht im Ernst weismachen wollen, daß dich eine plötzliche Sehnsucht danach gepackt hat, über Wiesen und Felder zu lustwandeln.«

»Du tust mir unrecht. Wie wäre es, wenn du mir die Baumblüte in ihrer vollen Pracht vorführen würdest? In deiner Kutsche macht mich sicher auch die Frage viel weniger nervös, ob wir vielleicht belauscht werden.«

So kam es, daß Jason trotz seiner Wunde eine Ausfahrt unternahm, und er stellte fest, daß er sogar ohne Mühe steuern konnte.

Eine Zeitlang herrschte Schweigen, dann begann der Herzog: »Es wäre vielleicht besser gewesen, wenn du neulich etwas offener gewesen wärst, als ich dich fragte, ob jemand ein besonderes Interesse haben könnte, deine Londoner Wohnung zu durchsuchen.

Das hätte mir den Umstand erspart, mir von anderen so einiges sagen lassen zu müssen, was ich lieber als erster gewußt hätte.«

»Und das wäre?«

»Daß die geheimen Nachrichten für euren Gesandten Rufus King nicht dein einziger geheimer Auftrag in Europa ist.« Roxbury schwieg einen Augenblick, aber Jason schien mit unbeweglichem Gesicht in das Lenken der Pferde versunken.

»Solltest du aber«, beharrte der Herzog mit müder Freundlichkeit, »alles so sorgfältig geheimgehalten haben, daß du selbst nichts mehr davon weißt, dann kann ich dir behilflich sein. Euer Mann Livingston verhandelt in Paris mit Napoleon wegen New Orleans und Louisiana. Streng geheim natürlich, damit wir furchtbaren Engländer ihm nicht dazwischenpfuschen können. Sollte er mit diesen Geheimverhandlungen steckenbleiben, so hat er Anweisung, sich unverzüglich mit dir in Verbindung zu setzen. Wohl deshalb, weil du, lieber Junge, noch viel geheimere Anweisungen von Präsident Jefferson an ihn besitzt.« Er legte eine Pause ein und fuhr dann trocken fort: »Du bemerkst, daß ich dich nicht danach frage, was das für Anweisungen sind.«

»Wahrscheinlich kennst du sie besser als ich«, knurrte Jason gereizt.

»Jason«, begann der Herzog ernst. »Wir Engländer und ihr Amerikaner sind in dieser Sache auf derselben Seite! Ich kann dir versichern, daß wir nicht die geringsten eigenen Absichten auf Louisiana haben. Im Gegenteil – wir haben ja diesen eingebildeten kleinen Napoleon so dicht vor der eigenen Tür, daß wir alle Hände voll mit ihm selbst zu tun haben und uns um seine Kolonien überhaupt nicht kümmern können. Falls Jefferson unter Umständen planen sollte, ihm New Orleans und Louisiana mit, hm, anderen Methoden abzunehmen, wären wir in London entzückt! Ja, tatsächlich wundern wir uns, warum die Vereinigten Staaten dort nicht schon längst einmarschiert sind.«

Jason schien die spitzen Ohren seiner Pferde plötzlich ganz besonders wichtig zu finden und schwieg weiter.

»Ich verstehe«, sagte Roxbury. »Du traust mir nicht mehr.«

Wenn Jason nicht gerade damit beschäftigt gewesen wäre, die Kutsche um eine enge Kurve zu lenken, hätte er in den grauen Augen seines Onkels etwas außerordentlich Seltsames lesen können. Der Zyniker und Spötter Roxbury war verletzt.

Eine lange Zeit fuhren sie schweigend durch das erwachende Grün. »Solltest du mit Livingston, eurem Mann in Paris, aber zufällig doch einmal zusammentreffen – würdest du ihm dann auch eine Mitteilung der englischen Regierung überbringen, die ihm unter Umständen nützlich sein könnte?«

»Falls ich überhaupt nach Paris komme, benachrichtige ich dich vorher«, entgegnete Jason verschlossen.

»Ich dachte mehr an einen Zufall, der sich in den nächsten Tagen zutragen müßte. Es wäre dazu nötig, heute abend nach London zurückzukehren.«

»Nein!« war die entschiedene Antwort, Roxbury sah ihn überrascht an.

»Was heißt das – nein?«

»Ganz einfach, daß ich auf gar keinen Fall heute abend schon nach London zurückkehren werde.«

»Und darf man fragen, weshalb?«

»Unter anderem deshalb, weil ich eine Meinungsverschiedenheit mit Clive Pendleton auszuräumen habe.«

»Ah. Eine Meinungsverschiedenheit. Etwas unvorsichtig von dir, ausgerechnet jetzt Meinungsverschiedenheiten zu haben.«

»Soll ich mich vor ihm unter ein Bett verkriechen?«

»Es fragt sich, unter wessen Bett.«

»Sehr witzig!«

»Im Ernst, Jason – kannst du das schnell erledigen? Und töte ihn nach Möglichkeit nicht gleich! Wir möchten erst die Hintermänner aufspüren, die ihm seine Nachrichten abkaufen.«

»Ich werde Barrymore und Harris darum bitten, daß sie Pendletons Sekundanten drängen und das Duell gleich für morgen früh ansetzen. Dann kann ich übermorgen in London sein. Ist dir das schnell genug?«

»Ausgezeichnet. Wenn du nur darauf achten würdest, daß deine Wunde Pendleton nicht in Vorteil setzt.«

»Ich werde mich nicht auf Säbel einlassen. Beim Schießen stört mich der Kratzer nicht.« Jason lächelte in sich hinein, als er daran dachte, wobei ihn der Kratzer heute abend ebenso wenig stören würde.

14

Den ganzen Tag über hatten schwarze Regenwolken drohend den Himmel überzogen, die Nacht aber war sternenklar und kalt. Catherine war froh darüber, als sie heimlich aus dem dunklen Haus schlüpfte. Sie wußte, daß sie die eigentliche Hochzeit, die schon bei Sonnenaufgang vollzogen worden war, verpaßt hatte, aber es war ihr nicht möglich gewesen, das Haus, ohne Aufmerksamkeit zu erregen, früher zu verlassen. Jetzt endlich konnte sie sich auf den Weg ins Lager machen.

Ein prachtvolles Feuer erhellte die schwarze Nacht und warf sein loderndes Licht auf die Wagen und Zelte. Es schuf eine friedliche und doch erregende Atmosphäre, die Hitze der Flammen vertrieb die leichte Kälte der Frühlingsnacht. Auf den dunklen Gesichtern lag ein glücklicher Ausdruck, weiße Zähne blitzten, schwarze Augen funkelten Catherine erfreut an, als sie durch das Lager ging. Ein warmes Gefühl der Zuneigung zu diesen Menschen erfüllte sie; sie gehörte zu ihnen, als wäre sie als eine von ihnen geboren. Hier war ihre Heimat.

Vom Feuer her drang der leise Klang der Geigen und Gitarren zu ihr herüber, und bald ergriff der Rhythmus des Flamenco von ihr Besitz; ihr Körper, ihre Füße bewegten sich zu den feurigen Rhythmen der Musik. Juana, eines der Zigeunermädchen, sprang in den Lichtkreis und tanzte mit selbstvergessener Anmut, ein vibrierendes Tamburin in der Hand.

Die älteren Zigeuner beobachteten das herumwirbelnde Mädchen, schwatzten und lachten, während die jüngeren, unter ihnen Catherine, im Takt dazu in die Hände klatschten und mit den Füßen auf die Erde stampften. Die erregende Stimmung hielt Catherine gefangen, als die züngelnden Flammen im Einklang mit den wilden, leidenschaftlichen Melodien vor dem dunklen Nachthimmel tanzten. Unbewußt hatten sie einen Kreis um die Tänzerin gebildet, und als Juana müde wurde, wurde Catherine in die Mitte geschoben.

Wein und Musik erhitzten ihr Blut, und als die Musik immer schneller wurde, tanzte sie wie in Trance. Ihr schwarzes Haar flatterte, als hätte es eigenes Leben, während sie mit hocherhobenen Armen ihre Füße im schnellen Wirbel der Musik bewegte. Das scharlachrote Kleid umspannte wie eine zweite Haut ihre biegsame Gestalt, nur von den Hüften abwärts schwang es weit aus. Der rote Stoff wirbelte immer wieder hoch und ließ ihre langen, schönen

Beine sehen.

Catherine war wie besessen vom Zauber dieser Nacht und der berauschenden Musik. Die lachenden, im Takt klatschenden Zigeuner um sich her nahm sie nicht mehr wahr, es gab nur noch die Nacht, das flackernde Feuer und eine unbestimmte Sehnsucht in ihr. Ihre Augen waren halb geschlossen, ihr entrückter Blick gaukelte ihr einen großen, dunklen Mann vor, der am äußersten Rand des Lichtkreises gegen eine der alten Eichen gelehnt stand.

Sein Gesicht lag im Schatten, doch sie konnte deutlich sein hartes Kinn und denn sinnlichen Mund erkennen. Er trug einen schwarzen Umhang, auf dem die weißen Flecken seines Halstuches und seiner Manschetten schwach zu erkennen waren. Die Musik und die Stimmung im Lager schienen ihn nicht zu berühren, unbewußt begann sie für ihn zu tanzen – für ihn allein.

Ihre schlanken Hüften wiegten sich herausfordernder, ihre Arme schienen nach ihm zu greifen, ihre Brüste, von dem roten Kleid kaum verdeckt, fieberten ihm entgegen, als wollten sie von ihm berührt werden. Plötzlich trat er in den Lichtkreis, und ein Blick aus Jason Savages grünen Augen riß sie unvermittelt in die Wirklichkeit zurück.

Sein warmer, eindringlicher Blick ließ sie stolpern, doch dann hatte sie sich wieder in der Gewalt, wirbelte herum und rannte davon. Sie drängte sich durch die festlich gestimmten Menschen, aber niemand bemerkte sie, denn schon hatte ein anderes Mädchen zu tanzen begonnen.

Die Wärme und die Erregung der Nacht waren für Catherine vergangen, als wäre ein Kübel mit Eiswasser über sie ausgeschüttet worden; Angst weitete ihre Augen und preßte ihr die Kehle zusammen. Sie warf einen Blick zurück, Panik ergriff sie, als sie ihn nicht entdecken konnte. Die Sicherheit, die die Menge ihr bot, verließ sie. Sie rannte auf ihren Wohnwagen zu. Nackte Angst lähmte sie, als er plötzlich vor ihr stand und nach ihr griff.

In wilder Verzweiflung riß sie an seinen Armen, wollte schreien, doch er verschloß ihren Mund mit einem tiefen, hungrigen Kuß. Sie war völlig verwirrt, heiße Schauer jagten durch ihren Körper. Nach endlosen Minuten gab er ihren Mund frei, lachte heiser und warf Catherine über seine Schulter. Dann trug er sie zu seinem Pferd und ritt aus dem Lager. Die Musik spielte einen mitreißenden Flamenco, die lachenden Menschen starrten gebannt auf ein tanzendes Mädchen. So bemerkte niemand außer der alten Reina den aus dem Lager galoppierenden Reiter.

Reina wußte nicht recht, was sie davon halten sollte. Schließlich zuckte sie die Achseln. Solange die Zigeuner hier lagerten, würde Tamara doch nie von ihnen loskommen. Nein – Reina mußte ihr diesen letzten Liebesdienst erweisen und die Sippe von hier wegführen. Mit entschlossenen Schritten ging sie zu Manuel, zog ihn ein Stück beiseite und sagte: »Es ist Zeit, daß wir diesem England endlich den Rücken kehren! Ich will meine spanische Heimat wiedersehen. Sag den anderen, daß wir im Morgengrauen aufbrechen.«

»Im – Morgengrauen? Nach Spanien?« Manuel traute seinen Ohren nicht. »Und Tamara? Wer weiß, wann wir zurückkehren?«

»Wir brechen im Morgengrauen auf!« fuhr Reina ihn an. Dann ließ sie ihn stehen. Für einen flüchtigen Augenblick kehrten ihre Gedanken noch einmal zu Jason Savage zurück – er würde mit Tamara schon fertig werden.

Als sie das Lager hinter sich gelassen hatten, setzte Jason Catherine, die sich noch immer wehrte, quer vor sich auf das Pferd und umschlang sie mit eisernem Griff. Sie stemmte sich gegen ihn, aber er lachte nur und zog sie noch enger an sich.

Die erste wilde Panik schlug in Wut um. Catherine warf den Kopf zurück und versuchte, ihrer Stimme einen eisigen Klang zu geben, als sie fragte: »Und was haben Sie jetzt mit mir vor?«

Ein spöttisches Lächeln lag um seinen Mund, doch seine Augen blieben hart. »Ich dachte, wir holen jetzt endlich unsere Liebesnacht nach. Der Ersatz, den du mir geschickt hast, war leider ein wenig zu – reif für meinen Geschmack.«

Catherine war nicht zum Spaßen zumute, seine leichtherzige Art trieb sie zur Weißglut. Ohne nachzudenken hob sie die Hand und schlug ihm mit aller Kraft ins Gesicht. Er brachte das Pferd zum Stehen, griff in Catherines blauschwarzes Haar und riß ihren Kopf mit solcher Gewalt zurück, daß sie aufschrie. Dann fanden seine Lippen mit solcher Gewalt ihren Mund, daß ihre Lippen zu bluten begannen.

Vergeblich versuchte sie, ihm das Gesicht zu zerkratzen; eine Hand hielt er auf ihrem Rücken fest, die andere schlug er beiseite. Dann riß er ihr das Kleid bis zur Taille herunter. Außer sich vor Zorn und Angst strengte sie die letzten Kräfte an, um sich zu befreien, und als sie sein Haar zu fassen bekam, riß und zerrte sie daran und biß ihn gleichzeitig in die Zunge. Jason fluchte und riß sie vom Pferd, so daß sie Hals über Kopf auf den Boden fiel; ihr rotes Kleid schob sich bis zu den Hüften herauf. Einen Augenblick lang blieb sie wie versteinert liegen, dann sprang sie auf die Füße, doch bevor sie ihm entwischen konnte, war er vom Pferd gesprungen, packte sie und riß sie zu sich herum.

Wie große, fauchende Katzen standen sie sich gegenüber, die Luft schien vor Spannung zu knistern. Flüchtig erinnerte Jason sich daran, wie sie sich beim letztenmal so angesehen hatten. Er war ein Narr gewesen, sie nicht zu nehmen, dieses Mal würde er den gleichen Fehler nicht wieder machen!

Er riß sie an sich. Sofort begann sie, sich zu wehren, ihre kleinen Fäuste trommelten gegen seine Brust, doch er kümmerte sich gar nicht darum und küßte sie. Jetzt waren ihre Hände zwischen seinem und ihrem Körper gefangen, er streichelte sie, wo immer er sie berührte. Ihr heftiger Widerstand steigerte seine Begierde nur noch.

Catherines jungfräulicher Körper wurde von den widersprüchlichsten Gefühlen hin und her gerissen; sie wußte, in welcher Gefahr sie sich befand, und doch machte seine bloße Berührung sie willenlos. Plötzlich schmiegte sie sich mit einem Verlangen an ihn, das ihn überraschte. Mit einem leisen Lachen warf er schnell seinen Umhang auf den Boden und griff wieder nach ihr. Der kurze Augenblick hatte jedoch genügt, sie von neuem widerspenstig zu machen, sie stieß ihm mit letzter Verzweiflung ein Knie zwischen die Beine.

Der Schmerz schien ihn zu zerreißen, doch er hielt sie weiter fest in seinem Griff. »Du kleines Luder! Das wirst du mir büßen!« knurrte er, warf sie auf den Umhang und drückte sie mit dem Gewicht seines Körpers zu Boden.

Seine grünen Augen glitzerten im Mondlicht, als er ihr schönes Gesicht so nah vor sich sah. Er fühlte ihren zitternden Körper und blickte lächelnd in ihre trotzigen Augen, als seine Hand nach unten fuhr und ihr das Kleid völlig aufriß.

Catherine lag wie betäubt da. Sie beobachtete ihn, und ihre Gedanken überschlugen sich. Obwohl neugierig und gleichzeitig ängstlich zu erfahren, wie das war, wenn ein Mann eine Frau besaß, war sie völlig unvorbereitet auf die Wonnen, die ihren Körper erfüllten, als er den Kopf beugte und eine ihrer jungen Brüste warm und weich in den Mund nahm.

Jason hatte ein Bein über ihren Schenkel gelegt und hielt sie so ruhig, während seine Hände ihren Körper erforschten, sein Mund ihren Hals, ihre Lippen mit Küssen bedeckte. Mon Dieu, war sie süß! Noch einmal versuchte Catherine, sich zu wehren, bis er ihr Kinn hochhob und sagte: »Nun hör auf, dich zu sträuben. Du hast mich lange genug an der Nase herumgeführt, und ich lasse dich nicht weg, ehe ich mir genommen habe, was ich will! Du wirst schon merken, daß ich mindestens ebenso gut bin wie Clive Pendleton. Also hör auf, die alberne Jungfrau zu spielen!«

Catherine wollte herausschreien, daß sie eine alberne Jungfrau war, doch er verschloß ihre Lippen mit einem Kuß, seine Zunge spielte in ihrem Mund, während seine Hand über ihren regungslosen Körper glitt. Als Catherine seine Hand auf dem seidigen Dreieck zwischen ihren Beinen spürte, erzitterte sie. Unwillkürlich hob sie ihre Hüften seinen Fingerspitzen entgegen. Als er diese unbewußte sinnliche Bewegung fühlte, trat ein drängender Ausdruck in seine Augen, und nichts hielt ihn mehr zurück, als er jetzt ihren weichen Körper heftiger streichelte und liebkoste.

Als er sich ganz auf sie legte, versuchte Catherine zum letztenmal freizukommen. Doch seine Hände gruben sich mit grausamer Härte in ihre Schenkel und drückten sie zu Boden. Obwohl sie in wilder Angst mit den Fäusten um sich schlug, hatte er keine Mühe, ihre Beine zu spreizen. Einen Augenblick lang schien er über ihr zu hängen – dann drang er mit einem wilden Stoß in sie.

Catherines Schmerzensschrei ging in seinem Kuß als dumpfer Laut unter, aber er hatte das leichte Hindernis ihrer Jungfräulichkeit gespürt. Überrascht hielt er in der Bewegung inne und starrte in ihre Augen. Er zögerte verunsichert, dann fuhr er zärtlich fort, sie zu lieben. »Es tut mir leid, Chérie«, flüsterte er noch sanft, bevor die gebieterischen Forderungen seines Körpers mehr und mehr die Oberhand gewannen.

Für Catherine war der körperliche Schmerz, den er ihr zugefügt hatte, fast bedeutungslos verglichen mit der Erniedrigung, doch sie lag wie eine zerbrochene Puppe auf dem Umhang; selbst als es vorbei war, machte sie keine Anstalten, ihre zerrissenen Kleider wieder um sich zu ziehen. Sie nahm es kaum wahr, daß er neben ihr stand, seine eigenen Sachen in Ordnung brachte und sich über sie beugte.

Jasons Mund war verzogen, Zorn und Reue quälten ihn. Daß er so blind hatte sein können, nicht zu merken, daß das kleine Zigeunermädchen längst kein Spiel mehr gespielt hatte – daß sie tatsächlich ihre Ehre verteidigt hatte, ließ ihn sich vor sich selbst ekeln. Er kniete sich neben sie und begann das zerrissene Kleid um sie zusammenzuraffen, doch als er sie dabei berührte, zuckte sie zurück wie ein verschrecktes Tier.

Catherine war fast taub durch den Schock – doch seine Berührung erfüllte sie noch immer mit Furcht, sie schauderte zusammen, als er wieder die Hand nach ihr ausstreckte. Doch dieses Mal war er zärtlich, bettete ihren willenlosen Körper in seinen Arm und wickelte sie mit der anderen Hand vorsichtig in die weiten Falten seines Umhangs.

Der Ritt zum Gasthaus ging in Schweigen vor sich, Catherine lehnte sich empfindungslos gegen seine Brust und hörte das Schlagen seines Herzens. Er brachte das Pferd in den Stall und trug sie hinauf in sein Zimmer, darauf bedacht, sie vor zudringlichen Blikken zu schützen. Oben legte er sie behutsam auf das Bett und wies Pierre an, ein Bad vorzubereiten. Dann goß er ein Glas Brandy ein und zwang sie, es auszutrinken. Zwischen Husten und Spucken gelang es ihr, etwas von der brennenden Flüssigkeit hinunterzuschlucken. Als die Hitze des Getränkes sich in ihrem Körper ausbreitete, kehrten ihre Lebensgeister langsam wieder, und sie begann sich nach einem Fluchtweg umzusehen. Doch da kam Pierre zurück und beaufsichtigte die Hausknechte beim Aufstellen der Badewanne vor dem eilig angezündeten Feuer. Catherine zog den zerrissenen Umhang noch enger um sich, als sie bemerkte, daß der alte Mann sie mit großer Neugier immer wieder betrachtete.

Als sie fertig waren, hieß Jason Pierre und die Hausknechte hinausgehen und kam langsam auf das auf dem Bett kauernde Mädchen zu. Catherine blickte ihm aufmerksam entgegen, und als er neben ihr war, blitzte sie ihn aus trotzigen Augen an. Plötzlich grinste Jason; die Reue, die er bisher empfunden hatte, war ein ziemlich unangenehmes Gefühl, und das Mitleid, das sie in ihm geweckt hatte, war lästig und quälend. Auf wütende Frauen hingegen verstand er sich, und mit einer spöttischen Verbeugung sagte er: »Ihr Bad erwartet Sie, Mylady.«

»Dann lassen Sie mich allein!« fauchte sie ihn an. »Ich stelle mich Ihren lüsternen Blicken nicht länger zur Schau.«

Jason lachte. Und als Catherine in die äußerste Ecke des Bettes zurückwich, warf er sich neben sie und zog sie gegen alles Widerstreben an sich. Mühelos fühlte sie sich von ihm in die weiche Federmatratze gedrückt. Lächelnd blickte er in ihr wütendes Gesicht, strich ihr sanft das Haar aus der Stirn und überraschte sie durch den Ernst seiner Worte. »Mein Liebes, es tut mir aufrichtig leid, wie ich dich genommen habe. Wenn ich es gewußt hätte, hätte ich einen besseren Ort dafür ausgesucht und darauf geachtet, daß es dir nicht so weh tut. Du hättest etwas mehr Vertrauen zu mir haben sollen.«

»Ihnen vertrauen?« stieß Catherine hervor.

Mit geradezu unverschämter Selbstsicherheit nickte er, doch dann zog er die Augenbrauen zusammen und fragte neugierig: »Wieso hat Clive Pendleton dich nicht schon längst entjungfert?« Doch ehe Catherine zu einer Antwort ansetzen konnte, nickte er wissend. »Darauf hätte ich gleich kommen sollen! Pendleton hat eher etwas für junge Männer übrig, wie? Er hat dich gebraucht, wie man gewisse junge Männer gebraucht.«

Catherine starrte ihn verständnislos an, doch Jason bemerkte nichts von ihrer Verwirrung, denn der Umhang war auseinandergefallen, und der Anblick ihres fast nackten Körpers lenkte ihn ab. Instinktiv versuchte sie, den schweren Stoff wieder um sich zu raffen, doch er schob ihre Hände beiseite und ließ seine Hände liebkosend über ihre seidige Haut gleiten. Jäh aufsteigendes Verlangen hielt sie bewegungslos, doch er schien es nicht zu bemerken. »Clive Pendleton«, sagte er, »muß ein Narr sein. Du bist schön, Chérie – so schön, daß es beinahe eine Lästerung ist, dich auf diese Art zu gebrauchen.«

Er beugte sich über sie, und unwillkürlich sog sie laut die Luft ein, als seine Lippen an ihrer Brustwarze zu spielen begannen. Schauer der Erregung durchjagten ihren Körper, als er zärtlich ihre Brust, ihren Hals, ihren Mund küßte. Doch als sie gerade begann, auf seine Zärtlichkeit einzugehen, hob er sie mit einem Schwung seiner starken Arme aus dem Umhang und den Resten ihres zerrissenen Kleides und trug sie zum Bad. Sekunden später lag sie bis zum Hals in dem warmen, duftenden Wasser, das Haar lose hochgesteckt. Da konnte nicht einmal seine beunruhigende Nähe ihr das Wohlbehagen verleiden, mit dem die flüssige Wärme ihren Körper umspülte.

Jason lag faul auf dem Bett und betrachtete sie. Sie bildete eine verwirrende Mischung einer erfahrenen Verführerin und eines noch nicht erwachten jungen Mädchens. Und wenn er sie auch Monate bei sich behielt, würde er doch immer noch nicht wissen, was in diesem hübschen Köpfchen vor sich ging. Langweilen würde er sich mit ihr jedenfalls nicht. Ihre Stimmungen wechselten zwar von Minute zu Minute, doch ihr süßer, weicher Körper versprach ihm nichts als wollüstige Freuden. Als er ihr feines Profil musterte, fiel ihm wieder eine unfaßliche Ähnlichkeit mit jemandem auf, den er irgendwo einmal gekannt haben mußte. Aber mit wem? Wo hatte er dieses Gesicht schon einmal gesehen?

Während Jason grübelte, betrachtete Catherine ihn verstohlen. Er war zweifellos ein attraktiver Mann. Sein weißes Seidenhemd stand bis zum Nabel offen, und sie sah seine sonnengebräunte, muskulöse, schwarz behaarte Brust. Der Anblick jagte ihr ein seltsames Gefühl aus Furcht und Begehren ein, als sie an die Berührung seines starken Körpers dachte. Auch ihr war es, als hätte sie sein Gesicht schon vor jenem Abend in der Bibliothek gesehen, doch sie kam beim besten Willen nicht darauf, an wen er sie erinnerte.

Sie bürstete sich von oben bis unten gründlich ab, als könnte sie damit seine Berührungen abwaschen; als sie fertig war, stand er lächelnd auf und reichte ihr ein großes, weiches Handtuch, das am Feuer vorgewärmt worden war. Sie hatte keine andere Wahl, als aus dem Wasser aufzustehen und sich von ihm in die flauschige Wärme hüllen zu lassen, auch wenn ihr die Scham flammende Röte ins Gesicht trieb.

Er erriet den Grund für ihr gerötetes Gesicht und brachte sie noch mehr in Verlegenheit, indem er dicht an ihrem Ohr murmelte: »Du vergißt wohl, mein Kätzchen, daß ich mit dir schon mehr gemacht habe, als dich nur anzusehen.«

Als er sie unwissentlich bei ihrem alten Kosenamen nannte, schrak sie zusammen. Er runzelte die Stirn, als er die plötzliche Furcht auf ihrem Gesicht sah. Mon Dieu, was war mit diesem hübschen Ding eigentlich los? »Na komm, hab keine Angst«, fuhr er beruhigend fort. »Das Schlimmste ist doch vorbei. Ich sorge für dich und bringe dir bei, wie man einen Mann erfreut. Einen richtigen Mann, nicht so einen wie Clive Pendleton.«

Zum erstenmal verließ sie aller Stolz. »Lassen Sie mich gehen!« bettelte sie. »Sie haben Ihren Spaß gehabt, bitte, bitte, lassen Sie mich gehen!« Tränen schossen ihr in die Augen, und sie biß sich in die geschwollene Unterlippe, um das Zittern zu unterdrücken.

Jason bot seinen ganzen Charme auf, um ihre Ängste zu beschwichtigen. »Ach, mein Kleines, reg dich nicht so auf. Ich werde dir nicht weh tun. Heute nacht war ich ein ungeschlachter Tölpel, aber du wirst sehen, daß ich sehr zärtlich sein kann.«

Catherine blieb unsicher in der Mitte des Zimmers stehen und hielt das Badetuch fest, das ihre Blöße bedeckte. Sie war ihm dankbar, als er ihr ein schwarzes Samtkleid reichte, und zog sich hastig an. Er hatte ihr gerade einen Stuhl ans Feuer gerückt, als Pierre mit einem Tablett hereinkam, auf dem die verlockendsten Speisen standen.

Während sie bei diesem merkwürdigen Nachtessen saßen, versetzte das Zigeunermädchen Jason mehr und mehr in Erstaunen. Keine Zigeunerin hatte so feingeschnittene Gesichtszüge und solch weiße Haut wie sie. Er kam zu dem Schluß, daß sie wohl einen der ländlichen Lords aus dieser Gegend zum Vater hatte – aber normalerweise kümmerten sich diese Gentlemen nicht um ihre Nachkommen der linken Hand, schon gar nicht um deren Erziehung. Ihre Tischmanieren waren jedoch so korrekt wie die einer Dame der Gesellschaft, und ihre Art zu sprechen ließ mehr als nur einen Hauch von Bildung erkennen. Sie sprach so klar und selbstbewußt wie er – und er war in Harrow erzogen worden! Vielleicht hatte Clive Pendleton sie zur Spionin abgerichtet und sie dafür in den Manieren einer Lady unterwiesen?

Während sie plauderten und sich gegenseitig vorsichtig auszuforschen versuchten, überraschte sie ihn durch ihre Intelligenz – und besonders durch ihr offensichtliches Interesse für Louisiana. »Warum«, fragte er lächelnd, »interessiert dich mein Land eigentlich so?«

Ohne nachzudenken, antwortete sie: »Mein Bruder ist dort. Er hat von meinem Vater ein Gut in der Nähe von Natchez geerbt.«

Sie hätte sich für ihre impulsive Antwort die Zunge abbeißen können, doch er schien ihr keine Bedeutung beizumessen und fragte trocken: »Ein Gut?«

Sie fuhr sich mit der Zunge über die plötzlich trocken gewordenen Lippen und fragte barsch zurück: »Wie sonst nennt man geerbtes Land?«

»Das kommt auf die Größe an. Unser Land wird meist in Quadratmeilen gemessen; so etwas nennen wir Plantagen. Hat dein Bruder denn eine Plantage geerbt?«

Es war nicht nur Schauspielerei, was ihre Augen groß und rund werden ließ, als sie fragte: »Quadratmeilen? Sie meinen – viele tausend Hektar?«

»Mais oui!« lachte er. »Ich selbst bin noch nie bis zur nördlichen Grenze meiner Besitzungen geritten, aber mein Großvater ist so weit gekommen. Die Besichtigung unserer Domänen machte ihm Spaß.«

Sie sah ihn neugierig an. Offensichtlich hatte ihn ein freundliches Schicksal gesegnet. Er besaß ein einnehmendes Äußeres, war charmant und so reich, daß er sich noch nicht einmal dazu herabgelassen hatte, sein ganzes Land in Augenschein zu nehmen. Welch eine Arroganz!

Ihre einfachen Fragen hatten Jason eine Weile von ihr selbst abgelenkt, jetzt aber verweilte sein Blick für einen Augenblick auf ihrem Gesicht, bevor er ihn wieder über ihren herrlich geformten Körper wandern ließ, den das schwarze Samtkleid herausfordernd unterstrich. Ein flüchtiges Lächeln huschte über sein Gesicht, denn er wußte, wie leicht es sich abstreifen ließ; schließlich hatte er es mit diesem Gedanken ausgesucht. Die Erinnerung an ihre glatte, seidige Haut ließ sein Verlangen wieder aufflammen.

Catherine, die von seinem neuerlichen Stimmungswechsel nichts bemerkt hatte, lehnte sich wohlig in ihrem Sessel zurück. Um sie her war Wärme, sie hatte eine köstliche Mahlzeit genossen, und Jason hatte dafür gesorgt, daß sie dem starken Rumpunsch reichlich zugesprochen hatte, der zum Essen serviert worden war. Jetzt sah sie schläfrig aus, und die schockierenden Ereignisse dieser Nacht zogen bestimmt nur noch verschwommen durch ihren Kopf. Es war ihr anzusehen, daß sie nur noch eines wollte – ins Bett gehen. Und genau dort wollte Jason sie haben.

Sie schwebte auf einer Wolke von Benommenheit, als er sie ohne Hast hochhob und sie behutsam auf das Bett legte. Mit schläfrigen Augen nahm sie das Flackern des Kaminfeuers wahr und fragte sich, ob ihr Bett eigentlich immer so groß gewesen war. Zu benommen, um noch darüber nachzudenken, sank sie aufseufzend in die weichen Kissen.

Jason betrachtete sie lächelnd, während er sich auszog. Sie würde morgen früh genug Zeit haben, sich auszuschlafen, während er ihren ehemaligen Beschützer traf. Jetzt aber würde er den dumpfen, süßen Schmerz zwischen seinen Beinen besänftigen!

Sie bemerkte, wie das Bett sich unter seinem Körpergewicht senkte, als er sich neben sie legte, aber in ihrer augenblicklichen träumerischen Dösigkeit betrachtete sie dieses Eindringen in ihr Schlafgemach einfach als Teil der Trance, die sie gefangenhielt. Erst als er ihr Kleid langsam abzustreifen begann, fuhr sie hoch.

Lächelnd hielt er sie fest und flüsterte: »Ruhig, mein Kätzchen. Wenn ich etwas haben will, dann bekomme ich es auch. Das wirst du noch merken.«

Catherine starrte in die grünen Augen und auf seinen vollen Mund und ergab sich in ihr Schicksal. Sie wußte, sie konnte sich noch so sehr zur Wehr setzen, er würde doch Sieger bleiben. Und was spielt das jetzt noch für eine Rolle, dachte sie bitter. Ich habe nichts mehr zu verlieren.

Langsam und zärtlich glitten seine Hände über jede Stelle ihres Körpers. Schwach versuchte Catherine, gegen die Wogen der Erregung, die ihren Körper durchfluteten, anzukämpfen, doch sein Mund war so warm und voll Verlangen, seine Hände so zärtlich und erfahren, daß sie ihm aufseufzend ihre Lippen entgegenhob und die Arme um seinen Hals legte. Leidenschaftlich preßte er sie an sich, seine Hände glitten über ihren Rücken, sie fühlte das Kitzeln der schwarzen Haare seiner Brust auf ihrem Busen. Als sie sich unwillkürlich gegen ihn drängte, murmelte er heiser: »Faß mich an, meine Kleine. Nimm ihn in die Hand.«

Er führte ihre Hand und stöhnte auf, als ihre kleine Hand sich um ihn schloß. Seine Hände glitten mit wachsender Erregung zu ihren Schenkeln herunter; übermächtiges Verlangen ließ Catherines Körper erzittern, und als sie sich ihm sehnsüchtig entgegendrängte, drang er sanft in sie ein.

Seine Bewegungen waren zart und behutsam; unbewußt folgte Catherine seinem Körper und stöhnte leise, als er ihre Ohren, ihren Hals und Mund mit Küssen bedeckte und ihre Körper im Rhythmus der Leidenschaft eins wurden. Ihre Erregung schaltete jedes Denken aus, fieberhaft glitten ihre Hände über seinen Rükken, während sie seine Bewegungen erwiderte, bis ein ungeheures, nie gekanntes Gefühl in ihr explodierte und sein Körper von der Heftigkeit des eigenen Höhepunkts erschauerte.

Die Selbstvergessenheit, mit der sie auf seine Berührungen reagiert hatte, flößte ihr nachher selbst lähmendes Staunen ein. Trotz allem hatte er diese Erregung in ihr geweckt und ihr gezeigt, welche Lust ein Mann eine Frau fühlen lassen konnte.

Er schien noch immer nicht von ihr ablassen zu wollen; als könnte er nie genug von ihr bekommen, strichen seine Lippen weich über ihre Stirn, ihre Nase und ihren Mund.

Während dieser zeitlosen Augenblicke, während sie sich still in den Armen lagen, bemerkte Catherine zum erstenmal den Armreif aus Gold und Smaragden, den Jason trug. Doch wie die ganzen Ereignisse dieser Nacht schien es mehr zu einem Traum zu gehören als in die Wirklichkeit. Sie fand das Armband ebenso wenig seltsam, wie Jason etwas dabei gefunden hatte, sie im Zigeunerlager zu entdecken. Ihr schien es im Augenblick völlig logisch, daß der ungewöhnliche Mann, der sie aus ihrer behüteten Sicherheit gerissen und ihr die Jungfräulichkeit genommen hatte, auch so ein barbarisches Schmuckstück besitzen mußte. Es gehörte zu ihm. Und da sein Mund immer noch ihren Körper liebkoste, war sie ohnehin nicht in der Lage, klar zu denken.

Bedauernd glitt er schließlich von ihr herunter und schloß sie in seine Arme. »Hmm, Kleines! Ich sehe schon, solange du da bist, werde ich nicht viel zustande bringen«, murmelte er.

Catherine jedoch hatte einen Punkt erreicht, an dem ihr Kopf das Geschehen, den Rum und die Vielzahl neuer, aufregender Gefühle nicht mehr verarbeiten konnte, und kuschelte sich stumm an ihn. Zwar spürte sie, wie seine Brust vor leisem Lachen zuckte, doch die Erschöpfung ließ ihr nicht einmal mehr die Kraft, ihm seine Belustigung übelzunehmen. Später würde sie sich Gedanken darüber machen – viel später.

15

Von einem Moment zum anderen war Jason wach. Das Zimmer lag in Finsternis, aber sein Instinkt sagte ihm, daß es nicht mehr lange bis zur Dämmerung sein konnte. Einen Augenblick lang lag er einfach da, roch den feinen, kalten Geruch der gelöschten Kerzen und wußte, was ihn aufgeweckt hatte. Dann entdeckte er, daß die kleine Zigeunerin nicht mehr neben ihm lag.

Gleich darauf hörte er ein leises Geräusch, als sei jemand, dem der Raum fremd war, in der Dunkelheit gestolpert. Was, zum Henker, hatte das kleine Biest vor?

»Tamara, komm zurück!« befahl er, erhielt jedoch keine Antwort. Die Minuten dehnten sich wie eine Ewigkeit; keiner von beiden rührte sich. Catherine, die in der Nähe des Fensters stand, spürte, wie ihr das Herz bis zum Halse schlug. Dann wurde das Schweigen jäh unterbrochen, als Jason fluchend aus dem Bett sprang und eine Kerze anzündete, während Catherine, die ihre Chance zu fliehen schwinden sah, aus dem Schlafzimmer auf die Außentür zulief, die zur Treppe und in die Freiheit führte.

Aber sie hatte nicht mit Jasons Argwohn gegen den Gastwirt gerechnet, und in der Nacht war sie zu schläfrig gewesen, um zu bemerken, daß die Tür sorgfältig versperrt und zur Sicherheit auch noch ein schwerer Stuhl davorgestellt worden war. Mit flatternden Händen zerrte sie den Stuhl weit genug von der Tür weg, so daß sie ihren schlanken Körper durch den Türspalt zwängen konnte.

Sie warf einen hastigen Blick über die Schulter. Die Angst machte sie ungeschickt, und als sie den Schlüssel endlich zu fassen bekam, schoß Jason durch die offene Schlafzimmertür auf sie zu. Er war völlig nackt. In ihrer Hast riß sie den Schlüssel aus dem Schloß und ließ ihn klirrend auf den Holzboden fallen.

Als Jason sah, daß sie ihm ohnehin nicht entwischen konnte, blieb er stehen und betrachtete amüsiert Catherines Ausstaffierung, seine eigene Nacktheit kümmerte ihn nicht im geringsten. Sie trug ein Paar seiner gelben Seidenkniehosen, die sie mehrmals umgekrempelt hatte, dazu ein weißes Leinenhemd, das ihr viel zu weit war, und eine braune Satinjacke, die ihr bis zu den Knien herunterhing. Barfuß und mit wirr gelocktem Haar sah sie in diesem Aufzug wie ein Geschöpf der Wildnis aus, das sich in die Enge getrieben fühlte.

Er nahm den Schlüssel, zog sich ins Schlafzimmer zurück und stellte die Kerze ab, ohne sich um Catherine zu kümmern. Nachdem er neues Holz auf das dunkel glimmende Feuer gelegt hatte, machte er es sich in einem Sessel bequem und starrte Catherine an, die einige Schritte hinter ihm hergekommen war.

Sie gab sich alle Mühe, seine Nacktheit zu übersehen, und bemerkte sie vielleicht gerade deshalb um so mehr. Sie zuckte zusammen, als er sie plötzlich anfuhr: »Wo wolltest du eigentlich hin?«

Sie stemmte die Hände in die Hüften und ging auf ihn zu. »Sie – Sie haben kein Recht, mich danach zu fragen! Ich gehe! Wohin, geht Sie nichts an! Sie können mich hier nicht festhalten, und wenn Sie nicht sofort die Tür aufschließen, schreie ich das ganze Haus zusammen!«

Einen Augenblick lang sahen sie einander böse an, dann zuckte er die Achseln und stand auf. Jede seiner Bewegungen drückte Arroganz aus, als er den Stuhl beiseite stieß, die Tür aufschloß, zurück trat und nach draußen deutete.

Seine unerwartete Nachgiebigkeit war ihr nicht geheuer, sie warf ihm einen mißtrauischen Blick zu, ehe sie sich steif der Tür zuwandte. Doch kaum hatte sie ihm den Rücken zugedreht, als er mit der Geschwindigkeit eines jagenden Panthers auf sie zuschoß, mit einer Hand ihren erschreckten Schrei unterdrückte, während er mit dem anderen Arm ihre Taille umklammerte. Fest an sich gedrückt, trug er sie ins Schlafzimmer zurück, während ihre Fersen gegen seine Schienbeine trommelten und ihre Fingernägel nach seinen Händen kratzten, und warf sie mit dem Gesicht nach unten aufs Bett.

Sie wollte laut aufschreien vor Wut, doch er drückte ihr Gesicht noch tiefer in die weichen Kissen. Dann riß er die seidene Kordel los, die die Bettvorhänge tagsüber zusammenhielt, fing ihre wild um sich schlagenden Arme ein und band sie ihr fest auf dem Rükken zusammen. Vergeblich versuchte Catherine, sich zu lösen, doch Jason preßte sie mit einem Knie nieder. Während sie nach Luft rang, hörte sie ihn von irgendwoher über sich knurren: »Ich behalte dich, solange es mir beliebt und wo es mir beliebt. Wenn du mich nicht mehr ärgerst, werde ich es dich wissen lassen. Bis dahin bleibst du da, wo ich dich haben will!«

Nachdem ihre Arme gefesselt waren, drehte er sie auf den Rükken, drückte dann sofort wieder eine Hand auf ihren Mund und hielt sie so zwischen seinen Beinen gefangen. Dann ergriff er das Kopfkissen, schüttelte den Bezug herunter und knebelte sie damit. Catherines blaue Augen waren dunkel vor Wut. Jason holte das lange Messer, das er nach seiner nächtlichen Begegnung mit den Wegelagerern immer bei sich trug, hervor, und zum erstenmal fürchtete Catherine um ihr Leben. Mit kalten, zusammengekniffenen Augen zerfetzte er ihre Kleidung, bis sie nackt vor ihm lag. Dann schnitt er den Rest der Kordel ab, schnürte ihr die Füße zusammen und band sie am Fußende des Bettes fest.

Zufrieden hockte er sich neben sie auf die Fersen und betrachtete das Ergebnis seiner Fesselkünste. »Ich hätte dir die Beine nicht zusammenbinden sollen, Chérie«, grinste er. »Aber es ist vielleicht besser so, denn wenn ich jetzt wieder mit dir anfangen würde, käme ich zu spät zu meinem Duell mit Clive Pendleton.«

Jäh löschte die Bedeutung seiner Worte alle Wut in ihr aus, doch Jason gähnte nur und begann, sich anzuziehen. Plötzlich waren von der Treppe her Stimmen zu hören; Jason warf achtlos das Deckbett über sie, so daß nur noch ihr verwuscheltes schwarzes Haar und ihre Augen zu sehen waren, und ging, ohne einen Blick zurück, aus dem Zimmer.

Catherine hörte ihn die Außentür öffnen und mit jemandem sprechen. Dann drang das Klappern von Geschirr an ihre Ohren; das mußte Pierre mit dem Frühstück sein. Doch er war nicht allein gekommen, denn sie hörte eine andere männliche Stimme vorwurfsvoll sagen: »Ich muß schon sagen, Jas, noch früher ging's wohl wirklich nicht! Warum müssen diese verdammten Geschichten immer im Morgengrauen stattfinden? Irgendeiner müßte mal die Mode ändern und die Sache kurz vor dem Fünf-Uhr-Tee festsetzen.«

Jason lachte. »Hm, beim nächstenmal werde ich darauf bestehen, mein Freund. Habt ihr schon etwas gegessen?«

»Ich will nichts«, erwiderte Harris hastig. »Lieber hinterher.«

»Für mich etwas von diesem Schinken, bitte! Kümmere dich nicht um Tom, der zieht vor Duellen immer so ein Gesicht. Alles nur Schau!« erklärte Barrymore.

Catherine, die ihrer oberflächlichen Unterhaltung lauschte, wurde es fast schlecht vor nervöser Spannung. O Gott, wenn Tom sie sah! Jetzt mußte sie Jason wohl noch dafür dankbar sein, daß er sie nicht gezwungen hatte, mit ihm zu frühstücken. Das war das einzig Gute an ihrem mißglückten Fluchtversuch, denn sonst wäre sie jetzt als seine neue Geliebte präsentiert worden. Unbehaglich bewegte sie sich unter dem Deckbett hin und her, die Kordel schnitt ihr schmerzhaft in Hand- und Fußgelenke, der Knebel würgte ihr fast die Luft ab. Wann würde er sie freilassen? Wie lange brauchte man, um ein Duell auszutragen? dachte sie verzweifelt. Vielleicht mußte sie hier stundenlang liegen, bis Jason zurückkam – falls er dem Diener nicht Anweisung gab, sie vorher loszubinden. Aber der Gedanke, daß noch ein Mann sie so nackt und hilflos sehen sollte, gefiel ihr auch nicht.

Sie bemerkte, daß es im Nebenzimmer ruhig geworden war, und schloß daraus, daß die drei Männer zu dem Duell aufgebrochen sein mußten. Zum erstenmal fragte sie sich, was überhaupt der Grund für dieses Duell sein mochte. Es war sonst gar nicht Clives Art, sich unnötig einer solchen Gefahr auszusetzen.

Pierres Eintreten unterbrach ihre Gedanken, sie beobachtete aufmerksam, wie er durch das Zimmer ging. Er warf ihr einen Blick voll brennender Neugier zu, begann dann aber, mißbilligend vor sich hin brummend, die zerfetzten Kleidungsstücke aufzusammeln. Seine ständigen Blicke in ihre Richtung ließen keinen Zweifel daran, wie viele Fragen ihn peinigten, doch ebenso klar war es, daß Jason ihm genaue Anweisungen gegeben haben mußte, denn Pierre richtete kein einziges Wort an sie.

Eine Zeitlang sah sie geistesabwesend zu, wie er Jasons Kleidungsstücke und andere persönliche Sachen sorgfältig in eine mit Leder bezogene, große Truhe packte, dann wurde ihr plötzlich klar, was das zu bedeuten hatte.

Jason war ganz offensichtlich dabei, seine Abreise vorzubereiten, und erstaunlicherweise war ihre erste Reaktion auf diese Erkenntnis nur Neugier, wohin er wohl reisen würde, bis ihr der ungeheuerliche Gedanke kam, daß er sie womöglich mitnehmen wollte.

Schon Pierres nächste Handgriffe verhießen nichts Gutes, denn der Diener begann, mit ausdruckslosem Gesicht die Kleider aufzusammeln, die Jason für sie besorgt hatte. Eins nach dem anderen legte er zusammen und packte sie in die Truhe. Dann verschwand er im Nebenzimmer, um mit weiteren weiblichen Kleidungsstükken zurückzukommen, aus denen er eine sorgfältig ausgewählte Reisegarderobe zusammenstellte und beiseite legte: ein Kleid aus leuchtend rosafarbenem Musselin, passende rosa Halbstiefelchen und einen dunkelblauen Wollmantel mit Pelzkragen. Der Rest wanderte in die Truhe.

Mit wachsendem Unbehagen beobachtete Catherine den Diener, plötzlich erschien es ihr mehr als seltsam, daß ein alleinstehender Mann alle diese Frauenkleider bei sich hatte. So also belohnte er die intimen Dienste seiner verschiedenen Gespielinnen! Wenn ihr jemand gesagt hätte, daß Jason alle diese Sachen nur für sie gekauft hatte, hätte sie ihm nicht geglaubt.

Mit schwindender Hoffnung sah sie zu, wie Pierre die Truhe reisefertig verschloß und eine zweite aus der Ecke hervorzog, die er offenbar schon gestern abend gepackt hatte, und zuckte zusammen, als sie seinen entrüsteten Aufschrei hörte. Jetzt hatte er das Durcheinander entdeckt, das während der Nacht bei ihrer Suche nach der Karte entstanden war. Als er sie mißtrauisch ansah, senkte sie schuldbewußt die Augen.

Die Morgendämmerung brach an; graue Nebelschwaden verliehen der kleinen Lichtung, die als Duellplatz ausgesucht worden war, einen Hauch von düsterem Geheimnis.

Nachdenklich beobachtete Jason, wie Clive Pendleton aus seiner Kutsche stieg, und stellte erstaunt fest, daß Pendletons Sekundanten, Philippe de Courcey und Anthony Newhope, in ihrer eigenen Kalesche vorfuhren. Als er Pendletons Gefährt genauer betrachtete, entdeckte er mit plötzlichem Mißtrauen das viele Gepäck, das auf dem Dach und an der Rückwand verschnürt war. Ganz offensichtlich hatte Pendleton sich auf eine hastige Flucht vorbereitet.

Auch Barrymore hatte den gleichen Gedanken, denn er zischte Jason ins Ohr: »Das gefällt mir gar nicht! Pendletons Kutsche ist für eine lange Reise gepackt. Er muß also sehr sicher sein, daß er später Grund zur Eile hat. Nimm dich lieber in acht, Jas. Ich bin froh, daß ich darauf bestanden habe, einen Quacksalber mitzubringen.«

Die sechs Männer begrüßten sich mit kurzem Kopfnicken, dann erfolgte die Auswahl der Pistolen. Die Sekundanten hatten sich bereits vorher auf zwanzig Schritte Entfernung geeinigt, so blieb weiter nichts zu tun, als den Duellanten schweigend die Mäntel abzunehmen. Beide trugen darunter dunkle Kleidung, um dem Gegner das Zielen zu erschweren.

Harris wurde dazu ausersehen, die Schritte abzuzählen, und er tat es mit hörbarer Nervosität. Währenddessen sah Barrymore mit düsteren Blicken zu, wie der Abstand zwischen Jason und Pendleton weiter und weiter wurde. Harris hatte beinahe alle zwanzig Schritte abgezählt. Gewarnt durch Barrymores lautes Atemholen, warf Jason sich instinktiv zu Boden und rollte sich auf den Rücken. Eine Kugel pfiff durch die Lüft, die stille Morgenluft hallte wider vom peitschenden Knall einer Pistole. Einen Augenblick lag er nur da und starrte zur Pendletons rauchendem Pistolenlauf hinüber. Barrymore schien seine Bewegungslosigkeit anders zu deuten und brüllte Pendleton wild an: »Sie Schwein – Sie haben früher geschossen! Das war ein vorsätzlicher Mord! Sie kommen hier nicht lebend weg!«

Doch während Barrymore Anstalten machte, sich auf Pendleton zu stürzen, schoß Jason. Der Knall seines verspäteten Schusses ließ die anderen herumfahren, befriedigt sah er Pendleton mit einem Ausdruck unendlichen Staunens hin und her schwanken und dann in sich zusammensinken. Grimmig lächelnd stand Jason auf und meinte, ohne sich um Barrymores und Harris' überraschte Gesichter zu kümmern, höflich: »Meinen Mantel bitte, Barrymore. Es ist verdammt kalt hier draußen und das Gras sehr naß.«

Barrymore war so erleichtert, daß er fast über seine eigenen Füße stolperte. »D-d-das war das herrlichste Stückchen Schießkunst, das ich je gesehen habe, m-m-mein Wort!« stotterte er. »Aber was für eine Schweinerei von diesem Kerl, früher zu schießen. Ich dachte, du wärst tot! Gott sei Dank, daß Pendleton so ein miserabler Schütze ist!«

»Er ist kein miserabler Schütze, mein Freund. Aber dein theatralisches Atemholen war mir Warnung, mich aus der Schußlinie zu werfen.«

»Theatralisch? Na, du gefällst mir! Ich rette dir das Leben, und du machst dich lustig über mich.«

Jason schlug seinem Freund auf die Schulter und zog ihn dort hinüber, wo Pendleton lag. Der Arzt kniete neben ihm und stillte das Blut, das aus einer Schulterwunde sickerte.

Als Jason und seine Freunde näher kamen, sprudelte Newhope betroffen heraus: »Ich muß Sie um Vergebung bitten. Was geschehen ist, ist einfach nicht in Worte zu fassen.«

»Vergebung?« rief Barrymore hitzig. »Wie können Sie sich noch für diesen Burschen entschuldigen! Wenn bekannt wird, was hier geschehen ist, kann er froh sein, wenn er nicht durch eine Hundemeute aus dem Land gehetzt wird.«

Jason dachte an die Worte seines Onkels und sagte nur verbindlich: »Was heute morgen geschehen ist, sollten wir lieber vergessen. Lassen wir es genug damit sein, daß ich den Mann angeschossen habe.«

Harris wandte sich ungläubig an Jason. »Du willst nichts unternehmen?« fragte er, während es Barrymore endlich einmal die Sprache verschlug.

Jason lachte. »Mon ami, ich habe ihm ja schon eine Kugel in den Leib gejagt! Was soll ich denn noch machen? Überlassen wir es ruhig jemand anderem, den neuesten Skandal zu inszenieren.«

Als erstes Anzeichen für Jasons Rückkehr hörte sie seine lachende Stimme, als er sagte: »Genug, Freunde! Ich werde meine Meinung nicht ändern. Ich hätte übrigens nie geglaubt, daß ihr so blutrünstige Wilde sein könnt.«

Ohne jeden vernünftigen Grund freute Catherine sich darüber, daß er am Leben und anscheinend nicht einmal verletzt war. Aber dann fiel ihr ein, wie bald sie seinem Blick würde begegnen müssen, und ihre Ängste kamen wieder. Ihr Herzschlag schien auszusetzen, als er plötzlich, dicht gefolgt von Pierre, in der Verbindungstür auftauchte.

Offensichtlich hatte Pierre keine Zeit verloren und Jason gleich von der durchwühlten Truhe berichtet und auch, wer das, seiner Ansicht nach, nur gewesen sein konnte. Catherine hielt den Atem an, als Jason quer durch das Zimmer zu der offenstehenden Reisekiste ging, sich das Durcheinander ansah und Pierre kurz angebunden anwies, sie neu zu packen. Zu Catherine sagte er überhaupt nichts, aber was er dachte, erkannte sie an dem Blick, den er ihr beim Hinausgehen zuwarf.

Sie konnte nicht verstehen, was er im Nebenzimmer zu Barrymore und Harris sagte, doch bald darauf hörte sie, wie die schwere Außentür ins Schloß fiel und sich Barrymore und Harris entfernten.

Zu ihrer Überraschung wandte sich Jason nicht sofort an sie, als er zurückkam, sondern sah in brütendem Schweigen zu, wie Pierre die Truhe neu packte. Erst als Pierre die gepackten und geschlossenen Truhen in den Vorraum geschleift und die Tür behutsam hinter sich geschlossen hatte, kam er mit kaltem, entschlossenem Gesicht zu ihr herüber und zog wütend die Bettdecke zurück. Catherine zwang sich, ihm in die Augen zu sehen und so viel Herausforderung wie möglich in ihren Blick zu legen. Doch er machte sich nicht einmal die Mühe, ihren Trotz zur Kenntnis zu nehmen, sondern ergriff sein Messer, schnitt ihr die Fesseln an den Fußgelenken auf und fuhr sie an: »Wenn ich dir jetzt den Knebel abnehme, will ich auf meine Fragen haargenaue Antworten bekommen, verstanden?«

Catherine nickte und setzte sich vorsichtig auf. Langsam nahm er ihr den Knebel aus dem Mund, einen Augenblick lang empfand sie nichts als ein ungeheures Glücksgefühl, daß der Stoff ihr nicht mehr in die Mundwinkel schnitt. Doch seine Stimme riß sie in die rauhe Wirklichkeit zurück.

»Bevor du schreist, laß dich warnen! Das wäre der letzte Schrei in deinem Leben! Also, wonach hast du gesucht?«

»Nach Geld«, antwortete sie mit kampfbereit vorgerecktem Kinn.

Die Antwort schien ihn einen Augenblick lang aus der Fassung zu bringen, als hätte er an eine solche Möglichkeit nie gedacht, dann preßten sich seine Lippen zusammen. »Geld, mein Schätzchen?« fragte er mit sanfter Stimme. »Das glaube ich dir nicht.« Seine Hand legte sich drohend um ihren Hals, er schüttelte drohend den Kopf. »Du hast nicht nach Geld gesucht. Meine goldene Uhr und eine Menge Geld lagen frei herum, du hast nichts davon angerührt. Oder –« Sein Ton war voll beißendem Hohn. »Oder willst du mir weismachen, daß du das alles übersehen hast?«

»Ich verrate Ihnen überhaupt nichts!« zischte sie ihn an. »Wie komme ich dazu? Sie haben mich entführt, vergewaltigt und eingesperrt. Was können Sie mir noch antun?« Der Ausbruch tat ihr gut. »Na los doch! Schlagen Sie mich, Sie Schwächling! Meine Arme sind zusammengebunden, nichts hindert Sie!«

Er betrachtete sie schweigend. Dann verblüffte er sie mit einem leichtherzigen Grinsen. »Waffenstillstand, kleine Hexe! Du bist viel zu hübsch für Schwellungen und blaue Flecke. Ich kriege schon noch heraus, wonach du gesucht hast.«

Dann steigerte er ihre Verwirrung noch, indem er hinter sie griff und ihre Arme befreite. Verständnislos und mißtrauisch starrte sie zu ihm hoch, während sie sich die tauben Handgelenke rieb. Er riß das rosafarbene Kleid vom Stuhl, wo Pierre es vorher hingelegt hatte, und warf es ihr zu. »Wir werden unsere interessante Unterhaltung später fortsetzen. Aber jetzt zieh dich an, wir haben eine lange Reise vor uns.«

Ein verlegenes Hüsteln ließ sie herumfahren. In der Tür stand Tom Harris, sein Gesicht war fast so rot wie seine Haare. »Ah, hmm, entschuldige, Savage. Wußte nicht, daß du, ämm, eine Dame bei dir hast«, stotterte er.

Unberührt davon, mit einer nackten jungen Frau angetroffen zu werden, fragte Jason nur: »Was gibt's denn, Tom? Hast du etwas vergessen?«

Catherine preßte das Kleid an sich und starrte voller Entsetzen auf Amandas Bruder. O Gott, laß ihn mich nicht erkennen, betete sie.

Leider hatte Tom Harris sehr wohl eine klare Erinnerung an Catherine. Er kannte sie von den wenigen Malen her, an denen er sich seiner Schwester Amanda erbarmt und sie in Mrs. Siddons Seminar für junge Damen besucht hatte – in derselben Schule, in der auch Catherine gelernt und gelitten hatte. Aber weil er nicht glauben wollte, was er sah, vermied er es, noch einmal zu dem schwarzhaarigen Mädchen auf Jasons Bett hinüberzusehen.

Jason spürte sofort, daß etwas nicht stimmte, und blickte mißtrauisch von einem zum andern. Schließlich fragte er: »Kennt ihr euch?«

»Nein!« widersprachen beide wie aus einem Mund – was seine Vermutung nicht gerade widerlegte.

Hastig sprach Harris weiter: »Hab' das Mädchen nie gesehen. Bis später dann.« Damit verließ er das Zimmer.

»Also, was, zum Teufel, hat das alles zu bedeuten?« wollte Jason wissen. Doch für den Augenblick rettete der eintretende Diener Catherine davor, antworten zu müssen. Pierre verkündete: »Monsieur, es ist alles gepackt. Haben Sie sonst noch einen Wunsch?«

Jason ließ seinen Blick prüfend umhergehen und erwiderte: »Ich glaube, das ist alles, Pierre. Du kannst jetzt gehen. Wir sehen uns in London.«

16

Als sie endlich in Jasons Londoner Wohnung an der St. James Street eintrafen, fühlte sich Catherine wie gerädert. Sie machte nicht einmal mehr den Versuch zu begreifen, was eigentlich mit ihr vorging. In den vergangenen vierundzwanzig Stunden war zuviel geschehen! Jason hatte ihr etwas zu essen gegeben, sie nackt ausgezogen, die Tür abgeschlossen und war gegangen.

Mit glanzlosen Augen sah sie sich in dem engen Dachzimmer um. Die Wände waren kahl, in einer Ecke auf der Erde lagen ein paar Strohballen und einige Decken. Eine klapprige Kommode, auf der eine Wasserkanne und eine Schüssel standen, bildeten das gesamte Mobiliar. Verwirrt und unentschlossen stand sie in dem düsteren Raum, der nur von einem silbernen Mondstrahl, der durch die schmutzigen Fenster fiel, ein wenig erhellt wurde. Nach einer Weile trieb die Kälte sie auf das Strohlager, wo sie sich hinkauerte, ihren nackten Körper in Decken hüllte und blicklos vor sich hin starrte.

Schock, Reue, Unglauben und Angst schmiedeten sie wie mit Eisenketten an den Raum, sie lehnte müde den Kopf gegen die Wand. Warum nur hatte sie unbedingt nach der Karte suchen müssen? Jetzt saß sie in der Falle.

Das ungläubige Wiedererkennen, das sie in Tom Harris' Augen gesehen hatte, machte ihr die ganze Hoffnungslosigkeit ihrer Lage klar, sie konnte nur hoffen, daß er schwieg.

Verzweifelt aufschluchzend vergrub sie ihr Gesicht in den Händen. »Reina, Reina!« jammerte sie. »Warum habe ich bloß nicht auf dich gehört? Warum habe ich mit dem Feuer spielen müssen?«

Wie lange sie so als weinendes Häufchen Elend dagesessen hatte, wußte sie nicht, doch allmählich versiegten ihre Tränen, sie schöpfte Hoffnung, daß es vielleicht doch irgendeinen Ausweg gebe – sie mußte nur danach suchen. Und wenn sie diesen Ausweg gefunden hatte, würde Jason Savage sein Verhalten bitter bereuen! Sie würde ihn demütigen und zerstören, und wenn sie diesem Ziel ihr ganzes Leben widmen mußte! Mit diesen Gedanken sank sie in tiefen, traumlosen Schlaf.

Es war später Nachmittag, als sie aufwachte. Sie fühlte sich erstaunlich gut, doch ihre Rachepläne hatte sie nicht vergessen. Flucht war der erste Schritt, um diese Pläne in die Wirklichkeit umzusetzen. Sie wickelte eine der Decken um sich, spritzte etwas Wasser aus der Kanne über ihr Gesicht und bemühte sich, etwas

Ordnung in ihr zerwühltes Haar zu bringen. Dann sah sie sich die Dachkammer genauer an in der Hoffnung, daß sie in der Nacht irgendeine hilfreiche Gelegenheit übersehen hatte.

Doch als einzig mögliche Fluchtwege sah sie nach wie vor nur die Tür und das kleine Fenster hoch über ihrem Kopf. Die Tür war aus stabiler Eiche und von außen fest verriegelt. In einem jähen Wutanfall trat sie heftig dagegen und handelte sich so einen blauen Fleck ein. Dann nahm sie Kanne und Schüssel von der Kommode, zerrte das wackelige Möbelstück unter das Fenster und kletterte hinauf.

Sie war so sehr in ihre Bemühungen, das Fenster zu öffnen, vertieft, daß das plötzliche Öffnen der Tür sie völlig überraschte und sie um ein Haar von der Kommode gefallen wäre. Jason kam mit einem großen, silbernen Tablett herein. Er knallte die Tür mit einem wohlgezielten Tritt seiner Stiefel zu, setzte das Tablett auf dem Strohlager ab und sah grinsend zu ihr hinauf. Dann fragte er spöttisch: »Hat dich eine Maus da heraufgejagt, oder erwartest du eine Überschwemmung?«

Catherine beachtete seine Worte gar nicht, sondern stieg von der Kommode herunter, hockte sich wieder auf das Strohlager und verschlang mit hungrigen Blicken die Speisen auf dem Tablett. Nur mit äußerster Selbstkontrolle gelang es ihr, langsam zu essen und jeden Bissen auszukosten, als wäre er ihr letzter. Jason lehnte, die Arme vor der Brust verschränkt, an der Wand und sah ihr zu.

Cathrine schluckte einen letzten Bissen herunter und fragte kalt: »Wie lange wollen Sie mich noch festhalten?«

Er zog die Augenbrauen hoch. »Bis du bessere Manieren lernst, meine Liebe!« erwiderte er.

Sie ballte die Hände zu Fäusten. »Stört es Sie gar nicht, wie widerlich ich Sie finde? Daß es mich nicht im geringsten reizt, Ihre Geliebte zu sein?«

Er lachte. »Aber nein! Begreifst du denn nicht, mein liebes Kind, daß du anfängst, mich echt zu interessieren? Du bist nicht so wie die meisten deiner Art.«

Als er ihr verständnisloses Gesicht sah, fügte er hinzu: »Auf der Wiese hast du deinen Preis ganz schön hochgehandelt – und mir dann diese alte Vettel ins Bett geschickt. Du bist allem Anschein nach Clive Pendletons Geliebte – und trotzdem entdeckte ich, daß du Jungfrau warst! Du wühlst in meinen Sachen herum und erzählst mir, daß du Geld stehlen wolltest – trotzdem rührst du Gold nicht an, das offen auf dem Tisch herumliegt. Deine Widersprüche würden mich auch dann noch faszinieren, wenn ich dich nicht so außerordentlich reizvoll fände.«

Sie konnte nicht länger in sein spöttisches Gesicht sehen, weil sie fürchtete, die Beherrschung zu verlieren, und sah angelegentlich auf ihre Hände, die unentwegt über die Decke strichen. Schließlich fragte sie vorsichtig: »Wenn ich Ihnen nun sagen würde, wonach ich gesucht habe – würden Sie mich dann gehen lassen?«

Erst wollte er sie belügen, um sie zu beruhigen, doch dann bellte er: »Nein!«

Urplötzlich gab er seine lässige Haltung auf, zerrte sie vom Strohlager hoch, riß sie grob in seine Arme und preßte seinen Mund auf ihren. Vergeblich wehrte sie sich gegen die Lust, die ihren Körper von neuem überkam. Mit einer einzigen, geschickten Bewegung zog er die Decke fort. Catherine zwang sich dazu, dem heißen Verlangen, sich ihm hinzugeben, zu widerstehen, und stemmte ihre Hände gegen seine Brust.

»Na schön – dann habe eben keinen Spaß daran.« Damit warf er sie auf das Lager, riß ihr die Beine auseinander und nahm sie brutal, ohne sich darum zu kümmern, ob er ihr Schmerzen zufügte.

Er hielt sie unentrinnbar fest, schaute wie gebannt auf sie herunter und zeigte nicht einmal eine Regung, als ihre Fingernägel ihm einen häßlichen, blutigen Riß über die Wange zogen. Zwar schenkte der weiche Körper, der sich unter ihm hin und her warf, ihm diesmal kaum Freude, doch als er aufstand, knurrte er sie an: »Du wirst dich damit abfinden müssen, daß ich dich, solange ich noch etwas Neues an dir entdecke, behalte.«

Ungerührt sah er zu, wie sie sich mühsam aufsetzte. Sie starrte ihn aus tränenerfüllten Augen an und stöhnte: »Ich hasse Sie, Jason Savage! Eines Tages werde ich mit Ihnen abrechnen, und wenn es hundert Jahre dauert.«

Ein Lächeln huschte über sein Gesicht. »Hasse mich, soviel du magst, meine Liebe. Das interessiert mich nicht im geringsten. Liebe habe ich von dir nie gewollt. Alles, was ich von dir will, kann ich mir jederzeit nehmen.«

Mit versteinertem Gesicht stand sie auf und sagte, während sie die Decke wieder um sich wickelte: »Das haben Sie ja jetzt getan. Würden Sie bitte gehen?«

»Eigentlich bin ich aus einem ganz anderen Grund gekommen«, erwiderte er. »Ich wollte dir mitteilen, daß wir nach Paris fahren, mein Kätzchen. Pierre hat dir ein Bad hergerichtet, deine Kleider liegen bereit. Wir fahren, sobald du angezogen bist.«

Catherine starrte ihn, wie vom Donner gerührt, an, aber er mißdeutete ihren Ausdruck und hob sacht ihr Kinn. »Ich kann mir vorstellen, daß du dich von unserer Gewaltreise gestern noch nicht ganz erholt hast. Aber wenn wir erst einmal in Paris sind, kann ich dir versichern, daß wir eine Weile dableiben. Ich denke daran, vielleicht irgendwo außerhalb der Stadt ein Schloß zu mieten. In Paris kaufe ich dir dann die schönsten Kleider, die du dir wünschst.«

Ihre mangelnde Begeisterung begann ihn zu ärgern. »Nun komm schon!« rief er. »Ich habe dir von Anfang an eine Reise nach Paris versprochen. Freust du dich nicht, daß ich mein Versprechen so schnell einlöse?«

Ein erzwungenes Lächeln war die einzige Antwort, und er führte sie ungeduldig die Treppe hinunter in sein Schlafzimmer. Er trieb sie immer wieder an, bis sie gebadet und angezogen war. Schließlich saßen sie wieder in seiner Kutsche, die diesmal auf den Hafen von Dover zurollte.

Es war ein herrlicher Frühlingstag, bis zur Abenddämmerung blieben noch mehrere Stunden, und während die glänzendschwarzen Pferde die Straße entlangjagten, vergaß Catherine die Umstände, die zu dieser Reise geführt hatten, und genoß die von goldenem Sonnenlicht durchflutete Fahrt. Die Stunden vergingen, die Nacht brach herein. Catherine schob Sorgen und Ängste beiseite; ein Gefühl der Ergebenheit in ihr Schicksal, des Wartens auf bessere Gelegenheiten durchzog sie und ließ quälende Gedanken verstummen.

Erst als sie im grauen Licht der Morgendämmerung an Bord des Schiffes gingen, das sie nach Frankreich bringen sollte, fiel diese erzwungene Ruhe von ihr ab, ein Gefühl wilder Panik überkam sie. Wenn es ihr jetzt nicht gelang zu fliehen, würde sie nie mehr frei sein. Aber Jason hob sie einfach auf seine Arme und trug sie in ihre Kabine. Er ging gleich wieder hinaus und schloß sie ein. Catherine blickte sich stumm und ratlos in dem kleinen Raum um wie ein Tier, das in der Falle saß. Wenigstens hat er mir diesmal nicht die Kleider ausgezogen, dachte sie wütend.

Zweiter Teil

Bittersüßer Frühling

Frankreich, Frühjahr 1803

17

Die Reise näherte sich ihrem Ende; schon seit einiger Zeit fuhren sie nicht mehr durch die sanfte, grüne Hügellandschaft mit den weißen Bauernhäusern. Catherine hatte nicht, wie Jason, in der schaukelnden, holpernden Kutsche einschlafen können und sehnte das Ende der Fahrt herbei.

An den Poststationen hatten sie nur angehalten, um die Pferde auszuwechseln und ein hastiges Mahl einzunehmen, aber selbst diese Mahlzeiten bestanden oft nur aus einem Korb mit belegten Broten, den Jason sich in die Kutsche reichen ließ. Einmal waren sie mehrere Stunden lang aufgehalten worden, weil ein gebrochenes Rad repariert werden mußte. Da war es Catherine klar geworden, daß diese Eile, nach Paris zu gelangen, mit ihr wenig zu tun hatte, denn Jason war ruhelos in der Gaststube des Wirtshauses hin und her gewandert, ohne sie auch nur ein einziges Mal anzusehen. Ihre Befürchtungen, sich während der Reise seinen Annäherungsversuchen erwehren zu müssen, erwiesen sich als unbegründet. Er schien kaum wahrzunehmen, daß sie neben ihm in der Kutsche saß, und zu ihrer Überraschung stellte Catherine fest, daß diese Nichtbeachtung sie ärgerte.

Ungestört betrachtete sie sein Gesicht, das sogar im Schlaf noch vitale Lebendigkeit ausstrahlte; die harten Linien waren verschwunden, und er sah jünger aus – gar nicht wie ein Mann, der eine Frau verschleppte und vergewaltigte. Mit unguten Gefühlen dachte sie darüber nach, was er wohl mit ihr vorhaben mochte, und ob er sie irgendwann einmal nach England zurückschicken würde. Sie wußte zuwenig über ihn, um auch nur Vermutungen darüber anstellen zu können. Nur soviel war ihr klar geworden, daß sie die

Zeit für ein klärendes Gespräch hatte nutzlos verstreichen lassen. Wie konnte sie ihm jetzt noch sagen, daß sie Lady Tremayne war?

In brütenden Gedanken versunken, starrte Catherine aus dem Fenster der Kutsche. Als sie den Kopf wieder umwandte, begegnete sie seinem Blick. Er war aufgewacht, seine grünen Augen musterten sie mit so kalter Berechnung, daß sie einen Augenblick lang fürchtete, er habe ihre Gedanken erraten. Doch sie war entschlossen, ihm keine neue Gelegenheit, sich über sie lustig zu machen, zu geben. »Haben Sie gut geruht?« fragte sie steif. »Sicher waren Sie sehr erschöpft; Sie haben sehr lange geschlafen.«

»Wie wohlerzogen du sprichst, fast wie ein Schulmädchen aus einem vornehmen Internat.« Er hielt inne und sah sie spöttisch an. »Aber wir wissen es besser, nicht wahr?«

Catherine wurde rot vor Empörung, doch sie bezwang sich und erwiderte: »Denken Sie, was Sie wollen – ich habe nicht vor, wieder die Fassung zu verlieren. Falls Sie glauben, Sie könnten sich einen Spaß daraus machen, mich aufzuziehen, irren Sie sich.«

»Woran hast du gerade gedacht?«

»Wieso? Ist das so wichtig für Sie?« fragte sie erschrocken.

»Normalerweise würde ich mich den Teufel darum scheren, was Frauen denken. Aber ich habe das unbehagliche Gefühl, daß du mir etwas verschweigst.«

»Woher wissen Sie das?«

»Du hast ein sehr ausdrucksvolles Gesicht, meine Kleine, von dem man die geheimsten Gedanken ablesen kann.«

»Wenn ich so leicht zu durchschauen bin, warum fragen Sie mich dann? Lesen Sie doch einfach in meinem Gesicht.«

Er grinste. »Ich wollte eben sicher sein, richtig gelesen zu haben.«

Die Dämmerung brach herein, als Jason sie durch die Halle des Hotels Crillon führte. Hinter dem langen, polierten Empfangstisch stand ein korrekt gekleideter Concièrge in schwarzweißer Livree. Catherine hielt sich etwas abseits, als Jason mit ihm wegen der Zimmer verhandelte. Ihr Kleid war zerdrückt, sie hatte Hunger und sehnte sich nach einem Bad, es war ihr gleichgültig, was das Hotelpersonal von ihr dachte. Doch dann fuhr sie wie vom Donner gerührt herum, als sie den Mann sagen hörte: »Wenn Madame und Monsieur Savage mir folgen wollen?«

Nachdem er sie durch die beiden Schlafzimmer mit zwei getrennten Ankleideräumen und zwei Salons geführt hatte, verbeugte der Concièrge sich und meinte entschuldigend: »Wir wußten nicht, daß Madame Savage Sie begleitet. Wir werden neben dem Zimmer Ihres Dieners unverzüglich ein weiteres Quartier für Madames Zofe herrichten. Sollten Madame oder Monsieur die Dienste des Hotelpersonals in Anspruch nehmen wollen, bis Ihre eigene Dienerschaft eintrifft, so bitte ich, mich das wissen zu lassen. Ich werde dann unverzüglich dafür Sorge tragen.« Damit verneigte er sich tief und schritt gemessen davon.

»Madame . . . Savage?« platzte Catherine wütend heraus, kaum daß sich die Tür geschlossen hatte.

»Möchtest du lieber als meine Geliebte angesehen werden?« fragte er trocken. »Das Crillon ist ein konservatives Hotel, und außerdem hat mein Onkel nichts davon gewußt, daß jemand mit mir reist. Sonst hätte er ein diskretes Arrangement getroffen.«

Sie warf ihm einen geringschätzigen Blick zu. »Sollte es möglich sein, daß Sie sich um das Gerede der Leute kümmern?« fragte sie unschuldig. »Oder könnte es sein, daß Ihr Onkel etwas gegen Vergewaltigung und Entführung hat?«

Jason zuckte gleichgültig die Schultern. »Die Ansichten meines Onkels über Moral und dergleichen decken sich wahrscheinlich überraschend oft mit meinen.«

Er ging zu der schweren, handgeschnitzten Tür, die auf den mit Teppich ausgelegten Korridor hinausführte. »Ich werde darum bitten, daß dir ein Bad bereitet wird. Und eines von den Hotel-Zimmermädchen kann dein Gepäck auspacken. Du scheinst müde zu sein, laß dir das Abendessen am besten auf deinem Zimmer servieren und geh früh zu Bett.« Ohne ihr Zeit zu einer Antwort zu lassen, war er verschwunden.

Einen Augenblick lang starrte Catherine ungläubig die geschlossene Tür an. Er ließ sie doch nicht etwa ohne Bewachung hier? Doch die Sekunden vergingen, und Catherine begriff, daß er genau das getan hatte. Die Erschöpfung fiel wie ein Schleier von ihr ab; sie stürzte zur Tür und riß sie auf. Suchend blickte sie den Gang hinunter, er war leer, nicht einmal einer der Hoteldiener war zu sehen. Unschlüssig, was sie tun sollte, blieb sie eine Weile in der Tür stehen. Dann ging sie nachdenklich ins Zimmer zurück und schloß die Tür hinter sich. Sie hatte kein Geld und wußte nicht, zu wem sie hätte gehen sollen. Im Augenblick blieb ihr nichts anderes übrig, als sich Jason zu fügen. Seit Tagen hatte sie nicht mehr richtig geschlafen, und ein höchst unvornehmes Grollen in ihrem Magen erinnerte sie daran, daß Hungrige meist nicht sehr weit kommen. Sie würde warten – wenigstens so lange, bis sie gebadet und gegessen hatte. Dann konnte sie immer noch weitere Pläne fassen.

Ein leises Klopfen an der Tür unterbrach ihre Gedanken, und auf ihre vorsichtige Aufforderung, einzutreten, schlüpfte ein kleines, dunkelhaariges Kammermädchen mit lebendigen braunen Augen herein. Sie lächelte Catherine scheu an, knickste und flüsterte, daß sie hergeschickt worden sei, um Madame behilflich zu sein; ihr Name sei Jeanne. Sie ließ Jeanne mit ihrer Arbeit allein und wanderte ziellos durch die Räume.

Unten in den Straßen waren die Laternen angezündet worden, ihr gelbliches Licht warf einen warmen Schein auf das Kopfsteinpflaster und erhellte die pechschwarze Finsternis. Elegante Kutschen, gezogen von edlen Pferden, fuhren vorbei und brachten ihre Insassen zu den verschiedensten Vergnügungen.

Fast genau gegenüber von Catherines Fenster breitete sich der Place de la Concorde aus, auf dem ein Jahrzehnt zuvor der unglückselige König Ludwig XVI. unter der Guillotine seinen Thron und seinen Kopf eingebüßt hate. Dahinter zog die Seine ihre friedliche Bahn durch die glitzernde Stadt.

Aber Catherine spürte, wie die Müdigkeit zurückkehrte, und hatte keinen Blick für die faszinierende Aussicht. Als Jeanne ihr meldete, daß das Bad bereit sei, zog sie hastig ihr Kleid aus, ließ sich in das heiße, nach Rosen duftende Wasser gleiten und genoß das herrlich wohltuende Gefühl auf ihrem Körper. Sie ergriff das auf dem Wasser schwimmende Stück Seife und rieb sich damit von Kopf bis Fuß ein. Jeanne füllte zwischendurch immer wieder heißes Wasser nach, und als Catherine sich abgeseift und ihr Haar gewaschen hatte, war die Messingbadewanne bis zum Überlaufen voll.

Nachdem sie die ausgezeichnete Mahlzeit, die Jason für sie bestellt hatte, verzehrt hatte, legte sie sich träge und schläfrig auf das blaue Sofa und war nach kurzer Zeit eingeschlafen.

Jason kam erst spät ins Hotel zurück. Der amerikanische Gesandte Livingston hatte eine Notiz von ihm erhalten, in der Jason bat, ihm so bald wie möglich in dringender Staatsangelegenheit ein Gespräch mit dem amerikanischen Unterhändler Monroe zu vermitteln. Er hatte auch dafür gesorgt, daß man seine Anwesenheit in Paris als privaten Besuch auffaßte. An verschiedene Verwandte in Paris hatte er Briefe geschrieben mit der Bitte, doch im Hotel Crillon Kontakt mit ihm aufzunehmen. Und kaum hatte er in einem separaten Speisezimmer des Hotels zu Abend gegessen, ließ sich zu seiner freudigen Überraschung auch schon ein Cousin bei ihm melden.

Michel Beauvais, ein schlanker, gutaussehender Mann, hatte gerade zu einem Spielsalon aufbrechen wollen, als Jasons Brief ihn erreichte. Kurzentschlossen hatte er daraufhin einen Spaziergang zum Crillon gemacht, um den amerikanischen Cousin zu begrüßen. Beide waren sich auf den ersten Blick sympathisch, und Jason hatte Michels Angebot, ihm das Nachtleben von Paris zu zeigen, mit Vergnügen angenommen.

Jason war ausgesprochen guter Laune, als er die Zimmer betrat, durch die Catherine einige Stunden vorher gewandert war. Er ging in das größere der beiden Schlafzimmer, warf sein Halstuch über eine Stuhllehne und entledigte sich seiner Stiefel. Dann machte er sich in den stillen Räumen auf die Suche nach Tamara. Er fand sie schlafend auf dem Sofa, und der erfreuliche Anblick, den sie bot, ließ ein seltsames Lächeln auf seine Züge treten, weich und spöttisch zugleich. Eine Minute lang stand er da und betrachtete sie. Doch dann unterdrückte er die plötzlich in ihm aufsteigende Zärtlichkeit, hob sie hoch und trug sie in ihr Schlafzimmer.

18

Beide wachten am nächsten Tag erst zu vorgerückter Stunde auf. Catherine, die einen engen, weißen Rock und darüber eine Tunika aus roter Seide mit sehr hohem Gürtel trug, lehnte sich auf das Balkongeländer und genoß das warme Sonnenlicht, als Jasons Stimme sie herumfahren ließ. »Ich freue mich, dich zu sehen, meine Liebe.« Er wollte sie gerade in die Arme nehmen, als es klopfte.

Der livrierte Diener, der auf Jasons kurze Aufforderung hin eintrat, gehörte nicht zum Hotelpersonal, aber Catherine spürte, daß Jason ihn erwartet haben mußte. Und es war offensichtlich, daß die Nachricht, die er ablieferte, keine Antwort erforderte, denn nachdem der Diener einen handversiegelten Umschlag abgegeben und von Jason dafür ein Trinkgeld erhalten hatte, neigte er höflich den Kopf und verabschiedete sich.

Catherine beobachtete Jason verstohlen, während er las. Sein Gesicht war leicht abgewandt und ernster, als sie es bisher je gesehen hatte. Er brauchte nur einen Augenblick, um die Notiz zu überfliegen, dann hob er plötzlich den Kopf und bemerkte, wie sie ihn anstarrte. Sie wurde rot vor Verlegenheit.

»Spielst du wieder das scheue Reh, Kleines?« fragte er mit spöttischem Lächeln. »Wenn es dir Spaß macht, mich anzusehen, dann tu es doch! Es macht mir ja auch Spaß, dich anzusehen.«

Entschlossen, sich von ihm nicht wieder provozieren zu lassen, wandte sie ihm den Rücken zu und tat, als gäbe es nichts Interessanteres als das nervöse Spiel ihrer Hände auf dem Balkongeländer.

»Ich muß fort«, sagte er hinter ihr. »Tut mir leid, aber du wirst dir die Zeit allein vertreiben müssen, bis ich zurück bin. Oh, und falls du auf den Gedanken kommen solltest, wegzulaufen – schlag es dir lieber gleich aus dem Kopf. Du mußt nämlich wissen, daß ich gestern abend ein Wort mit dem Concièrge gewechselt habe, der bei dieser Gelegenheit um einige Goldmünzen reicher geworden ist. Es tut mir in tiefster Seele weh, aber ich habe ihm erklären müssen, daß wir zwar jung verheiratet und sehr glücklich miteinander sind, daß du aber manchmal Anfälle geistiger Umnachtung hast, in denen du dich für jemand anderen hältst und glaubst, ich hätte dich entführt.« Er schwieg einen Augenblick, ehe er fast gütig hinzufügte: »Du begreifst, ma petite chou – es hat keinen Zweck, wenn du wegzulaufen versuchst. Die Diener würden dich nur in diesen Zimmern einschließen.«

Als er gegangen war, warf Catherine sich wütend aufs Bett. Er behandelte sie wie ein Spielzeug! Wenn sie ihn in diesem Katz-und-Maus-Spiel doch nur ein einziges Mal besiegen könnte!

Ein leises Lächeln stand auf Jasons Gesicht, als er die amerikanische Gesandtschaft in der Rue de Tournon betrat und beim Portier seine Karte abgab. Augenblicke später wurde er in ein kleines Büro geführt, in dem ihn James Monroe erwartete – Präsident Jeffersons außerordentlicher Bevollmächtigter in Paris.

Monroe saß hinter einem massiven Schreibtisch aus schwarzer Eiche, der den ganzen Raum beherrschte, und war offensichtlich in die Lektüre eines amtlichen Schriftstücks versunken. Als Jason hereinkam, stand er auf und sagte mit gequältem Lächeln: »Papier, Papier und noch einmal Papier! Kann nicht bald einmal jemand eine Methode erfinden, den Inhalt dieser vielen Blätter Papier in einem einzigen Absatz abzufassen?«

Mit verständnisvollem Lächeln schüttelte Jason Monroes ausgestreckte Hand. »Bis jetzt brauche ich mich mit dergleichen noch nicht zu befassen. Lesen Sie das wirklich alles?«

Monroe zwinkerte mit den Augen und gestand: »Wenn ich jeden dritten Satz lese, habe ich schon das Gefühl, mich überanstrengt zu haben! Aber sagen Sie mir, junger Mann, was führt Sie nach Frankreich? Ich dachte, Jefferson wollte Sie in England haben, bis unser Gesandter hier nach Ihnen schickt. Er hat aber nicht nach Ihnen geschickt. Was also hat diese reichlich fordernde Notiz zu bedeuten, die Sie mir gestern abend haben zukommen lassen? Sind Sie der französischen Regierung schon in die Quere gekommen?«

Obwohl die letzte Frage in leichtem Plauderton gestellt war, spürte Jason dahinter gespannten Ernst. Nüchtern erwiderte er: »Ich entschuldige mich für den kurzangebundenen Ton meiner Notiz. Aber gewisse Umstände haben es mir wichtig erscheinen lassen, so schnell wie möglich mit Ihnen zu sprechen – bevor Ihre Verhandlungen einen gewissen Punkt überschritten haben.«

Monroe lehnte sich etwas bequemer in seinen Stuhl, musterte Jason forschend und meinte bedächtig: »Ich weiß, daß Sie in bezug auf manche Einzelheiten in der New-Orleans-Sache Jeffersons Vertrauen genießen, aber welche Rolle Sie in alledem eigentlich spielen, habe ich nie ganz verstanden. Würden Sie mich gütigst aufklären?«

»Ich fürchte fast, ich begreife die Hintergründe meiner Rolle selbst nicht ganz. Und wenn ich sie schon nicht begreife, wie kann ich sie Ihnen dann erklären?«

Monroe fand Jasons ausweichende Antwort weder komisch noch amüsant. »Ach so«, meinte er trocken. »Sie wollen nicht darüber reden. Na gut, vielleicht müßte ich froh sein, daß der Präsident verschwiegene Leute in seinem Dienst hat . . . Also, worum handelt es sich?«

Jason wählte sorgfältig jedes Wort, bevor er antwortete: »Ich werde Ihnen eine Möglichkeit unterbreiten, die für Ihre Verhandlungen von Bedeutung sein kann. Aber ich muß zweierlei klarstellen. Ich kann Ihnen nicht sagen, woher mein Wissen stammt. Sie müssen sich auf mein Wort verlassen und mir glauben, daß es so ist, wie ich es Ihnen darlegen werde. Zweitens, ich werde keine Fragen beantworten.« Er sah Monroe direkt in die Augen. »Wenn Sie sich damit nicht einverstanden erklären können, brauchen wir uns gar nicht weiter zu unterhalten.«

Beunruhigt und zugleich interessiert betrachtete Monroe ihn. Welch arroganter Mann! Aber Jefferson hatte ihm geheime Informationen anvertraut, und Jefferson suchte sich seine Leute mit Sorgfalt aus. Dieser Savage hatte den Ruf, seinen Willen dickköpfig und rücksichtslos durchzusetzen, und solche Eigenschaften waren gelegentlich von Vorteil. Man konnte ja erst einmal hören, was er zu sagen hatte. Also nickte er. »Sprechen Sie weiter! Meine Neugier haben Sie ganz gewiß geweckt – und ich werde versuchen, keine allzu peinlichen Fragen zu stellen.«

Jason beugte sich vor, aus seinem Gesicht war der übliche spöttische Ausdruck gewichen. »Ich bin im Besitz von Informationen«, sagte er, »nach denen der französische Finanzminister Barbé-Marbois Ihnen und unserem Gesandten Livingston kürzlich einen Besuch abgestattet hat. Er hat Ihnen eröffnet, daß Frankreich mit Ihnen nicht nur über den Verkauf des Hafenplatzes New Orleans, sondern darüber hinaus über ganz Louisiana verhandeln möchte.«

Einen Augenblick lang konnte Monroe sein Erstaunen nicht verbergen. Es stimmte, Barbé-Marbois war bei ihnen gewesen, aber kannte der junge Mann auch die Hindernisse, die dem französischen Angebot im Wege standen? Abgesehen von der riesigen Geldsumme, die die Vereinigten Staaten in der nächsten Zeit kaum aufbringen konnten, waren weder Livingston noch Monroe bevollmächtigt, Land zu kaufen. Über Landerecht in New Orleans, über Rechte in der Mississippi-Flußschiffahrt, darüber sollten sie verhandeln! Aber dieses ganze riesige Land so einfach kaufen? Von einer Regierung, deren Eigentumsrechte noch keineswegs eindeutig feststanden?

Vorsichtig erklärte Monroe: »Sie wissen natürlich, daß in unserer Verfassung dergleichen nicht vorgesehen ist. Wer hätte ahnen können, daß Napoleon auf derart phantastische Einfälle kommt?«

Ohne sich um juristische Feinheiten zu kümmern, fuhr Jason fort: »Ich bin hier als Agent der englischen Bankierfirma Hope & Baring, wenn Sie es so nennen wollen. Sie hat mich zu der Mitteilung ermächtigt, daß sie bereit ist, Ihnen als dem Bevollmächtigten der Vereinigten Staaten jede Summe vorzuschießen, die Sie benötigen, um Louisiana von den Franzosen zu kaufen.«

Einen Augenblick war Monroe sprachlos; das war mehr, als sie je zu hoffen gewagt hätten. Dann fragte er, ohne einen Hehl aus seiner Erregung zu machen: »Wie weit würden Ihre Auftraggeber gehen?«

Zum erstenmal, seit er das Zimmer betreten hatte, entspannte sich Jason, das spöttische Lächeln erschien wieder auf seinem Gesicht. »Zehn Millionen zu sechs Prozent Zinsen«, erwiderte er.

Monroe stieß einen Seufzer reinen Behagens aus. Später würden er und Livingston sich mit der Frage zu befassen haben, woher Hope & Baring eigentlich von dem beabsichtigten Landverkauf durch die Franzosen wußten und – noch wichtiger – woher sie die obere Grenze dessen kannten, die er und Livingston sich als Kaufpreis vorstellten.

Jason sah seine Aufgabe als erledigt an, wehrte geschickt Monroes bohrende Fragen ab und verabschiedete sich. Vorher konnte er ihm gerade noch das Versprechen entlocken, daß Jason in einigen Tagen wiederkommen und die amerikanische Gesandtschaft auf dem laufenden halten werde, wo er jeweils anzutreffen sei.

Nachdem seine Arbeit fürs erste getan war, wandten seine Gedanken sich wie von selbst wieder Tamara zu, und er schmiedete Pläne für ihren weiteren Aufenthalt in Paris. Nach dem Versprechen, mit Monroe in enger Verbindung zu bleiben, war sein ursprünglicher Plan, ein Schloß außerhalb der Stadt zu mieten, wohl doch etwas unpraktisch.

In einer plötzlichen Laune blieb er an einem der vielen Blumenstände am Straßenrand stehen und kaufte zwei riesige Sträuße roter Nelken. Zwar kam er sich etwas lächerlich vor, als er mit den duftenden Blumen in beiden Armen durch die Hotelhalle ging, das schnell unterdrückte Grinsen des Concièrge bestärkte dieses Gefühl noch. Innerhalb von Minuten wußte bestimmt das ganze Personal, daß Monsieur und Madame Savage entweder miteinander Krach gehabt hatten, oder daß sie irrsinnig ineinander verliebt waren. Es gefiel ihm nicht, Gegenstand des Personalklatsches zu sein, eine leichte Unmutsfalte stand deshalb auf seiner Stirn, als er das Appartement betrat.

Er warf die Nelken achtlos auf das grüne Brokatsofa in seinem Salon, der Hut segelte auf ein Tischchen, das daneben stand. Dann bemerkte er, daß die kichernden, schwatzenden Stimmen, die er aus einem benachbarten Appartement zu hören geglaubt hatte, in Wirklichkeit aus Tamaras Zimmern kamen. Ärgerlich und leicht verblüfft durchquerte er mit schnellen Schritten den Salon und riß die Verbindungstür zum Nebenzimmer auf.

Überrascht blieb er stehen und starrte auf das Durcheinander weiblicher Putz- und Kleidungsstücke, Stoffe und Modezeichnungen. Seide, Musselin und Brokat waren über das Sofa drapiert, und auch auf den anderen Möbelstücken lagen weitere Genstände weiblicher Putzsucht. Zwei junge Personen, die er an ihrer Kleidung unschwer als Verkäuferinnen erkannte, waren geschäftig dabei, immer neue Stoffe zu entrollen. Bei seinem Erscheinen blickten sie erschreckt hoch, sein düsteres Stirnrunzeln löschte ihr fröhliches Lächeln aus. Mit donnernder Stimme schrie Jason: »Tamara! Was, zum Henker, geht hier vor?«

Das leise Stimmengemurmel aus Tamaras Schlafzimmer verstummte augenblicklich, einen Augenblick später schwebte Tamara, völlig in ein Gedicht aus Schleiern gehüllt, dicht gefolgt von Jeanne und einer dicken, grauhaarigen Frau, in das Zimmer. Mit herausfordernd unschuldigem Lächeln schnurrte Catherine: »Oh, Liebling, ich hatte dich erst später erwartet.« Sie tänzelte auf den verblüfften Jason zu, stellte sich auf die Zehenspitzen und hauchte einen Kuß auf seinen Mundwinkel. Bevor er sich von dem Schreck erholen konnte, fuhr sie schmollend fort: »Liebster, liebster Jason – du hast mich den ganzen Nachmittag allein gelassen, ich habe mich so gelangweilt! Du kannst dir nicht vorstellen, wie furchtbar es ist, kein Geld bei sich zu haben und niemanden zu kennen!« Sie blickte seelenvoll zu ihm hoch, seine Augen verengten sich in unwillkürlicher Anerkennung ihrer schauspielerisch verbrämten Aufsässigkeit. Aber sie war noch nicht fertig und stöhnte dramatisch:

»Es war einfach unerträglich! Da habe ich mit dem Concièrge gesprochen, und er hat mich an Madame Elouise verwiesen.« Sie deutete lässig zu der grauhaarigen Frau hinüber. »Er hat sie für mich kommen lassen. Sie ist nämlich eine berühmte Modistin.«

Vor ein paar Jahren hatte Jason schon einmal für eine seiner Geliebten in New Orleans mehrere Kleider dieser berühmten Modistin gekauft, beim Gedanken an die Preise stöhnte er innerlich auf.

Catherine konnte nicht wissen, woran er dachte, aber sie bemerkte, daß er mißgestimmt war, und freute sich darüber. Um ihm die Laune noch ein wenig mehr zu verderben, schwatzte sie fröhlich weiter: »Ist es nicht wundervoll von ihr, alle diese schönen Sachen mitzubringen? Ich habe ihr gesagt, daß ich mehrere Kleider und Überröcke kaufen werde. Wenn du mir schon eine neue Garderobe versprichst, muß ich dir doch auch zeigen, daß ich dein großherziges Angebot zu würdigen weiß!« Mit einem Funken purer Schadenfreude in den Augen lehnte sie sich gegen ihn und seufzte: »Denk doch nur, wie entsetzlich es wäre, wenn deine Frau nichts anzuziehen hätte! Du weißt, wir sind so plötzlich aus England abgereist, daß ich rein gar nichts einpacken konnte!«

Doch er gönnte ihr den Triumph nicht, zog sie noch enger an sich und küßte sie lange und tief. Das peinliche Schweigen der beiden Frauen, denen er dieses intime Schauspiel bot, kümmerte ihn in keiner Weise, er fuhr fort, ihre schlanken Hüften zu streicheln.

Niedergeschlagen darüber, wie leicht er den Spieß umdrehte, machte Catherine sich von ihm los und warf ihm einen wütenden Blick zu. Sie schirmte seinen sehr sichtbaren Erregungszustand mit ihrem Körper vor den anderen ab, drehte sich um und stammelte mit rotem Kopf: »Würden – würden Sie bitte einen Augenblick hinausgehen? Jeanne hat, glaube ich, unten in der Halle eine Erfrischung für Sie vorbereitet. Wir können mit den Anproben weitermachen, wenn Sie sich gestärkt haben. Jeanne wird Ihnen den Weg zeigen.«

Nachdem die Frauen hinausgegangen waren, herrschte eine Stille wie vor einem Erdbeben. Dann ging Catherine auf Jason los: »Wie konntest du? Hast du denn überhaupt keinen Anstand?«

»Du vergißt wohl, daß du hier in meinen Räumen bist, und daß ich hier mache, was mir beliebt. Was bildest du dir eigentlich ein, diese Frauen hierher kommen zu lassen? Ja, ich habe dir Kleider kaufen wollen – sobald ein paar dringende Angelegenheiten erledigt sind. Hast du nicht warten können? Hast du Angst, ich könnte deinen gierigen kleinen Pfoten entschlüpfen, bevor du mich ausgenommen hast?«

»Vielleicht erinnerst du dich, daß du mir im Weggehen gesagt hast, ich solle mich amüsieren. Na bitte, das habe ich getan!«

Jason beherrschte sich nur mit Mühe. »Das sehe ich«, antwortete er mit vorgetäuschter Gelassenheit. »Ein Glück, daß ich rechtzeitig darauf gestoßen werde, wie sehr du allen anderen deiner Sorte gleichst.« Er grinste verächtlich. »Wenn man bedenkt, was Madame Elouises Besuch mich kosten wird, darf ich im Bett jetzt wohl etwas mehr Entgegenkommen erwarten, oder?«

Vor noch gar nicht langer Zeit hätte Catherine ihn für diese Bemerkung geohrfeigt, doch inzwischen hatte sie gelernt, andere Waffen einzusetzen, und so antwortete sie verächtlich: »Für meine Jungfräulichkeit hast du bisher keinen Pfennig bezahlt – und die ist dir nicht freiwillig überlassen worden.«

»Ach, sieh mal an! Das sind ja ganz neue Töne! Als wir uns zum erstenmal begegneten, magst du ja noch neu in deinem Metier gewesen sein, aber du lernst schnell, das muß ich sagen.«

»Aber natürlich«, erwiderte sie, »ich hatte ja auch einen erfahrenen Lehrer.«

Ein hartes Lachen quittierte ihre Bemerkung, und nach einem Blick durchs Zimmer sagte er ruhig: »Du kannst die Frauen zurückrufen. Ich habe dir eine Pariser Garderobe versprochen, kauf dir also, was du haben willst. Bevor Madame geht, soll sie zu mir kommen.«

»Warum?«

»Reg dich nicht auf, mein Kätzchen! Ich werde deine Bestellung schon nicht rückgängig machen, ich will nur die unangenehmen Seiten der Angelegenheit besprechen, zum Beispiel, was mich das alles kosten wird.« Er starrte sie mit düsterem Blick an. »Ich habe geahnt, daß du mich teuer zu stehen kommst, aber daß ich für mein Geld so wenig Gegenleistung erfahren würde, habe ich nicht geglaubt.«

Er schwieg erwartungsvoll, aber Catherine beherrschte sich und erwiderte nur: »Gibt es nicht ein Sprichwort, das sagt, man soll die Katze nicht im Sack kaufen?«

Das Zuknallen der Verbindungstür war seine Antwort, denn Jason war mit zornsprühenden Augen hinausgestürmt. Mit unglücklichem Lächeln und einem flauen Gefühl sank Catherine mit zitternden Händen auf das Sofa. Diese Runde hatte sie gewonnen, aber nur sie wußte, wieviel Willenskraft es sie gekostet hatte. Statt das Vollgefühl ihrer geglückten Rache zu genießen, fühlte sie sich leer und ausgebrannt. Der Ausdruck in seinen Augen war so eisig und verachtungsvoll gewesen, daß sie fast so etwas wie Reue empfand.

Als die Frauen zurückkehrten, fand Catherine das Auswählen und Anprobieren der Kleider, das ihr kurze Zeit vorher noch so viel Freude gemacht hatte, anstrengend und ermüdend, und sie fühlte sich erleichtert, als die Anprobe endlich vorbei war. Wieder allein, warf sie sich niedergeschlagen auf das Bett. Hatte Madame Elouise ihr nicht versprochen, daß zwei Kleider schon morgen früh fertig sein sollten? Warum stand ihr dann nichts anderes vor Augen als Jasons Gesicht? Seine Enttäuschung, sein Mund, der sich angewidert zusammenpreßte?

19

Während der folgenden Tage war Catherine still und in sich gekehrt, Jason trug auch nichts dazu bei, sie fröhlicher zu stimmen. Er versuchte nicht einmal mehr, sie in Wut zu bringen. Viele Nachmittage und Abende ließ er sie allein zurück, es schien ihm gleichgültig zu sein, was sie mit ihrer Zeit anfing, außer daß er darauf achtete, daß sie kein Geld in die Hände bekam.

Er behandelte sie mit ausgesuchter Höflichkeit, nie betrat er ihre Räume, ohne anzuklopfen, aber wenn er mit ihr sprach, blickte er stets durch sie hindurch. Waren andere anwesend, spielte er den liebenden Ehemann, der seine etwas beschränkte kleine Frau in Paris herumführte, und Catherine hätte vor Empörung schreien können. Sie besuchten die Tuilerien und betrachteten alle die seltenen Pflanzen, die dort wuchsen, und an schönen Tagen hielten sie mehr als einmal ein Picknick in dem großen Park Champs de Mars ab. Doch das alles war nur Fassade.

Es gab Nächte, in denen er überhaupt nicht nach Hause kam. Manchmal wieder kam er mitten in der Nacht zurück, und sie merkte, daß er betrunken war; aber er drängte sich ihr nicht auf.

Tatsächlich kehrte Jason oft in beklagenswertem Zustand zurück, aber darin unterschied er sich kaum von anderen jungen Männern seiner Herkunft, die Paris besuchten. Mit seinem Cousin Michel, der sich auch darin als williger und eifriger Fremdenführer erwies, erforschte er fast jedes Sündenloch, das es im Schatten der großen Stadt gab. In einem der bekanntesten Bordelle begegnete er dem Chevalier d'Arcy. Er war ein Mann von massiger Gestalt, seine blauen Augen waren hart und blutunterlaufen. Später erzählte Michel Jason, daß d'Arcy in der Gesellschaft nur geduldet wurde, weil über seine Umtriebe in den Jahren der revolutionären Schreckensherrschaft böse Geschichten kursierten.

»Beweisen kann man nichts«, hatte Michel Jason zugeraunt, »aber es heißt, daß er sich an den Ertränkungen von Nantes beteiligt hat.« Auf Jasons verständnislosen Blick hin hatte Michel erklärt, daß den Ertränkungen Männer, Frauen und Kinder, sogenannte Staatsfeinde, zum Opfer gefallen seien. Sie wären auf Lastkähnen unter Deck eingeschlossen worden, dann habe man die Kähne in die Flußmitte gelenkt und mitsamt den lebenden Gefangenen versenkt.

Als er d'Arcy wenige Tage später in Begleitung Tamaras und einiger Bekannter aus England wiedersah, mußte er an sich halten, um höflich zu bleiben. Er hatte sich dazu gezwungen, d'Arcy reihum vorzustellen, und Catherine selbst als seine Frau bezeichnet. Dieses kurze Zusammentreffen sollte weitreichende Folgen haben.

An Abenden, an denen Jason nichts anderes vorhatte, aßen sie in den teuersten und feinsten Restaurants der Stadt, aber Catherine fühlte sich verlassen und einsam. Fast wünschte sie sich, er möge ihr wieder Gewalt antun – dann besäße sie wenigstens seine Aufmerksamkeit und glaubte, alles leichter ertragen zu können als sein kühles, gleichgültiges Verhalten ihr gegenüber.

Allmählich jedoch wuchs in ihr ein Gefühl der Auflehnung – sie hatte nichts Unrechtes getan, ganz im Gegenteil. Warum also sollte sie sich schuldig fühlen? Wenn er ihre Gesellschaft so unangenehm fand, weshalb ließ er sie dann nicht gehen? Sie würde gern nach England zurückkehren.

Unterdessen war Pierre mit Jasons Kutsche eingetroffen, so daß sie nicht länger auf die Leihkutsche mit den langsamen Pferden angewiesen waren. Außerdem hatte Jason für Catherine und sich zwei Reitpferde gekauft, und das Personal und die anderen Gäste gewöhnten sich bald daran, daß Madame und Monsieur Savage zu frühmorgendlichen Ausritten aus dem Haus gingen.

Catherine genoß diese Ausritte in vollen Zügen. Sie war in ihre graue Stute regelrecht verliebt, und es war herrlich, den Wind in ihrem Haar zu fühlen. Sogar Jason wurde bei diesen Ausritten etwas zugänglicher, und mehr als einmal schlug ihr Herz schneller, wenn sie sah, wie sein Blick lange auf ihren geröteten Wangen und ihren Lippen verweilte.

Mit der Zeit entdeckte Catherine zu ihrem Entsetzen, daß sie gern in seiner Gesellschaft war. Sie wußte, daß sie gegen seine Anziehungskraft einen verlorenen Kampf ausfocht.

Es gab Augenblicke, meist bei Nacht, wenn sie allein und schlaflos in ihrem Bett lag, in denen ihr das Ungeheuerliche ihrer Lage voll bewußt wurde. In solchen Augenblicken verabscheute sie ihn und wünschte voll Inbrunst, an jenem Abend nicht ins Zigeunerlager gegangen zu sein.

Im Crillon wohnten noch andere englische Gäste, denn nach dem Friedensschluß von Amiens war Paris, trotz neuer Kriegsdrohungen, voll von Engländern. Einige waren aus Neugier hier, um diese Banditenregierung aus der Nähe zu erleben; andere waren gekommen, weil es nun einmal Mode war, hier zu sein, und wieder andere, weil keine Stadt Europas im Frühjahr so schön war wie Paris. Catherine lebte in ständiger Angst, daß jemand sie erkennen könnte, denn Jason stellte sie ohne Gewissensbisse überall als seine Frau vor; sie hatte den Verdacht, daß dieses Spiel ihn ganz besonders amüsierte. Nur Monroe ging er sorgfältig aus dem Weg, wenn er Tamara bei sich hatte.

Es war vorherzusehen, daß die keusche Zurückhaltung zwischen ihnen nicht anhalten konnte. Jason war ein fordernder Liebhaber, und er hatte sie sicher nicht mitgenommen, um ihr die Sehenswürdigkeiten von Paris zu zeigen. Und es war vorherzusehen, daß sie nicht ewig unerkannt bleiben würden. Und doch ereignete der fatale Zwischenfall sich auf völlig unerwartete Weise.

Wie versprochen, ließ Jason sich immer wieder einmal in der amerikanischen Gesandtschaft sehen; dort hatte er sowohl mit Monroe als auch mit dem Gesandten Livingston zu tun. Ihre Zusammenkünfte erforderten jedesmal unendliche Vorsicht, denn Jason mußte ständig zwischen der Aufgabe, ihre Befürchtungen zu beschwichtigen, und der Notwendigkeit des Stillschweigens über seine Informationsquellen balancieren.

Robert Livingston war nicht mehr ganz jung und hatte eine Glatze. Unfreundlicher Klatsch behauptete, daß er stocktaub sei. Aber Taubheit machte einen Mann nicht dumm, und wenn Jason einen von Livingstons langen, abwägenden Blicken auf sich ruhen fühlte, wurde er noch vorsichtiger. Diese scharfen grauen Augen schienen in seine innersten Gedanken hineinzuschauen; dann bewegte Jason sich unbehaglich in seinem Stuhl hin und her und fragte sich, ob Livingston vielleicht doch ahnte, wie sehr er und Monroe Schachfiguren in einem undurchsichtigen Spiel waren.

Doch obwohl seine Rolle durchaus unklar blieb, zeigten die beiden amerikanischen Diplomaten sich erstaunlich bereit, ihn in ihr Vertrauen zu ziehen. So verhielt sich Monroe in Jasons Anwesenheit ganz so, als gehörte der junge Mann mit zu den Unterhändlern: »Verdammt noch mal – was soll das jetzt wieder heißen? Frankreich ist nicht bereit, über die Florida-Gebiete zu sprechen? Ich dachte, daß Florida gerade einer unserer Gründe ist, überhaupt zu verhandeln! Und jetzt sagt uns Barbé-Marbois kaltlächelnd ins Gesicht, er werde nur über ganz Louisiana reden. Das und sonst nichts! Manchmal verstehe ich gar nichts mehr.«

Für solche Stoßseufzer hatte Jason volles Verständnis, aber er war nicht bereit, mehr zu sagen, als er unbedingt mußte. Wenn er alles vor den beiden ausgebreitet hätte, was er wußte – die lenkenden Schritte der englischen Regierung hinter dem Angebot der Bankiers zum Beispiel –, dann wäre er nur tiefer in die Angelegenheit hineingezogen worden, als ihm lieb war.

Es fiel ihm auch auf, daß Livingston meist das Wort dem redseligeren Monroe überließ; dennoch hatte Jason das deutliche Gefühl, daß, wenn einer den Coup des Jahrhunderts landete, dies Livingston sein würde. Zwar zweifelte er nicht an Monroes Fähigkeiten, doch Livingston durchschaute den Hintergrund der Verhandlungen besser.

Bei einem dieser Treffen war Jason eben dabei, sich zu verabschieden, als Monroe ihn aufhielt. »Werden wir Sie heute abend auf dem Empfang sehen? Ich hoffe doch, daß Sie nicht in letzter Minute noch absagen.«

Weil er wirklich nicht gut absagen konnte, ohne ausgesprochen unfreundlich zu wirken, nickte Jason und ging nach ein paar höflichen Worten über den bevorstehenden Abend. Ob es an freundschaftlichen Gefühlen lag oder eher daran, daß die beiden Diplomaten ihn im Blick behalten wollten – er wurde zu fast allen gesellschaftlichen Veranstaltungen der Gesandtschaft eingeladen. Und er konnte nicht ständig absagen, obwohl ihm an diesen Gesellschaften ganz und gar nichts lag.

Immer gab es das Problem Tamara, denn in diplomatischen Kreisen konnte er sie nicht als seine Frau vorstellen. Wenn er sie andererseits allzu oft allein ließ, wußte er nie, was sie in seiner Abwesenheit wieder anstellte. Vielleicht gelang es ihr sogar einmal, auszureißen . . .

Weshalb er sie so hartnäckig bei sich behielt, war ihm selbst nicht ganz klar. Sicher nicht deshalb, weil sie sein Bett wärmte, denn er hatte sie, seit sie in Frankreich waren, nicht mehr angerührt. Warum also hielt er sie wie eine Prinzessin im Elfenbeinturm? Grollend gestand er sich ein, daß er sie immer noch aufregend fand, und das, obwohl er für die Reize anderer Frauen keineswegs blind war. Im Gegenteil! Wenn er an die hübsche blonde Clarissa dachte, diesen kleinen Leckerbissen, der ihm auf den letzten beiden Empfängen der Gesandtschaft über den Weg gelaufen war, konnte sein Blut schon in Wallung geraten. Sie hatte ihn nicht im Zweifel darüber gelassen, daß sie seine Annäherungsversuche gern sah, und wenn sie heute abend wieder da war, würde er mit ihr ein Rendezvous vereinbaren.

Sie war der Typ Frau, der ihn stets besonders anzog – eine gelangweilte Schönheit der besseren Gesellschaft, die bei einem gelegentlichen Flirt Abwechslung von ihrem viel älteren Ehemann suchte.

Der Empfang fand in Livingstons großzügig eingerichteter Wohnung an der Seine statt, und wenn Jason den Abend als notwendiges Vorspiel für eine kleine Affäre mit Clarissa sah, erhielt dieser Zeitvertreib gleich eine viel amüsantere Bedeutung. Daß sich alles unter den Augen ihres Mannes anbahnen würde, verlieh der Geschichte noch zusätzliche Spannung. Tatsächlich hatte Jason schon bald seine hübsche blonde Beute in ein dunkles Zimmer dirigiert, und die Leidenschaft, mit der sie seine Umarmung erwiderte, bestätigte ihm, daß sie zu einem privaten Tête-à-Tête durchaus bereit war. Und so nahm er der atemlosen Clarissa zwischen heißen Küssen das Versprechen ab, ihn am nächsten Nachmittag beim Pont-Neuf zu treffen.

Außerordentlich zufrieden über diesen Erfolg gesellte sich Jason wenig später zu einer kleinen Gesprächsgruppe, zu der Monroe, Clarissas dickbauchiger Ehemann und einige andere, die Jason nicht kannte, gehörten. Als er die quallige Gestalt des Chevaliers d'Arcy entdeckte, preßten sich seine Lippen zusammen.

D'Arcy war das Techtelmechtel zwischen Jason und Clarissa nicht entgangen, er fragte mit hinterlistigem Lächeln: »Monsieur Savage, wo ist Ihre reizende Frau Gemahlin denn heute abend? Ich habe sie überhaupt noch nicht gesehen. Sie ist doch nicht etwa krank?«

Monroe warf Jason einen erstaunten Blick zu. »Gemahlin?« rief er. »Jason! Davon höre ich ja zum erstenmal! Warum haben Sie sie mir bisher vorenthalten? Ich würde sie sehr gerne kennenlernen.«

Mit ausdruckslosem Gesicht antwortete Jason: »Die Eifersucht eines Jungverheirateten – ich wollte sie ganz für mich behalten. Außerdem ist Tamara ziemlich scheu.«

Monroe konnte seine Freude nicht verbergen. Er schlug Jason auf die Schulter und gratulierte ihm herzlich. Die Nachricht, daß der junge Savage eigentlich auf Hochzeitsreise in Paris sei, verbreitete sich schnell unter den Gästen, und Jason mußte gute Miene zu den zahlreichen Glückwünschen machen. Der einzige Glückwunsch, der einigermaßen frostig klang, kam von Clarissa; mit Bedauern stellte Jason sich darauf ein, daß es am späten Nachmittag kein Rendezvous beim Pont-Neuf geben würde. D'Arcy, der von den wirklichen Hintergründen der »jungen Ehe« keine Ahnung hatte, beobachtete den Blickwechsel zwischen Clarissa und Jason mit schäbigem Behagen; etwas enttäuschend fand er nur, daß Savage so beherrscht reagierte. In diesem Augenblick beging d'Arcy eine Fehleinschätzung, denn er hielt Jasons Gelassenheit für echt.

Catherine und Jason saßen auf dem Balkon beim Frühstück, als die Nachricht eintraf.

Jasons Augen waren ausdruckslos, während er die Notiz überflog, dann reichte er ihr zu ihrer Verblüffung das Papier hinüber.

Als sie das Schreiben las, zogen sich ihre Augenbrauen erstaunt zusammen. Schließlich gab sie es ihm mit einer stummen Frage zurück. Monroe hatte sie zum Mittagessen eingeladen. »Ich nehme an, daß deine Manieren dich heute nachmittag nicht im Stich lassen werden. Bis jetzt ist es dir ja gelungen, deine Herkunft zu überspielen, und ich hoffe, du wirst dich weiterhin wie eine Dame benehmen. Monroe erwartet sicher, eine schüchterne kleine Miss zu sehen, und wenn du deine Zunge im Zaum hältst, werden wir die Sache wohl ohne größere Zwischenfälle hinter uns bringen.«

Seine herablassende Art ärgerte sie. »Du willst deinen eigenen Gesandten hintergehen, der dir noch dazu ein echter Freund zu sein scheint? Bei ihm kannst du mich doch wirklich nicht als deine Frau vorführen.«

Jason lächelte resigniert. »Ich habe keine andere Wahl. Natürlich würde ich es lieber nicht tun, aber wenn ich dich jetzt nicht vorstelle, gibt es mehr Schwierigkeiten, als wenn wir die Sache durchstehen. Glaube mir, ich wünschte, ich wäre dir nie begegnet.«

»Du Halunke! Wage nicht, mir die Schuld an dieser Situation in die Schuhe zu schieben! Wenn du nicht so von dir selbst überzeugt wärst, hätte sich das doch alles nicht ereignet.« Sie spie ihm die Worte ins Gesicht und stürmte wutentbrannt in den Salon.

Aber Jason packte ihren Arm mit eisernem Griff, riß sie zu sich herum und starrte sie, außer sich vor Zorn, an. »Ach, tatsächlich? Von mir selbst überzeugt? Wer hat mich denn damals umgarnt und sich für eine Reise nach Paris an mich verkauft? Ich glaube, es ist Zeit, daß ich ausprobiere, was ich gekauft habe – meinst du nicht?«

Ohne auf eine Antwort zu warten, preßte er hart seinen Mund auf ihre Lippen und zog sie brutal an sich. Catherine war so überrascht, daß sie anfangs zu keiner Gegenwehr fähig war, dann aber versetzte sie ihm eine schallende Ohrfeige. Wütend knurrte Jason: »Oh, nein, diesmal wirst du mir nicht das Gesicht zerkratzen, meine kleine Wildkatze, diesmal nicht.« Damit hob er sie auf seine Arme und trug sie in sein Schlafzimmer.

Dort warf er sie aufs Bett, zog sich schnell aus und glitt an ihre Seite. Catherine spürte seinen heißen, nackten Körper und versuchte heftig, sich seiner Umarmung zu entziehen, doch als ihre Hände über seine behaarte Brust fuhren, geschah etwas Seltsames. Plötzlich wollte sie sich nicht mehr wehren, sie wollte, daß er sie nahm – aber nicht im Zorn, nicht mit Gewalt, nicht so wie bisher. Ihre schlanken Hände, die sich eben noch zu Krallen gespreizt hatten, fingen an, seine warme Haut zu liebkosen.

Jason, dessen Mund sich tief in ihren gewühlt hatte, zerrte ihr die Kleider vom Leib; er hatte nichts von ihrer plötzlichen Hingabe bemerkt. Als sie nackt war, schob er sich halb über sie und bedeckte ihren Körper mit erregten Küssen.

Catherine befand sich in einem Taumel widersprechender Gefühle; ihr Körper bot sich ihm an, während ihr Verstand wie durch einen Nebel noch immer widerstrebte. Als Jason ihr seidiges Dreieck berührte, setzte jedes Denken aus – sie spürte nur noch seinen großen, starken Körper über sich, wie er sich in ihr bewegte und in ihr so ungekannte, unbeschreibliche Gefühle wachrief, daß sie ein schwaches Stöhnen voll angsterfüllter Lust ausstieß, bevor sich seine harten Lippen von neuem auf ihre preßten.

Diesmal spürte sie keinen körperlichen Schmerz, nur dieses heiße Gefühl. Trotzdem empfand sie tiefe Scham über sich selbst und riß sich, gerade als Jason den Höhepunkt erreichte, unter ihm los. Er konnte sich nicht mehr zurückhalten, sein Samen ergoß sich auf die seidenen Bettücher. Er stieß einen entsetzlichen Fluch aus, rollte sich auf den Rücken und legte schweratmend einen Arm über seine Augen.

Verwirrt und unsicher raffte Catherine ihre Kleider an sich und rutschte in die äußerste Ecke des Bettes.

Sein Gesicht war wie versteinert, als er ausdruckslos sagte: »Verschwinde! Geh mir aus den Augen! Und nach deinem Auftritt in der Botschaft als meine Frau werde ich mich persönlich darum kümmern, daß du dich nach England zurückscherst, du kleine Schlampe! Um deine Tugend brauchst du keine Angst mehr zu haben. Ehe ich dich noch einmal anrühre, müßte ich eine Ewigkeit Mönch gewesen sein.«

Der haßerfüllte Ausdruck seiner Augen traf sie tief. Sie lief hinaus – und mußte sich heftig erbrechen. Jeanne entdeckte sie über das Nachtgeschirr gekrümmt, half ihr in ein warmes, duftendes Bad und murmelte: »Madame müssen vorsichtig sein – es wäre doch schrecklich, wenn Sie Ihr Bébé verlieren würden.«

Catherine erstarrte, als dieser neue, furchteinflößende Gedanke in ihr Gestalt annahm. Diese Übelkeit vorhin war nichts als eine Reaktion auf Jasons harte Worte, sonst nichts, redete sie sich ein. Etwas später stellte sie sich vor den Spiegel und betrachtete ängstlich ihren schlanken Körper, während Jeanne das Kleid herauslegte, das Catherine heute nachmittag bei Monroe tragen würde. Ihr Bauch war so flach wie immer, auch ihre Brüste waren nicht voller geworden.

»Mein Gott!« dachte sie. »Was soll ich tun?« Und diese Frage drehte sich noch wie ein Mühlstein in ihrem Kopf, als sie ihm kurz danach wieder gegenüberstand.

Es entging ihm nicht, daß sie abwesend und blaß aussah, aber er schob es auf die Szene, die sich zwischen ihnen abgespielt hatte. Sie hatte wohl bemerkt, daß sie zu weit gegangen war, und empfand jetzt angemessene Reue.

Catherine ging umher wie eine Träumende; sie konnte an nichts anderes denken als an die Katastrophe, die wahrscheinlich eingetroffen war. Sogar Monroes kürzlich erst gemietetes, elegantes Haus machte auf sie keinen Eindruck. Während des ganzen Nachmittags lächelte, sprach und bewegte sie sich wie in Trance. Sie war still, wenn sie nicht angesprochen wurde, und auch dann antwortete sie nur kurz und einsilbig. »Ja«, erwiderte sie auf Monroes Frage, ob ihr Paris gefalle, »nein« auf seine Erkundigung, ob sie länger bleiben wolle.

Auf ihrem Gesicht stand ein Ausdruck, als wandle sie durch eine fremde Welt, als habe sie Mühe, zu begreifen, was um sie her vorging. Jasons Bedenken, daß sie ihn durch auffälliges Benehmen oder vorwitzige Bemerkungen in Verlegenheit bringen könnte, vergingen schnell. Statt dessen kam ihm der Verdacht, daß sie ihre Rolle als scheue Braut absichtlich übertrieb. Das kleine Luder wollte bewußt einen falschen Eindruck erwecken. Er konnte Monroe förmlich denken hören: »Reizendes Mädchen, aber entsetzlich einfältig.« Jason hätte sie erwurgen können.

Schweigen erfüllte die Kutsche, als sie gemächlich wieder dem Crillon zurollten, doch als sie in ihren Zimmer angelangt waren, entlud sich sein Ärger. »Du bist eine hervorragende Schauspielerin! Wenn du die Rolle der total schwachsinnigen Braut vorher genau studiert hättest – es hätte dir auch nicht besser gelingen können.«

Er hätte sicher noch mehr gesagt, doch zum erstenmal seit der morgendlichen Szene sah er sie richtig an – und entdeckte den gequälten Ausdruck in ihren blauen Augen. Kein Wunder, daß Monroe so väterlich zu ihr gewesen ist, dachte er, wütend über die Zärtlichkeit, die er plötzlich in sich aufsteigen fühlte. Sie hatte ihn auf die gemeinste Art gedemütigt, und schon wollte er sie wieder tröstend in seine Arme ziehen. Ah, Diable! Er verabscheute sich selbst. »Du kannst mit dem Theaterspielen aufhören!« fauchte er. »Wir sind wieder unter uns, der Vorhang ist gefallen.«

Etwas von ihrer Erstarrung fiel bei diesen harten Worten von ihr ab. Sie spürte, daß ihn ihr Verhalten heute vormittag und ihre kühle Zurückhaltung bei den Monroes aus einem unerfindlichen Grund mehr ärgerten als alles, was sie vorher getan hatte. »Ich bin müde«, sagte sie ruhig. »Wenn du mir weiter nichts zu sagen hast, möchte ich mich hinlegen.«

Jason starrte sie sprachlos an, und sie fuhr im Ton einer großen Dame, die ihrem Personal Anweisungen erteilt, fort: »Bitte, schicke mir Jeanne. Das Abendessen werde ich allein einnehmen. Also, gute Nacht.« Dann ging sie mit hocherhobenem Kopf, betäubtes Schweigen zurücklassend, hinaus.

20

Obwohl er sich mit ihrer Rückreise nach England Zeit zu lassen schien, behandelten sie sich gegenseitig wieder mit frostiger Höflichkeit. Jason begann wieder, die Nächte hindurch zu spielen und zu trinken und erst ins Hotel zurückzukommen, wenn die Nacht der Morgendämmerung wich. Um die Erinnerung an die peinigende Bettszene mit Tamara loszuwerden, schlief er mit einer üppigen Brünetten, die ihm im Club Royal schon seit einiger Zeit bedeutungsvolle Blicke zugeworfen hatte.

Es war eine willkommene Bestätigung seiner verletzten Männlichkeit, und mehr als einmal kehrte er mit einem Hauch ihres billigen Parfums ins Crillon zurück, ein entspanntes, zufriedenes Grinsen auf dem Gesicht. Da er die Tage meist verschlief und die Nächte anderswo zubrachte, sah er von Catherine kaum etwas. Ihm sollte es recht sein. Je eher er sie los war, desto besser! Sobald der große Ball der Gesandtschaft hinter ihnen lag, würde er sie nach England zurückschicken. Daß ihr Anblick ihm nach wie vor diesen plötzlichen, unerklärlichen Schmerz verursachte, wollte er sich nicht eingestehen.

Die durchspielten Nächte, seine Ausschweifungen mit der Brünetten und der ausgezeichnete französische Brandy gaben seinem hageren, dunklen Gesicht eine Verwegenheit, die Catherines Herz sich schmerzhaft zusammenziehen ließ, wann immer sie ihn sah. In dieser Lage wußte sie nicht mehr, ob sie sich freuen oder ob sie traurig sein sollte, als sie erkannte, daß sie nicht schwanger war.

Da er sie so völlig sich selbst überließ, unternahm sie häufig mit Jeanne ausgedehnte Ausflüge durch Paris, eine enge Freundschaft entwickelte sich zwischen dem Mädchen und ihrer Herrin, zumal Jeanne mitfühlend spürte, daß in der Ehe von Madame und Monsieur Savage nicht alles zum besten stand.

Pierre, der Jasons Benehmen zutiefst mißbilligte, schloß sich ihnen gelegentlich an. Er fand es unerklärlich, daß Jason die Frau, die er als seine Ehefrau ausgab, ohne einen Pfennig Geld, und nur von einem Stubenmädchen begleitet, durch die Straßen von Paris ziehen ließ.

Während der Gesandtschaftsball langsam näherrückte, bemerkten Catherine und Jason, daß sie immer gereizter wurden. Jason machte sich eine Gewohnheit daraus, unerwartet in ihr Schlafzimmer zu kommen und dabei zuzusehen, wie Jeanne ihr beim Auskleiden half. Und wenn sie allein waren, benahm er sich noch herausfordernder.

Nach einem besonders harten Wortwechsel glaubte Catherine, es nicht mehr länger ertragen zu können. Sie fürchtete, sich in diesen Mann zu verlieben, der sie für eine Schwindlerin, eine Schlampe und noch Schlimmeres hielt. Sie dachte daran, die Juwelen zu verkaufen, die er ihr geschenkt hatte, und mit dem Erlös nach England zu fliehen. Doch sie wußte nicht, wo ein Pfandleiher zu finden war, und Jason hatte ja versprochen, sie nach dem Ball zurückzuschicken. Sie kämpfte gegen die zärtlichen Gefühle, die sie für ihn empfand. Sie würde ihn nicht lieben, es durfte nicht sein nach allem, was er ihr angetan hatte. Und doch spürte sie ihre Bereitschaft, ihm zu vergeben und alles Häßliche zu vergessen.

Der Ballabend kam heran. Ihr Verhalten zueinander veränderte sich kaum. Als sie mit einer großen Robe angetan den Salon betrat, fragte er sich unwillkürlich, ob er sie tatsächlich gehen lassen konnte. Wie verhext starrte er sein Traumbild aus blauschwarzem Haar, alabasterweißer Haut und schwarzem Samt an. Auch ihn verfolgten Erinnerungen, an ihr schnelles Lächeln, ihr helles Lachen, an ihre weichen Lippen und ihren schlanken Körper, den er nie wirklich besessen hatte.

Jason starrte sie so intensiv an, daß Catherine verlegen schluckte und eine verräterische Röte in ihr Gesicht steigen fühlte. Dann verbeugte er sich und sagte mit einem Glitzern in seinen smaragdgrünen Augen: »Sie sehen bezaubernd aus, Madame Savage! Wollen wir für heute abend Waffenstillstand schließen?«

»Bitte – ja.« Es war, als fiele ein großer Druck von ihr ab, fast so, als hätte sie sich nach einem solchen Wort von ihm gesehnt.

Und so war sie eine ganz andere junge Frau, die Monroe an diesem Abend zu sehen bekam. Eine Veränderung war beiden Savages anzumerken. Ständig irrte Jasons Blick zu diesem lebendigen jungen Geschöpf hinüber, das er seine Frau nannte, und mehr als einmal bemerkte Monroe auch das verhaltene Lächeln, das sie Jason zuwarf. Jetzt wurde auch offensichtlich, warum Savage sie nicht früher vorgestellt hatte, denn die Herren umdrängten sie in Scharen.

Als der Tanz begann, war Catherine sofort heftig umlagert. Jason blieb der Tanzfläche fern. Er tanzte mit keiner anderen, und obwohl er sich mit verschiedenen Bekannten unterhielt, verlor sein besitzergreifender Blick die schlanke Gestalt in schwarzem Samt im Wirbel der Tanzenden nie aus den Augen.

Monroe nutzte die Gelegenheit zu einigen vertraulichen Bemerkungen. Während die Musik seine Worte gegen ungebetene Zuhörer abschirmte, sagte er beiläufig: »Wissen Sie, Jason, Livingston macht sich um die Verhandlungen allmählich doch Sorgen. Der französische Finanzminister Barbé-Marbois hat uns immer noch nicht verbindlich erklärt, daß Spanien das Louisiana-Gebiet tatsächlich an Frankreich abtritt. Das heißt, wir wissen überhaupt nicht, ob wir vielleicht die Vereinigten Staaten zur Zahlung vieler Millionen Dollar für Land verpflichten, das dem Verkäufer gar nicht gehört.«

Jason knurrte ärgerlich vor sich hin, denn gerade bat d'Arcy Catherine um den nächsten Tanz. Jason ließ Monroe stehen und eilte auf d'Arcy zu, um ihm Catherine zu entführen. Niemand, der das Ehepaar Savage beim Tanz beobachtete, konnte daran zweifeln, daß sie glücklich waren.

Catherine genoß den Abend in vollen Zügen. Es war ihr erster Ball, und Jason zeigte sich von seiner charmantesten Seite. Für das späte Dinner hatte er einen kleinen Tisch, an dem sie allein saßen, ausgesucht und begann ihr auf die glühendste Weise den Hof zu machen, so, als hätte er sie gerade erst kennengelernt. Scheu ging sie auf seinen Flirt ein, es gelang ihr, auch auf seine lächerlichsten Komplimente noch Gegenkomplimente zu finden, die ihn laut auflachen ließen. Tief in seinen Augen leuchtete ein beunruhigender Ausdruck, ihr Herz begann so rasend zu schlagen, daß sie sicher war, er müßte dieses wilde Jagen ihres Pulses erkennen.

Es war schon weit nach Mitternacht; Catherine und Jason unterhielten sich gerade mit Monroe, als es geschah. Sie standen nahe der Tür zu der großen Vorhalle des Hauses, wo livrierte Diener den aufbrechenden Gästen in die Mäntel und Umhänge halfen.

Aber noch immer war eine angeregt plaudernde, große Gesellschaft versammelt. Hätten Jason und Catherine in diesem Augenblick anderswo gestanden, wäre es vielleicht nie zu der folgenschweren Begegnung gekommen.

Catherine, die von den widersprüchlichsten Glücksgefühlen erfüllt war, starrte geistesabwesend vor sich hin, als sie neben sich einen überraschten Ausruf hörte. Sie ließ ihren Blick über die vorbeikommende Gruppe schweifen und vernahm eine betroffene Frauenstimme: »Catherine! Was machst du denn hier?« Mit aschgrauem Gesicht starrte Catherine in die Augen ihrer Kusine Elizabeth. Dumpf nahm sie wahr, daß auch Tante Ceci und Onkel Edward da waren und sie sprachlos anstarrten.

Bei Elizabeths Worten brach Jason seine Unterhaltung mit Monroe ab, drehte sich um und erfaßte blitzschnell die Situation. Tamara stand, vor Schreck zur Salzsäure erstarrt, und schaute Elizabeth Markham und ihre Eltern, den Earl und die Gräfin von Mount, entsetzt an.

Ceci brach das Schweigen und rief: »Catherine, du unglaubliche Person! Was machst du hier? Weiß deine Mutter, daß du hier bist? Die arme Rachael weiß vor Angst um dich nicht aus noch ein, und du . . .? Ich habe ja immer gewußt, daß du eines Tages einen Skandal vom Zaun brechen würdest. Ich hab's gewußt! Oh, mir wird übel – Edward, mein Riechsalz!«

Niemand beachtete ihren Ruf nach dem Riechsalz, denn der boshafte Schimmer in Cecis Augen machte zur Genüge klar, daß sie ihre große Szene viel zu sehr genoß, um in Ohnmacht zu fallen.

Kalt sagte Jason: »Würden Sie bitte erklären, was das zu bedeuten hat, Madame?«

Ceci suchte nach Worten, die dramatisch genug waren, doch Edward Tremayne antwortete an ihrer Stelle mit eisigem Blick: »Es scheint mir eher, Savage, daß Sie uns eine Erklärung schuldig sind! Was macht meine Nichte zusammen mit Ihnen in Paris? Ihre Mutter ist einem Nervenzusammenbruch nahe – sie hat keine Ahnung, was ihrer Tochter zugestoßen ist.«

Dann wandte er sich vorwurfsvoll an Catherine: »Wie konntest du Rachael das nur antun und verschwinden, ohne ein Wort zu sagen?«

Jason war völlig erstarrt und sagte mit ausdruckslosem Gesicht: »Ich glaube, wir besprechen das wohl besser anderswo.«

Er wandte sich an den verwirrten Monroe und fragte ihn leise, ob sie sich in einen kleineren Raum zurückziehen könnten, und Monroe führte die Gruppe schnell in einen leeren Vorraum. Als er die Tür geschlossen hatte, sagte er beruhigend: »Ich bin sicher, daß es sich hier nur um ein Mißverständnis handelt. Tamara ist Jasons Frau!«

»Seine Frau?« zischte Elizabeth und warf der schweigenden Catherine einen giftigen Blick zu.

Tremaynes Gesicht hellte sich auf. »Ihre Frau?« fragte er Jason in außerordentlich erleichtertem Ton.

Jason zögerte nur einen Sekundenbruchteil, ehe er kurz nickte. Monroe bemerkte mit nachsichtigem Lächeln: »Da sieht man es wieder einmal, daß unser junger Freund sich nicht an das Übliche hält. Sie haben die Ehe heimlich geschlossen, nicht wahr?« Wieder nickte Jason.

Doch Ceci gab sich mit so zahmen Erklärungen nicht zufrieden und bohrte weiter: »Gut und schön, aber ist das ein Grund, seiner Mutter nicht zu schreiben? Eine Nachricht hättest du ja wohl hinterlassen können! Das hätte es Rachael erspart, die ganze Nachbarschaft rebellisch zu machen und auch noch die Bow Street Runners, diese Schnüffler, zu rufen! So etwas Peinliches ist mir noch nie im Leben vorgekommen! Das hat natürlich wieder den ganzen Klatsch aufgerührt über die Zeit, als du bei den Zigeunern lebtest. Alle Welt spricht nur über dich. Himmelherrgott noch mal, warum kannst du dich nicht so benehmen wie andere Leute? Niemand sonst in der ganzen Familie erlaubt sich solche Skandale. Ich bin nur froh darüber, daß dein armer Vater das nicht mehr erleben muß.«

Monroe, der eine große Szene verhindern wollte, sagte diplomatisch: »Ich bin sicher, daß Tamara – äh – Catherine ihrer Mutter inzwischen geschrieben hat. Es ist ja einige Zeit her, seit Sie England verlassen haben, nicht wahr? Tamaras Mutter freut sich bestimmt darüber, daß ihre Tochter eine so glänzende Partie gemacht hat.«

Mit schmalen Lippen knirschte Elizabeth: »Ihr Name ist nicht Tamara, sie heißt Catherine! Lady Catherine Tremayne.«

Der unverhüllte Haß in Elizabeths Gesicht verschlug Monroe vorübergehend die Sprache. Auch der Earl, der die Feindseligkeit seiner Damen gegenüber Catherine bisher nicht bemerkt hatte, wollte weitere Auseinandersetzungen verhindern. Er wußte, daß Ceci und Elizabeth sich Hoffnungen darauf gemacht hatten, Jason vor den Altar zu schleppen, Ceci hatte ihm keine Ruhe gelassen, bis er mit ihr und Elizabeth diesem jungen Mann hierher nachgereist war. Aber jetzt war es genug! In strengem Ton sagte er: »Lassen wir das jetzt! Wenn du Rachael noch immer keine Nachricht hast zukommen lassen, dann tu es unverzüglich! Und Sie, Savage, sagen mir bitte, wo Sie sich in Paris aufhalten; ich werde Ihnen dann morgen einen Besuch abstatten, damit wir uns über die weiteren Regelungen unterhalten.«

Mit versteinertem Gesicht fragte Jason: »Weitere Regelungen?« Nur Catherine ahnte, welcher Zorn sich hinter seiner beherrschten Gelassenheit verbarg.

»Natürlich«, erwiderte der Earl. »Lady Catherine ist eine außerordentlich wohlhabende junge Dame, und als ihrem Vormund kommt es mir wohl zu, mich darum zu kümmern, daß der Anstand auch in dieser Beziehung gewahrt bleibt.«

Einen Augenblick lang gingen Jasons eisige grüne Augen zu Catherine hinüber. Die blassen Wangen und die weißen Lippen bemerkte er wohl, aber das stimmte ihn auch nicht milder. Welch einen Narren sie aus ihm gemacht hatte! Und Catherine las aus diesem Blick das Ende ihrer Hoffnungen, daß sie ihm das alles würde je erklären können. Sie nahm alle Kraft zusammen und wandte sich mit einem flehenden Blick an ihren Onkel: »D-das ist wirklich nicht nötig, Onkel. Wir sind ja schon verheiratet – und solche Regelungen trifft man doch immer vorher! Bitte laß alles, wie es ist! Ich werde dir morgen alles erklären«, stammelte sie.

Schmerzhaft legte Jason seinen Arm um ihre Taille und sagte: »Aber, aber, mein Liebes! Ich muß deinem Onkel schon Gewißheit verschaffen, daß hier alles mit rechten Dingen zugeht und der nötige Anstand auch in dieser Beziehung gewahrt bleibt.« Das Wort »Anstand« spuckte er förmlich von sich, aber zugleich lächelte er auf eine Art zu ihr herunter, die allen anderen zärtlich erscheinen mußte, nur Catherine erkannte seine unterdrückte Wut.

Elizabeth konnte nicht mehr an sich halten. »Wie rührend!« fauchte sie. »Sag mir, Catherine, war es schwer, dieses rein zufällige Treffen im Zigeunerlager mit ihm zu arrangieren? Deine Mutter ist wirklich sehr schlau, denn wie sonst hätte sie für dich einen Ehemann bekommen können? Was für ein Glück, daß Jason als Fremder von deinen Geschichten keine Ahnung hat, du Zigeunerschlampe!«

Schockiertes Schweigen folgte Elizabeths Ausbruch; in diese Stille fielen Jasons Worte wie splitterndes Eis: »Da irrst du dich, Elizabeth. Ich kannte ihre Vergangenheit.«

Catherines Augen weiteten sich in maßlosem Staunen, doch Jason, der Elizabeths vor Wut glühende Augen nicht losließ, fuhr fort: »Es ist schon eine ganze Weile her, als Amanda Harris mir alles erzählt hat.« Er zögerte. »Man könnte sagen, daß es gerade dieser ungewöhnliche Hintergrund war, der mich auf sie aufmerksam gemacht hat. Und ich warne dich. Ich werde es nicht hinnehmen, daß jemand so ausfällig gegen meine Frau wird wie du eben. Vielleicht hältst du deine unbedachte Zunge in Zukunft besser im Zaum!«

Tremayne, dem der häßliche Auftritt Elizabeths zutiefst peinlich war, sagte eilig: »Nun also, das schließt ja wohl jeden Verdacht aus, daß Jason irregeführt worden ist. Es ist spät, und ich schlage vor, daß wir weitere Debatten auf morgen verschieben. Dann werden wir uns schon einigen.«

Monroe hatte sich über Elizabeth und Ceci inzwischen ein vernichtendes Urteil gebildet und sagte leise zu Tremayne: »Ich werde Ihre Damen in die Halle begleiten – dort können sie warten, bis Jason Ihnen seine Adresse gegeben und eventuelle Fragen beantwortet hat.«

Elizabeth machte den Mund auf, um dagegen zu protestieren, aber ehe sie sich versah, wurden sie und ihre Mutter schon mit ausgesuchter Höflichkeit hinausgeleitet.

Als sie fort waren, wurde Edward Tremayne etwas zugänglicher. Er lächelte seiner Nichte resigniert zu und sagte: »Catherine, meine Liebe, warum nur stellst du immer solch verrückte Dinge an? Ich werde dich nicht mehr zur Rede stellen, denn ich sehe, das alles hat dich ziemlich mitgenommen. Man kann ja auch nichts ungeschehen machen. Ich verstehe nur nicht, weshalb es eine heimliche Ehe sein mußte. Rachael hätte doch kaum etwas dagegen gehabt, und ich auch nicht. Warum bist du nicht zu uns gekommen?«

Als Catherine bemerkte, wie verletzt ihr Onkel war, mußte sie mit den Tränen kämpfen. Sie biß sich auf die Lippen und konnte nur mit Mühe ihren Wunsch, ihm um den Hals zu fallen und die ganze häßliche Geschichte von Anfang bis Ende zu erzählen, unterdrücken. Tremayne wartete vergeblich auf eine Antwort. Er sah, daß sie sehr unglücklich war, stieß einen Seufzer aus und wandte sich dem hochgewachsenen Mann an ihrer Seite zu. »Wo kann ich Sie erreichen? Ich komme am Nachmittag vorbei, wenn es Ihnen recht ist.«

Mit leiser Stimme nannte Jason ihm das Hotel Crillon, sie einigten sich auf zwei Uhr. Tremayne verabschiedete sich mit einem höflichen Kuß auf Catherines Wange.

Lastendes, vorwurfsvolles Schweigen erfüllte den kleinen Raum; Catherine wußte, daß sie den Anfang machen mußte, und sagte tonlos: »Du hättest mir nie geglaubt, wenn ich dir die Wahrheit gesagt hätte.«

»Du hättest es versuchen können!« schnappte er zurück. »Alles wäre besser gewesen, als mich immer weiter in dem Glauben zu lassen, du wärst irgendeine Zigeunerin auf der Suche nach einem reichen Beschützer. Mon Dieu! Jetzt sitzen wir in der Tinte!«

Catherine wollte etwas zu ihrer Rechtfertigung vorbringen, doch er knurrte sie an: »Kein Wort mehr! Sonst drehe ich dir noch den Hals um! Sei still, bitte!«

In diesem Augenblick kam Monroe zurück. Jason bedankte sich dafür, daß er eine häßliche Szene hatte abwenden helfen. Einige Minuten lang machten sie noch nichtssagende Konversation; dann nahm Jason Catherine beim Arm und verabschiedete sich. Monroe war trotz seiner brennenden Neugier fast dankbar, als sie gingen.

Im Hotel verschwand Catherine schweigend in ihrem Schlafzimmer und betete im stillen, daß er die fällige Auseinandersetzung wenigstens bis morgen verschieben würde. Doch gerade, als sie leichenblaß ins Bett sank, öffnete sich die Verbindungstür mit einem Krach, und Jason kam herein.

Er hatte die grüne Samtjacke ausgezogen; das weiße Seidenhemd mit den Spitzenmanschetten stand fast bis zum Nabel offen. In einer Hand hielt er ein Glas mit einer honigbraunen Flüssigkeit, und das Glitzern in seinen grünen Augen versetzte Catherine in panische Angst. Offensichtlich hatte er seit der Rückkehr ins Hotel ununterbrochen und schnell getrunken, aber er war nicht betrunken. Mit einer spöttischen Gebärde prostete er ihr zu und sagte spöttisch:

»Ein Hoch auf meine liebliche Braut! Ich habe ja nie geahnt, daß die kleine Tamara so ein edles Geschöpf ist! Sag mir, Lady Catherine – nur um meine Neugier zu stillen –, hat deine Mutter das eingefädelt oder war es ein verdammter Zufall?«

»Du bist betrunken, Jason. Wir können morgen früh darüber reden«, erwiderte Catherine müde.

Es war das Verkehrteste, was sie hätte sagen können. Der Spott war aus seinem Gesicht gewichen, als er mit steifen Schritten auf sie zukam. »Ach, du willst wohl warten, bis dein Onkel mich noch weiter ausgenommen hat!« Er packte sie bei den schmalen Schultern und schüttelte sie hin und her.

Sie riß sich los. »Wie du willst, Jason! Ich werde es dir sagen. Nein, meine Mutter hat nichts eingefädelt, und ich auch nicht. Nur deine eigene tierische Gier ist schuld! Ich habe mich nicht vergewaltigt und mich auch nicht nach Frankreich verschleppt! Das hast du ganz allein auf dem Gewissen, mein lieber Ehemann!«

Ihre wütenden Worte trafen ihn wie ein Eimer kaltes Wasser, eine fast endlose Zeit starrten sie sich wortlos an. Plötzlich warf er sich neben ihr auf das Bett, starrte blicklos auf den gerafften Baldachin und sagte fast kleinlaut: »Vielleicht habe ich die Situation damals verkannt und mich schuldig gemacht. Aber nachdem du gemerkt hattest, daß du mich interessierst, hättest du nicht weiter die kleine Zigeunerin spielen dürfen! Und du hast vom ersten Tag an gewußt, daß ich dich haben wollte! Warum, zum Teufel, hast du geschwiegen?«

»Hättest du mir denn geglaubt?« fragte sie ein wenig ruhiger.

»Nein, wahrscheinlich nicht«, gab er zu.

»Bedrückt dich nicht, was du angerichtet hast?« fragte sie leise.

»Nicht besonders. Was habe ich schon getan – außer einer heimlichen Heirat? Noch dazu mit einer jungen Dame aus den besten Kreisen. Und da auch ich aus gutem Hause bin, ist doch alles in Ordnung.«

Mit gerunzelter Stirn starrte Catherine ihn an. »Aber wir sind ja nicht verheiratet.«

Er wandte ihr langsam den Kopf zu. »Das ist wahr, mein süßes, kleines Kätzchen«, sagte er mit unangenehmem Lächeln. »Aber morgen um die gleiche Zeit werden wir es sein.«

Sie riß entsetzt die Augen auf, alle Farbe war aus ihrem Gesicht gewichen. »Das ist nicht dein Ernst! Du willst mich doch gar nicht heiraten.«

»Wie wahr, Lady Catherine. Aber seit einer Stunde habe ich keine andere Wahl mehr. Und ich werde dich heiraten, darauf kannst du dich verlassen.«

Entgeistert stotterte sie: »Aber – wir lieben uns doch gar nicht, wir mögen uns noch nicht einmal. Ich werde dich nicht heiraten. Ich könnte es nicht ertragen – nicht so.«

Er drückte sie in die weichen Kissen zurück, richtete sich auf und sah böse auf sie hinunter. »Was hat denn das mit Liebe zu tun? Wir müssen heiraten, und wir werden es. Dir machen Skandale ja vielleicht Spaß, wie deine Tante andeutete, aber ich lasse mich nicht als Schweinehund und Entführer wohlbehüteter junger Damen brandmarken! O nein!«

»Ich will dich aber nicht heiraten!« brach es aus Catherine hervor.

»Du kannst dir das ebenso wenig aussuchen wie ich; wir sind aneinandergekettet. Wenn wir nicht sofort und in aller Eile heiraten – dann gute Nacht! Was glaubst du, wie lange Elizabeth und ihre Mutter den Mund halten?«

Dem konnte Catherine nichts entgegensetzen. Er hatte recht – die Erkenntnis kam ihr wie ein Todesurteil vor. Sie sollte für immer an diesen Mann gebunden sein, der sie haßte und verachtete! Wie hatte solch ein schöner Abend nur so katastrophal enden können? dachte sie traurig. Vorbei der Hoffnungsschimmer, sie und Jason könnten ihre Gegensätzlichkeiten mit der Zeit vielleicht doch einmal ausgleichen! Er würde ihr die erzwungene Ehe nie verzeihen, daß er der Schuldige war, half ihr nicht; er sah es ja nicht ein.

Catherines Gesicht spiegelte nur zu deutlich wider, was in ihr vorging, und obwohl Jason ihre Gedanken nicht ganz erraten konnte, so erkannte er doch den Ausdruck dumpfer Trostlosigkeit in ihren Augen. Er hatte zwar nicht erwartet, daß sie glücklich über diese Entscheidung sein würde, aber daß sie die Heirat mit ihm derart entsetzlich fand, war die Höhe. Schließlich war er doch derjenige, der sich eine scharfzüngige Hexe einhandelte. Da bekam sie einen reichen Mann wie ihn und machte auch noch ein unglückliches Gesicht dazu!

»Du hast meine Frage nicht beantwortet. Glaubst du, daß deine Tante und deine Kusine sich mit dem Auftritt heute abend zufriedengeben?«

»Darauf brauchst du doch keine Antwort!« erwiderte sie leise. »Die machen sich ein Vergnügen daraus, es in alle Welt hinauszuposaunen.«

»Na also! Dann sind wir uns ja einig, daß wir so schnell wie möglich heiraten müssen, nicht wahr?«

Brüsk setzte er sich auf und sagte mit kalter Stimme: »Morgen abend ist hoffentlich alles erledigt.« Damit stand er auf und ging zur Tür, doch Catherines Stimme ließ ihn verharren.

»Jason«, fragte sie, »sind wir dann richtig verheiratet? Ich meine – auch vor dem Gesetz?«

Er wirbelte auf dem Absatz herum und fuhr sie an: »Da brauchst du dir keine Sorgen zu machen, Lady Catherine! Tricks von der Sorte, die du gebrauchst, sind mir zu schäbig. Natürlich sind wir dann richtig verheiratet.«

»Hör auf!« rief sie. »So habe ich es nicht gemeint! Ich wollte nur wissen, was jetzt mit mir passiert. Es geht schließlich auch um mein Leben. Du bist nicht der einzige, der gegen seinen Willen heiratet! Oder hast du schon vergessen, daß ich nur hier bin, weil du mich mit Gewalt genommen hast?«

»Zugegeben, mein Liebes«, sagte er mit einem häßlichen Unterton. »Aber so ein Unschuldsengel bist du auch wieder nicht – oder? Jetzt, wo wir bald im heiligen Stand der Ehe vereint sein werden, kannst du mir vielleicht endlich sagen, wonach du in dem Landgasthaus meine Truhe durchsucht hast. Denn das habe ich nicht vergessen, ebenso wenig wie deine Beziehung zu Pendleton.«

21

Die Bemerkung traf Catherine wie ein kalter Wasserstrahl. Pendletons merkwürdiges Interesse an einer Landkarte, die Jason haben sollte, und seine Erpressung hatte sie schon lange aus ihrem Gedächtnis verdrängt. Die Plötzlichkeit, mit der Jason wieder darauf kam, verwirrte sie, und so entging ihr der Beiklang von Eifersucht in seiner Stimme.

Es war spät, sie war müde, und sie schuldete Clive keine Loyalität – im Gegenteil! Mit zögernden Worten begann sie, Jason die Wahrheit zu erzählen; auch von Pendletons Drohung, mangelnde Fügsamkeit an ihrer Mutter zu rächen, ließ sie nichts aus. Als sie ihre Geschichte beendet hatte, blickte sie vom Teppich hoch, den sie die ganze Zeit angestarrt hatte, und sagte trotzig: »Mehr weiß ich nicht, und wenn du mir nicht glaubst, kann ich es auch nicht ändern.«

»Beruhige dich, mein Kätzchen – ich habe es ja gar nicht gesagt, daß ich dir nicht glaube, ich bin nur ungeheuer erstaunt. Pendleton ist kein Dummkopf und läuft keinen Märchengeschichten von vergrabenen Schätzen nach. Ich kann mir nur vorstellen, daß er mich mit jemandem verwechselt. Oder auf einen Riesenschwindel hereingefallen ist. Bist du sicher, daß er weiter nichts als diese Karte wollte?«

»Er hat gesagt, eine Landkarte . . . nein, warte mal, er hat gesagt, du könntest eine Landkarte haben. Und wenn ich sie nicht fände, würde er deine Londoner Wohnung durchsuchen müssen.«

Mit gespanntem Blick fragte Jason langsam: »Hat er gesagt, er würde suchen müssen oder er hätte gesucht?«

Verwirrt über sein seltsames Interesse starrte sie ihn an. »Genau weiß ich das nicht mehr«, erwiderte sie nachdenklich. »Aber ich glaube, er hatte in London noch nicht nach der Karte gesucht. Das wollte er tun, wenn ich bei dir im Gasthaus nichts fände.«

Jason warf Catherine einen geistesabwesenden Blick zu und ging hinaus. Einen Augenblick lang hatte er geglaubt, das Rätsel um den Mann in seiner Londoner Wohnung gelöst zu haben, aber wenn Catherine – so mußte er sie jetzt wohl nennen – die Wahrheit gesagt hatte, dann konnte Pendleton mit jenem Zwischenfall nichts zu tun haben. Und er glaubte ihr.

In dieser Nacht fanden beide kaum Schlaf. Die abscheuliche Szene in Monroes Wohnung verfolgte sie die ganze Nacht. Erst als sich das sanfte Licht der Morgendämmerung durch die Vorhänge stahl, fiel sie in einen unruhigen Dämmerschlaf.

Zu dieser Zeit war Jason bereits wieder auf. Ehe er riskierte, daß das wahre Datum ihrer heimlichen Heirat entdeckt wurde, machte er sich lieber gleich auf den Weg in eines der kleinen Dörfer um Paris. Tatsächlich fand er dort einen verschwiegenen und bereitwilligen Bürgermeister, vor dem die Ehe geschlossen werden konnte. Nachdem Jason eine großzügige Entschädigung auf den Tisch gelegt hatte, wurde ihm versichert, daß noch am gleichen Tag alles bereit sein werde.

Er kam gerade noch rechtzeitig wieder in Paris an, um sich den Pferdegeruch abzuwaschen und sich umzuziehen. Dann war es Zeit für die Unterredung mit Lord Tremayne.

Catherine war während dieser Unterredung sehr still, und ihr Onkel schrieb die dunklen Ringe unter ihren Augen der vorangegangenen Ballnacht zu, vielleicht auch Reue über die Art, in der sie ihre Mutter behandelt hatte.

Das Zusammentreffen verlief angenehmer, als es sich in der Nacht angekündigt hatte. Der Earl fand die finanziellen Regelungen der Heirat, wie Jason sie anbot, außerordentlich angemessen. Und Jason brachte die Angelegenheit, nachdem er sich einmal entschieden hatte, mit kühler Sachlichkeit zu Ende. Nur Catherine war unzufrieden – nicht wegen des Geldes, das Jason ihr überschrieb, sondern wegen der Leichtigkeit, in der sie hier regelrecht verkauft wurde.

Ihr Onkel schien sich mehr um die finanzielle Seite zu kümmern als um ihre Gefühle. Dann fiel ihr ein, daß der Earl ja annahm, sie wäre mit Jason auf und davon gegangen, weil sie ihn liebte.

Lord Tremayne war kaum gegangen, als Jason sich an Catherine wandte: »Unsere bewußte Verabredung ist heute abend in einem Dörfchen außerhalb der Stadt. Der Beamte dort zeigt sich geneigt, die Plötzlichkeit unseres Heiratsentschlusses zu übersehen und dafür zu sorgen, daß die notwendigen Papiere rechtzeitig fertig sind. Du kannst unbesorgt sein, meine liebe Lady Catherine, in ein paar Stunden bist du wirklich Madame Savage!«

»Wann müssen wir losfahren?«

»Warum? Erzähl mir nicht, daß du Madame Elouise schnell noch ein Brautkleid nähen läßt.«

»Ich wollte nur wissen, wann ich bereit sein soll. Aber ich sehe, du bist ausgesprochen schlechter Laune. Laß mich wissen, wenn du fertig bist.«

Sie wollte hinausgehen, aber er hielt sie beim Handgelenk zurück. »Verzeih«, bat er müde. »Die ganze Situation ist schon unangenehm genug, ich brauche sie nicht noch schlimmer zu machen. Es wäre gut, wenn du innerhalb einer Stunde fertig sein könntest. Sag mir Bescheid, dann lasse ich die Kutsche vorfahren.«

Die Abenddämmerung senkte sich über das Land, als sie aus dem kleinen Dorf wieder abfuhren. Jetzt war es also geschehen – sie waren vor dem Gesetz unwiderruflich miteinander verheiratet. Catherine starrte dumpf auf den schweren, goldenen Ring, der an ihrem Finger steckte. Es schien ihr unmöglich, daß die wenigen Worte, die ein griesgrämiger Beamter mit teilnahmsloser Stimme heruntergeleiert hatte, sie zu Mann und Frau gemacht hatten. Sie hatte sich nie eine Hochzeit in Weiß mit großen Feierlichkeiten gewünscht, aber ein wenig anders hatte sie sich ihre Hochzeit doch vorgestellt.

»Ist es wirklich so schlimm, mit mir verheiratet zu sein?« fragte er sanft.

Mit kleiner, dünner Stimme antwortete sie: »Wir kennen uns kaum, und wir streiten uns andauernd. Wie können wir miteinander glücklich werden?«

»Wir müssen uns eben ein bißchen anstrengen! Wir gehören zusammen, daran können wir nichts mehr ändern. Und vielleicht können wir eines Tages, wenn auch nicht glücklich, so doch zufrieden sein.«

Als sie schwieg, fragte er noch einmal: »Meinst du nicht?«

Die zurückgehaltenen Tränen waren ihrer Stimme deutlich anzuhören. »Ja, ich weiß, daß du recht hast. Später werden wir alles mit anderen Augen sehen. Ich wünschte nur . . .« Sie konnte nicht weitersprechen. Trotz aller Anstrengung konnte sie nicht verhindern, daß tief in ihrer Kehle ein kleines Schluchzen zu hören war. Der kaum wahrnehmbare Laut berührte Jason zutiefst. Instinktiv streckte er die Hände aus und zog sie behutsam in seine Arme.

Seine unerwartete Zärtlichkeit war zuviel für Catherine. Ihr schmaler Körper wurde von Tränen geschüttelt, die sie wochenlang unterdrückt hatte. Undeutlich spürte sie, wie Jasons Lippen ihr Haar streiften, und wie von fern hörte sie ihn tröstende Worte murmeln. Nach einiger Zeit hatte sie sich etwas beruhigt und lag still in seinen Armen.

Wie ein Vater tupfte Jason ihr mit seinem Taschentuch vorsichtig die Tränen ab. Sie blickte mit tränennassen Augen zu ihm hoch, plötzlich hatte er Mühe mit dem Atmen. O Gott, wie schön sie ist, dachte er, als er ihre langen, von Tränen nassen Wimpern und ihre weichen, zitternden Lippen betrachtete. Blind suchte sein Mund ihre Lippen in einem drängenden Kuß, und wie unter einem Zwang murmelte er: »Kätzchen – hör mir zu! Nichts stimmt zwischen uns, aber dies ist unsere Hochzeitsnacht, und sie kommt nie wieder. Können wir die Bitterkeit und die Vorwürfe nicht ein einziges Mal beiseite schieben und . . . und . . .« Er zögerte, und seine Lippen gingen zärtlich über ihr Gesicht. »Oh, verdammt! Ich weiß selbst nicht, was ich will. Wehr dich wenigstens heute nacht nicht! Irgendwie müssen wir versuchen, aus dieser unglückseligen Heirat etwas zu machen.«

Während Jason ein Abendessen bestellte, erfrischte sich Catherine im Bad. Ihre Gedanken waren bei Jason, Glück und Panik zugleich erfüllten sie, als sie daran dachte, was der Abend noch bringen würde. Den Gedanken, daß er sie zwar begehrte und aus ihrer Ehe etwas machen wollte, jedoch nie von Liebe gesprochen hatte, schob sie entschlossen beiseite. In fieberhafter Erwartung trieb sie Jeanne dazu an, sich mit der Bereitung des Bades zu beeilen. Zum erstenmal in ihrem Leben wollte sie, daß ein Mann sie begehrte, und suchte mit flatternden Händen in der überquellenden Kommode nach einem geeigneten Nachtgewand. Wenn sie doch nur mehr Erfahrung darin besessen hätte, was ein Mann unwiderstehlich fand! Schließlich fiel ihr Blick auf ein Negligé, das er ihr kurz nach der Ankunft in Paris gekauft hatte. Bisher hatte sie es nie getragen, einerseits aus Trotz, andererseits aus dem angeborenen Wissen, daß solche hauchzarten Gewebe nur zu einem einzigen Zweck gemacht wurden.

Das Nachtgewand war aus lilafarbener Seide – so dunkel lilafarben, daß es fast schwarz aussah und ihre weiße Haut sinnlich zur Schau stellte. Wie eine zweite Haut lag es über ihrer Brust, unten schwang es wie eine lilafarbene Wolke aus, die um ihre Füße wehte.

Als Catherine den Salon betrat, stand Jason am Fenster und starrte hinaus. Der feuchte Schimmer in seinem Haar verriet, daß auch er ein Bad genommen hatte. Ihr Blick ging zu dem kleinen, für zwei Personen gedeckten Tisch, auf dem eine Kerze sanftes Licht verbreitete. Zögernd blieb sie in der Tür stehen; instinktiv wußte sie, daß er sie heute nicht zwingen würde. Aber während sie noch zögerte, spürte er ihre Anwesenheit und drehte sich langsam um.

Das jähe Feuer in seinen Augen versetzte sie fast in Panik, doch sie unterdrückte das schreckerfüllte Klopfen ihres Herzens, lächelte schüchtern und ließ sich von ihm den Stuhl an den Tisch rükken. So erfüllt war sie von seiner Nähe, daß die Mahlzeit nur als eine Reihe verschwommener Eindrücke in ihrer Erinnerung zurückblieb. Was sie aß und trank, wurde ihr kaum bewußt. Sie sah nur sein Gesicht, dunkel und unergründlich, das sich für immer in ihr Herz einzubrennen schien.

Schließlich wurde ihr die Spannung in dem stillen Raum unerträglich. Sie sprang auf und stammelte: »Es . . . ist furchtbar heiß hier! Ich brauche frische Luft!«

Jason beobachtete sie, wie sie zu den Balkontüren stolperte, sie weit aufriß und die kühle Nachtluft und den Duft der Akazienblüten hereinströmen ließ. Blicklos starrte sie auf die Avenue hinunter, doch statt sich zu entspannen, wurde sie immer aufgeregter und nervöser. Sie fühlte mehr, als sie hörte, daß Jason hinter sie trat. Sanft schlossen sich seine warmen Hände um ihre Schultern und zogen sie behutsam an sich.

In diesem Augenblick tat er nichts, was sie hätte erschrecken können, sondern strich nur langsam über ihre Schultern und Arme und küßte sie in die empfindliche Beuge zwischen Hals und Schulter. Erst als er sie gegen sich sinken fühlte, drehte er sie sacht herum, so daß sie ihn ansehen mußte. Catherines Herz schlug wie wild, als sie den Ausdruck auf seinem Gesicht sah.

Ernst sahen sie einander an, dann küßte er sie. Es war ein zarter, fragender Kuß, der sich plötzlich in einen leidenschaftlich fordernden verwandelte, den Catherine zögernd erwiderte. Als Jason schließlich ihren Kopf hob, pochte ihr das Blut in den Schläfen, ein süßes Sehnen durchzog ihren Körper. Fragend blickte er ihr in die Augen, dann nahm er sie, ohne ein Wort zu sagen, auf seine Arme und trug sie ins Schlafzimmer.

Mit schnellen, zielbewußten Bewegungen zog er ihr das Nachthemd aus und legte sie auf das Bett. Mit leisem, heiserem Lachen murmelte er: »Ich hoffe, du läßt mich nicht wieder im schönsten Augenblick allein.«

Als er zu ihr ins Bett kam und sie an sich zog, war seine Umarmung wie eine heiße zweite Haut. Er war sanft und zärtlich. Instinktiv glitten ihre unerfahrenen Hände über seinen muskulösen Rücken, seine Schultern, sein festes Gesäß. Als sie sich schließlich zögernd um sein hartes Glied schlossen, stöhnte Jason voller Lust auf und flüsterte dicht an ihrem Mund: »Kätzchen?« Und als er sie lange und zärtlich küßte, war sie verloren; ihre Beine öffneten sich, und willig gab sie sich seinen Liebkosungen hin.

Seine Berührung war wie eine Flamme, die durch ihren Körper schoß. Seine Lippen und seine Hände lehrten sie immer neue Wonnen, bis sie selbstvergessen aufstöhnte. Und gerade als sie vor unerfüllter Spannung hätte schreien können, drang er langsam und sacht in sie.

Seine Bewegungen ließen ihren ganzen Körper in einem einzigen süßen Schmerz brennen, ihre Hände hämmerten auf seinen Rücken, stachelten ihn unbewußt an, seine Bewegungen wurden tiefer und härter. Wie im Taumel fühlte sich Catherine auf einer Welle höchster, sinnlicher Lust davongetragen, bis sie gemeinsam den Höhepunkt ihrer Leidenschaft erreichten.

Es dauerte eine ganze Zeit, bis Catherine in die Wirklichkeit zurückfand. Glücklich schmiegte sie sich in seine Arme, während seine Lippen und Hände noch immer ihren Körper liebkosten.

Wieder und wieder brachte er sie in dieser Nacht bis an den Rand der Raserei, bevor er sie nahm. Es war, als könne er sie zwischen Schlaf und Halbwachen einfach nicht in Ruhe lassen, und jedesmal drängte sie sich ihm fiebrig entgegen. Nur einmal wehrte sie ihn ab – als sein dunkler Kopf seiner Hand zwischen ihre Schenkel folgen wollte, zuckte sie zurück und stotterte: »Nein, nein, bitte nicht.«

»Macht nichts«, murmelte er beruhigend. »Ein andermal werde ich dir zeigen, daß es zwischen Mann und Frau noch mehr gibt. Du warst heute eine so gelehrige Schülerin, mein Liebstes, daß ich vergesse, daß du ja fast noch eine Jungfrau bist.« Er küßte sie, und sie vergaß unter seinen Händen alles, was sie erschreckte oder beunruhigte.

Viele Stunden später wachte sie auf und stellte erstaunt fest, daß sie sich allein in ihrem eigenen Schlafzimmer befand. Verwirrt starrte sie auf die vertrauten Bettvorhänge, und als ihr die Ereignisse der vergangenen Nacht bewußt wurden, stieg heiße Röte in ihr Gesicht, sie kuschelte sich wie ein Kind tiefer in die Kissen. Jetzt erinnerte sie sich wieder, daß er sie im Morgengrauen auf seinen Armen hier herübergetragen hatte. Er hatte einen Kuß auf ihre Stirn gehaucht und geflüstert: »Wenn ich dich in meinem Bett behalte, geht das den ganzen Tag so weiter! Du brennst in mir wie ein Feuer, ich scheine nie genug von dir zu kriegen.«

Doch jetzt ließ diese Erinnerung sie schamrot werden, all die quälenden Gedanken von gestern tauchten wieder auf. Nicht ein einziges Mal in dieser Nacht hatte er von Liebe gesprochen.

Sie zog sich einen Morgenmantel über und ging in Gedanken versunken in den kleinen Salon. Sie wollte ihm jetzt nicht gegenübertreten und beschloß, einen Ausritt zu unternehmen. Vielleicht würde sie dann ruhiger werden und etwas Ordnung in ihr aufgewühltes Innenleben bringen können. Sie wollte gerade nach Jeanne läuten, als die laute Stimme ihrer Kusine Elizabeth sie zusammenfahren ließ. Die Verbindungstür zwischen den Zimmern stand einen Spaltbreit offen, und Catherine konnte deutlich Elizabeths durchdringende Stimme hören.

»Wie konntest du nur! Hat unser Zusammensein dir gar nichts bedeutet? Wie konntest du in einer Nacht mit mir zusammen sein und in der nächsten zu ihr laufen?«

»Elizabeth, darüber haben wir doch wirklich oft genug gesprochen. Du und ich – das hatte mit Liebe nicht das Geringste zu tun! Es war ein schöner Spaß – welcher Mann würde sich den mit dir nicht wünschen? Daraus habe ich aber nie ein Hehl gemacht.«

Seine Stimme war eiskalt. Catherine stand wie erstarrt in ihrem Salon; seine Worte zerstörten jede Hoffnung, daß sie ihm doch mehr war als nur eine Bettgespielin.

»Liebst du sie?« fragte Elizabeth.

»Sei nicht albern! Ich habe dir doch gerade gesagt, daß ich keine Frau liebe«, herrschte er sie an, bestrebt, seine ungebetene Besucherin so schnell wie möglich loszuwerden.

Aber Elizabeth ignorierte seine Worte und schrie: »Warum hast du sie dann geheiratet?«

»Weil«, erwiderte er kalt, »ich es an der Zeit fand zu heiraten und einen Sohn in die Welt zu setzen, der meine Güter erbt.«

»Den Sohn hättest du auch mit mir haben können!« rief Elizabeth hartnäckig.

»Nein, das hätte ich nicht!« antwortete er brutal. »Bei Catherine kann ich sicher sein, daß meine Söhne auch wirklich meine Söhne sind – und nicht die Ableger des letzten Mannes, mit dem du im Bett warst.«

Catherine hörte einen empörten Ausruf und ein Klatschen. Dann sagte Jason ruhig: »Schön, das habe ich verdient. Und jetzt darf ich dich wohl daran erinnern, daß du hier uneingeladen hereingeschneit bist. Weshalb ich deine Kusine geheiratet habe, geht dich gar nichts an. Am besten verabschiedest du dich, du hast schon mehr als genug gesagt.«

»Das werden wir sehen!« rief Elizabeth mit einem häßlichen Unterton in der Stimme. »Ich möchte wissen, was deine Frau sagt, wenn sie erfährt, aus welchen Gründen du sie geheiratet hast. Daß sie für dich nichts weiter als eine Zuchtstute für viele kleine Savages ist.«

»Die Frage stellt sich gar nicht, denn du wirst jetzt gehen, und wenn dir dein Leben lieb ist, läßt du meine Frau in Ruhe.« Auf die offen ausgesprochene Drohung folgte nur eisiges Schweigen. Dann hörte Catherine, wie eine Tür zugeknallt wurde.

Ein Gefühl totaler Verzweiflung beschlich Catherine. Die bloße Vorstellung, daß Jason mit ihr selbst weiter nichts als eine Wiederholung intimer Stunden veranstaltet hatte, die ihm vorher von Elizabeth bereitet worden waren, verursachte ihr Übelkeit.

Sie preßte eine Hand vor den Mund und wankte ins Schlafzimmer. Dort sank sie, am ganzen Körper zitternd, neben ihrem Bett zusammen.

Wie konnte sie sich von ihm je wieder anfassen lassen? Sie mußte fort von hier. Mit fiebrigen Augen sah sie sich im Zimmer um, ihr verzweifelter Blick fiel auf das Schmuckkästchen, das auf der Kommode stand.

22

Jason vermutete Catherine nach einer solchen Nacht noch im Bett, als er gegen Mittag aus dem Hotel ging. Livingston und Monroe erwarteten ihn zu einer Besprechung über ihre Geheimverhandlungen. Obwohl kaum etwas dabei herauskam, zog das Gespräch sich so sehr in die Länge, daß man ihn schließlich bat, zum Abendessen in der Gesellschaft zu bleiben. Es war schon dunkel, als er zurückkehrte.

Der erste Verdacht, daß etwas nicht stimmte, beschlich ihn bei der Entdeckung, daß Catherines Zimmer völlig im Dunkeln lagen. Er nahm eine Kerze und ging in ihr Zimmer, wo ihn gähnende Leere empfing. Ihr Kleiderschrank war völlig ausgeräumt, und auch sonst deutete nichts darauf hin, daß in diesen beiden Zimmern jemand wohnte. Mit erzwungener äußerlicher Ruhe suchte er nach einem Anhaltspunkt für das, was hier geschehen war. Endlich fand er auf dem Kaminsims eine versiegelte Nachricht und riß mit fahrigen Händen den Umschlag auf.

»Lieber Jason,

ich verlasse Dich. Ich hätte nicht so lange warten sollen, es tut mir leid, daß Du mich heiraten mußtest. Bitte suche nicht nach mir – Du würdest mich doch nicht finden. Ich fahre zu jemandem, bei dem ich gut aufgehoben bin.

Ich weiß zwar nicht, wie man sich scheiden läßt, aber bestimmt wird das nicht schwer für Dich sein, wenn Deine Frau Dich verlassen hat.

Ich habe alle Sachen mitgenommen, die Du mir geschenkt hast. Später einmal werde ich sie bezahlen – später, wenn wir vielleicht beide wieder geheiratet haben und das alles uns wie eine Jugendtorheit vorkommt.

Catherine Tremayne.«

In Jason breitete sich eine große Leere aus; er setzte sich auf das Sofa, um die kindliche Handschrift ein zweites Mal zu studieren. Als er die Unterschrift las, durchfuhr ihn ein wütender Schmerz. Für ihn war sie seine Frau, gestern um die gleiche Zeit hatte er ihr seinen Namen gegeben. Wie konnte sie sich noch Tremayne nennen? Sie war seine Frau – Catherine Savage! Wie hatte sie ihn nach dieser Nacht verlassen können! Er ließ die gemeinsamen Stunden an sich vorüberziehen, all die häßlichen Szenen, die sie ihm vorgespielt hatte, bis er das kleinste bißchen Zuneigung für sie aus sich verdrängt hatte. Nie würde er zugeben, daß sie ihm mehr bedeutet hatte als jede andere Frau vorher.

Das konnte er ihr nicht durchgehen lassen! Er würde sie zu finden wissen. Und falls er ihr nicht gleich im ersten Augenblick den Hals umdrehte, würde er ihr beibringen, daß er sich das nicht gefallen lassen würde! Eine Scheidung kam überhaupt nicht in Frage!

In kaltem Zorn überlegte er, wohin sie gegangen sein konnte.

Die Schmuckstücke ließen sich zu Geld machen, so konnte sie sich eine Weile über Wasser halten. Aber irgendwann mußte sie sich an Freunde oder Verwandte wenden; und in Paris kannte sie niemand, außer ihrer Tante und ihrem Onkel.

In düsterer Stimmung machte er sich zu dem Hotel auf, in dem der Earl und die Gräfin von Mount abgestiegen waren. Zu seinem Ärger traf er gleich beim Betreten des Appartements auf Elizabeth und ihre Mutter. Der Earl selbst stand in eleganter Abendkleidung vor dem Kamin, sein freundliches Lächeln machte Jason sofort klar, daß Catherine sich an ihn nicht gewandt haben konnte. Unaufrichtigkeit gehörte nicht zu den Eigenschaften des Earl, und wenn Catherine sich an ihn gewandt hätte, wäre Jason nicht so empfangen worden.

Die Tremaynes wollten gerade zu einer Soirée im Palais des Conte de l'Artois aufbrechen, und Jason, der in bezug auf seine eigenen Angelegenheiten nie besonders gesprächig war, entschuldigte sich hastig: »Ich muß die Nachricht meiner Frau wohl nicht richtig gelesen haben. Es sah so aus, als hätte sie geschrieben, daß sie Ihnen einen Besuch abstatten wollte. Ich muß gestehen, daß ich mit ihrer Handschrift noch nicht ganz zurechtkomme.«

In den Augen des Earl funkelte es belustigt: »Ja, Catherines Handschrift ist öfter Anlaß zur Verzweiflung in unserer Familie! Aber wenn man bedenkt, wie spät sie ihre ersten Lektionen bekam, muß man froh sein, daß sie überhaupt schreiben kann. Sie ist nicht hier, ich habe sie gestern in Ihrem Hotel zum letztenmal gesehen.« Er wandte sich seiner Frau zu und fragte: »Oder ist Catherine heute hier gewesen?«

Ceci brummelte mißgelaunt: »Natürlich nicht! Weshalb hätte sie hierher kommen sollen?«

»Das stimmt«, antwortete Jason kurz, verbeugte sich und ging. Er war so in Gedanken versunken, daß ihm nicht einmal das schadenfrohe Lächeln auffiel, das ihm Elizabeth nachschickte. Sie dachte an das unglückliche, verzweifelte Gesicht, mit dem Catherine sie an diesem Nachmittag um Hilfe zur Flucht gebeten hatte.

Jason kehrte geradewegs in das Crillon zurück und rief nach Jeanne, doch er erhielt eine weitere schlechte Nachricht. Der Concièrge teilte ihm mit, daß Jeanne den Dienst im Hotel quittiert hatte und jetzt wahrscheinlich in Madames Diensten stünde.

Von diesem Augenblick war es Jason klar, wo Catherine hin wollte – dorthin, wo alle weggelaufenen Ehefrauen sich hinflüchten, nach Hause zu ihrer Mutter.

Verletzter Stolz trieb ihn quer durch Frankreich, über den Ärmelkanal und weiter durch England, bis hinauf nach Leicestershire zu dem Tudor-Herrenhaus, in dem Catherine wohnte.

Hunter's Hill war zur Zeit Königin Elizabeths I. aus rotem Backstein gebaut worden. Zu einem anderen Zeitpunkt hätte Jason wohl die Architektur bewundert, jetzt jedoch warf er die Zügel seiner völlig erschöpften Pferde hastig einem Gärtner zu, stürmte die Freitreppe hinauf und klopfte ungestüm an die schwere Tür, bis ein grauhaariger Butler ihm öffnete.

Der Butler, der diesen hochgewachsenen, übernächtigten Mann noch nie gesehen hatte, wollte ihn nicht so ohne weiteres einlassen, doch Jason ließ in seinem desolaten Zustand nicht mit sich spielen. Er sagte leise: »Mein Lieber, wenn Sie mich nicht unverzüglich zu Ihrer Herrin führen, sehe ich mich gezwungen, Sie beiseite zu räumen und nach ihr zu suchen – wenn nötig, sogar in der Badewanne!«

Der Mund des Butlers formte sich zu einem schockierten »Oh!«. Aber er führte den grimmigen jungen Herrn ohne weitere Einwände in ein kleines Zimmer, in dem Lady Rachael Tremayne über einer Musselinstickerei saß.

Jason war so sicher gewesen, Catherine hier anzutreffen, daß er einen Augenblick lang sprachlos im Zimmer stehen blieb. Dann erfuhr er innerhalb weniger Minuten, daß Rachael seit dem Verschwinden ihrer Tochter aus dem Zigeunerlager nichts mehr von ihr gehört hatte.

Die folgende halbe Stunde gehörte zu den unbehaglichsten seines Lebens. Nicht nur, daß er dieser betroffenen Frau erklären mußte, wer er war – er mußte ihr auch auseinandersetzen, daß er für Catherines Verschwinden die Verantwortung trug.

Ein langes Schweigen folgte auf seine Worte. Irgendwann sagte Rachael schwach: »Wollen Sie sich nicht setzen, Mr. – hm – Savage?«

Mit knappem Lächeln fragte er: »Ist das alles, was Sie mir zu sagen haben?«

Rachael holte tief Luft. »Nein, Mr. Savage, das ist nicht alles. Es scheint, als hätten Sie mir die größte Sorge genommen. Jetzt weiß ich, daß meine Tochter lebt. Das ist mehr, als ich vor Ihrem Kommen wußte. Bis zu ihrem erneuten Verschwinden in Paris war sie – sagen wir – in gewisser Weise sicher.«

»Und?«

»Wenn Sie in solcher Hast gekommen sind, wie es den Anschein hat, dann ist es leicht möglich, daß Sie Catherine auf Ihrem Weg hierher überholt haben. Der Postdienst ist nicht so schnell wie Ihre Pferde.«

Jason sah sie verständnislos an. An diese Möglichkeit hatte er tatsächlich nicht gedacht. Der Gedanke an Catherines entsetztes Gesicht, wenn sie ihn hier antraf, ließ ein unsicheres Lächeln um seine Lippen spielen.

Rachael war verwirrter, als sie sich anmerken ließ, längst nicht alle ihre Gefühle hatten mit ihrer Tochter zu tun. Als der junge Mann so arrogant hereingekommen war – da hatte sie geglaubt, seinen Vater zu sehen, den sie vor langer Zeit einmal gekannt hatte, Guy Savage aus Louisiana. War Guys Nase auch so kühn gewesen, sein Gesicht so dunkel? Sein Ausdruck so schroff?

Jason mißdeutete ihre Reaktion und sagte mit aufrichtigem Bedauern in der Stimme: »Es tut mir leid, Madame, daß ich Ihnen so böse Nachrichten bringe, die ich noch dazu selbst verschuldet habe. Ich kann nur hoffen, daß Sie mir eines Tages verzeihen und mich als Ihren Schwiegersohn akzeptieren werden.«

Sie fixierte ihn mehrere Sekunden lang mit einem eigentümlichen Blick, ehe sie trocken sagte: »Es wird mir ja wohl nichts anderes übrigbleiben.«

Er deutete eine Verbeugung an und erwiderte: »Das ist wahr. Aber in Ihrer Hand liegt es, eine beklagenswerte Situation noch schlimmer zu machen. Obwohl ich mir nicht vorstellen kann, was Sie dabei gewinnen würden.«

Um ihre Mundwinkel huschte ein Lächeln. »Ein schüchterner Schwiegersohn sind Sie anscheinend nicht.«

Er lächelte charmant und stellte überrascht fest, daß er seine Schwiegermutter mochte, mehr noch, er war geradezu bezaubert von ihr! Kein hysterischer Ausbruch, keine Tränen; gelassen nahm sie die unabänderlichen Tatsachen hin.

Am Morgen des fünften Tages sagte er: »Wenn Catherine hierher gewollt hätte, müßte sie längst da sein. Sie muß noch in Frankreich sein. Ich lasse Sie nicht gern im ungewissen zurück, aber noch schlimmer wäre es, wenn ich unnütze Zeit vertrödeln würde. Ich muß mich auf den Weg machen.«

Seine Worte bestätigten nur ihre eigenen, unglücklichen Gedanken, sie konnte die lange zurückgehaltenen Tränen nicht mehr unterdrücken. Tödlich verlegen wischte sie sich mit einem Batisttuch über die Augen.

Jason kniete vor ihr nieder, umschloß ihre zitternden Hände

und sagte: »Rachael! Sie ist bestimmt in guten Händen, wo immer sie auch sein mag! Bitte, weinen Sie nicht. Ich werde mit dem Herzog von Roxbury sprechen, bevor ich nach Frankreich zurückkehre. Mein Onkel ist ein mächtiger Mann, wenn sie in England ist, wird er sie finden. Machen Sie sich keine unnötigen Sorgen. Roxbury und ich werden sie bestimmt finden.«

Doch als Jason sich am Abend dieses Tages London näherte, war er nicht mehr so zuversichtlich, denn er war sich klar darüber, daß die Begegnung mit seinem Onkel nicht allzu angenehm verlaufen würde.

Der Herzog zeigte sich nicht sonderlich erstaunt über Jasons Besuch. Er bat ihn, Platz zu nehmen, und wartete geduldig, was er ihm zu sagen hatte. Mit wenigen Worten gab Jason einen genauen Bericht über seine Probleme. Nur einmal richtete sich der Herzog in seinem Sessel auf, als er den Namen Tremayne hörte, doch als Jason seine Erzählung unterbrach, drängte Roxbury nur leise: »Fahre ruhig fort. Es interessiert mich.«

Jason zwang sich, mit unbewegter Stimme zu Ende zu erzählen. Als er schwieg, murmelte sein Onkel: »Und du hast die Kleine geheiratet, wie? Nun, wenn das nicht höhere Gerechtigkeit ist!«

»Wie meinst du das?« fragte Jason irritiert.

»Ach, nichts. Kommen die Verhandlungen voran? Ich warte stündlich auf Nachricht, daß man sich geeinigt hat.«

Jason unterrichtete ihn kurz über den Stand der Verhandlungen, und Roxbury meinte mit zufriedenem Lächeln: »Gut, gut! Dann wird es wohl nur noch wenige Tage dauern, bis die endgültigen Papiere aufgesetzt sind. Kannst du Monroe und Livingston nicht zu mehr Eile antreiben?«

»Verehrter Onkel, Monroe ist ohnehin schon nervös genug, und ich glaube nicht, daß die beiden auf mein Wort allzu viel geben. Ganz im Gegenteil. Du mußt nämlich wissen, daß ich die zweifelhafte Ehre habe, als Doppelagent zu gelten.«

Der Herzog kicherte vergnügt in sich hinein. »Ich nehme an, so könnte man dich tatsächlich nennen – unter anderem.«

Jason konnte nicht über seine Worte lachen. Er sah müde und abgehetzt aus, seine Heirat schien ihm bisher nicht die rechte Freude bereitet zu haben. Nun gut, dachte Roxbury, es würde ihm nicht schaden, ein wenig zu leiden. Jason hatte es bisher immer zu leicht gehabt, das galt besonders für seine Beziehungen zu Frauen. Wer weiß – vielleicht konnte Catherine noch etwas aus ihm machen! Der Herzog dachte an das, was Jason ihm über sie erzählt hatte, und lächelte. Er würde die neue Madame Savage sehr gerne kennenlernen.

»Darf man fragen, was dich so amüsiert?« fragte Jason kühl.

»Ich habe Zweifel, daß es dich auch amüsieren wird. Wollen wir uns nicht lieber über den unbekannten Besucher unterhalten, den wir aus deiner Wohnung, hm, herausgetragen haben?«

»Bitte!« antwortete Jason in noch kälterem Ton. Er hatte das deutliche Gefühl, daß der Herzog mit ihm spielte! Und Jason mochte keine Spiele, bei denen er nicht die Oberhand behielt.

»Dein Einbrecher war ein schmuddeliger Gentleman mit dem Namen Henry Horace, ein kleiner Dieb, der das Gefängnis von Newgate mehrmals von innen gesehen hatte. Seine Frau ist Kellnerin in einer Schenke an den Kais. Wir haben ein wenig mit ihr geplaudert.«

Der Herzog machte eine Pause, dann fuhr er fort: »Sie sagt, ihr Mann habe es in der fraglichen Nacht sehr wichtig gehabt mit einem schwarzhaarigen Individuum, sie habe den beiden Bier an den Tisch gebracht. Dieser unbekannte Mann habe ihren Henry zur Durchsuchung deiner Zimmer angeworben. Weshalb, und wer der schwarzhaarige Mensch war, weiß sie nicht. Wir werden es vielleicht nie erfahren. Falls –« Roxbury warf Jason einen durchdringenden Blick zu, »falls du dazu nicht doch etwas sagen kannst.«

Jason entschloß sich zur Offenheit: »Catherine«, sagte er, »hat mir einen Hinweis gegeben. Pendleton war hinter einer Landkarte her, die ich angeblich haben soll. Möglicherweise hat dieser Horace – oder sein schwarzhaariger Hintermann – sich auch dafür interessiert.«

»Eine Landkarte? Was für eine Landkarte?«

»Wenn ich das wüßte, würde ich es dir mit Vergnügen verraten. Aber ich habe nicht die leiseste Ahnung. Könnten wir jetzt vielleicht wieder von meiner Frau sprechen?«

»Nur zu!«

»Ich muß morgen nach Frankreich zurück; ich kann hier nicht treu und brav warten, bis die kleine Giftschlange, die ich geheiratet habe, sich gnädigst wieder sehen läßt. Es kann ja sein, daß sie Frankreich noch gar nicht verlassen hat. Wenn ich nicht gerade Monroes Schoßhund spiele, werde ich mich dort nach ihr umsehen. Aber ... ich brauche jemanden, der das gleiche hier in England tut.«

»Werde ich da gerade um eine Gefälligkeit gebeten?« fragte Roxbury.

»Verdammt noch mal – ja! Ich kann natürlich auch jemanden anheuern, der für mich herumschnüffelt. Aber du hast so viele Verbindungen, und wenn sie in England ist, findest du sie lange bevor so ein Schnüffler überhaupt Wind davon bekommt.«

»Wie charmant du deine Bitten immer vorträgst. Das überwältigt mich jedesmal von neuem«, murmelte Roxbury.

»Onkel, läßt du mich absichtlich zappeln?«

»Aber ja! Du nimmst dich viel zu ernst, so etwas schmerzt einen, wenn man dabei zusehen muß. Zweifelst du im Ernst daran, daß ich dir helfen werde? Habe ich dir schon einmal etwas abgeschlagen?«

Jason war wohlerzogen genug, um zu dieser Frage wenigstens ein zerknirschtes Gesicht zu machen. »Nein!« brummte er. »Ich muß mich für meine schlechte Laune entschuldigen. Diese Heirat hat mich doch sehr mitgenommen.«

Sein Neffe – beinahe bescheiden wie ein normaler Sterblicher – das war ja etwas ganz Neues! Der Herzog verbarg ein ironisches Lächeln und sagte: »In deiner gewohnten Arroganz hast du Lady Tremayne sicher schon gesagt, daß sie mich verständigen soll, falls deine Frau doch noch in Leicestershire aufkreuzt?«

Jason nickte grinsend.

»Also, ich werde tun, was in meinen Kräften steht. Sobald ich auch nur das Geringste erfahre, schreibe ich dir. Ich hoffe, du läßt es mich wissen, wenn du von Frankreich nach Amerika aufbrichst.«

»Wenn wir sie bis zum Abschluß der Verhandlungen noch nicht gefunden haben, komme ich vermutlich noch einmal nach England.«

Roxbury lehnte sich ein wenig vor, sein starrer Blick wurde eindringlich. »Das würde ich nicht empfehlen«, meinte er langsam. »In deinem eigenen Interesse wäre es gut, wenn du Frankreich bis spätestens Mitte Mai verlassen würdest, und Europa nicht viel später. Hier in England kannst du absolut nichts tun, was ich nicht auch tun könnte. Drücke ich mich klar aus?«

Jason pfiff leise vor sich hin. »Du willst damit sagen, daß England in der zweiten Mai-Hälfte Napoleon angreift?«

»Ich habe nichts dergleichen gesagt!« antwortete der Herzog, doch in seinen grauen Augen leuchtete eine bestätigende Warnung.

23

Bevor Jason nach Frankreich zurückkehrte, hatte er noch etwas zu erledigen. Er ließ sich von Roxburys Haus aus direkt zu Clive Pendletons Wohnung kutschieren.

Jason schob den Diener beiseite, der auf sein barsches Klopfen öffnete, und trat unangemeldet in Pendletons Wohnzimmer.

Pendleton, der seinen beim Duell verletzten Arm noch immer in einer schwarzen Schlinge trug, lag träge auf einer Couch; auf einem Tischchen neben ihm stand eine Flasche Portwein. Als Jason hereinstürmte, setzte er sich auf und grollte: »Wer hat Sie denn hereingelassen? Ich habe Ihnen nichts zu sagen.«

Jason packte ihn bei den Aufschlägen seines Hausmantels und zog ihn hoch. »Aber ich habe Ihnen etwas zu sagen! Nehmen Sie es als freundschaftliche Warnung! Bedrohen Sie nie wieder Catherine! Und wenn Sie Rachael Tremayne auch nur den leisesten Ärger bereiten, schlage ich Ihnen persönlich den Schädel ein!«

Clive wand sich aus Jasons Griff und keuchte: »Die Schlampe hat also nicht dichtgehalten! Geschieht mir recht! Ich hätte gleich wissen sollen, daß von der nichts zu erwarten ist. Weiber! Die tun doch nie, was man ihnen sagt.«

Jason machte einen drohenden Schritt nach vorn, seine Hände ballten sich zu Fäusten. »Pendleton! Catherine ist inzwischen meine Frau! Und wenn Sie künftig auch nur ein schlechtes Wort über sie sagen, wird Ihnen das schlecht bekommen. Beim nächstenmal ziele ich nicht auf Ihre Schulter, sondern auf Ihr Herz.«

Mit einem selsamen Glitzern in den Augen rief Clive: »Die haben Sie geheiratet?« Er ließ sich auf einen Sessel fallen und blickte mit häßlichem Grinsen zu Jason hoch. »Was für eine passende Verbindung – eine Zigeunerlady und der Kavalier aus dem Hinterwald von Louisiana! Wie das zueinander paßt!«

»Schon möglich«, erwiderte Jason ungerührt. »Aber ich warne Sie, ich werde es nicht hinnehmen, daß sie beleidigt wird. Und lassen Sie vergangene Verbindungen zu Catherine aus dem Spiel!«

»Sie meinen, ich soll aus dem Spiel lassen, daß sie meine Geliebte war?« fragte Clive hinterhältig.

»Sparen Sie sich Ihre Worte! Sie war nie Ihre Geliebte – wenn Sie und diese alte Zigeunerin es mir auch zehnmal weismachen wollen.«

»Ich wollte sie selbst heiraten«, gestand Clive bitter. »Catherine und Sie – meine beiden großen Fehlschläge!« Er sah Jason voller

Haß an. »Da keine Zeugen hier sind, kann ich es Ihnen ja ruhig sagen. Die beiden erbärmlichen Typen, die es in jener Nacht nicht fertiggebracht haben, Sie zu erledigen – die waren von mir bezahlt! Mit Catherine habe ich das gleiche Pech gehabt. Sie sollte mit ihrem Bruder für immer verschwinden, als beide noch Kinder waren, aber die verfluchten Zigeuner haben sich nicht an die Abmachung gehalten. Das habe ich Reina zu verdanken – sonst läge die Schlampe jetzt auf dem Meeresgrund!«

Mit seltsam vibrierender Stimme fragte Jason: »Wollen Sie damit sagen, daß Catherine damals in Ihrem Auftrag entführt worden ist? Um Himmels willen, warum?«

Clive bedachte ihn mit einem verächtlichen Blick. »Des Geldes wegen, was sonst? Ich war der Liebling des alten Earl, bis dieses dämliche kleine Biest zur Welt kam. O Gott, wie habe ich sie gehaßt! Er hätte mir alles vererbt, wenn er nicht diese blasse, kleine Rachael geheiratet und noch Kinder in die Welt gesetzt hätte. Alles hätte ich . . .«

Weiter kam er nicht, denn Jason riß ihn hoch und schleuderte ihn quer durch das Zimmer.

Gegen Jasons Fäuste, die auf ihn einhämmerten, konnte Clive nichts ausrichten. Jason sah und hörte nichts mehr, er war blind und taub vor Wut. Er schlug immer wieder zu. Eine Weile starrte er auf das blutverschmierte Bündel auf dem Boden. »Ungeziefer wie Sie sollte man zerquetschen!« sagte er leise. »Und genau das mache ich, wenn Sie mir noch einmal über den Weg laufen!« Abscheu, ebenso über sein eigenes brutales Verhalten wie über Clives Gemeinheit, verzerrte sein Gesicht, als er hinaushastete.

Jason war an diesem Abend nicht Clives einziger unwillkommener Gast. Er hatte sich gerade seine Wunden verbinden lassen und war dabei, seine Schwellungen zu kühlen, als der Diener ihm meldete: »Es wünscht Sie noch ein Herr zu sprechen, der seinen Namen nicht nennen will!« Kurz darauf betrat Davalos das Zimmer. Beim Anblick von Clives übel zugerichtetem Gesicht blieb er verblüfft stehen. »Dios! Was ist denn mit Ihnen geschehen?«

Clive warf ihm einen düsteren Blick zu. »Das war Savage, für den Sie sich so sehr interessieren! Wundert mich, daß Sie ihm nicht begegnet sind.«

»Dann ist er also in London?« fragte Davalos lebhaft.

»Was denn sonst, Sie Narr!« Clive zog ungeduldig eine Schulter hoch, wandte sich ab und führte mit immer noch zitternden Händen ein Glas Kognak an seine Lippen.

Davalos beobachtete ihn aus zusammengekniffenen Augen. »Da kommt also Jason Savage nach London zurück«, sagte er in gefährlich sanftem Ton, »und das erste, was er unternimmt, ist ein Besuch bei Ihnen. Warum?«

»Woher, zum Teufel, soll ich das wissen?«

»Es fällt mir schwer, das zu glauben, amigo. Ich habe Ihnen eine große Geldsumme gezahlt, damit Sie einen Auftrag für mich ausführen, aber bis jetzt haben Sie noch nichts getan. Nun sagen Sie mir, Savage sei damals spurlos aus dem Dorfgasthaus verschwunden, und Sie hätten ihn nicht mehr finden können. Sogar ich als Fremder in London habe herausgefunden, daß er sich kurze Zeit später mit sehr namhaften Londoner Bankiers getroffen hat. Und heute abend stattet er Ihnen einen Besuch ab, um Sie ohne jeden ersichtlichen Grund zusammenzuschlagen!« Ein gefährlicher Glanz trat in seine Augen. »Sie hatten nicht zufällig zwei Auftraggeber, die Sie beide hintergangen haben – mich und Savage?«

Clive war schon von Natur aus nicht besonders liebenswürdig; aber heute fühlte er sich schon gar nicht in der Stimmung für solche Bemerkungen – und er machte den tödlichen Fehler, den Mann falsch einzuschätzen, der dicht neben ihm stand. Wütend und verbittert suchte er nach einem Opfer, an dem er seinen Ärger auslassen konnte. »Das wüßten Sie wohl gerne!« höhnte er.

Das Gesicht des Spaniers verfinsterte sich; er stand in der Nähe eines Fensters, sein Gesichtsausdruck hätte Clive warnen müssen. Seine Hand spielte wie zufällig mit einer Seidenkordel, die um den Vorhang geschlungen war. Langsam und scheinbar geistesabwesend zog er die Kordel auf und wog sie in der Hand. »Si«, sagte er, »das würde ich gerne wissen, und auch, woher Jason kam und was er jetzt vorhat.«

Clive schenkte Davalos kaum Beachtung, er verzog sein Gesicht zu einer Grimasse, die ein Lächeln sein sollte. »Dafür haben Sie nicht bezahlt, mein Lieber.«

»Das stimmt«, gab Davalos gelassen zu. Fast zärtlich ließ er die Kordel durch seine Hand gleiten. »Aber ich habe Sie dafür bezahlt, mir die Landkarte zu beschaffen.«

»Merken Sie nicht, daß Sie mich langweilen?«

»Sie meinen – ich werde für mein Geld keine Gegenleistung sehen?«

Clive starrte demonstrativ zur Zimmerdecke. »Genau das meine ich, und nun gehen Sie endlich! Ich glaube . . .«

Clive konnte diesen Satz nicht mehr zu Ende sprechen, denn mit der Schnelligkeit eines Reptils schlug Davalos zu. Er warf die Seidenkordel um Clives Hals und riß sie mit beiden Händen ruckartig an sich. Vergeblich krallten sich Clives Finger in die Schlinge, Davalos zog sie nur noch fester zu. »Sehen Sie, amigo?« zischte er in Clives Ohr. »Es ist nicht klug, mir in die Quere zu kommen.«

Clive, der verzweifelt gegen die Schwärze ankämpfte, die ihn einzuhüllen begann, hörte die Worte kaum noch. Er kämpfte verzweifelt, doch es war sinnlos, ein paar Minuten später glitt sein lebloser Körper zu Boden.

Einen Augenblick lang betrachtete Davalos sein Opfer, dann ging er schnell hinaus. Auf dem Korridor begegnete ihm niemand, ungehindert verschwand er in der Nacht. Wenn er Glück hatte, würde Clives Diener noch lange nicht in das Wohnzimmer gehen. Davalos hatte jetzt keine Wahl mehr – er mußte England auf dem schnellsten Weg verlassen, bevor nach ihm als dem Mörder Pendletons gesucht wurde. Aber das war ihm nur recht, denn Jason Savage befand sich jetzt bestimmt auf dem Weg nach New Orleans, und er würde ihm dicht auf den Fersen bleiben. Doch da irrte sich der Spanier. Jason war nicht auf dem Weg nach New Orleans, er war unterwegs nach Paris.

Auf der ganzen langen Strecke zwischen der französischen Küste und Paris konnte kein einziger Gastwirt, kein Poststationshalter Auskunft über die beiden Frauen geben, die Jason suchte. Und bei der Ankunft im Hotel Crillon wartete keine Nachricht auf ihn. Tag um Tag verging, doch von seiner jungen Frau hörte er kein Wort.

Wenn er nach Catherine gefragt wurde, sagte er, daß er sie schon zu seiner Familie in Louisiana vorausgeschickt hatte. Doch die leeren Zimmer seines Appartements wurden ihm unerträglich, er zog in eine weniger vornehme Unterkunft und stürzte sich dann in solche Ausschweifungen, daß er bald nur noch der »Verrückte aus Louisiana« genannt wurde. Keine Wette war ihm zu riskant, keine Herausforderung zu wild. Er focht zwei Duelle aus – eines davon mit dem Chevalier d'Arcy, dessen Benehmen ihn und Catherine erst zu der Heirat gezwungen hatte. Das Duell mit d'Arcy war kurz, Jason tötete ihn mit einem Schuß zwischen die Augen. Nur die Tatsache, daß d'Arcy allgemein unbeliebt war, bewahrte ihn vor bösen Folgen. Obwohl Napoleon Duelle persönlich verboten hatte, hielt die französische Regierung ihre Polizei in diesem Fall zurück, da sie die Louisiana-Verhandlungen nicht gefährden wollte, an denen Jason indirekt beteiligt war.

Jason kümmerte sich weder um Klatsch noch Risiko; Spielsäle und Spelunken waren seine allnächtlichen Aufenthaltsorte, jede Nacht hatte er eine andere schöne Frau im Arm. Sein Stolz verbot ihm, weiter nach Catherine zu suchen; sie wollte ja offensichtlich nichts von ihm wissen. Es gab genug andere, die bereit waren, sein Bett zu teilen. Er nahm sie fast wahllos – fast so, als könnte er Catherines liebliches Bild in sich verwischen, indem er möglichst viele andere besaß.

Eine Nachricht von Monroe unterbrach schließlich seine Ausschweifungen, als er bei der Gesellschaft eintraf, merkte man ihm sein wildes Leben kaum an. Nach einer kurzen Begrüßung kam Monroe sofort zur Sache. »Wir haben uns entschlossen, Frankreich für das Louisiana-Territorium sechzig Millionen Francs zu zahlen«, sagte er.

»Und Sie wissen genau, was Sie kaufen? Die Ausmaße des Territoriums waren immer ziemlich unbestimmt. Haben die Franzosen Klarheit darüber geschafft, wo die Grenzen verlaufen? Hat Barbé-Marbois Ihnen den Nachweis erbracht, daß Frankreich dieses riesige Stück Land überhaupt gehört?«

Monroe wand sich unbehaglich. Tatsächlich hatte der Vertrag für die Vereinigten Staaten vorerst nur ein sicher vorhersehbares Ergebnis: Krieg mit Spanien. Diese fünfzehn Millionen Dollar wurden hauptsächlich dafür gezahlt, daß Frankreich keine eigenen Ansprüche mehr erhob und sich nicht einmischte. »Livingston hat das alles mit Talleyrand, Napoleons wichtigstem Minister, erörtert«, erwiderte er.

»Und was hat der mit allen Wassern gewaschene Minister dazu gesagt?«

Monroe zögerte. Die Unverschämtheit dieses jungen Mannes fiel ihm auf die Nerven, aber andererseits mußte er an einen Brief von Präsident Jefferson denken, in dem der Präsident ihn ausdrücklich dazu anhielt, Savage ins Vertrauen zu ziehen. »Talleyrand hat geantwortet, wir sollen daraus machen, was uns beliebt.«

Jason lächelte. Das war typisch Talleyrand!

»Freut es Sie, daß Ihr Geburtsland jetzt zu den Vereinigten Staaten kommt?« fragte Monroe.

Jason zuckte die Achseln. »Ich sehe keinen großen Unterschied darin. Abgesehen davon, hat der Kongreß auch noch ein Wort mitzureden.«

Monroe nickte. Das Parlament würde wohl ziemliche Schwierigkeiten machen, doch erst einmal mußte er Jefferson ausführlich berichten, was er und Livingston erreicht hatten. »Jetzt, da unsere Verhandlungen abgeschlossen sind – gibt es da für Sie noch einen Grund, in Paris zu bleiben?«

Jason zögerte mit einer Antwort nur eine Sekunde lang. »Nein!« erwiderte er dann bestimmt.

»Dann sind Sie möglicherweise dazu bereit, dem Präsidenten noch einen Dienst zu erweisen und ihm diese geheimen Schriftstücke zu überbringen, in denen der Vertrag erläutert wird?« Es war eigentlich keine Frage, sondern eine Feststellung. Beide wußten es.

Zwei Tage später stand Jason an Deck eines Schiffes und sah die europäische Küste im Dunst verschwimmen. Er war auf dem Heimweg. In einer kleinen Ledertasche, die er auf der bloßen Haut trug, steckten die Dokumente aus Paris.

Mit ausdruckslosem Gesicht blickte er über die weite, blaugrüne Wasserfläche – irgendwo da drüben blieb seine Frau zurück. Sie würde in den blutigen Wirbel des bevorstehenden Krieges hineingezogen werden. Einen Augenblick lang tanzte vor seinen Augen das Trugbild zweier veilchenblauer Augen, plötzliche Angst krampfte sein Herz zusammen. Nach einem letzten Blick zurück drehte er sich mit gleichgültigem Achselzucken um und ging unter Deck.

Dritter Teil

Amerika

Sommer 1803

24

Es war ein heißer Morgen mit strahlend blauem Himmel. Jason, in gelbe Baumwollhosen und eine elegant geschnittene tabakbraune Tuchjacke gekleidet, hätte sich für solch einen Morgen andere Beschäftigungen vorstellen können, aber er hatte die Rolle des Kuriers übernommen, und er würde sie erfüllen.

Nachdem Präsident Jefferson die Papiere, die ihm Jason überbracht hatte, gelesen hatte, blickte er auf und sah Jason mit einem zufriedenen kleinen Lächeln an. Auch Jason grinste zufrieden. »Das wäre also erledigt«, brach Jefferson das Schweigen.

Jason nickte langsam, sein Grinsen schwand. »Bis auf den Kongreß«, fügte er hinzu.

Jeffersons blaue Augen verengten sich, sein Kinn schob sich unmerklich vor. »Das wird sicher noch einen Kampf kosten – aber, bei Gott, sie werden diesen Vertrag gutheißen!«

»Vielleicht. Die Föderalisten werden bis aufs Messer dagegen kämpfen, und sobald die Zeitungen davon Wind bekommen, möchte ich, mit Verlaub gesagt, nicht in Ihrer Haut stecken, Sir.«

Jefferson nickte nur schwach und sagte nach einer Weile: »Und du, mein Junge? Was hast du jetzt vor?«

Jason zuckte die Achseln. »Ich mache mich heute nachmittag auf die Heimreise nach New Orleans. Das heißt«, fügte er höflich hinzu, »falls Sie keine weitere Verwendung für mich haben.«

»Jason, so viel Liebenswürdigkeit alarmiert mich ja geradezu bei dir!« meinte Jefferson mit einem Anflug von Spott. »Geh nach Hause und genieße den Sommer. Ich weiß dann schon, wo ich dich finden kann.«

New Orleans brodelte vor Erregung über die Nachricht, daß Spanien das Louisiana-Territorium an Frankreich abgetreten hatte. Begeisterte New-Orleans-Franzosen riefen es sich auf den Straßen zu: »Ist es nicht herrlich, Alphonse? Jetzt sind wir wieder echte Franzosen!«

»Kaum zu fassen! Louisiana eine französische Kolonie! Vive la France!«

Wie sie wohl reagieren würden, wenn sie erfuhren, wie kurz die französische Herrschaft dauern sollte? Und daß Frankreich trotz seiner feierlichen Versicherung, Louisiana an keine andere Macht außer Spanien selbst auszuliefern, dieses selbe Louisiana heimlich schon an die Vereinigten Staaten verkauft hatte? Jason grinste in sich hinein, als er sich den verblüfften Zorn Spaniens und die wie vom Donner gerührte Verwunderung der Louisiana-Franzosen vorstellte.

Bei seiner Ankunft in New Orleans bezog Jason das leerstehende Stadthaus seines Großvaters, mit dem er sich gut verstand, und der auf seiner Plantage im Hinterland von Louisiana lebte. Bei seinem Vater in Virginia hielt es Jason selten länger als einen Tag aus; zu seiner Mutter hatte er überhaupt keinen Kontakt. Diese kühle, elegante französische Dame lebte zwar ebenfalls in New Orleans, aber sie zog es vor, sich an ihre Ehe mit Guy Savage und an ihren Sohn Jason lieber nicht mehr zu erinnern. Zur Belustigung der französisch sprechenden Gesellschaft sah sie konsequent in die entgegengesetzte Richtung, wenn sie Jason durch Zufall auf Gesellschaften begegnete.

Dafür wurde er von allen anderen herzlich empfangen, wo immer er sich sehen ließ, besonders von den Frauen. Aber auch in den vielen Häusern für angenehmen männlichen Zeitvertreib, die New Orleans berühmt machten, war er gern gesehen.

Jason bereitete es keine Schwierigkeiten, in das Leben zurückzufinden, das die Stadt einem vermögenden Junggesellen bot. Es war ein angenehmes, unmoralisches Dasein – spät aufstehen, in eines der zahlreichen Kaffeehäuser schlendern und Freunde treffen; am Nachmittag weiter zum Pferderennen oder zum Hahnenkampf; nach dem Abendessen dann spielen, trinken oder feststellen, welch neues Entzücken in Frauengestalt bei der Madame des teuersten Bordells eingetroffen sein mochte. Aber nach einer Weile langweilte Jason sich, immer öfter blieb er abends zu Hause.

An einem dieser Abende wanderte er ziel- und ruhelos in seiner Bibliothek auf und ab und konnte sich zu keinem bestimmten Buch entschließen, als sein Butler ihm meldete, ein Señor Davalos wünsche ihn zu sprechen. Im ersten Impuls wollte Jason den Butler anweisen, den Besucher hinauszuwerfen, doch dann besann er sich anders. Warum eigentlich nicht?

Er bezwang seinen Widerwillen, als Davalos sich formell verbeugte und es sich auf der Couch vor dem Kaminfeuer bequem machte. Jason bot ihm einen Brandy an. Als Davalos ihn mißtrauisch ansah, meinte Jason: »Du kannst ihn ruhig trinken. Wenn ich dich töte, erledige ich das mit meinen beiden Händen.«

Davalos lächelte mit zusammengekniffenen Lippen: »Du fängst also schon wieder an zu streiten, si?«

»Soll ich dich vielleicht abküssen?«

»Nein, aber ich erinnere mich an eine Zeit, als wir amigos waren. Damals hättest du dich gefreut, mich zu sehen.« Die Stimme des Spaniers klang vorwurfsvoll, doch Jason murmelte nur: »Ja, aber das war, bevor du einen unserer gemeinsamen Freunde getötet hast.«

»Diablo! Mußt du immer wieder von Nolans Tod anfangen? Ich sage dir, er war ein Spion, und ich hatte Befehl, ihn aufzuhalten! Daß er erschossen wurde, war ein Irrtum.«

Eine lange, an den Nerven zerrende Minute lang starrte Jason seinem ungebetenen Gast gerade in die Augen, dann zuckte er die Achseln. »Das sagst du immer wieder. Bist du deswegen hier? Um wieder einmal deine Unschuld zu beteuern? Die Mühe kannst du dir sparen. Ich habe auch meine Spione und bin im Bilde, wer Gouverneur Gayoso gegen Nolan aufgestachelt hat. Muß ich dir erst sagen, wer?«

In Davalos' Gesicht zuckte es. »Ich denke, du weißt es.«

»Du willst mir sicher nicht erzählen, daß es wegen Fannie war, oder? Ich weiß zwar, daß du ein Auge auf sie hattest, bevor Nolan in Natchez auftauchte, aber nachdem er einmal da war, hatte Fannie nur noch Augen für ihn. Und wenn du gedacht haben solltest, daß sie einen Heiratsantrag von dir annimmt, nachdem du ihren ersten Mann umgebracht hast, hast du sie falsch eingeschätzt. Viel eher schneidet sie dir die Gurgel durch.«

»Dios! Du glaubst doch nicht, daß ich jemanden wegen einer Frau umbringe? Pah! Frauen sind weniger als nichts!«

»Warum sonst?« fragte Jason erbittert.

Plötzlich formten sich Davalos' dünne Lippen zu einem Lächeln. Er schlug ein Bein lässig über das andere und sagte: »Aus dem gleichen Grund, aus dem du in England so geheim zu diesen

Bankiers gegangen bist.«

Jasons Körper spannte sich, er setzte vorsichtig sein Glas ab. »Und was weißt du darüber, mon ami?« fragte er sanft.

Davalos schien eine Zeitlang mit äußerster Konzentration das Muster von Jasons Weste zu studieren, bevor er den Blick wieder hob. »Hast du wirklich gedacht, ich erfahre es nicht? Hast du gedacht, daß ich dich, nachdem der einzige Mann, der außer dir die Lage des Schatzes kannte, versehentlich getötet wurde, in aller Ruhe suchen lasse? Also, wo ist die Karte?«

»Die Karte?« erwiderte Jason mit ausdruckslosem Gesicht.

»Si! Man muß sie haben, damit man den Weg zurück findet. Und du mußt sie haben. Nolan hatte sie nicht.«

»Und natürlich warst du es, der in London diesen Horace dazu angeworben hat, meine Wohnung zu durchsuchen. Darf ich fragen, wie du so schnell nach England gekommen bist?«

»Wozu? Es spielt keine Rolle. Wichtig ist nur, daß ich weiß, daß du die Bankiers Baring und Hope getroffen hast. Seither war ich sehr neugierig, wohin du gehst. Und dann bist du so schnell aus England verschwunden . . .« Davalos schien Jasons gefährliche Bewegungslosigkeit nicht zu bemerken. Er nickte wie jemand, der sich selbst bestätigt, von Anfang an recht gehabt zu haben. »Ich war sicher, daß du schon auf dem Weg nach New Orleans warst, und nahm das nächste Schiff nach Louisiana. Und dann warst du nicht hier! Ich habe überall nach dir gesucht, sogar in Mexiko! Und was entdecke ich, als ich mit leeren Händen zurückkomme? Ich entdecke, daß du hier bist und dich amüsierst!«

»Wo sonst hätte ich sein sollen? Was soll ich in Mexiko?« Jason nahm sein Brandy-Glas wieder vom Kaminsims.

Davalos beobachtete mißtrauisch die beiläufige Geste. Als Jason jedoch nichts weiter tat, ließ der Spanier ein ärgerliches Lachen hören. »Du hältst mich nicht zum Narren! Ich weiß, was du und Nolan entdeckt haben!«

»Und was haben wir entdeckt?« kam die sanfte Frage.

Ärgerlich über Jasons Ironie zischte Davalos: »Cibola, die sieben goldenen Städte!«

Jason war so verblüfft, daß es ihm die Sprache verschlug; als ihm jedoch die volle Bedeutung von Davalos' Worten klar wurde, wäre er beinahe in schallendes Gelächter ausgebrochen. Da hatte er Blut und Wasser geschwitzt, weil er befürchtete, Davalos könnte den Louisiana-Vertrag in Gefahr bringen – und in Wirklichkeit tappte dieser Narr hinter einem uralten Goldschatz-Märchen her! Aber er wurde schnell wieder ernst; wenn der Spanier wirklich an die sieben goldenen Städte glaubte, wurde so manches klar.

Voller Abscheu betrachtete Jason Davalos. Er hatte den Mann umgebracht, der Jason am nächsten stand; die Erkenntnis, daß er es nur aus Habgier getan hatte, ließ ihn vor Wut und Erbitterung zittern. Doch er verbarg seine Gefühle hinter einem glatten Lächeln und sagte leise: »Verschwinde, Davalos! Geh, wenn du auch nur eine Minute länger leben willst!«

Davalos blieb unbeweglich sitzen, als habe er nicht richtig gehört. Doch dann sah er in die glitzernden grünen Augen und verstand. Ohne ein Wort stand er auf und ging zur Tür. Dort drehte er sich noch einmal um und sagte erregt: »Es wird nicht immer so sein! Eines Tages, amigo, wirst du nach dem Gold suchen, und ich werde in deiner Nähe sein. Du entkommst mir nicht, und du wirst den Sabine River nicht überqueren, ohne daß ich es weiß. Mach nicht den gleichen Fehler wie Nolan!«

Jason sprang auf, doch der Spanier verließ fluchtartig den Raum und eilte aus dem Haus.

Jason ging nachdenklich im Zimmer auf und ab. Die sieben goldenen Städte, Cibalo! – es war kaum zu glauben! Daß Blas Davalos so dumm sein konnte, an solche Geschichten zu glauben! Schon im 16. Jahrhundert hatte Coronados Expedition endgültig bewiesen, daß es Cibalo nicht gab! Jason schüttelte den Kopf und goß sich ein neues Glas Brandy ein.

Mehrere Wochen später traf ein Brief von Präsident Jefferson ein, in dem er Jason bat, sich nach Natchez zu begeben und dort William Claiborne zu treffen.

Zuerst war Jason nicht besonders beeindruckt von dem mausgrauen, ernsten jungen Mann aus Virginia, von dem er gehört hatte, er werde der erste amerikanische Gouverneur von Louisiana sein, und er fragte sich, wie die lebhaften, lebensfrohen Louisiana-Franzosen mit solch einem Mann auskommen würden. Doch nach einem langen Gespräch in Claibornes Hotel war er recht angetan von dessen Fähigkeiten. Als Jason ihm seine Dienste anbot, nahm Claiborne sofort an. Er schien zu wissen, daß sich die neuen US-Bürger französischer Zunge besser mit Hilfe von Mitarbeitern regieren ließen, die ihre Mentalität kannten. Jason würde zum Beraterstab des neuen Gouverneurs gehören.

Wie Jason vorausgesehen hatte, zeigten sich die französischen und spanischen Einwohner von New Orleans gar nicht besonders glücklich, als am 20. Dezember Claiborne mit einer kleinen Abteilung der U.S. Army eintraf und über dem Gouverneurssitz statt der französischen Fahne das Stars-and-Stripes-Banner der Vereinigten Staaten hochgezogen wurde.

Jason stand in der Menge vor der Residenz und betrachtete die unzufriedenen Gesichter rings um sich her, und er erkannte, daß die nächste Zeit für Gouverneur Claiborne nicht leicht werden würde. Ohne besondere Absicht wanderte sein Blick zu einem großen, schwarzhaarigen jungen Mann hinüber, der sich mit seiner viel kleineren Begleiterin unterhielt. Sie standen nicht allzu weit entfernt, er hätte ihnen keine besondere Beachtung geschenkt, wenn sie nicht die einzigen gewesen wären, deren Gesichter Freude ausdrückten. Plötzlich jedoch blieben seine Augen, wie magisch angezogen, an der jungen Frau hängen.

Sie blickte mit unverkennbarer Zärtlichkeit zu ihrem Begleiter auf, und er erwiderte ihren Blick. Jason entdeckte, daß sie hochschwanger war! Sie hatten ihn noch nicht bemerkt. Der unbekannte Mann sah, zugegeben, sehr gut aus und war teuer gekleidet. Catherine selbst war, von ihrem Bauch abgesehen, noch schöner, als Jason sie in Erinnerung hatte.

Ein hartes Lächeln ging über sein Gesicht. Er hatte ja gewußt, daß sie auf die Füße fallen würde, und dort drüben sah er den Beweis. Welch eine Geschichte sie sich wohl zurechtgebastelt hatte, um den neuen Kavalier zu umgarnen! Wie konnte sie so leichtfertig heiraten – ohne Rücksicht auf ihre rechtlich immer noch bestehende Ehe mit Jason!

Plötzlich, als hätte sie seinen Blick gespürt, drehte Catherine sich zu ihm um, über die kurze Entfernung hinweg begegneten ihre blauen Augen seinem eisigen Blick. Endlose Augenblicke lang standen beide bewegungslos – Catherines Augen weiteten sich in ungläubigem Entsetzen, Jasons Mund begann sich zu einem häßlichen Lächeln zu verziehen.

Er sah, daß ihre Hand sich um den Arm des Begleiters krampfte, und dieser sich besorgt zu ihr herunterbeugte. Dann suchte der junge Mann nach der Ursache ihrer Angst, sein harter Blick begegnete dem verächtlichen Ausdruck in Jasons Augen. Sie maßen sich in stummer Herausforderung, dann schob sich die Menge zusammen, und sie entschwanden aus Jasons Blickfeld. Er sah noch, wie Catherine ihren Begleiter aus der Menschenmenge herausdrängte. Ihr Mann blieb einen Augenblick lang unentschlossen stehen, dann warf er Jason einen gehetzten Blick zu und folgte ihr.

Mit jagendem Puls und sich immer wieder umblickend, kämpfte sich Catherine aus dem Gedränge frei. Sie fürchtete, daß Jason wie ein Rachegott hinter ihr auftauchen würde, doch der schwarzhaarige, sonnenverbrannte Mann, der sie einholte, war nur ihr Halbbruder Adam St. Clair.

»Verdammt noch mal, Kate! Warum rennst du davon? Einmal mußt du ihm ja doch gegenübertreten, und du hast nichts zu befürchten, denn wenn er Hand an dich legt, bringe ich ihn um!«

Doch Catherine preßte nur ihre Lippen zusammen und bemühte sich, so schnell wie möglich zu ihrem Hotel zu gelangen, ohne an die Schwerfälligkeit ihres Körpers zu denken. Nachdem sie zum zweitenmal gestolpert und beinahe hingefallen war, schob Adam böse eine Hand unter ihren Arm und schimpfte: »Ich hab's ja gewußt! Ich hätte mich nicht dazu herumkriegen lassen sollen, dich mit nach New Orleans zu nehmen. Wenn du in Natchez geblieben wärst, wo du hingehörst, hätte das nicht passieren können!«

»O nein, mein Lieber!« fauchte Catherine. »Wenn du allein gefahren wärst, hättest du sicher ein Zusammentreffen mit Jason arrangiert und ihm gesagt: ›Tut mir leid, mein Alter, daß ich Sie stören muß, aber wollen Sie nicht Ihre Frau wiederhaben? Sie wird Sie nämlich bald zum Vater machen, und da gehört sie doch zu Ihnen, nicht wahr?‹«

Verletzt erwiderte Adam: »Kate, das ist nicht wahr, das weißt du! Kann ja sein, daß ich dem Burschen einen Besuch abgestattet hätte, aber doch nur, um zu sehen, woher der Wind eigentlich weht! Du weißt genau, daß ich dich nicht einfach an ihn ausliefere.«

Catherine schämte sich ihres Ausbruchs und gestand sich ein, daß Adam sie natürlich nicht dazu gezwungen hätte, sein Haus in der Nähe von Natchez zu verlassen und zu Jason zu ziehen. Obwohl er aus allen Wolken fiel, als sie und Jeanne verschwitzt und verstaubt von der langen Reise vor seiner Tür standen, zeigte er sich der Situation schon sehr bald gewachsen. Es hatte nicht lange gedauert, und beide Frauen fühlten sich in seinem Junggesellenhaushalt heimisch, so, als hätten sie schon Jahre dort gelebt.

Nur bruchstückweise hatte sie ihm die ganze häßliche Geschichte erzählt; Adam war es auch so noch schwer genug gefallen, das Vorgefallene zu verarbeiten. Aber nach und nach hatte er alles erfahren – vom ersten Augenblick ihres Kennenlernens bis zu der demütigenden Unterhaltung zwischen Elizabeth und Jason im Nebenzimmer. Nur in einem Punkt war Catherine nicht ehrlich zu Adam gewesen: Sie hatte sich nicht zu dem Geständnis durchringen können, daß sie ihren Ehemann liebte.

Adam war über ihre Enthüllungen zuerst sehr aufgebracht gewesen, und wäre er Jason unmittelbar begegnet, hätte er vermutlich versucht, ihn zu töten. Aber mit der Zeit war ihm klar geworden, daß Jason kaum der Alleinschuldige sein konnte. Zudem war Jason nicht nur vermögend, er hatte sein Geld auch großzügig dafür eingesetzt, wieder gutzumachen, was sich mit Geld jedoch kaum wieder gutmachen ließ – und er hatte Catherine geheiratet.

Solche Gedanken gingen Adam bestimmt auch jetzt durch den Kopf, als er brütend am Hotelfenster stand.

»Also, was meinst du?« zwang Catherine sich, ruhig zu fragen. »Was sollen wir jetzt tun?«

Er warf ihr einen mißtrauischen Blick zu und fragte zurück: »Willst du mir zuhören?«

»Ja, ich werde dir zuhören, aber ich kann dir nicht versprechen, daß ich dir blind gehorche«, erwiderte Catherine mit schwachem Lächeln.

Der Ausdruck von Verlorenheit auf ihrem Gesicht rührte ihn; er kniete vor ihr nieder und ergriff ihre Hände. »Kate, du mußt mir glauben, daß ich dich nie zwingen würde, mein Haus zu verlassen. Du ahnst ja nicht, wie froh ich bin, daß du bei mir bist, aber –« er hielt inne – »du bist mit Savage verheiratet, und du trägst sein Kind. Du kannst das, was geschehen ist, nicht einfach ignorieren und deinem Kind nicht den Vater nehmen.«

Catherine kaute unsicher auf ihrer Unterlippe. »Adam – du hast ihn doch gesehen. Sieht er aus wie ein Mann, der seine davongelaufene Frau so ohne weiteres wieder zu sich nimmt?«

Adam rief sich das harte Gesicht des Fremden ins Gedächtnis zurück und meinte nachdenklich: »Leicht wird es nicht sein, aber wir müssen es doch wenigstens versuchen.«

»Wie?« rief sie verzweifelt. »Hast du nicht gemerkt, wie böse er war? Ich bedeute ihm doch weniger als irgendeine Plantagensklavin! Ihn treibt weiter nichts als sein alberner Stolz! Willst du wirklich, daß ich mit ihm mein ganzes Leben verbringe?«

Adam seufzte tief. »Na schön, Kate, reden wir nicht mehr davon. Doch es kann nicht ewig so weitergehen. Heute hatten wir Glück, aber hast du dir mal überlegt, daß wir und er hier wahrscheinlich gemeinsame Freunde haben? Stell dir vor, wie das wäre, wenn dich eine ahnungslose Gastgeberin mit deinem eigenen Mann bekannt machen würde? Das wäre eine nette Überraschung, nicht wahr?«

Damit ließ er es genug sein. Er kannte seine Schwester und wußte, daß sie bockbeinig wie ein kleiner Esel sein konnte, wenn man ihr allzu sehr zusetzte.

Am nächsten Morgen fuhren sie nach Natchez zurück. Catherine wagte kaum zu atmen, bis sie New Orleans mehrere Meilen hinter sich gelassen hatten; selbst dann fürchtete sie noch immer, Jasons donnernde Stimme hinter sich zu hören. Unendlich dankbar sah sie gegen Abend Adams Haus »Bella Vista« vor sich auftauchen, das auch ihr Zuhause geworden war. Der Besitz trug diesen Namen, weil er auf einer Anhöhe lag und einen herrlichen Ausblick auf den Mississippi und die Niederungen von Louisiana gewährte. Der größte Teil der Plantage lag in Louisiana, doch wie die meisten Häuser lag »Bella Vista« am Ostufer des Mississippi, wo die Luft besser und gesünder war. Die sumpfigen Niederungen am westlichen Ufer bedeuteten zwar reiche Ernten, waren jedoch eine Brutstätte für Moskitos; Malaria war dort eine verbreitete Krankheit während des Sommers.

Catherine fühlte sich nach der langen Fahrt erschöpft, aber ein hartnäckiger, ziehender Schmerz im Rücken ließ sie nicht schlafen. Den ganzen Tag über hatte sie diesen Schmerz schon bemerkt, doch sie hatte geglaubt, es wäre nichts weiter als die Anstrengung der Reise. Nachdem sie sich stundenlang im Bett hin und her gewälzt hatte, stand sie wieder auf, zog einen Morgenmantel über und tappte barfuß die Treppe hinunter in Adams Arbeitszimmer. Es war noch nicht allzu spät, aber Adam war nicht mehr auf. Sie zündete eine Kerze an und stocherte in den halberloschenen Aschenresten der Feuerstelle.

Wie hypnotisiert von dem düsteren Flackern der winzigen Flamme blieb sie bewegungslos davor stehen und versuchte, nicht an Jason zu denken. Wie böse er ausgesehen hatte, dachte sie müde, aber hatte sie das nicht erwartet?

Wenn ich ihn nur nicht so lieben würde, dachte sie gequält.

Ein scharfer, reißender Schmerz riß sie aus ihren Gedanken. Bevor sie noch Zeit hatte, heftig auszuatmen, überflutete sie eine neue Schmerzwelle – länger und stärker als die erste. »Doch nicht das Baby!« dachte sie hilflos. »Es ist doch noch viel zu früh, es soll doch erst in einem Monat kommen.« Aber der Schmerz wiederholte sich.

Mühsam stützte sie sich auf einen Stuhl, während der Schmerz ihren Körper von neuem durchzuckte. Sie würgte an einem unterdrückten Schrei, schleppte sich ein paar Schritte weit und mußte sich auf den Schreibtisch stützen. Plötzlich wurde die Tür aufgerissen, Adam stürzte mit einer Pistole in der Hand herein.

»Kate! Was machst du hier unten? Ich dachte schon, es wäre ein Einbrecher, und hätte beinahe geschossen.«

Catherine hielt sich an der Tischkante fest und wartete, daß die Wehe nachließ. Dann sagte sie tonlos: »Ich bekomme ein Kind.«

Adam war mit zwei Sätzen bei ihr und hob sie auf seine Arme. Drei Stufen auf einmal nehmend, stürmte er die Treppe hinauf, wobei er unausgesetzt nach den Dienern schrie.

Die nächsten Stunden waren ein einziges Chaos, doch Nicholas St. Clair Savage ließ nicht lange auf sich warten – vier Stunden nachdem Adam Catherine gefunden hatte, erblickte er das Licht der Welt.

Bei seiner Geburt war Nicholas ungewöhnlich klein, doch schon während der ersten Monate holte er auf; nach vier Monaten war er ein ganz normales Kind. Von einer liebevollen Mutter, einem hingerissenen Onkel und einer ständig sprungbereiten Dienerschaft umsorgt, war er von Anfang an der neue Mittelpunkt des Hauses.

Nach seiner Geburt blühte Catherine sichtlich auf, ihr Lächeln war sanfter, ihre Bewegungen sicherer und selbstbewußter. Bald war sie wieder so schlank wie vor der Schwangerschaft, nur ihr Gesicht hatte sich verändert; es strahlte Reife, Fraulichkeit und mehr Wärme aus.

Sogar Adam war fasziniert von seiner veränderten Schwester und stimmte schließlich auch ihrem Plan, fürs erste bei ihm zu bleiben, zu. Gemeinsam schrieben sie Rachael von der Geburt ihres Enkelsohns und luden sie herzlich ein, zu ihnen nach Natchez zu kommen. Catherine, deren Bindung an ihre Mutter noch inniger geworden war, seit sie selbst einen Sohn hatte, war glücklich, als Rachael kurze Zeit später ihr Kommen ankündigte.

Nachdem die Schwangerschaft Catherine nicht mehr von den zahlreichen Bällen und Gesellschaftsabenden der Pflanzer von Natchez ausschloß, stand sie bald im Mittelpunkt des gesellschaftlichen Lebens. Natürlich wurde darüber gemunkelt, warum wohl der Ehemann einer so schönen Frau sich nie und nirgends zeigte, doch selten nur wurde diese Frage direkt an sie gerichtet. Catherine ignorierte sie stets und wechselte geschickt das Thema.

Nur einer ließ sich nicht so leicht von diesem Thema abbringen, und wenn Catherine den schlanken, ewig lächelnden spanischen Leutnant Blas Davalos erblickte, kroch sie innerlich in sich zusammen. Allem Anschein nach war der Leutnant ihr glühender Verehrer, stets gelang es ihm, ihre anderen Bewunderer elegant auszustechen, und es blieb ihr oft keine andere Wahl, als sich seine Schmeicheleien und Komplimente geduldig anzuhören. Obwohl ihn Catherine mehrfach daran erinnerte, daß sie verheiratet sei, machte Davalos ihr, sehr zum Mißfallen der älteren Damen, offen den Hof.

Als er sie während einer Ballnacht zu einem Spaziergang in die warme Nacht hinauszog, stellte Catherine ihn zur Rede. »Das gehört sich nicht«, sagte sie. »Ich bin verheiratet, und Sie sollten mich nicht kompromittieren. Bringen Sie mich sofort wieder hinein!«

Davalos lächelte nur träge, ignorierte ihre Einwände und drängte sie weiter einen ziegelgepflasterten Weg hinunter, der zwischen hohen Rosenhecken hindurchführte. Schließlich steigerte er ihren Unmut noch mit der provozierenden Frage: »Sind Sie denn überhaupt verheiratet?«

»Natürlich bin ich es! Wie können Sie es wagen, mir eine solche Frage zu stellen?« fauchte sie aufgebracht.

»Es entgeht mir nicht, daß Sie mir nicht ein einziges Mal mit dem Zorn Ihres Mannes drohen. Kann es sein, daß er gar nicht weiß, wo Sie leben, vielleicht nicht einmal, daß er eine Ehefrau hat?«

Wortlos löste Catherine ihren Arm aus seinem, drehte sich auf dem Absatz um und ging zurück. »Die Frage ist – hat Jason Sie nun geheiratet oder hat er Sie nur entehrt? Ihr Sohn erinnert mich wirklich an ihn. Ich könnte es Ihnen jedoch nicht verdenken, wenn Sie die ganze Ehe nur erfunden hätten, um sich die Schande zu ersparen«, rief er ihr nach.

Mit aschfahlem Gesicht drehte Catherine sich nach ihm um. »Sie sind widerlich! Fragen Sie Jason selbst, wenn Sie wollen, aber ich werde nicht eine Minute länger in Ihrer Gesellschaft bleiben.« Damit drehte sie sich um und eilte in den Ballsaal zurück.

Die Zeit verging, und Catherine war weiterhin bewunderter Mittelpunkt jeder Gesellschaft, bis Adam sie eines Tages ermahnte, sich mehr wie eine verheiratete Frau und Mutter zu benehmen. Niemand glaubte noch an die Existenz ihres Mannes, und er habe keine Lust, womöglich noch Heiratsanträge entgegenzunehmen.

Bevor Catherine darauf antworten konnte, wurde Adam von seinem Aufseher auf die Felder geholt, um sich Beschädigungen im Bewässerungssystem anzusehen. Sie lachte kopfschüttelnd hinter ihm her und beschloß auszureiten. Was für Ideen Adam doch manchmal hatte!

Als sie entspannt und erleichtert von ihrem Ausritt zurückkehrte, begegnete sie Godfrey Anderson. Es schien, daß der junge Mann von den großen Andersonschen Besitzungen eigens herübergekommen war, um sich zu erklären, und die Enttäuschung darüber, daß Adam nicht da war, spiegelte sich deutlich in seinem frischen Gesicht. Er tat Catherine leid, sie lud ihn zu einer Erfrischung auf die Veranda ein. Als sie James, den schwarzen Butler, bat, ihnen Getränke zu bringen, beugte er sich zu ihr herunter und flüsterte: »Madame, es ist noch ein anderer Herr da, der Sie zu sprechen wünscht. Ich habe ihn in den blauen Salon geführt. Möchten Sie ihn jetzt empfangen?«

»Wer ist es?« fragte sie leise. »Hat er seinen Namen nicht genannt?«

»Er wollte ihn nicht nennen, wollte aber unbedingt auf Sie warten«, erwiderte James unbehaglich.

Nachdenklich blickte Catherine dem Butler nach, als er hinausging. Sie befürchtete, daß Davalos der ungebetene Besucher war. Nun, er konnte warten! Sie wandte sich wieder Godfrey Anderson zu und begann eine höfliche Unterhaltung, doch er antwortete ihr kaum, so daß schließlich ein langes Schweigen entstand. Plötzlich nahm Anderson allen Mut zusammen, fiel zu ihrer großen Verlegenheit vor ihr auf die Knie und stammelte einen Heiratsantrag.

Catherine verschlug es fast die Sprache, doch dann entzog sie ihm ihre Hand und sagte ruhig: »Mr. Anderson, Ihr Antrag geht entschieden zu weit. Sie vergessen, daß ich bereits verheiratet bin. Sie hätten wirklich erst mit Adam sprechen sollen.«

Von der offenen Tür her erklang beifälliges Händeklatschen, eine träge Stimme sagte: »Gut gemacht, meine Liebe! Das hast du schön gesagt.« Catherine blieb wie angewurzelt stehen, während

Anderson wütend aufsprang und den hochgewachsenen Mann, der am Türpfosten lehnte, anblitzte. »Wie können Sie es wagen, sich über mich lustig zu machen?«

Mit der Andeutung eines unverschämten Grinsens antwortete Jason: »Ich bin nur der Ehemann dieser Dame.«

Anderson wurde blaß und sah Catherine, aus deren Gesicht auch jede Farbe gewichen war, fragend an. »Ist das wahr? Ist er wirklich Ihr Mann?« fragte er ungläubig.

Catherine brachte kein Wort heraus. Sie konnte nur nicken. Godfrey Anderson schluckte trocken, dann wandte er sich wieder Jason zu und sagte couragiert: »Ich bitte um Vergebung, aber ... weil Sie sich nie gezeigt haben ... und Madame Savage nie über Sie sprechen wollte, h-habe ich angenommen, Sie w-wären tot! Wenn Sie mich jetzt fordern wollen, werde ich Ihnen meine Sekundanten benennen.«

Die Luft schien vor Spannung zu knistern, als Jason seinen Blick über den verschreckten jungen Mann wandern ließ. Schließlich sagte er ärgerlich: »Ich sehe nicht ein, warum Sie sterben sollen, nur weil meine Frau nicht über mich sprechen wollte. Steigen Sie auf Ihr Pferd und lassen Sie sie künftig in Ruhe. Und wenn Sie das nächste Mal einen Heiratsantrag machen, vergewissern Sie sich lieber vorher, ob die Dame frei ist.«

Anderson verbeugte sich steif, stieg die Treppe herunter und ging mit großen Schritten zu den Ställen hinüber, wo sein Pferd eingestellt war.

Das Schweigen, das hinter ihm zurückblieb, dröhnte in Catherines Ohren, einen Augenblick verharrten beide bewegungslos. Dann hörte sie seine spöttische Stimme. »Willst du mich den ganzen Tag deinen Hinterkopf bewundern lassen? Er ist zwar ausgesprochen hübsch, aber ich würde lieber dein Gesicht sehen. Immerhin ist es fast ein Jahr her, seit ich dich zum letztenmal gesehen habe – Liebste!«

»Niemand hindert dich daran«, erwiderte sie kurz.

Sie hörte, wie er näherkam und hinter ihrem Stuhl stehenblieb. »Welch freundliche Einladung!« Er streckte die Hand aus, faßte ihr Kinn und drehte ihr Gesicht zu sich herum. Langsam glitten seine Augen über ihre Züge, bemerkten den düsteren Funken in ihren Augen, auch der aufsässige Zug um ihren Mund entging ihm nicht. Plötzlich sprang Catherine, die seinen fast unverschämten Blick nicht länger ertragen konnte, mit einem Ruck auf und fragte verächtlich: »Was willst du?«

Er tat, als habe er ihre Frage nicht gehört, und setzte sich. Dann bedeutete er ihr mit einem Wink seiner Hand, ebenfalls Platz zu nehmen, als herrschte zwischen ihnen der allernormalste eheliche Alltag. »Setz dich doch, Liebling, es gibt vieles zu besprechen.«

Nervös setzte sie sich ihm gegenüber und fragte vorsichtig: »Worüber willst du sprechen?«

»Das hängt ganz von dir ab«, erwiderte er.

»Wie hast du mich gefunden?« fragte sie.

»Ach, das war nicht allzu schwer, nachdem deine Mutter so freundlich war, meinem Onkel mitzuteilen, wo du bist.«

»Meine Mutter hat es dir gesagt?« fragte sie atemlos.

»Nicht deine Mutter, Kleines – mein Onkel!«

»Rachael würde mich nie verraten«, stammelte sie.

»Da wäre ich nicht so sicher! Ihre Gründe kenne ich nicht, aber mein Onkel hat mir genau beschrieben, wo ich dich finden kann – und er hat es von deiner Mutter erfahren.«

Ihre Gedanken überschlugen sich. »War das alles? Hat er nicht geschrieben, was Rachael sonst noch gesagt hat?«

Jasons Augen verengten sich. »Er hat nichts davon geschrieben, daß du mich mit einem Balg beglückst.«

Voller Zorn stand sie auf. »Du hast gesagt, was wir besprechen, liegt an mir. Nun – ich habe meine Meinung seit Paris nicht geändert, und ich sehe keinen Grund, diese Unterhaltung fortzusetzen.«

Damit wollte sie an ihm vorbei, doch er griff nach ihr und riß sie auf seine Knie. Jeder Nerv ihres Körpers begann zu prickeln, sie war sich seiner harten Schenkel bewußt. Böse starrte sie ihn an. »Laß mich los, Jason!«

Er ignorierte ihren Protest, preßte sie an sich, und Catherine wurde von dem alten Zauber erfaßt, als seine Lippen ihren Nacken liebkosten, ihren Mund küßten. Sie liebte und haßte ihn zugleich und hatte nicht die Kraft, das aufkeimende Verlangen, das seine Berührung in ihr weckte, zu unterdrücken. Mein Gott, dachte sie verzweifelt, es ist so lange her, daß er mich in den Armen gehalten hat, und ich liebe ihn immer noch – zum Teufel mit ihm!

Als sie schließlich schon fast bereit war, ihm nachzugeben, hob er plötzlich den Kopf, doch statt des vertrauten Begehrens sah sie in seinem Blick nichts als Verachtung. Er stand auf, stellte sie grob auf den Boden und schnauzte sie an: »Du Luder verstehst dich also immer noch darauf, einen Mann wild zu machen. Kein Wunder, daß dieser dumme Junge heute drauf und dran war, dir sein Herz und seine Ländereien zu Füßen zu legen!«

Sie hob den Kopf, sah ihm gerade ins Gesicht und sagte: »Nachdem du dir jetzt selbst bewiesen hast, daß ich ein Luder bin, haben wir uns wohl nichts mehr zu sagen, es besteht also kein Grund für dich, noch länger zu bleiben.«

Seine Augen blitzten gefährlich, als er sie eine Weile schweigend ansah. »Ja, ich werde gehen«, sagte er schließlich, »aber ich nehme dich mit.«

»Du – willst mich mitnehmen?« fragte sie entgeistert.

»Warum nicht? Du bist meine Frau, und ich habe dich diesem St. Clair lange genug überlassen. Am liebsten würde ich ihm ja noch ein kleines Dankeszeichen für die rührende Fürsorge hinterlassen, mit der er dich umgeben hat. Aber er behält ja schließlich sein Kind.«

Catherine schüttelte verständnislos den Kopf, doch er musterte sie nur kalt. »Wenigstens hat die Schwangerschaft deiner Figur nicht geschadet«, fuhr er fort. »Sag mir, hast du einen Sohn oder eine Tochter?«

»Einen Sohn«, antwortete sie tonlos.

»Na, wie schön!« höhnte er. »Ein Junge braucht den Vater sowieso mehr als die Mutter; da wirst du ihm ja nicht fehlen.«

»Was soll das heißen – ich werde ihm nicht fehlen?« fragte Catherine scharf.

»Das soll heißen, daß ich hier bin, um eine davongelaufene Ehefrau zurückzuholen, aber dein Balg bindest du mir nicht auch noch an die Rockschöße – oh, nein, das bleibt hier.«

Sie warf den Kopf zurück, stemmte beide Hände in die Hüften und sah ihn wutentbrannt an. »Du hast mich einmal zu etwas gezwungen. Aber ich will verdammt sein, wenn ich es noch einmal tue. Ich komme nicht mit, nie!«

»Du wirst mitkommen«, beharrte er. »Oder willst du, daß ich hier auf deinen Geliebten warte und ihn niederschieße? Das nämlich werde ich ohne jedes Zögern tun, ich habe es mir geschworen, seit ich ihn in New Orleans sehen durfte! Das einzige, was mich noch zurückhalten könnte, ist sein kleiner Sohn. Erzähl mir also nicht, was du tun oder nicht tun wirst.«

Wenn Adam diesen kalten Fremden sah, würde er den Fehdehandschuh aufgreifen; sie würden wie Kampfstiere aufeinander losgehen und sich eher gegenseitig umbringen, als auf sie zu hören. Das durfte sie nicht zulassen!

»Ich packe«, sagte sie tonlos und haßte sich selbst für ihren demütigen Ton. Sie wollte an ihm vorbeigehen, doch er hielt sie fest. »Es macht dir sicher nichts aus, wenn ich dabei zusehe?« fragte er mit bösartigem Unterton in der Stimme. »Du hast so eine seltsame Angewohnheit, spurlos zu verschwinden.«

Sie zuckte die Achseln, dann gingen sie gemeinsam ins Haus. Die braunen Augen des Butlers irrten ständig zu der Hand, die den Arm seiner Herrin festhielt, doch er hörte kommentarlos zu, als sie ihn mit leiser Stimme anwies, einen der Diener für sie und für Nicholas eine Reisetruhe packen zu lassen.

Jason wartete, bis James die Treppe heraufgegangen war, dann fragte er eisig: »Nicholas?«

Äußerlich ruhiger, als sie in Wirklichkeit war, erwiderte Catherine: »Ja, Nicholas – mein Sohn. Ich lasse ihn nicht hier, Jason. Du kannst St. Clair bedrohen, du kannst mir jeden einzelnen Knochen im Leib brechen, aber meinen Sohn lasse ich nicht im Stich!«

Sie blickte ihn furchtlos und voller Entschlossenheit an, und er lenkte schließlich ein: »Dann nimm das Balg mit, aber erwarte nicht, daß es dich von deinen ehelichen Pflichten abhalten kann.«

Errötend drehte sie sich um und rannte die Treppe hinauf. Jason folgte ihr sofort und ließ sie keinen Augenblick aus den Augen. Eine Stunde später saß sie in Adams Kutsche, Nicholas an ihrer Seite, die völlig verschüchterte Jeanne auf dem Sitz gegenüber.

Nach einem raschen Blick in die Kutsche schlug Jason die Tür zu und schwang sich aufs Pferd. Als das Gefährt anrollte, seufzte Catherine erleichtert auf. Neben ihr lag sicher und geborgen ihr Kind, und erstaunlicherweise hatte Jason es ihr sogar erlaubt, eine kurze Nachricht für Adam zu hinterlassen. Sicher würde er sie finden, und sie war dankbar, daß Adam nach seiner Rückkehr von den Feldern nicht nur den ungenauen Bericht der besorgten Dienerschaft zu hören bekam.

27

Die Sonne brannte heiß vom Himmel herunter, Catherine blickte neidisch zu Jason hinüber. Wie konnte er unter seinem weißen Leinenhut auch noch so kühl und energiegeladen aussehen? Sie fühlte sich wie ausgelaugt und total erschöpft. Als sie sich eine Locke aus der Stirn strich und die Schweißtropfen von der Schläfe wischte, verzog sie das Gesicht. Ihr Kleid klebte an ihrem Rücken, zum hundertstenmal fragte sie sich, wohin er sie eigentlich brachte.

Vor fünf Tagen waren sie in Natchez an Bord des Flußdampfers gegangen und den Mississippi herunter gefahren. Sie hatte angenommen, ihr Reiseziel sei New Orleans, doch schon am Morgen des zweiten Tages hatten bei einer sonst verlassenen Anlegestelle Männer mit vollgeladenen Planwagen und mit Pferden auf sie gewartet, und so waren sie jetzt wer weiß wohin unterwegs, Jason zu Pferd, sie mit Nicholas und Jeanne in einem Wagen.

Die Kisten und Kästen mit Nahrungsvorräten, die vier der anderen Wagen füllten, ließen auf eine lange Reise schließen. Ein fünfter Wagen diente offenbar als Küche, nach einem Blick in das finstere Gesicht des Kochs konnte Catherine nur hoffen, daß seine Kochkünste besser waren als sein Aussehen.

Sie war ungeheuer erleichtert gewesen, als man ihr einen eigenen Wagen zuwies, der ihr Schutz bot vor den neugierigen Blicken der Männer und – in begrenztem Maße – vor der sengenden Sonne; doch nachmittags wurde es auch unter der Plane sehr heiß, und Nicholas ließ jedermann wissen, wie unangenehm er das fand.

Catherine und Jeanne waren die einzigen Frauen in dem Treck – außer einem kleinen, schüchternen jungen Mädchen mit olivfarbener Haut, das Jason ihr zugewiesen hatte. »Wenn ich gewußt hätte, daß ich einen Kindergarten am Hals haben würde«, bemerkte er kurz, »hätte ich dir ein paar Diener mehr mitgebracht. Aber so, Madame, mußt du dich eben mit Jeanne und Sally begnügen.«

Daß Jason die Reise sorgfältig geplant und die vollbärtigen Männer mit den harten Augen für ihn arbeiteten, war von Anfang an offensichtlich. Und daß er sie nicht nur oberflächlich kannte, ergab sich aus den Gesprächsfetzen, die Catherine ab und zu mitbekam. Sie hatten mehrere Schwarze bei sich, die aber lieber für sich blieben. Ob es sich um Sklaven oder freie Männer handelte, wußte sie nicht. Von Jason hatte sie sich auf ihre Frage nur die scharfe Gegenfrage eingehandelt: »Ist das so wichtig?«

Als er eines Abends ein wenig ansprechbarer zu sein schien, nahm sie all ihren Mut zusammen und fragte, ob es hier Indianer gäbe. Sie gelangten immer tiefer in unbesiedeltes Land, und alle möglichen Geschichten darüber, wozu die Rothäute fähig seien, spukten in ihrem Kopf herum. Sie hatte Angst davor, ihr Leben unter einem Tomahawk zu beschließen.

Jason lachte sie aus. »Hör zu, Kätzchen, die Natchez waren einst der mächtigste Stamm in dieser Gegend, aber nachdem sie vor vielen Jahren einmal fast das alte Fort Natchez ausgelöscht hatten, sind ihnen die Spanier zusammen mit den Natchitotsches auf den Hals gerückt und haben ihre Macht für immer gebrochen. Seuchen und Stammesfehden sorgen dafür, daß die Natchitotsches nicht übermütig werden. Hier im Süden gibt es so etwas wie das Irokesen-Bündnis nicht, das die Siedler an der kanadischen Grenze in Atem hält. In den Tagen der ersten Einwanderer – ja, da haben sich auch hier erbitterte Kämpfe zugetragen. Aber das ist lange her.«

»Dann sind überhaupt keine Indianer mehr da?« fragte sie mit großen Augen.

»Natürlich sind noch Indianer da«, antwortete er mit geduldigem Lächeln. »Aber sie greifen niemanden an. Gelegentliche Gewalttaten kommen zwar vor, gehen aber meist auf das Konto kleiner Gruppen, die zuviel getrunken haben. Uns kommen sie schon deshalb nicht zu nahe, weil wir zu viele sind; und sieh dir mal die Waffen an, die wir bei uns haben.«

Diese Auskünfte stellten Catherine zwar nicht völlig zufrieden, aber die Pistolen und Gewehre, die die Männer bei sich führten, beruhigten sie wirklich etwas. Mit der Zeit lernte sie auch einige der Begleiter des Trecks mit Namen zu unterscheiden. Der kahlköpfige Neger mit den vielen Goldzähnen, der ihren Wagen lenkte, hieß Sam, der Koch wurde Henry gerufen. Der einzige Indianer, der mit ihnen ritt, war ein großer, außerordentlich gutaussehender Cherokese mit Namen Bluttrinker.

Als sie die sumpfigen Niederungen des Mississippi verließen, begann das Land nach Norden hin leicht, aber stetig anzusteigen. Gleichzeitig wurden die Bayous und ihr bewegungsloses Wasser seltener und seltener. Mit dem Anstieg des Bodens veränderte sich auch der Pflanzenbewuchs. Die grauen, moosbehangenen Zypressen, deren Wurzeln wie knorrige Knie aus dem stehenden Wasser geragt hatten, blieben hinter ihnen zurück, ebenso wie die Sumpfeichen mit ihren ausladenden Ästen und die stacheligen Palmettos. Jetzt kamen sie durch endlose Tannenwälder; graurindige Buchen und schattige Eschen säumten den Weg. Es war ein riesiger Waldbestand, unberührt von der Hand des weißen Mannes.

Tagsüber war diese neue Landschaft von unvergleichlicher Schönheit, doch nachts beschlich Catherine ein Gefühl der Gefahr und des Unheils, das weder durch das leise Gemurmel der Frösche und der Zikaden noch die Schreie der Eulen vertrieben werden konnte. Das Gebrüll der Alligatoren ließ Catherine erschauern; das Kreischen jagender Pumas erfüllte sie mit Furcht, und mehr als einmal riß der durchdringende Schrei einer gejagten Kreatur sie aus dem Schlaf.

Nach den ersten Tagen hatte Jason Catherine und Jeanne angewiesen, außer zu den notwendigen Gängen ins Gehölz nahe bei ihrem Wagen zu bleiben. Nicht einmal bei den Mahlzeiten setzten sie sich zu den Männern; Sally kochte an einem eigenen kleinen Feuer für sie – eine Regelung, mit der Catherine nach Henrys grauenvoller Kocherei mehr als zufrieden war.

Die Spannung zwischen Jason und Catherine nahm nicht ab, sondern schien mit jeder Meile noch zu wachsen. Jason erwähnte Nicholas nicht ein einziges Mal – er ignorierte ihn. Daß er das Kind nie richtig ansah, war offensichtlich, denn sonst wären ihm beim Anblick dieser klaren, grünen Augen wohl Zweifel gekommen. Catherines Zuversicht, er werde die frappierende Ähnlichkeit bald von selbst erkennen, schlug in Resignation um, denn Jason hatte entschieden, der Junge sei nicht sein Kind. Welche Überredungskünste konnten seine Meinung da noch ändern? Ihr verletzter Stolz verbot ihr, ihm die Wahrheit zu sagen.

Warum? fragte sie sich immer wieder. Warum war er so abweisend? Wenn er von ihr nichts wissen wollte, warum hatte er sich dann die Mühe gemacht, sie aufzuspüren und sie zum Mitgehen zu zwingen?

Eines Abends, als die Unsicherheit darüber sie mit Verzweiflung übermannte und sie keinen Schlaf finden konnte, kroch sie vorsichtig aus dem Wagen, setzte sich auf den harten Kutschsitz und starrte in die schwarze Nacht.

Am Himmel stand die silberne Sichel des abnehmenden Mondes, außer den Wachen schlief alles im Lager. Hier und dort konnte sie im schwachen Licht der verglimmenden Feuer die Umrisse der Schläfer erkennen. Und wie immer wanderten ihre Gedanken zu Jason. Wo war er? Schlief er irgendwo dort drüben oder machte er seine Runden, um die Wachen zu kontrollieren?

Als hätten ihre Gedanken ihn herbeibeschworen, tauchte er plötzlich neben ihr auf und fragte barsch: »Was, zum Teufel, sitzt du hier herum?«

Erschrocken drehte sie sich nach ihm um und wäre beinahe vom Wagen gestürzt, wenn sein Arm sich nicht wie ein stählernes Band um sie gelegt und sie gestützt hätte. Einen Augenblick lang hing sie, halb gegen seine Brust gelehnt, in seinen Armen, dann ließ er sie fluchend auf die Erde herab, preßte sie an sich und küßte hungrig ihren Mund.

Sie dachte an seine Reaktion, als sie in »Bella Vista« so hingebungsvoll seine Zärtlichkeiten erwidert hatte, und kämpfte gegen das verrückte, wilde Verlangen an, das ihren Körper durchflutete. So sollte er sie nicht noch einmal demütigen!

Entschlossen stemmte sie die Arme gegen seine Brust, ihr sonst so warmer und hingebungsvoller Mund preßte sich zusammen. Sofort ließ der Druck seiner Arme nach. Er hob den Kopf, seine Augen glitzerten im schwachen Mondlicht.

»Ach – spielst du mal wieder das Blümchen Rühr-mich-nicht-an?« Sie befreite ihren Arm aus seinem harten Griff und drehte sich um, um auf den Wagen zurückzuklettern. Doch seine Hände legten sich wie Schraubstöcke auf ihre Schultern und rissen sie wieder herum. »Zum Donnerwetter! Du bist doch wirklich der dickköpfigste, hitzigste Zankteufel, der mir je begegnet ist! Anscheinend gibt es nur eine Art, wie wir miteinander auskommen können!« Bevor sie den Sinn seiner Worte begriff, beugte er sich hinunter und nahm eine Decke, die neben dem Vorderrad des Wagens gelegen hatte. Verdutzt starrte sie darauf und fragte verwundert: »Hast du etwa jede Nacht so geschlafen?«

»Jede einzelne Nacht!« knurrte er zwischen den Zähnen hindurch. »Fast wie ein treuer Hund, der seine Herrin beschützt, wie?« Er lachte heiser auf und zog sie mit großen Schritten hinter sich her.

Plötzlich wurde ihr bewußt, was er vorhatte. »Jason, laß mich los!« sagte sie atemlos. »Laß mich gehen!«

Er sah sie böse an. »Sicher nicht. Zwischen uns gibt es nur eine Art der Verständigung, und mir ist heute sehr nach – dieser Verständigung.«

Hinter dem Schutz der Bäume, außer Sichtweite des Lagers, blieb er stehen und warf die Decke auf den weichen Teppich aus Tannennadeln. Catherine machte einen letzten Versuch, sich zur Wehr zu setzen. »Ich schreie!« drohte sie ebenso nutzlos wie albern.

»Nein, das wirst du nicht!« erwiderte er knapp. »Dazu wird dein Mund viel zu beschäftigt sein!« Er zog sie an sich und küßte sie.

Aufflammende Leidenschaft und ein Gefühl des Unvermeidlichen ließen ihren Widerstand erlahmen. Sie begehrte ihn – warum sollte sie es leugnen? Als Jason sie auf die Decke zog und ihr das Nachthemd abstreifte, wehrte sie sich nicht mehr. Sie wußte, daß sie ihn und sich morgen hassen würde, aber jetzt schob sie diesen Gedanken beiseite. Blind suchte ihr Mund seine Lippen, ihre

Hände wurden in ihren Liebkosungen ebenso kühn wie die seinen, die über ihren Körper glitten. Er spielte mit ihr, trieb sie an den Rand der Raserei, bis er endlich ein Knie zwischen ihre Schenkel schob und sie auseinanderdrückte. Seine Hände erforschten ihre geheimsten Stellen, seine Liebkosungen verursachten Catherine einen so unerträglich süßen Schmerz, daß sie sicher war, sterben zu müssen, wenn er sie nicht bald nahm. Sie drängte sich ihm entgegen, ließ ihn wissen, was sie wollte, und als ihre Lippen sich eben öffnen und bitten wollten, nahm er sie. Sein Kuß schnitt das katzengleiche Schnurren ab, das sie von sich gab, als er in sie eindrang.

Dann begann er sich in ihr zu bewegen, fast schmerzhaft groß, sie spürte seine Brusthaare auf ihrer Haut, während seine Hände unter den Hüften ihre Bewegungen lenkten. Ihr ganzer Körper zitterte, und alles, was sie denken konnte, war Jason, Jason, Jason . . .

Langsam kehrte sie in die Wirklichkeit zurück; noch immer streichelten seine Hände ihre Haut, er küßte sie zart auf den Hals. Wie aus weiter Ferne hörte sie ihn sagen: »Du kleine Wildkatze! Mußtest du mir den Rücken zerkratzen? Hmm, Kätzchen, du hast mir so gefehlt. Du brennst mir wie Feuer im Blut.« Und nach einer Weile: »Jetzt bringe ich dich lieber zurück, bevor einer von den Wachtposten über uns stolpert. Oder bevor jemand, der etwas gegen Liebende hat, seinen Gürtel mit deinem Skalp dekorieren will. Außerdem«, fuhr er fort, während er seine Hose wieder anzog, »kann sich der Wachtposten, der diesen Abschnitt sichern soll, auf etwas gefaßt machen. Er hätte uns längst entdecken müssen.«

Ein leises Geräusch hinter ihnen ließ Jason herumwirbeln; in seiner Hand blitzte wie durch Zauberei ein Messer auf. Hastig rollte sich Catherine beiseite. Dann hörte sie Jason leise lachen – einen knappen Meter vor ihnen stand mit ausdruckslosem Gesicht Bluttrinker!

Einen Augenblick lang starrte der riesige Indianer Jason an, um gleich darauf wieder lautlos in der Dunkelheit unterzutauchen. Mit schamrotem Gesicht fragte Catherine: »War er etwa die ganze Zeit hier?«

Jason zuckte die Achseln, seine Zähne blitzten in der Dunkelheit. »Wahrscheinlich. Bluttrinker ist der beste Mann im Treck, keiner macht auch nur eine Bewegung, ohne daß er es merkt. Aber mach dir keine Gedanken, Kätzchen. Er ist sehr diskret und besitzt ein feines Taktgefühl. Wie ich ihn kenne, hat er deine damenhaften

Lustschreie völlig überhört und statt dessen aufgepaßt, daß uns niemand störte, ob Freund oder Feind.«

Seit dieser Nacht suchte Jason immer häufiger ihre Gesellschaft, behandelte sie aufmerksam und liebenswürdig. Das Abendessen nahmen sie jetzt immer gemeinsam ein, hinterher erzählte er alle möglichen Geschichten und Anekdoten und versuchte, sie aus ihrer Zurückhaltung herauszulocken, doch Catherine blieb kühl und reserviert. Still saß sie neben ihm, er brauchte nur die Hand auszustrecken, um sie zu berühren. Catherine ahnte nicht, wie sehr er sich danach sehnte, sie zärtlich in die Arme zu nehmen. Aber sie lernten sich während dieser Gespräche besser kennen als in all den Monaten zuvor.

Eines Abends sagte er beiläufig: »Morgen um die gleiche Zeit werden wir unser Ziel erreicht haben. Du wirst sicher froh sein, endlich aus diesem Wagen herauszukommen.«

Catherines Herz tat einen freudigen Sprung, sie fragte neugierig: »Wohin fahren wir eigentlich?«

Um seinen Mund spielte ein Lächeln, ohne den leisesten Anflug von Spott, seine Stimme war so weich, daß Catherine ihn überrascht ansah. »Man nennt es Terre du Cœur – Herzland. Es besteht aus einer endlosen Weite von Land, das halbwegs zwischen Natchitotsches und Alexandria am Roten Fluß liegt. Ich habe es am Tag der Volljährigkeit von meiner Mutter geerbt, und sie wiederum von ihrer Mutter. Es ist wild, ungezähmt und unbeschreiblich schön.« Er sah sie an und murmelte: »So wie du.« Doch als er ihr Lächeln erstarren sah, fügte er hastig hinzu: »Dort gibt es ein Haus mit mehreren Nebengebäuden. Das alles stammt noch aus der Zeit meiner Großmutter, und bisher ist nicht viel geschehen, um aus dem Land etwas herauszuholen. Ein paar Hektar sind für Baumwolle gerodet worden, aber das meiste war bisher nur Weideland. Die Frauen in meiner Familie haben immer reich geheiratet, sie hatten keine praktische Verwendung dafür. Ja, wenn mein Vater mehr Kinder gehabt hätte, wäre Terre du Cœur bestimmt nicht mir vermacht worden. Aber es hat eben nicht nur Nachteile, als Einzelkind aufzuwachsen.«

»Warum hast du selbst noch nichts damit angefangen?«

»Ich hatte eben noch keine Frau.«

Catherine wechselte das Thema so hastig, daß sie fast zu stottern anfing. Darüber, daß sie seine Frau war, wollte sie nun gerade nicht reden, in ihrer Verlegenheit entging ihr der halb amüsierte, zugleich aber auch enttäuschte Funke in seinen grünen Augen.

Vierter Teil

Terre du Cœur

Sommer 1804

28

Und wenn sie hundert Jahre alt wurde – nie würde Catherine den ersten Anblick des massiven Holz- und Ziegelhauses vergessen, in dem sie von jetzt an leben sollte.

Das Haus stand auf einer kleinen Anhöhe und ragte wie ein schimmerndes Juwel aus dem dichten, satten Grün; die Ziegel, einst leuchtend orangefarben, waren von Wind und Wetter flachsgelb ausgebleicht. Die hohen Holzsäulen des ersten Stockwerks, die einmal fahlgelb angestrichen gewesen waren, schimmerten cremig weiß im späten Nachmittagslicht.

Terre du Cœur stammte aus der Jugendzeit von Jasons spanischer Großmutter, sein Stil verriet demgemäß spanische Baumeister. Ins obere Stockwerk führte eine bogenförmige Außentreppe. Um drei Seiten des Hauses zog sich eine schattige Veranda, über die das geschwungene Dach weit heruntergezogen war. Die feingeschnitzten Holzgeländer waren von Trompetenblumen und süßduftender Akelei umwunden.

Auf ein Haus war Catherine nach Jasons gestriger Erzählung vorbereitet gewesen – aber nicht in dieser Wildnis, wo Tannen und Eichen am dichtesten zu wachsen schienen. Erst als der Treck näher kam, bemerkte sie, daß der Pfad sich rings um das Gebäude zu einer großen Lichtung öffnete und das verlassen wirkende Haus zu Leben erwachte. Plötzlich waren sie von einer Ansammlung aufgeregter, lächelnder Männer, Frauen und Kinder umringt, die die Ankommenden begrüßten.

Später erfuhr Catherine, daß Terre du Cœur mehr eine Siedlung als eine bloße Plantage war; hinter einem Tannengürtel an der Rückseite des Haupthauses gab es zahlreiche kleinere Häuser, in denen auch die Männer, die den Treck begleitet hatten, mit ihren Familien lebten. Jetzt war sie dankbar, als die lächelnden schwarzen Dienstboten sie nach den Strapazen der Reise mit allen Annehmlichkeiten verwöhnten.

Jason kam zu Catherines Wagen, hob sie herunter und zog sie an sich. Unter den interessierten Blicken der kleinen Gemeinschaft küßte er sie lange und innig. »Willkommen in Terre du Cœur, meine kleine Feuerfresserin!« sagte er schließlich sanft.

Zu keinem klaren Gedanken fähig und völlig verwirrt durch seine liebevollen Worte, ließ sie sich willenlos von einer resoluten, kleinen Frau, die er Susan nannte, in den ersten Stock des Hauses führen. Dort murmelte er Susan etwas von »Nach-dem-Rechten-sehen« zu und ließ Catherine in einem hellen, kühlen Raum von den Ausmaßen eines mittleren Saales allein.

Catherine starrte die kahlen Dielen des Fußbodens, die schmucklosen weißen Wände und die spärlichen Möbel an. Da gab es ein massives Himmelbett aus Mahagoni, das sich dunkel vom Weiß der Wände abhob, einen ebenso stabilen Kleiderschrank, der über und über mit Schnitzereien verziert war, und schließlich einen Ankleidetisch im gleichen schweren spanischen Stil, vor dem ein mit rotem Samt bezogener Hocker stand. Das war alles. Diese Leere machte den Raum noch riesiger, und auch die große, aus Ziegelsteinen gemauerte Feuerstelle in einer Ecke konnte von seinen Ausmaßen nicht ablenken.

Catherine wußte nicht, was sie als erstes tun sollte, trat hinaus auf die Veranda und blickte hinunter auf das geschäftige Treiben vor dem Haus, wo die Planwagen ausgeladen und weggefahren wurden. Es gab ihr einen kleinen Stich, als sie ihren Wagen um die Ecke verschwinden sah. Jetzt erschien er ihr so vertraut, daß sie sich fast wünschte, immer noch unterwegs zu sein.

Sie ging, dankbar für die Kühle des Raums, wieder hinein und bemerkte eine geschnitzte Doppeltür, hinter der sich ein leeres, fast noch größeres Zimmer befand. Als sie nachdenklich in das erste Zimmer zurückkehrte, grinste ihr Jason, der faul auf dem Bett lag, entgegen.

»Na, wie gefällt es dir hier?«

»Es ist unheimlich groß«, erwiderte sie wahrheitsgemäß.

»Mag sein. Aber wenn es erst einmal richtig eingerichtet ist, sieht alles gleich ganz anders aus.«

»Und wo sollen wir in dieser Wildnis Möbel hernehmen?« fragte Catherine.

Sein Grinsen wurde noch breiter, als er sich, ohne die Hände zu Hilfe zu nehmen, die Stiefel auszog und auf den Boden fallen ließ. »Warte, bis du die Lagerräume gesehen hast. Meine Großmutter glaubte einmal, daß sie selbst hier leben würde, und hat Berge von Zeug hierherbringen lassen. Manches wird vielleicht verdorben oder nutzlos sein nach all den Jahren, aber ich bin sicher, daß du für den Anfang immer noch mehr als genug findest. Und die Planwagen, mit denen wir gekommen sind, waren auch nicht gerade leer, mein Liebes.«

»Hast du mich hergebracht, damit ich dir das Haus einrichte und es für dich führe?« fragte Catherine.

Er ließ sich Zeit mit der Antwort, seine Blicke gingen beziehungsvoll über ihren schlanken Körper. »Nein, das ist nicht der einzige Grund, weshalb du bei mir bist.«

Sie ging auf seinen Flirtversuch nicht ein. »Wo steckst du meinen Sohn hin?« wollte sie in abweisendem Ton wissen. »Ich will, daß er bei mir in meinem Zimmer schläft.«

Jasons Lächeln verschwand. »Ich fürchte, daß du genug damit zu tun haben wirst, mit mir in einem Zimmer zu schlafen! Aber beruhige dich, er schläft nicht bei den Dienstboten, sondern ein paar Zimmer weiter, Sally und Jeanne werden immer bei ihm sein.«

»Muß das sein, daß ich mit dir in einem Zimmer schlafe?«

»Im Augenblick ist das hier das einzige Zimmer, in dem ein Bett steht. Du erwartest von mir hoffentlich nicht, daß ich auf einer Decke vor der Tür schlafe.«

Catherines erste Woche auf Terre du Cœur zog wie ein Traum aus tausend bunten Bildern an ihr vorbei. Jason nahm sich Zeit, sie mit dem Besitz vertraut zu machen, er zeigte sich dabei in überraschend liebenswürdiger Stimmung. Anfangs litt sie entsetzlich unter der Hitze, vor allem deshalb, weil sie für ihre Ausritte nichts anderes als die schweren, eleganten Reitkleider aus Paris hatte. Eines Morgens, als Jason nachdenklich ihr schweißfeuchtes Gesicht betrachtete, ließ er nach einer alten Truhe suchen und das eisenbeschlagene Monstrum auf ihr Zimmer bringen. Erfreut entdeckte Catherine, daß die Truhe vollgestopft war mit Kleidungsstücken, die Jason einst als Kind getragen hatte. Das meiste war nutzlos für sie, ein paar Reithosen jedoch paßten fast, wie für sie gemacht. Dazu fand sie eine Reihe schneeweißer Leinen- und Seidenhemden, die Jeanne und eine der anderen Frauen für sie änderten. Von nun an ritt sie immer in Jasons abgeschnittenen Hosen und Hemden über die Ländereien.

Fast glich sie wieder der Catherine, die auf Sheba in wildem Galopp über die grünen Hügel von Leicestershire geritten war, und nachdem sie einmal die ausgedehnten Ställe mit den vielen, edlen Pferden entdeckt hatte, konnte Jason sie kaum noch davon wegbringen. Ab und zu blieb sie stehen und starrte ein Pferd an, das ihr bekannt vorzukommen schien, obwohl sie sich sagte, daß sie sich irren müsse.

Sie war wie ein Kind, das aus einem Spielzeugladen alles mitnehmen durfte, was es tragen konnte. In den folgenden Tagen wanderte sie immer wieder durch die Ställe, Scheunen und abgezäunten Weideflächen. Jason sah mit verständnisvollem Lächeln von weitem zu. Er hoffte im stillen, daß die edlen Tiere Terre du Cœur eines Tages unter den Pferdezüchtern Amerikas berühmt machen würden. Die sachverständigen Gespräche über die Vollblutzucht, die Catherine oft mit seinen Männern in den Ställen und auf den Weiden führte, paßten genau in seine Zukunftspläne.

An diesem Morgen gingen Jason und Catherine langsam zu einem neuen Stallgebäude, das am Rand einer großen Weide etwas abseits lag. Er erklärte ihr, daß er es für fohlende Stuten bestimmt hatte. Schon waren einige der graziösen Muttertiere mit ihren steifbeinigen Fohlen auf der saftigen Weide zu sehen.

Catherine, die sich bei ihm untergehakt hatte, blickte unter ihrer breiten Hutkrempe zu ihm hoch und gestand ihm leise: »Es ist schön hier, Jason. Noch schöner als auf unserem Gut in England.«

»Ein Glück«, antwortete er trocken. »Schließlich werden wir hier ja auch unser Leben verbringen.«

»Du meinst, wir werden nie mehr zurückkehren? Was wird aus meinen Ländereien in England? Ich hoffe, daß ich Rachael überreden kann, in Amerika zu bleiben, und dann gibt es niemand, der sich um meinen Besitz in England kümmert.«

Jason überlegte eine Weile und erwiderte dann bedächtig: »Wir könnten die Verwaltung deiner Ländereien in die Hände eines guten Verwalters legen, und ich habe Verwandte, die das alles ein bißchen überwachen können. Außerdem können wir sicherlich ab und zu einmal hinüberfahren und selbst nach dem Rechten sehen. Wer weiß«, fügte er nachdenklich hinzu. »Vielleicht haben wir eines Tages ein Kind, dem es in England besser gefällt als in Amerika.«

Sie blickte ihm forschend ins Gesicht, bevor sie fragte: »Würde dich das nicht stören? Deine Heimat ist doch hier.« Catherine dachte an Nicholas, er aber dachte, wie so oft, an etwas ganz anderes.

Lachend kniff er ihr in die Nase und frotzelte: »Mein liebes Weib, ich werde so viele Kinder haben, daß für Terre du Cœur immer noch genug da sind, selbst wenn ein halbes Dutzend nach England geht!«

Es schmerzte sie, daß er so offen darüber sprach, für welchen Zweck er sie bestimmt hatte. Aber schließlich zwang sie sich, in seiner Ankündigung nur eine Übertreibung zu sehen. »Ist es nicht zu früh am Tag, um schon wieder daran zu denken?« fragte sie mit verschmitztem Lächeln. »Zeig mir lieber endlich den neuen Stall.«

Er führte sie hinein und ging den Mittelgang voraus, während Catherine in jede einzelne Box hineinsah. Jason blieb wartend beim Ausgang stehen, Catherine wollte ihm schon folgen, als die Bewegung einer Stute sie ablenkte. Das Tier gab seinem ungelenken Fohlen einen weichen Stubs mit der Nase, kam an die niedrige Tür der Box und streckte seinen schimmernden schwarzen Kopf darüber hinweg. Wie im Traum starrte Catherine das seidige Gesicht mit dem weichen Maul an.

»Sheba!« flüsterte sie. Ungläubig strich sie über den warmen Hals des Tieres, dann sah sie zu Jason hinüber. Sie wollte ihm tausend Fragen auf einmal stellen, doch sie fand nicht den Anfang.

Jason schlenderte auf sie zu. »Als ich zu Besuch bei deiner Mutter war und wir beide nicht wußten, wo du steckst, habe ich mich auf eurem Besitz etwas umgesehen. Und da ich nie wirklich daran gezweifelt habe, daß du wieder zu mir zurückkommst, hielt ich es für richtig, deinen ausgezeichneten Pferdebestand mitzunehmen. Besonders Sheba hätte ich nie zurückgelassen.«

»Ich freue mich schrecklich, daß du sie mitgebracht hast«, murmelte sie.

Am Tag darauf begannen er und seine Männer mit den Rodungen für neue Baumwollfelder. Catherine sah sich mit ganzen Lagerhäusern voller Möbel, Stoffe und Einrichtungsgegenständen allein gelassen und stolperte fassungslos darin umher. Es war, als wäre sie versehentlich in Aladins Schatzhöhle geraten. Nach und nach erkannte sie, daß drei Generationen von Frauen in Jasons mütterlicher Beauvais-Linie sämtliche Dinge von Wert, die ihnen selbst nicht gefallen hatten, hierher geschickt haben mußten. Und da sich niemand in all den Jahren die Mühe gemacht hatte, ein Verzeichnis aufzustellen, war ein wüstes Durcheinander entstanden.

In einem Karton, der auf der Armlehne eines häßlichen alten Sessels stand, entdeckte sie einen Satz herrlicher Kristallpokale, die Jasons Mutter Antonia nicht hatte haben wollen, und Jeanne fand ein märchenhaft schönes altenglisches Porzellanservice, das Antonias Mutter nicht gemocht hatte.

Vieles in den Lagerhäusern war angegriffen oder sogar total unbrauchbar. Wenn Catherine sich die düsteren Farben und die nichtssagenden Szenen mehrerer halbvermoderter Gemälde ansah, tat es ihr nicht einmal besonders leid, den wachsenden Gerümpelhaufen dessen, was verbrannt werden mußte, damit aufzustocken. Doch der Anblick eines edlen alten spanischen Teppichs, der von Motten und Ratten zerfressen war, tat ihr weh. Er wäre für den Salon im Parterre gerade richtig gewesen.

Jason ließen solche Mißgeschicke kalt, und als Catherine nach einer Weile immer noch nicht damit aufhörte, den Verlust des Teppichs zu beklagen, sagte er nur beiläufig: »Mach doch eine Liste all dessen, was du haben willst, einschließlich des verdammten Teppichs; ich gebe sie dann Bluttrinker mit.«

Überrascht fragte sie: »Wieso – fährt er nach Natchez?«

»Nicht nach Natchez, meine Liebe, nach New Orleans. Ich brauche auch verschiedenes, er und einige Männer machen sich in ein paar Tagen auf den Weg.«

Es war noch früh am Abend, sie hatten schon gegessen und saßen sich jetzt in dem großen Speiseraum an einem langen, mit weißem Damast gedeckten Tisch gegenüber. Das Tischtuch hatte Catherine zusammen mit einem passenden Paar Silber- und Kristalleuchter in einer alten Truhe entdeckt. Jetzt betrachtete sie Jasons Gesicht im flackernden Kerzenlicht und fragte sich, ob es ihr je gelingen würde, ihn wirklich kennenzulernen.

Im Rahmen des Möglichen erfüllte er ihr jeden Wunsch. Sie hatte ein wunderschönes Haus, in dem er sie schalten und walten ließ, wie es ihr gefiel. Sie hatte Dienstboten für jede Arbeit, und ansonsten stellte er keine Forderungen an sie.

Sie wußte natürlich, daß ihn die Besitzung in Atem hielt. Tagelang schon hatte er an der Rodung hart mitgearbeitet; ebenso mußten die Rinderherden, die frei durch die Täler zogen, gebrandmarkt werden; ein gewisser Teil mußte ausgesondert und nach New Orleans verfrachtet werden. Jason war ein sehr beschäftigter Mann, und Catherine fragte sich, ob das der Grund war, weshalb er nachts nicht mehr zu ihr kam.

»Kann ich Bluttrinker einen Brief mitgeben?« fragte sie plötzlich in die Stille hinein.

Jason setzte sich unmerklich gerader hin, musterte sie nachdenklich und fragte: »An wen willst du denn schreiben?«

»Meine Mutter kann jeden Tag in Amerika ankommen, ich möchte sie gerne wissen lassen, wo ich bin. Bluttrinker könnte den Brief mit nach New Orleans nehmen, dort findet sich bestimmt jemand, der ihn nach Natchez weiterbefördert. Rachael wohnt fürs erste auf der Plantage, auf der ich auch lebte.«

Seine Nasenflügel weiteten sich. »Im Haus deines Geliebten – wie geschmackvoll!«

Auf Catherines Gesicht erschienen rote Flecken, fast hätte sie ihm die Wahrheit ins Gesicht geschrien. Doch sie schluckte die Worte herunter, die ihr schon auf der Zunge gelegen hatten, und beharrte: »Kann ich einen Brief mitgeben?«

In einem Zug trank er den Rest seines Weines aus. »Warum nicht?« erwiderte er kalt und fügte zu ihrer Überraschung hinzu: »Warum laden wir Rachael nicht hierher ein? Was soll sie in Natchez, während du hier bist?«

»Wirklich?« fragte sie atemlos. »Du hast nichts dagegen?«

Er lächelte gequält. »Nein, ich habe nichts dagegen. Ich habe deine Mutter sofort gemocht. Außerdem kann ich mir vorstellen, daß du gerne etwas mehr weibliche Gesellschaft hättest.«

Catherine starrte ihn ungläubig an, dann lächelte sie ihn strahlend an.

Jason, der sie unter gesenkten Augenlidern beobachtete, spürte einen Stich im Herzen. Warum konnte ihr Lächeln niemals nur ihm gelten?

29

Bluttrinker brach zwei Tage später auf, in seinem Gepäck befand sich Catherines Brief.

Das Innere des Hauses nahm unter Catherines Händen langsam Gestalt an. Schon lagen in einer Reihe von Zimmern unbeschädigte Teppiche aus den Lagerhäusern. Polstermöbel, die auf den ersten Blick reif für den Abfallhaufen zu sein schienen, waren von einer der Frauen geschickt mit anderen Stoffen überzogen worden. Frisch genähte Vorhänge waren an den Fenstern angebracht.

Eines Morgens, als draußen auf den Feldern einfach nichts gelingen wollte, kehrte Jason früher ins Haus zurück. Eines der Maultiere hatte gelahmt, das Ersatztier hatte sich störrisch geweigert, die gefällten Baumstämme aus dem Weg zu ziehen, und dann war auch noch eines der Taue gerissen, mit denen sie Baumstümpfe und Wurzeln aus der Erde zogen. Als schließlich am Horizont drohende Gewitterwolken aufzogen, hatte er beschlossen, nichts mehr zu erzwingen. Am nächsten Tag würden sie mit frischen Kräften neu anfangen.

Jason reichte dem Butler seinen Hut und ging den kühlen Gang entlang, der auf den Hof führte. Er wußte, daß Catherine sich um diese Zeit meist dort aufhielt, doch heute lag der Hof verlassen da. Er wollte schon zurück ins Haus gehen, als er Nicholas bemerkte, der gerade seine ersten Laufversuche unternahm. Er zog sich am unteren Rand des Springbrunnens hoch, machte einen unsicheren Schritt und fiel dann zurück auf den harten Steinboden.

Das Hinplumpsen tat ihm kaum weh, aber es erschreckte ihn. Seine grünen Augen füllten sich mit Tränen, er weinte leise vor sich hin. Jason hatte das Kind wie üblich übersehen, aber dieses Weinen ließ ihn aufhorchen. Er verstand nicht viel von Kindern und glaubte, der alleingelassene Junge habe sich verletzt; mit schnellen Schritten war er bei ihm.

Als Nicholas ihn sah, verstummte sein Protestgeheul, er starrte den Mann mit offenem Mund an. Als Jason zum erstenmal dieses kindliche Ebenbild seiner selbst genau ansah, gefror ihm das Blut in den Adern. Wie in Trance sank er auf die Knie und starrte den kleinen Jungen fassungslos an.

Nicholas fand Gefallen daran, im Mittelpunkt der Aufmerksamkeit eines Erwachsenen zu stehen, und lachte Jason strahlend an. In diesem Lachen der strahlenden grünen Augen erkannte er sein Spiegelbild, und ihm wurde klar, daß dieses Kind sein Sohn war.

Überraschend sanft streckte er seine Hand aus und berührte fast schüchtern den schwarzhaarigen Kopf des Kindes. Sein Sohn! Und er hatte nichts davon gewußt! Schmerz durchzuckte seinen Körper. Haßte sie ihn so sehr? So sehr, daß sie ihm sein Kind, sein eigenes Fleisch und Blut vorenthielt? Wut und Zorn erfüllten ihn, wie er es noch nie zuvor erlebt hatte. Sein Gesicht färbte sich aschgrau vor innerer Erregung. Als er seinen kleinen Sohn in die Arme nahm, empfand er eine plötzliche, fast schmerzhafte Liebe zu diesem winzigen Teil seiner selbst.

Nicholas gurgelte vor Vergnügen; Jason hielt ihn eng umschlungen und sah ihn an, als müsse er sich dieses kleine Gesicht für immer einprägen. So fand Catherine die beiden, als sie aus dem Haus kam. Der Mann und das Kind standen, in Sonnenlicht getaucht, völlig ineinander versunken. Nicholas hatte gerade entdeckt, daß die Nase seines Vaters sich anfassen ließ; Jason hielt ihn schützend in seinen Armen und ließ keinen Blick von ihm.

Er spürte ihre Gegenwart und blickte auf. Es war ein Blick voll glühendem Haß, der Catherine zurückschrecken ließ. Jason preßte das Kind noch enger an sich, als fürchte er, daß sie es ihm wegnehmen würde.

Zitternd beobachtete Catherine, daß Jason im Haus verschwand. Wie eine gebrochene alte Frau stolperte sie über den Hof, der Schmerz drohte sie zu vernichten. Mit blinden Augen starrte sie über den stillen Hof. Was für eine Närrin sie doch war! Sie hätte ihm gleich zu Anfang die Wahrheit sagen müssen, ganz egal, ob er ihr geglaubt hätte oder nicht. Alles wäre besser gewesen als dieser unverhüllte brennende Haß in seinen Augen.

Hoffnungslos, dumpf, wie ein bestraftes Kind ging sie auf ihr Zimmer, verkroch sich ins Bett und fiel in einen totenähnlichen Schlaf.

Stunden später ließ ein eigenartiges Gefühl auf ihrer Haut sie aufwachen. Träumte sie, gaukelte ihre Phantasie ihr Wunschbilder vor – oder beugte sich Jason wirklich mit traurigem Lächeln über sie und streichelte zärtlich ihr Gesicht? Verwundert blickte sie zu ihm auf und sagte leise: »Jason, du hast mich einmal gebeten, dir zu helfen, das Beste aus unserer Situation zu machen. Nun bitte ich dich, mir zu helfen! Ich kann so nicht mehr weiterleben. Und wenn du es nicht versuchen willst, dann laß mich wenigstens gehen!«

Er setzte sich neben sie aufs Bett, ergriff ihre Hände und sagte nachdenklich: »Ich hätte dir von Anfang an besser zuhören sollen. Aber wie konntest du mir nur die Geburt unseres Sohnes verschweigen?«

Catherine schaute ihn nachdenklich an, bevor sie gequält erwiderte: »Ich dachte doch, du läßt dich von mir scheiden, und ich sehe dich nie wieder. Aber als du dann auf der Plantage vor mir standest, hätte ich dir alles erzählt, wenn du nicht so entsetzlich überzeugt davon gewesen wärst, daß das Kind nicht von dir sein kann. Jason, ich habe genauso viel Stolz wie du, und du hast mir unglaubliche Beschuldigungen ins Gesicht gesagt . . .«

Jason stand auf und lächelte mit zusammengepreßten Lippen auf sie herunter. »Ich habe mich noch nicht für meinen Sohn bedankt, Madame, und hole es hiermit nach. Vielleicht war es ganz gut, daß alles so gekommen ist. Zunächst werde ich versuchen, Nicholas' Zuneigung zu erringen und vor allem –« seine Stimme senkte sich, wurde zärtlicher – »vor allem werde ich auf jede denkbare Weise versuchen, mich in die Gunst seiner Mutter einzuschmeicheln.«

30

Während der nächsten Tage zeigte Jason, wie ernst es ihm mit diesem Versprechen war. Unermüdlich schleppte er Nicholas mit sich herum, sobald er nicht mit der Pflanzung oder der Pferdezucht beschäftigt war. Catherine sah sich von ihm in einer Weise umworben – nie bedrängt –, der sie nur deshalb noch nicht nachgab, weil es so schön war, derart im Mittelpunkt zu stehen.

Um so niedergeschlagener war sie, als er urplötzlich in seine alten, herrischen Manieren zurückzufallen schien.

Catherine saß auf der unteren Veranda vor dem Haus und blickte träumend auf die weißen Rauchwölkchen, die träge über dem dunklen Grün der Tannenwälder dahinzogen, als Jason und die Männer, die mit ihm am nördlichen Ende der Plantage gearbeitet hatten, im Galopp heranpreschten.

Um Jasons Mund lag ein grimmiger Zug, als er vom Pferd sprang, einem der Männer die Zügel zuwarf und bellte: »Bringt die Pferde nach hinten! Ihr wißt, was ihr zu tun habt!«

Aufgeschreckt sah Catherine die Männer zu den Ställen herüberreiten, als säße ihnen der Teufel im Nacken. Mit langen Schritten eilte Jason die Treppe zur Veranda hinauf, sah Catherine dort sitzen und blaffte: »Catherine, geh ins Haus! Und bleib drinnen!«

Sie setzte sich steif auf und sagte: »Wie bitte?«

Seine Züge entspannten sich sofort. »Kätzchen, fang jetzt keinen Streit mit mir an. Es ist wichtig! Tu, was ich dir sage!«

Ihr Ärger verging so schnell, wie er gekommen war, und sie gehorchte augenblicklich. Kaum war sie im Haus, als die Frauen und Kinder der Arbeiter hinter ihr hereindrängten. Catherine starrte ratlos um sich, bis eine der Frauen erklärte: »Wir kommen immer ins Herrenhaus, wenn es gefährlich wird. Es ist leichter, nur dieses eine Haus zu verteidigen. Mr. Savage hat für solche Fälle immer reichlich Vorräte im Haus.«

Jeder außer Catherine schien zu wissen, was sie erwartete. Eine plötzliche, unerklärliche Angst trieb sie in den ersten Stock, um nachzusehen, ob Nicholas in Sicherheit war. Er lag in tiefem Schlaf, Sally saß neben seiner Wiege.

Dann rannte sie wieder in die Halle hinunter, wo Jason mit einem langen Gewehr und einer Pistole im Gürtel stand.

»Indianer?« fragte sie nervös.

»Nein, ich wünschte, es wären Indianer! Hör zu, meine kleine Katze! Ich glaube nicht, daß viel passieren wird. Unsere Männer sind alle bewaffnet und genau da, wo sie hingehören. Aber wenn geschossen wird, bleibst du mit Nicholas oben und läßt dich auf keinen Fall am Fenster sehen. Versprichst du mir das?«

Catherine nickte. In diesem Augenblick hörte man das Geräusch näher kommender Reiter. Jason zog sie an sich und küßte sie hastig, dann drängte er sie zur Treppe hin und rannte hinaus. Catherine starrte ihm nach, dann huschte sie mit einem unterdrückten Angstlaut zur Tür und spähte hinaus.

Vor dem Haus hielt ein Trupp von etwa dreißig Spaniern in verschwitzten Uniformen. An der Spitze dieser hartgesottenen Burschen ritt Davalos. Mit einem unangenehmen Lächeln auf den dünnen Lippen sprach er Jason an: »So, amigo! Da sehen wir uns also wieder.«

Jason stand halb im Schatten in der Mitte der Veranda und fragte mit ausdrucksloser Stimme: »Was willst du, Davalos?«

Davalos' Grinsen wurde noch breiter. Er wollte von seinem Pferd steigen – doch das vielsagende Klicken mehrerer unsichtbarer Gewehre veranlaßte ihn, sich langsam in den Sattel zurückfallen zu lassen. Seine schwarzen Augen blickten sich suchend nach den verborgenen Gegnern um.

»Hast du tatsächlich geglaubt, du könntest mich so einfach überrumpeln?« fragte Jason leise. »Die Grenzen meines Besitzes sind lang, aber ich wußte innerhalb von zehn Minuten Bescheid, nachdem du die Grenze von Terre du Cœur passiert hattest. Ich habe dich schon seit Wochen erwartet. Was hat dich aufgehalten? Hast du dir für diese Begegnung erst Mut machen müssen?«

»Deine Gastfreundschaft ist etwas mager, finde ich«, knurrte Davalos.

»Da hast du völlig recht, mon ami! Ich würde vorschlagen, daß du dich gleich wieder auf den Weg machst, du hast hier nichts verloren – ich mag keine Giftschlangen in meinem Haus.«

Davalos richtete sich steif auf, sein Gesicht verzog sich zu einem häßlichen Grinsen, seine Hand griff unwillkürlich nach der Pistole.

Als Catherine das Klicken des Hammers an Jasons Gewehr hörte und sah, wie er die Gewehrmündung jeder Bewegung des Spaniers folgen ließ, schnürte panische Angst ihr die Luft ab. O Gott! dachte sie. Laß Jason nichts passieren! Sie verließ ihren Lauscherposten und stürzte in sein Arbeitszimmer. Dort riß sie eines der Gewehre aus dem Schrank, lud mit zitternder Hand das Pulver in den Lauf und prüfte den Feuerstein.

Nur ein Gedanken erfüllte sie – wenn Davalos auf ihren Mann schoß, würde er nicht mehr lange zu leben haben. Sie legte auf den Spanier an und wartete darauf, daß etwas die spannungsgeladene Stille unterbrach.

Lautes Gelächter von Davalos verstärkte den Druck ihrer Finger auf dem Abzug; sie lehnte sich etwas vor, um die leise gesprochenen, wuterfüllten Worte verstehen zu können.

»Sehr gut, amigo! Du hast wieder gewonnen. Aber du kannst nicht ständig auf der Hut sein, vielleicht erwische ich dich das nächste Mal unvorbereitet«, zischte Davalos.

»Schon möglich«, antwortete Jason, »aber wenn ich du wäre, würde ich nicht soviel drohen, Blas, sonst knalle ich dich am Ende noch nieder wie einen dreckigen Straßenköter und stelle mich dem Gericht. Das wäre eine interessante Verhandlung! Meine Männer als Zeugen gegen deine – wem das Gericht da wohl glauben würde? Dir könnte das natürlich gleichgültig sein, weil du inzwischen ja sanft verschieden wärst.«

Davalos' Gesicht verfärbte sich in hilfloser Wut, er wiederholte: »Diesmal hast du Glück, aber beim nächstenmal wirst du mir nicht entwischen!«

Als Jason ins Haus zurückkam, warf sie das Gewehr beiseite, lief auf ihn zu und waf sich in seine Arme. »O Jason, ich hatte solche Angst um dich! Was will er von dir?«

Er hielt sie in den Armen und flüsterte in ihr Haar: »Es war weiter nichts, mein Kleines. Davalos ist ein Schurke und glaubt, daß ich etwas habe, worauf er scharf ist.«

Sie sah ihn eindringlich an und fragte: »Hast du es?«

»Nein. Aber das wird ihn nicht davon abhalten, es wieder zu versuchen. Er ist hartnäckig, und früher oder später werde ich ihn töten müssen. Gott weiß, daß ich es lieber vermeiden würde, aber es gibt eine Grenze für das, was ein Mann ertragen kann – er hat diese Grenze längst überschritten.«

»Wenn du ihn doch töten mußt«, fragte sie, »warum dann nicht sofort? Eben hattest du doch die Möglichkeit dazu.«

»Weil du, meine feurige, kleine Liebste, hättest verletzt werden können, du und viele andere. Davalos will niemand anderen in seine Gewalt bekommen, nur mich allein, und er braucht mich lebend! Solange so viele bewaffnete Männer hier sind, wird er sich vielleicht noch eine Weile in der Gegend herumdrücken, aber dann wird er verschwinden.«

»Wie kannst du so sicher sein? Hast du nicht selbst gesagt, daß er hartnäckig ist?«

Jason zögerte einen Augenblick und schien mit sich zu Rate zu gehen. Dann nahm er sie bei der Hand und zog sie durch den Gang in sein Arbeitszimmer. Dort ließ er sich auf eine breite Ledercouch fallen, nahm sie auf den Schoß und legte zärtlich seine Arme um sie. »Wenn du verstehen willst, was heute los war und warum mir Davalos keine Angst einjagen kann, muß ich ein paar Jahre zurückgehen«, meinte er dann.

Mit ernstem Gesicht fuhr er fort: »Also, Blas Davalos und ich sind zusammen aufgewachsen – mit gewissen Unterbrechungen, aber man kann sagen, daß wir zusammen groß geworden sind. Solange ich zurückdenken kann, waren wir als Kinder gute Freunde. Wir sind in Beauvais, der Plantage meines Großvaters, zusammen gewesen, und wir haben auch in Greenwood, der Besitzung meines Vaters in Virginia, miteinander gespielt. An unserer Freundschaft hat auch die Tatsache nichts geändert, daß ich dann ein paar Jahre in dem berühmten englischen Internat Harrow erzogen wurde. Als ich zurückkam, war es, als ob ich nie fort gewesen wäre.« Jason streifte Catherine mit einem leicht verlegenen Blick. »Mein Vater und meine Mutter lagen sich dauernd in den Haaren, Blas dagegen hatte Eltern, die ganz ineinander aufgingen, und ich glaube, ich habe ihn darum beneidet.«

Er wählte seine nächsten Worte mit Bedacht. »Ich glaube, an unserer Freundschaft hätte sich auch nichts geändert, wenn seine Familie nicht wegen verschiedener Indigo-Mißernten ihr ganzes Vermögen verloren hätte. Als sie ihre Pflanzung verkauften mußten, sah das Leben auf einmal anders aus. Das meiste aus dem Erlös ging für die Bezahlung der Schulden drauf, seine Eltern fuhren nach Spanien zurück.« Wieder stockte Jasons Erzählung. Catherine störte ihn nicht, sie wußte, daß er einen anderen, jüngeren Davalos vor sich sah. Dann fuhr er in härterem Ton fort: »Davalos war immer ein Uniformnarr gewesen, und zum Glück hatte er sein Offizierspatent schon erhalten, bevor seine Familie dieses Pech hatte. Aber man fühlt sich als Leutnant der spanischen Armee doch ganz anders, wenn man ein reiches Elternhaus hinter sich hat und nicht nur von seinem Sold leben muß. Das machte ihm schwer zu schaffen, er nahm sich den Verlust der Plantage wie ein persönliches Versagen zu Herzen.«

Jason lächelte nachdenklich. »Verzeih mir, wenn ich das alles so umständlich erzähle, aber so verstehst du besser, was in ihm vorgeht. Nachdem Plantage und Geld verloren waren, versuchte er auf jede, wirklich jede nur mögliche Art, wieder Fuß zu fassen – und seine Methoden waren weiß Gott nicht immer fein. Er ließ sich bestechen, und ich weiß, daß er selbst das gleiche tat. Aber was ihm nach und nach alle seine Freunde kostete, war der Neid, der ihn zu allen möglichen Gemeinheiten gegen alle trieb, die mehr Glück hatten als er. Mein Großvater und ich zum Beispiel hatten Glück, denn ein Jahr, bevor Insekten die Indigo-Ernte verheerten, stellten wir von Indigo auf Zuckerrohr und Baumwolle um – genau ein Jahr vorher! Na, jedenfalls stießen Davalos und ich immer öfter zusammen, bis von Freundschaft nicht mehr die Rede war. Er spricht zwar oft von alten Zeiten, aber er weiß genauso wie ich, daß das vorbei ist. Oder wenigstens müßte er es wissen. Vor zwei Jahren habe ich gegen ihn ein Duell ausgetragen, es fehlte nicht viel, dann hätte ich ihn schon damals in Jenseits befördert.«

»Was war der Grund für das Duell?« fragte Catherine.

Auf diese unschuldige Frage verkrampfte sich sein ganzer Körper, sein Kinn reckte sich vor. »Das geht niemanden etwas an«, knurrte er.

Er hatte diese grobe Antwort nicht gewollt, aber die Erinnerung an Nolans Tod brachte ihn noch immer auf, und selbst jetzt war er noch nicht in der Lage, darüber zu reden. Eines Tages würde er ihr vielleicht von der Verehrung eines sehr jungen Mannes für einen Freund erzählen, der für ihn ein Halbgott gewesen war. Aber nicht jetzt.

Ein wenig verletzt meine Catherine: »Ich habe ja nur gefragt. Deswegen brauchst du doch nicht gleich aus der Haut zu fahren.«

Er zog sie enger an sich. »Verzeih, ich habe es nicht so gemeint. Aber manchmal . . .« Seine Worte verloren sich.

Noch nicht ganz versöhnt fragte sie weiter: »Warum ist Davalos hierher gekommen? Warum gerade jetzt?«

»Deine zweite Frage kann ich leichter beantworten. Ich möchte wetten, daß dieser Trupp nach Mexiko zurückbeordert worden ist, und ob es ihm paßt oder nicht, Blas muß den Befehlen gehorchen, die man ihm erteilt. Aber einen Abstecher hat er sich doch nicht verkneifen können – einen Umweg, um zu sehen, was hier zu holen ist.«

»Wenn er Befehl hat, nach Mexiko zurückzukehren, kann er sich hier nicht lange aufhalten«, mutmaßte Catherine.

»Das ist richtig, mein Herz!« erwiderte Jason lächelnd. »Seine Chancen, mich zu erwischen, sind spärlich.«

»Aber warum ist er denn so hinter dir her?«

Er seufzte tief. »Erinnerst du dich noch an diese Landkarte, auf die Clive Pendleton es abgesehen hatte?«

Sie nickte.

»Also«, fuhr er fort, »Davalos bildet sich ein, ich hätte eine sagenhafte Ruinenstadt namens Cibalo entdeckt – die sieben goldenen Städte, wie Cibalo auch genannt wird. Und folglich glaubt er, ich hätte eine Landkarte, mit der ich irgendwann einmal dorthin zurückkehre. Er hat mir bis nach England nachgespürt, weil er annahm, daß ich dort Geld auftreiben wollte, um eine Expedition nach Cibalo auszurüsten.«

»Und – hast du es getan?«

»Wo denkst du hin? Ich war drüben, um Pferde einzukaufen. Aber Blas war mir die ganze Zeit über auf den Fersen, Pendleton muß über irgendwelche dunkle Gestalten wohl herausbekommen haben, hinter was Davalos her war.«

»Jason, gibt es dieses Cibalo wirklich?« konnte Catherine sich nicht zu fragen verbeißen. Er schüttelte lächelnd den Kopf. »Du bist schon ein gieriges Kätzchen! Bin ich dir noch immer nicht reich genug?«

»Ach, das meine ich doch gar nicht! Aber eine Ruinenstadt voller Gold – das hört sich unheimlich aufregend an! Kannst du Davalos denn nicht klarmachen, daß du keine Ahnung von Cibalo hast?«

»Nein«, erwiderte Jason abweisend. »Auf dieser ganzen weiten Welt kann nichts Davalos davon überzeugen! Er glaubt unerschütterlich, daß ich dort gewesen bin und mein Wissen mit niemandem teilen will.«

»Aber – das ist ja furchtbar. Wenn er das glaubt, läßt er dich doch niemals in Ruhe! O Gott, Jason, was macht er mit dir, wenn er dich einmal erwischt?« rief sie aufgeregt.

»Ich kenne ihn sehr gut, und ich glaube, ich bin klug genug, daß ich ihm nicht in die Falle gehe. Vergiß nicht, daß er in der Armee kein freier Mann ist. Louisiana gehört nicht mehr zu Spanien, also wird er erst einmal anderswo stationiert. Vielleicht sogar weit weg, in Spanien selbst.«

»Aber du weißt nie, wo er sich gerade aufhält«, wandte sie ein.

»Catherine, hör mir zu! Mit Davalos werde ich schon fertig. Er ist kein besonders tapferer Mann – wenn er das wäre, hätte mich das einige schlaflose Nächte gekostet. Davalos ist verschlagen und feige, das hat er erst heute wieder bewiesen. Jeder andere hätte ihn vor seiner versammelten Truppe beleidigen können, genauso wie ich. Mach dir wegen ihm keine Gedanken! Überall auf der Plantage sitzen meine Männer, die nichts weiter zu tun haben, als nach Besuchern dieser Art Ausschau zu halten. Wir werden immer rechtzeitig gewarnt.«

Catherine sah ihn an, noch immer nicht überzeugt, er schüttelte sie leicht. »Davalos kann mir nur dann gefährlich werden, wenn er mich allein überrascht. Und ich versichere dir, ich werde nicht allein durch die Gegend reiten. Das gilt übrigens auch für dich. Von jetzt an reitest du nur noch in Begleitung aus; damit meine ich, in bewaffneter Begleitung! Obwohl ich weiß, daß er es auf mich allein abgesehen hat und auf niemanden sonst.«

»Wie kannst du nur so blind sein, Jason! Willst du für immer ein Gejagter sein?« Sie wartete seine Antwort nicht ab und fügte hinzu: »Ich wünschte, du hättest ihn heute getötet.«

»Ich habe nicht die Absicht, mir für den Rest meines Lebens Sorgen wegen Davalos zu machen. Und glaube mir, ich hätte ihn mit dem größten Vergnügen heute vom Pferd geschossen, aber einen Menschen töten – dazu gehört mehr als nur der Entschluß. Manchmal, mein Feuerköpfchen, muß man auf die richtige Gelegenheit warten oder man muß diese Gelegenheit herbeiführen.«

Er hob sie behutsam von seinen Knien, stand auf und ging hinaus. Catherine sank auf das Sofa; er hatte ihre Ängste nicht besänftigt, und böse Vorahnungen erfüllten sie.

»Männer!« dachte sie verächtlich. Alles mußte nach ihrem Kopf gehen, die Frauen durften danebenstehen und zusehen und darum beten, daß nichts schiefging. Wenn sie ein Mann gewesen wäre, hätte sie sich von der Tatsache, daß Davalos seine Pistole nicht als erster gezogen hatte, auf keinen Fall beeindrucken lassen. Davalos war eine ständige Bedrohung! War das nicht Grund genug, ihn zu töten?

Am Abend ging sie noch einmal in Jasons Arbeitszimmer. Sie zog eine Schublade auf, in der verschiedene Jagdmesser lagen, und suchte sich eine kleine Klinge heraus. Schnell und geübt verbarg sie die Waffe unter ihren Röcken.

Während der folgenden Wochen schrak Catherine bei jedem

noch so kleinen Anlaß zusammen, schon das Geräusch eines einzelnen Reiters ließ sie nach dem verborgenen Messer tasten, durchs Haus laufen und Jasons Gewehr an sich reißen. Als Jason sie zum zweitenmal mit dem Gewehr in der Hand antraf, fragte er mit gerunzelter Stirn: »Kannst du mit dem Ding überhaupt umgehen?«

Catherine wurde über und über rot und stotterte, sie wisse es nicht genau, aber ungefähr habe sie schon begriffen, worauf es ankomme. Jason wußte, daß er ihr nicht verbieten konnte, das Gewehr zu benutzen, und verbrachte den Nachmittag damit, sie im Gebrauch der Waffe zu unterweisen. Es war ein langer Nachmittag, doch als sie erhitzt wieder ins Haus zurückgingen, nickte er ihr zufrieden zu. Am nächsten Morgen hatte er gute Nachrichten für sie. »Du brauchst dir keine Sorgen mehr zu machen. Davalos ist auf dem Weg nach Mexiko. Er hat vor drei Tagen den Sabine-Fluß überquert und ist offensichtlich auf dem Weg nach Nacodotsches.«

»Bist du sicher? Woher weißt du das?«

Er sah sie mit unergründlichem Blick an. »Du solltest wirklich mehr Vertrauen zu mir haben, mein Liebes. Hast du wirklich gedacht, ich lasse ihn einfach so wegreiten? Damit er sich irgendwo in der Nähe verstecken und mich in aller Ruhe kassieren kann, wenn ich einmal nicht aufpasse? Davalos hat ständig zwei Männer von mir auf den Fersen – und das von dem Moment an, seit er den Fehler beging, hier aufzutauchen.«

31

Die Wochen, die Davalos' Verschwinden folgten, verliefen ruhig und friedlich. Catherine hielt sich meist dort auf, wo Jason war, und begleitete ihn nach Möglichkeit überallhin. Doch immer häufiger wurde auch sie auf der Plantage gebraucht. Sie half Sams in den Wehen liegender Frau, kümmerte sich um Horaces fieberndes Kind und war immer zur Stelle, wenn ihre Hilfe gebraucht wurde. So wuchs sie mit der Zeit wie selbstverständlich in die Rolle der Herrin von Terre du Cœur hinein.

Jason beobachtete diese Entwicklung mit stiller Freude. Ihre Tage waren bis an den Rand ausgefüllt, doch jede freie Minute gehörte Nicholas.

Eines Morgens bemerkte Jason: »Wenn er nicht bald Geschwister bekommt, ziehen wir uns einen richtigen, kleinen Despoten heran, der ebenso arrogant sein wird wie ich, meinst du nicht?«

Catherine lächelte vage; bei Jason wußte man nie genau, woran man war. Außerdem mußte sie, sobald die Rede auf »mehr Kinder« kam, immer an die häßlichen Worte denken, mit denen er Elizabeth an jenem Morgen in Paris angefahren hatte.

Es war ein feuchtkalter Tag, der ihr sehr zu schaffen machte. Beim Mittagessen fiel Jason auf, daß sie blaß und teilnahmslos dasaß. »Fühlst du dich nicht wohl?« fragte er.

Da Catherine ohnehin an nichts anderes mehr denken konnte, antwortete sie geradeheraus: »Ich erwarte ein Kind.« Er starrte sie ausdruckslos an. »Ach so«, sagte er dann teilnahmslos, als ginge ihn das gar nichts an. Catherine hatte einen denkbar schlechten Zeitpunkt für ihre Eröffnung gewählt. Jason hatte neue Nachrichten über Davalos, und das machte ihm Sorgen, nicht so sehr um seiner selbst willen, sondern weil der Spanier für Catherine, Nicholas und jedermann auf Terre du Cœur eine Bedrohung darstellte.

Catherine fühlte sich durch seine scheinbare Teilnahmslosigkeit tief gekränkt. Sie warf ihm einen bösen Blick zu, sprang auf und fragte: »Ist das alles, was du dazu zu sagen hast?« Damit stürzte sie hinaus.

Während sie noch grollend in ihrem Zimmer saß, hörte sie das Geräusch näher kommender Hufschläge und blickte hinunter auf die beiden Reiter, die sich dem Haus näherten.

Es waren Fremde – oder nein, jetzt erkannte sie Pierres schmale Gestalt, der hinter einem großen, gutgekleideten Mann ritt. Sie wußte, daß Pierre auf Jasons Wunsch in New Orleans geblieben war, der alte Diener hatte sich über die ständige Herumreiserei so wortreich beschwert, daß ihm ein Urlaub verordnet worden war. Wenn aber einer dieser beiden Männer Pierre war, so mußte auch der andere ein Freund sein! In dieser Gewißheit machte sie sich auf den Weg nach unten.

Sie war gerade am Fuß der Treppe angelangt, als Jason, gefolgt von dem Fremden, mit einem unsicheren Lächeln auf den Lippen hereinkam. Sofort fiel ihr die Ähnlichkeit zwischen den beiden auf. Beide waren groß und schlank, obwohl Jason noch etwas größer und breitschultriger war.

Jason bemerkte sie und eilte auf sie zu, doch seiner Erklärung: »Catherine! Komm her und laß dich mit meinem Vater bekannt machen: Guy Savage!« hätte es nicht bedurft.

Guy wandte sich zu ihr um, jetzt konnte sie sein Gesicht richtig sehen. Ja – sie waren unverkennbar Vater und Sohn, doch was sie beim Anblick von Guys hageren, verwegenen Gesichtszügen wie ein Schock durchfuhr, war seine verblüffende Ähnlichkeit mit Adam.

Während sie noch ihrer Überraschung Herr zu werden versuchte, ergriff Jasons Vater ihre Hand. »Meine liebe Schwiegertochter – Sie können sich keine Vorstellung machen, wie glücklich ich bin, Sie endlich kennenzulernen. Ich hoffe, Sie verzeihen mir, daß ich Sie so überfalle, aber ich konnte einfach nicht in Virginia herumsitzen, ohne Sie zu kennen. Willkommen in der Familie!«

Die natürliche Herzlichkeit dieser Begrüßung machte sie von Anfang an zu Freunden, zum erstenmal seit langer Zeit dachte Catherine nicht mehr an Davalos. In der Nacht schlief sie tief und traumlos, und der nächste Morgen war so voller goldenem Sonnenlicht, daß sie beschloß, diesen neuen strahlenden Tag mit einem Ausritt zu beginnen.

Sie lachte über den verschlafenen Stalljungen und schickte ihn mit der Bemerkung, sie würde ihr Pferd selbst satteln, wieder in sein Heulager zurück. Sie schwang sich auf den Rücken ihres Pferdes und wollte es in Trab setzen, als plötzlich, wie aus dem Nichts, Jason auftauchte und ihr die Zügel aus der Hand nahm. »Was, zum Teufel, machst du da? Reiten ist für dich doch jetzt verboten«, sagte er vorwurfsvoll.

Catherine wollte sich gerade rechtfertigen, als sie einen Mann auf einem schweißbedeckten Pferd bemerkte; sie fragte sich, ob er der Grund für Jasons Auftauchen war. Aber sie hatte ihm seine scheinbare Gleichgültigkeit von gestern noch nicht verziehen, ebenso wenig gefiel ihr der Ton, den er jetzt anschlug. »Ich glaube, da will dich jemand sprechen«, sagte sie abweisend, mit einer Kopfbewegung zu dem wartenden Mann hin. »Laß dich von mir nicht aufhalten.«

Damit riß sie ihm die Zügel aus der Hand und gab ihrem Pferd die Sporen, so daß Jason nur mit knapper Mühe ausweichen konnte.

Er drehte sich zu dem wartenden Mann um. »Wie weit sind sie noch entfernt?« fragte Jason.

»Eine knappe Stunde. Ich hab' meinen Gaul beinahe umgebracht, um wenigstens diese eine Stunde vor ihnen hier zu sein. Packy reitet ihnen immer noch nach, damit wir Bescheid wissen, wenn sie vielleicht doch irgendwo anders hin reiten.«

Jason biß sich unentschlossen auf die Unterlippe. Er starrte immer noch in die Richtung, in der Catherine verschwunden war.

Schließlich sagte er: »Geh und sag den anderen, daß es soweit ist. Bringt Frauen und Kinder ins Haus!«

Unbehaglich fragte der Mann: »Und was ist mit Ihrer Frau?«

Ja, verdammt, was mache ich mit ihr? fragte sich Jason wütend. Am besten verständigte er Guy und nahm sich dann ein paar Männer, um ihr nachzureiten.

Noch während er zum Haus hinüberrannte, schrie er einem Stalljungen zu, daß man seinen Rappen und noch sechs bis acht andere Pferde satteln solle. Guy, der mit Nicholas gespielt hatte, kam ihm lächelnd entgegen. Der finstere Ausdruck auf Jasons Gesicht aber ließ sein Lächeln verschwinden, er fragte scharf: »Was ist los?«

»Davalos kommt – und er kommt weder allein noch in freundschaftlicher Absicht. Und gerade jetzt muß Catherine wie eine Wilde davonreiten! Ich mache mich gleich auf die Suche nach ihr.« Er sah seinem Vater in die Augen. »Ich habe nicht die Zeit, dir das jetzt zu erklären, aber meine Männer wissen, was zu tun ist. Nur um eines möchte ich dich bitten: Vergiß Davalos, wie du ihn früher einmal gekannt hast. Wenn du ihn siehst, dann denke nur daran, daß ich eine Bande mordender und sengender Komantschen freundlicher empfangen würde als ihn.«

Jason hätte sich über das Verhalten seines Vaters keine Gedanken zu machen brauchen, denn Guy verstand sofort. Einen Augenblick später war Jason auf dem Weg zu den Ställen. Er sah, daß die meisten Männer bereits bewaffnet waren und Frauen und Kinder zum Herrenhaus hinaufführten. Er rief einige der Männer zu sich heran und erklärte ihnen, weshalb sie in dieser Situation mit ihm kommen müßten. Mit grimmigen Gesichtern marschierten sie zusammen zu den Ställen, stiegen auf ihre wartenden Pferde und donnerten in der Richtung davon, die vorher Catherine eingeschlagen hatte.

Während des Reitens wurde Jason klar, wie planlos ihre Suche war, und er verfluchte die Tatsache, daß Bluttrinker noch nicht zurück war. Der Cherokese konnte die Fährte einer Feder über Felsgestein verfolgen. Verdammtes Pech! Doch unerwartet entdeckte er selbst Catherines Spur, sie folgten ihr bis zu einem der breiten, seichten Flüsse, die die Plantage durchzogen.

Als hätte Catherine gewußt, daß er ihr folgen würde, hatte sie ihr Pferd hier in die Wassermitte gelenkt und war so dem Flußlauf gefolgt. Jason begann, von neuem vor sich hin zu fluchen. Sie verloren kostbare Minuten damit, beide Seiten des Flusses langsam abzureiten und nach der Stelle zu suchen, an der sie wieder herausgekommen war. Sie fanden den Punkt etwa eine Meile flußabwärts. Mit dem instinktiven Gefühl, daß er nicht mehr viel Zeit verlieren durfte, lenkte Jason sein Pferd vom Fluß in die Tannenwälder, als plötzlich die Stille von Gewehrfeuer zerrissen wurde.

Jason trieb sein Pferd zu wildem Galopp, die anderen folgten dicht hinter ihm. Dennoch brauchten sie fast fünfzehn Minuten unter den tiefhängenden Zweigen hindurch, den schmalen Pfad entlang, bis sie in das kleine Tal kamen, das Catherines Ziel gewesen war. Doch es war schon zu spät.

Außer einem reiterlosen Pferd, das über einer bewegungslos am Boden liegenden Gestalt stand, war im Tal nichts zu entdecken. Jasons Gesicht verlor alle Farbe, er sprang von seinem Hengst und rannte hinüber. Es war nicht Catherine, doch er erkannte Packy, den Jungen, der Davalos gefolgt war. Voll böser Ahnungen kniete er neben dem Verwundeten.

In diesem Augenblick öffnete der Junge die Augen und sagte undeutlich: »Sie . . . haben die Missus! Diese Dreckskerle haben die Missus mitgenommen. Sie hat sich gewehrt . . . wie eine Pantherin, doch es waren zu viele.« Der Junge hatte aus einer Schulterwunde bereits eine Menge Blut verloren und stammelte mühsam: »Ich habe versucht, sie rauszuholen! Ich glaube, ich habe einen erwischt. Aber die Missus war mitten in dem Haufen, ich konnte nicht schießen, ohne sie zu gefährden.«

Jason machte Packy ein Zeichen, sich nicht unnötig aufzuregen. »Du hast dich tapfer geschlagen. Mach dir keine Sorgen, wir holen sie schon zurück. Im Augenblick müssen wir erst mal für dich sorgen.« Er zwang sich zu einem zuversichtlichen Grinsen. »Bevor ich dir erlaube, bewußtlos zu werden, sag mir erst, wie viele es waren.«

»Zwanzig oder dreißig; es kam mir so vor, als ob es die gleiche Bande wie neulich war.«

Mit steinernem Gesicht trug er den verwundeten Jungen auf seinen Armen zurück nach Terre du Cœur. Er war auch für seinen Vater erst wieder zu sprechen, nachdem er die Kugel entfernt hatte und Packy in einen unruhigen Schlaf gefallen war. Dann erklärte er mit kurzen, scheinbar unbeteiligten Worten, was geschehen war.

Guy war entsetzt. »Du mußt hinterher! Sofort!«

Jason schüttelte stumm den Kopf.

»Warum nicht?« rief Guy. »Du kannst doch deine Frau nicht

einfach im Stich lassen, auch wenn sie selbst schuld ist.«

»Es war gar nicht ihre Schuld! Ich habe ihr nicht gesagt, daß Davalos sich wieder in der Gegend herumtreibt. Sonst hätte sie den Unfug nie gemacht.«

»Was machen wir jetzt?«

»Wir warten.«

»Wie bitte? Hast du den Verstand verloren?« fragte Guy empört.

»Vater! Davalos will mich! Daß ihm Catherine in die Hände gefallen ist, war nur ein glücklicher Zufall für ihn. Ihr Leben bedeutet ihm nichts, und wenn ich ihn in die Enge treibe, bringt er sie, ohne zu zögern, um. Sicher hätte ich Packy einfach liegen lassen und sie weiter verfolgen können. Aber ich glaube nicht, daß ich die Spanier eingeholt hätte, und wenn, dann hätte Davalos Catherine vor meinen Augen ermordet – einfach, damit er sicher sein kann, daß ich die Jagd nach ihm nie aufgebe. Meinst du, daß uns das weitergeholfen hätte? Und hast du dir überlegt, daß Catherine im Falle eines Schußwechsels auch durch eine meiner Kugeln sterben könnte? Nein, nein, wir müssen hier warten, denn Davalos wird sich mit mir in Verbindung setzen und mir für Catherines Herausgabe Bedingungen stellen. Alles, was wir tun können, ist warten und beten.«

Den ganzen Tag lang warteten sie in kaum erträglicher Spannung – dann kam Nachricht von Davalos, genau, wie Jason es vorausgesehen hatte. Aus dem Nichts tauchte in der Abenddämmerung ein Reiter auf, schoß am Haus vorbei und warf einen Stein ins Fenster, um den ein Fetzen Papier gewickelt war. Ein Kugelhagel folgte ihm, doch alles ging so schnell, daß der Spanier entkommen konnte.

Mit zitternden Händen wickelte Jason das Papier von dem Stein und las laut vor: »Ich habe Deine Frau. Du findest sie westlich des Sabine-Flusses in meinem Gewahrsam. Ich erwarte Dich am Händlerposten.«

»Wann reitest du?« fragte Guy tonlos. Sein Sohn sah ihn an, ohne ihn wirklich zu sehen. »Im Morgengrauen. Heute abend erreiche ich nichts mehr, und es gibt noch einiges vorzubereiten.«

Nachdem die unmittelbare Gefahr vorüber zu sein schien, kehrten die Männer mit ihren Familien in ihre Häuser zurück. Kaum jemand sprach; sogar die Kinder waren still und bedrückt.

Jason lehnte an einem Pfosten der Veranda und starrte in die Dunkelheit. Solange er es schaffte, nicht an Catherine zu denken, machte er einen halbwegs gelassenen Eindruck. Wenn er sie wohlbehalten zurückholen wollte, brauchte er einen klaren, von Emotionen freien Kopf. Er mußte an sie wie an eine leblose Ware denken; wenn er seinen uneingestandenen Ängsten nachgab, war sie verloren.

Ein Geräusch vom Waldrand her ließ ihn erstarren. Er richtete sich auf und vernahm deutlich das Knarren von Wagenrädern. Minuten später verließ er die Veranda und ergriff Bluttrinkers Hand. »Du bist zurück!« murmelte er unnötigerweise.

Der Cherokese blickte forschend in Jasons abgespanntes Gesicht. »Ich habe geahnt, daß ich heute hier gebraucht werde«, sagte er.

Weitere Worte zwischen ihnen waren nicht nötig, sie beobachteten schweigend die vorbeifahrenden Wagen. Jasons Männer kamen, angelockt durch die Geräusche der Wagen, aus ihren Häusern, um die Zurückgekehrten zu begrüßen. Auch Guy kam heraus und gesellte sich bleich und wortlos zu Jason und Bluttrinker.

Als einer der Wagen aus der Kolonne ausscherte und auf das Haus zurollte, warf Bluttrinker Guy einen vielsagenden Blick zu, Jason sah ihn fragend an.

»Deine Schwiegermutter«, sagte der Cherokese. »Arme Rachael«, seufzte Jason. »Jedesmal, wenn sie mich sieht, habe ich schlechte Nachrichten für sie. Aber dieses Mal muß ich die Sache verharmlosen. Es hat keinen Zweck, sie unnötig aufzuregen.«

Ein halberstickter Ausruf seines Vaters unterbrach Jasons Gedanken. Ungläubig starrte Guy die kleine, dunkelhaarige Frau an, der ein hochgewachsener, junger Mann aus dem Wagen half. Als Jason in dem jungen Mann Adam St. Clair erkannte, erstarrte er.

Er hatte ihn zwar erst einmal gesehen, aber dieses Gesicht würde er nie vergessen. Böse setzte er sich in Bewegung, um seinen Rivalen gebührend in Empfang zu nehmen, doch dann unterdrückte er seine Wut und ergriff Rachaels ausgestreckte Hände und hob sie an seine Lippen. »Liebe Rachael«, sagte er sanft, »ich freue mich sehr, Sie in meinem Haus begrüßen zu können. Ich bedaure, daß ich Sie nicht selbst hergeleiten konnte. Hoffentlich hat die Reise Sie nicht über Gebühr angestrengt.«

Ihr charmantes Lächeln erinnerte ihn an Catherine. »Überhaupt nicht. Es ist schön, Sie zu sehen, Jason. Ich freue mich so, daß Sie und Catherine wieder zusammen sind.« Dann sah sie sich erwartungsvoll um und fragte: »Wo ist sie denn?«

Jason preßte schmerzhaft ihre Hände, mit dem qualvollen Versuch eines Lächelns sagte er: »Es scheint, daß sie mir wieder abhanden gekommen ist.«

Ihr Lächeln erstarb. »Schon wieder?«

Er nickte. Das schweigende, eindringliche Interesse des großen jungen Mannes, der nur zwei Schritte hinter Rachael stand, ärgerte ihn, und er warf ihm einen hochfahrenden Blick zu.

Kalt und mit der gleichen Feindseligkeit erwiderte Adam seinen Blick. Einen feinen Ehemann hatte sich Kate ausgesucht! dachte er belustigt, und sicher hat sie ihm auch noch nicht die ganze Wahrheit erzählt.

Doch plötzlich verschwand die Schärfe in Jasons Blick, als er die Gesichtszüge Rachaels mit denen Adams verglich. »Habe ich die Ehre, Catherines Bruder kennenzulernen?« fragte er.

Rachael lachte gezwungen. »Wie dumm von mir! Ihr beide kennt euch ja noch gar nicht. Adam, wie du wohl schon erraten hast, ist dies Jason Savage, Catherines Mann.«

Adam und Jason schüttelten sich mit mißtrauischer Vorsicht die Hände, Jason wußte nicht, ob er erleichtert oder wütend sein sollte – wütend darüber, daß Catherine ihn derart hatte zappeln lassen, ohne ihn über den angeblichen Liebhaber aufzuklären. Als er in Adams blauen Augen so etwas wie mitfühlenden Spott erkannte, mußte er doch lachen. »Wenn Sie wüßten, was ich mit Ihrem kleinen Biest von Schwester durchzumachen hatte!«

»Das kann ich mir lebhaft vorstellen! Sie war schon immer eigenwillig und launisch.«

Bluttrinker hatte die beiden aufmerksam beobachtet und verschwand dann zufrieden in der Dunkelheit. Rachael betrachtete die beiden jungen Männer mit einem verdächtigen Glanz in den Augen. Adam war fast ebenso groß wie Jason, wenn auch schlanker, und er war es auch, der das Schweigen brach. »Habe ich richtig gehört, daß Catherine schon wieder verschwunden ist?«

Jasons vorübergehende Erleichterung verschwand sofort. »Ja«, gab er zu. »Aber machen Sie sich keine Sorgen! Diesmal weiß ich, wo sie steckt, und es dauert nicht lange, bis wir sie wiederhaben.«

Er warf Adam einen warnenden Blick zu, der besagte, daß diese beruhigenden Worte für Rachael bestimmt waren.

Dann wandte er sich lächelnd Rachael zu. »Welch schlechter Gastgeber ich doch bin, Sie einfach so stehen zu lassen! Kommen Sie herein. Ich zeige Ihnen erst einmal Ihre Zimmer. Wenn Sie sich ein bißchen ausgeruht haben, können wir weiterreden.«

Als er Adam und Rachael hineinführte, stellte Jason fest, daß Guy verschwunden war, er wunderte sich über das seltsame Benehmen seines Vaters. Es sah ihm so gar nicht ähnlich. Aber wahrscheinlich kümmerte er sich darum, daß die Gästezimmer bereit gemacht wurden, dachte Jason, und beruhigt überließ er Rachael der Fürsorge eines wartenden Dienstmädchens.

Adam lehnte es ab, seine Zimmer zu besichtigen; er wollte mehr über Catherines Verschwinden erfahren. Also führte Jason ihn in den großen Salon und bot ihm einen Drink an. Nachdem sie es sich in zwei Sesseln bequem gemacht hatten, fragte Jason: »Sie wollen Einzelheiten hören?«

Adam nickte, und Jason begann mit seinem Bericht. Er hatte kaum geendet, als die Türen plötzlich aufgerissen wurden und Guy hereinstürmte. Adam und Jason sprangen alarmiert auf, doch Guy war so mit sich beschäftigt, daß er Adam nicht bemerkte. Er warf Jason einen gequälten Blick zu und rief: »Ich muß mit dir sprechen! Es gibt etwas, das du endlich wissen mußt.«

Jasons Blick ging von einem zum anderen, und plötzlich wurde ihm alles klar. »Ich glaube, ich weiß schon, was du mir sagen willst«, meinte er.

»Du weißt, was ich dir sagen will?« fragte Guy verblüfft.

Jason nickte und erwiderte in eigenartigem Ton: »Vater, ich möchte dich mit Catherines Bruder Adam bekannt machen.«

Guys Gesicht verlor alle Farbe, als er Adam unerwartet vor sich stehen sah. Adam bemerkte verwirrt, daß hier etwas vorging, das er nicht verstand, und stammelte höflich: »Das Vorstellen hat sicher noch Zeit. Wenn Ihr Vater Sie allein sprechen will, können wir ein andermal weiterreden.«

Doch Guy, der um Haltung kämpfte, streckte ihm mechanisch die Hand entgegen und murmelte: »Sehr erfreut.«

Adam ergriff Guys zitternde Hand, lächelte unsicher und sagte: »Jason hat meinen Nachnamen vergessen: St. Clair.«

»Ich weiß«, flüsterte Guy, seine Augen wurden hell vor mühsam beherrschter innerer Erregung.

Jason sah ihn spöttisch an. »St. Clair! Darauf hätte ich aber auch gleich kommen können! Ist Ihnen wirklich nichts Besseres eingefallen als der Mädchenname Ihrer Mutter?«

»Wie bitte?« fragte Adam, der gar nichts mehr verstand.

Jason wollte ihn gerade aufklären, als er Rachael in der Tür stehen sah und verstummte. Besorgt wollten Adam und Jason auf sie zugehen, doch Guy war schneller. Mit zitternden Händen führte er sie behutsam zu einer Couch. Sie kümmerten sich nicht um die erstaunten Blicke von Jason und Adam, sondern hatten nur Augen füreinander.

»Rachael«, sagte Guy, »mein Liebstes ... ich hätte nie ... Wenn es doch nur in meiner Macht gestanden hätte, dir das alles zu ersparen!«

In Adam wuchs ein schrecklicher Verdacht, er wollte auf die beiden zugehen, doch Jason hielt ihn zurück. Adam warf ihm einen ärgerlichen Blick zu, aber Jason sagte leise: »Jetzt nicht, mein Bruder! Wir sind hier im Augenblick überflüssig. Bis sie wieder zu sich kommen, werden wir unsere Neugier erst einmal in Zaum halten müssen.«

Er schubste ihn aus dem Zimmer, trat hinter ihm auf den Korridor hinaus und schloß leise die Tür. Vor der Tür starrten sie sich mit prüfenden Blicken an, bis Adam flüsterte: »Ich glaube es nicht. Es ist unmöglich! Mein Vater ist ums Leben gekommen, bevor sie den Earl geheiratet hat.«

Jason zuckte mit undurchdringlicher Miene die Achseln. »Vielleicht. Aber du hast eine geradezu unverschämte Ähnlichkeit mit Guy, und du trägst den Mädchennamen meiner Großmutter. Und wenn du das Verhalten der beiden da drin in Betracht ziehst, müßtest du eigentlich überzeugt sein.«

Völlig aus dem Gleichgewicht gebracht, ballte Adam eine Hand zur Faust. »He. He!« sagte Jason begütigend. »Wenn es stimmt, kannst du auch nichts daran ändern.« Nach einer Weile gingen sie gemeinsam in ein angrenzendes Zimmer, wo sie schweigend darauf warteten, daß man sie rief.

Sie hatten gerade eine oberflächliche Unterhaltung begonnen, als Guy seinen Kopf zur Tür herein steckte. Obwohl ihn etwas zu bedrücken schien, strahlte sein Gesicht eine stille Freude aus. »Dürfen wir hereinkommen?« fragte Guy.

Jason nickte und beobachtete neugierig, wie sein Vater Rachael zur Couch hinüberführte. Rachael machte einen erleichterten Eindruck. Sie warf Jason einen um Entschuldigung bittenden Blick zu, doch sie brachte es nicht über sich, Adam anzusehen, der unbehaglich vor der Feuerstelle stand. Guy räusperte sich, als müßte er vor tausend Zuhörern eine Rede halten. Jetzt stand er hinter Rachael, seine Hände lagen leicht auf ihrer Schulter. Mit einem Anflug von jungenhaftem Trotz sagte er: »Wir müssen euch beiden einiges erklären. Mag sein, daß es euch nicht gefällt, aber die Erklärung schulden wir euch trotzdem – besonders Adam.«

Wenn die ganze Situation nicht so ernst gewesen wäre, wäre Jason in schallendes Gelächter ausgebrochen. Um das endlose Darumherumreden abzukürzen, das Guy bei wichtigen Anlässen an den Tag legte, sagte er ruhig: »Ich nehme an, daß Adam mein Bruder ist.«

Rachael erblaßte, doch dann sah sie ihrem Sohn zum erstenmal in die Augen und sagte schlicht: »Ja.«

Guys Hände legten sich fester um ihre Schultern. »Wie du weißt, Jason, war meine Ehe mit deiner Mutter Antonia von Anfang an eine Katastrophe. Wir blieben zusammen, solange es ging, aber schließlich beschlossen wir, uns zu trennen. Nach reiflichen Überlegungen kamen wir zu dem Ergebnis, daß Scheidung der einzige Ausweg war.«

Jason sah ihn gelassen an und zuckte die Schultern. »Dein Verhältnis zu Antonia ist allein deine Sache – du schuldest mir keine Erklärung.«

»Und haben Sie sich scheiden lassen?« mischte sich Adam ein.

Guy schüttelte langsam den Kopf. »Als ich schließlich nach England fuhr, waren Antonia und ich uns einig. Damit es so wenig Aufsehen wie möglich gab, sollte sie nach New Orleans zurückkehren, ich sollte mich inzwischen in England um die juristischen Einzelheiten kümmern. Wir wollten alles still und diskret hinter uns bringen.« Er zuckte die Achseln. »Wenn Antonia zu ihrem Wort gestanden hätte, wäre damit alles erledigt gewesen«, fuhr er bitter fort.

»Und während die Anwälte die Scheidungsverhandlungen betrieben, bist du Rachael begegnet?« fragte Jason.

Guys Blick wurde weicher, als er Rachael ansah. »Ja. Ich war mit dem Earl von Mount befreundet, er hatte mich für eine Woche nach Cornwall eingeladen. Dort bin ich dann Rachael begegnet, seiner jüngsten Kusine.«

Jason zog erstaunt die Augenbrauen hoch. Guy, dem seine Verblüffung nicht entging, fügte grimmig hinzu: »O ja, diese Verwandten halfen dann später, die ganze häßliche Situation zu vertuschen.«

»Sie haben meine Mutter – verführt?« fragte Adam gequält.

Rachael sprang auf. »Hör mir zu, Adam!« flehte sie. »Am Tag, bevor er nach Cornwall kam, hatte Guy einen Brief von seinem Anwalt erhalten, in dem er ihm mitteilte, die Scheidung sei vollzogen. Guy dachte, er sei frei!«

Adam machte sich sanft aus ihrem Griff frei und beruhigte sie: »Nun sei lieb und setz dich wieder hin, und mach kein so ängstliches Gesicht. Was immer auch geschah, ich bin auf eurer Seite.« Mit unsicherem Lächeln sank Rachael auf die Couch zurück.

»Es stimmt«, sagte Guy. »Ich habe wirklich gedacht, ich sei wieder frei. Ich habe Rachael sehr geliebt. Aber es gab noch einen anderen Grund für unsere Hast – ihre Eltern wollten sie zur Heirat mit dem Sohn des örtlichen Pfarrers zwingen.«

»Du mußt wissen«, erklärte Rachael gequält, »daß unsere Linie der Familie arm war, deshalb wollten meine Eltern mich unbedingt in einer respektablen Familie unterbringen. Sie waren absolut dagegen, daß ich einen geschiedenen Mann wie Guy heiratete. So etwas kam für sie nicht in Frage. Was sollten wir machen? Wir sind – durchgebrannt.«

»Nach Gretna Green?« fragte Jason.

»Natürlich. Eine andere Möglichkeit hatten wir ja nicht«, erwiderte Guy. »Und wir sind dort geblieben. Schottland ist schön, und wir waren verliebt. Warum hätten wir zurückgehen sollen?« Guy stellte sich dichter zu Rachael. »Jason, ich war nie glücklicher als in jener Zeit, und als mir Rachael sagte, daß sie ein Kind erwartet, war das die Krönung unseres Glücks.«

Guy hielt inne und sah in Adams bleiches Gesicht. »Ich habe dich geliebt, mein Junge, auch wenn ich dich nicht als meinen Sohn anerkennen durfte.«

»Der Anwalt mußte bald darauf zugeben, daß ihm ein Fehler unterlaufen war. Als das herauskam, war Guy nicht in London. Also ist der Anwalt zu Guys Bruder Roxbury gegangen«, flüsterte Rachael.

»Du kennst ihn ja«, sagte Guy. »Ihn kann kaum etwas erschüttern. Er wußte nur, daß ich für kurze Zeit in Cornwall war, und als ich nicht gleich wieder auftauchte, nahm er an, daß ich meinen Aufenthalt dort verlängert hatte. Daß ich in der Zwischenzeit Rachael kennengelernt und geheiratet hatte, wußte er nicht. So tat er gar nichts, sondern wartete. Wenn ich nach London zurückkäme, würde er mir eben sagen, daß ich noch mit Antonia verheiratet sei. Aber zu dieser Zeit führte ich ja in Schottland schon eine Ehe mit

Rachael.«

Jason pfiff leise vor sich hin, und Adam fragte fast verzweifelt: »Warum hast du dich dann nicht sofort scheiden lassen, als du erfuhrst, daß du doch nicht geschieden warst?«

»Weil Antonia inzwischen beschlossen hatte, es sei keine so besonders gute Sache, überall als geschiedene Frau herumgereicht zu werden«, antwortete Guy. »Und nicht nur das – sie selbst war nach England gekommen, um die Scheidung zu verhindern.«

Jason, der seine Mutter kannte und sich über sie keine Illusionen machte, sah mitleidig zu Rachael hinüber.

»Als dann die ganze Geschichte herauskam, beschlossen der Earl und Roxbury, mich endgültig nach Amerika abzuschieben. Rachael schickten sie wieder nach Schottland, damit sie dort heimlich ihr Kind zur Welt bringen konnte. Damit ihr Ruf nicht gefährdet wurde, erfand man die Geschichte von ihrem in der Fremde gefallenen Ehemann. Bevor ich abreiste, habe ich dem ungeborenen Kind die Ländereien in Natchez überschrieben und dem Earl eine größere Geldsumme überlassen, die dem Kind an seinem 18. Geburtstag ausgehändigt werden sollte. Darüber hinaus waren mir die Hände gebunden. Antonia wollte von Scheidung nichts mehr wissen, obwohl sie inzwischen alles wußte. Ich habe vor ihr auf den Knien gelegen, aber sie blieb kalt wie Stein.«

Angespannte Stille folgte, bis Adam schließlich fragte: »Und was tun wir jetzt?«

»Nichts!« erwiderte Jason entschieden. Er ging zu Rachael hinüber und sagte leise: »Ich glaube, die Männer unserer Familie haben Ihnen vieles abzubitten, von meiner egoistischen Mutter ganz zu schweigen. Verzeihen Sie uns, wenn Sie können.«

»Sie sind mir nicht böse?« fragte sie schüchtern.

Jason schüttelte den Kopf. »Sie haben mir nichts weggenommen. Die Ehe meiner Eltern war lange, bevor Sie Guy begegneten, zerrüttet. Ich neide Adam den Besitz in Natchez nicht. Verraten Sie mir nur eins – warum haben Sie den Earl geheiratet?«

Rachael blickte kurz zu Guy hinüber, ehe sie antwortete: »Er war gut zu mir. Und nachdem er meinetwegen viele Unannehmlichkeiten auf sich genommen hatte, war ich es ihm einfach schuldig. Ich habe ihn nicht geliebt, er mich auch nicht. Meine Liebe hat immer Ihrem Vater gehört. Der Earl wußte, woran er war; er wollte nur einen Erben. Ich glaube, er kam sich ein wenig betrogen vor, als unser einziges Kind ein Mädchen wurde – Catherine.«

»Ich bin dankbar, daß sie ein Mädchen ist«, lächelte Jason. Doch während er die Worte sprach, wurde allen im Raum auch wieder gegenwärtig, in welcher Unsicherheit Catherines Schicksal schwebte.

Unvermittelt sagte Guy: »Rachael, du solltest dich jetzt zurückziehen. Dieser Abend hat uns alle mitgenommen, besonders dich. Morgen ist auch noch ein Tag.«

Nachdem sich die Tür hinter Rachael und Guy geschlossen hatte, sah Adam seinen Bruder fragend an: »Was passiert jetzt mit den beiden?« fragte er.

»Das hängt ja wohl von ihnen selbst ab, meinst du nicht? Wie findest du denn das alles?«

»Na ja, ein bißchen komisch ist es schon, daß mich jetzt jeder einen Bastard nennen kann«, gestand Adam.

Jason grinste ihn an. »Mach dir deshalb keine Sorgen – ich werde schon seit Jahren so genannt.« Eine Weile sah Adam noch ernst vor sich hin, dann fing er an zu lachen. »Na schön! Wenn dir das nichts ausmacht, soll es mir auch egal sein.«

Als Jason später im Bett lag, fand er lange keinen Schlaf. Zwar berührten ihn die Erkenntnisse dieses Abends nicht allzu sehr, er fand die Vorstellung, einen Bruder zu haben, angenehm und schön, was ihn jedoch am meisten bewegte, war die Zukunft Rachaels mit seinem Vater. Daß sie sich immer noch liebten, war offensichtlich, aber ebenso offensichtlich war leider, daß Antonia auch nach so vielen Jahren nicht daran denken würde, einer Scheidung zuzustimmen.

33

Das erste fahle Grau der Morgendämmerung lag über dem Land, als Jason und Bluttrinker losritten. Vor ihnen lagen drei harte Tagesritte, bis sie den Sabine-Fluß erreichen würden. Das vollgeladene Packpferd und das zusätzliche Reittier für Catherine behinderten das Tempo nur wenig. Sie wußten zwar nicht genau, wohin ihr Weg sie führen würde, doch ihr vorläufiges Ziel war eine kleine Lichtung ein paar Meilen westlich des Flusses.

Vor mehreren Jahren hatte man versucht, dort einen Handelsposten einzurichten. Ein optimistischer Agent hatte Bäume schlagen und eine Blockhütte bauen lassen, an die sich eine Reihe von niederen Schuppen lehnte. Wahrscheinlich hatte er vorgehabt, sie später einmal durch solidere Bauten zu ersetzen, doch das Unternehmen war gescheitert. Die meisten Reisenden kamen über den alten spanischen Buschpfad, der in beträchtlicher Entfernung südlich vorbeiführte. Jetzt lag der Posten verlassen da, obwohl er zum häufig aufgesuchten Rastplatz geworden war. Hier sollte Jason sich mit Davalos treffen, und am Mittag des dritten Tages überquerten er und Bluttrinker einige Meilen nördlich davon den Sabine-Fluß. Lautlos näherten sie sich der Lichtung, um den Spaniern ihr Kommen nicht vorzeitig anzukündigen.

Doch die Lichtung lag verlassen da, einen Augenblick lang hatte Jason den schrecklichen Verdacht, in eine Falle geraten zu sein. Vorsichtig umkreisten sie die Lichtung und suchten den angrenzenden Wald ab. Erst als sie ausgekundschaftet hatten, daß dort niemand auf der Lauer lag, schlichen sie sich an die Blockhütte heran.

Bluttrinker hielt sich für alle Fälle weiter zwischen den Bäumen verborgen, während Jason durch ein rückwärtiges Fenster in das Holzhaus einstieg. Die Hütte war leer, aber Jason entdeckte Anzeichen dafür, daß sie noch am Vorabend bewohnt gewesen war. Er stieß die schwere Tür auf, huschte auf die Lichtung hinaus und suchte mit schußbereitem Gewehr die verfallenen Schuppen ab. Er fand nichts, bis er den letzten betrat.

Dort lag Catherines grauer Vollblüter, den sie an jenem Morgen geritten hatte, tot auf der Erde. Das Tier war brutal mit einem Messer erstochen worden und trug noch das Zaumzeug. Im Sattel steckte ein blutverschmiertes Messer, auf das ein Stück Papier gespießt war. Jason zog das Messer heraus und las die Nachricht, die Davalos für ihn hinterlassen hatte. Der Körper des Tieres war noch nicht ganz abgekühlt, also konnte es noch nicht allzu lange tot sein. Ohne sich umzusehen, huschte er zu Bluttrinker in den Wald zurück, und während sie zu ihren versteckten Pferden gingen, erzählte er ihm, was er gefunden hatte.

Als Jason ihm berichtete, daß Davalos Catherine ins spanische Fort Nacodotsches verschleppen wollte, trat ein böses Leuchten in Bluttrinkers schwarze Augen. Schweigend stiegen sie wieder in die Sättel und folgten der Spur, die Davalos hinterlassen hatte, und die er nicht einmal zu vertuschen versucht hatte, ein Zeichen dafür, wie sicher er sich fühlte. Sie befanden sich bereits auf spanischem Boden.

Während des ganzen Tages wechselten Jason und Bluttrinker kaum ein Wort. Beide kannten die Gefahr, die vor ihnen lag, und waren sich klar darüber, daß sie Davalos auf Gnade und Ungnade ausgeliefert sein würden, falls er mit Catherine das Fort erreichte. Ihre einzige Hoffnung lag darin, ihn vorher einzuholen. Irgendwo in den dichten Wäldern, die zwischen ihnen und Nacodotsches lagen, mußten sie ihm eine Falle stellen und Catherine frei bekommen – wie auch immer! –, selbst wenn Jason sich selbst zum Tausch anbieten müßte.

Seine Gedanken kreisten unentwegt um Catherine. Wie hatte sie Davalos' mörderisches Reisetempo überstanden? Wie stand es um das ungeborene Kind in ihrem schlanken Körper? Vor allem – was dachte sie? Was hatten die Schrecken der letzten Tage in ihr angerichtet? Konnte sie klar denken? Oder war sie vor Angst außerstande, bei ihrer eigenen Befreiung mitzuhelfen?

Doch darüber hätte Jason sich keine Gedanken zu machen brauchen. Als die Spanier sie an jenem Morgen so plötzlich umringten, hatte sie wie eine Tigerin gekämpft. Natürlich wurde sie überwältigt – aber erst, nachdem einer sich das blutende Auge hielt, ein zweiter seine aufgerissene Wange betastete und ein dritter sich krümmte, weil Catherines Reitstiefel ihn zwischen den Beinen zielsicher getroffen hatten. Auch als Packy mit verzweifeltem Mut durch die Büsche brach und in die Spanier hineinschoß, hatte sie nur Angst um den Jungen gehabt. Mit schreckerfüllten Augen hatte sie hilflos zusehen müssen, wie Packy in sich zusammensank, vom Pferd fiel und auf seinem verwaschenen blauen Hemd ein roter Kreis wuchs und wuchs ...

Dann lag sie quer über Davalos' Sattel, der Trupp brauste mit ihr davon, um sich wenige Meilen weiter in den Hinterhalt zu legen. Ein schmutziger Knebel wurde ihr zwischen die Lippen gezwängt, ihre Hände auf den Rücken gebunden. Aber auch dann wehrte sie sich noch wie wild – bis Davalos ihr mit dem Pistolengriff gegen die Schläfe schlug und gnädige Bewußtlosigkeit sie einhüllte.

Als sie aufwachte, war es dunkel. Man hatte sie wie einen Getreidesack auf den Rücken eines Pferdes gebunden, mit jedem Schritt des Tieres fuhr ein stechender Schmerz durch ihren Kopf. Nicht einmal in dieser Lage hatte sie Angst, nur ungläubiges Staunen erfüllte sie, daß so etwas hatte geschehen können, und plötzlich auch heftige Sorge um Jason. Was würde er tun?

Davalos kannte Catherine nur als Dame, die großen Wert auf gutes Benehmen legte. Er wußte nichts von ihrem Leben bei den Zigeunern und wußte daher auch nicht, daß sie ein verstecktes

Messer bei sich trug. Vor allem wußte er nichts über ihren Charakter. Als er den Knebel losmachte, erwartete er daher Tränen, vielleicht sogar einen hysterischen Anfall, doch auf ihre kalte Verachtung war er nicht gefaßt.

»Was für ein Dummkopf Sie doch sind!« sagte sie langsam. »Hoffentlich haben Sie Ihr Leben genossen, denn was auch immer Sie mit mir machen, ändert nichts daran, daß Jason Sie töten wird, sobald er Sie eingeholt hat.«

Davalos sah, daß seine Männer die Szene neugierig beobachteten, und schlug ihr mit bösartiger Wucht quer über den Mund. »Ruhe!« herrschte er sie an. »Hier rede ich! Wie kannst du es wagen, mir zu drohen!«

Catherine schmeckte das Blut auf ihren aufgesprungenen Lippen, und voller Verblüffung sahen die Soldaten, daß sie lächelte. »Wie mutig Sie einer gefesselten Frau gegenüber sind! Binden Sie mir die Hände los, dann werden wir sehen, wie mutig Sie wirklich sind!« höhnte sie.

Davalos lief dunkel an vor Wut und versetzte ihr einen Stiefeltritt, der sie zu Boden schleuderte. Er starrte auf sie herab, als hoffte er, daß sie ihn noch einmal herausfordern würde, doch sie rang nur qualvoll nach Luft, dachte an ihr ungeborenes Kind und verhielt sich still. Zufrieden stolzierte Davalos zu seinen Männern hinüber. Bitte! Er hatte bewiesen, daß alle Weiber gleich waren! Sie brauchten nur Gewalt zu fühlen, dann kuschten sie!

Doch er irrte sich. Während sie weiterritten, verhöhnte Catherine ihn immer wieder vor versammelter Mannschaft, und wenn er sie schlug, zeigte sie das gleiche verächtliche Lächeln.

Als die Lichtung mit dem verlassenen Handelsposten vor ihnen auftauchte, hielt nur der Stolz Catherine noch aufrecht. Inzwischen war ihr klar geworden, daß Davalos sie als Köder für Jason benutzte, sie zermarterte sich den Kopf, wie sie ihm entkommen konnte. Mit Hilfe ihres Messers hätte sie sich schon längst freimachen können – wenn sie nur für kurze Zeit unbeobachtet gewesen wäre!

So verbissen dachte sie an eine Möglichkeit zur Flucht, daß ihr der lüsterne, abschätzende Blick völlig entging, mit dem Davalos sie an sich vorbei in die Blockhütte gehen ließ. Ihre Augen leuchteten hoffnungsvoll auf, als man sie in einen kleinen Raum stieß und die Tür hinter ihr verriegelt wurde. Wenn sie die Nacht über hier eingesperrt blieb, würde sie ihre Chance zu nutzen wissen. Sie horchte angestrengt auf die Geräusche, die von draußen hereindrangen. Pferde wurden abgesattelt, ein Lager aufgeschlagen. Wenn sich die Spanier schlafen legten, würde es nicht lange dauern, bis sie ihre Hände frei hatte, aus dem Fenster schlüpfte und mit einem Pferd auf und davon ritt.

Durch die Tür drang der Rauch eines Holzfeuers, der von der lange nicht benutzten Feuerstelle im Hauptraum des Blockhauses herrührte. Den Geräuschen nach richteten sie sich dort für die Nacht ein. Sie überlegte, wie lange sie wohl hierbleiben würden. Hatte Davalos vor, Jason hier in einen Hinterhalt zu locken? Und wenn, was konnte sie dagegen tun?

Das Aufgehen der Tür unterbrach ihre Überlegungen. Sie sah Davalos und setzte eine ausdruckslose Miene auf. »Zeit zur Fütterung der Raubtiere?« fragte sie ätzend. Doch merkwürdigerweise lächelte Davalos nur, stellte einen Teller mit Bohnen hin und band ihr die Hände los. Sie nahm an, daß er gleich wieder gehen würde, doch während sie sich noch die schmerzenden Handgelenke rieb, sah sie, daß er die Tür zumachte und den Balken vorlegte. Ein ungutes Gefühl beschlich sie, doch sie ignorierte ihn und begann die Bohnen zu verzehren. Dann wartete sie gleichgültig darauf, daß er ihr die Hände wieder band. Aber er machte keine Anstalten, sondern sagte mit einem seltsamen Aufglimmen in seinen schwarzen Augen heiser: »Du weißt, daß ich dich immer bewundert habe. Schon in Natchez. Und – die Art, wie du mir die Stirn bietest, macht dich noch begehrenswerter.«

Catherine erstarrte. »O Gott«, stöhnte sie innerlich auf, »nicht auch noch das.« Sie wich vor ihm zurück und erwiderte mit zugeschnürter Kehle: »Sie haben eine komische Art, Ihre Bewunderung zu zeigen.«

Ein häßliches Grinsen verzog seine dünnen Lippen. »Siehst du! Sogar jetzt reizt du mich noch. Andere Frauen hätten gebettelt oder wären in Tränen ausgebrochen – aber du wehrst dich! Das bringt mich auf den Geschmack.« Nach einer Pause fuhr er fort: »Dein Mann liebt dich nicht und du ihn auch nicht, sonst hättest du dich nicht vor ihm versteckt. Ich kann dir helfen, ihn loszuwerden, und mache dich zur reichsten Frau von Neuspanien.«

Catherine traute ihren Ohren nicht. Sie stand in der Mitte des kleinen Raumes und schüttelte den Kopf, als müsse sie sich erst Klarheit verschaffen. Davalos, der immer noch lächelte, griff nach ihr. Sie kämpfte wie eine Löwin – ihr Widerstand schien ihm zu gefallen, doch als es ihr zum drittenmal gelungen war, sich loszureißen, wurde er wütend und band ihr die Hände wieder auf dem

Rücken zusammen. Wie ein in die Enge getriebenes Tier sah Catherine sich fieberhaft nach einem Fluchtweg um, nach irgend etwas, das sie vor dem, was nun kommen mußte, bewahrte. Aber da war nichts außer vier kahlen hölzernen Wänden. »Und Sie wollen ein Mann sein!« zischte sie. »Was für ein Mann sind Sie denn, daß Sie eine Frau nur nehmen können, wenn sie gefesselt ist?«

Davalos war blind und taub vor Begierde. Er warf sie auf den Sandboden, riß ihr das Leinenhemd auf und packte mit beiden Händen brutal ihre vollen Brüste. Catherine sah hilflos zu, wie er ihr gleich darauf die Reithosen vom Körper zerrte. Mit kalter Furcht sah sie, wie beim Beiseiteschleudern ihrer Kleider das kleine silberne Messer auf den Boden fiel. Es lag da, halb von der Hose verdeckt, sie klammerte sich erbittert an den Gedanken, daß sie vielleicht doch eine Chance hatte, es wieder an sich zu bringen, bevor Davalos es bemerkte.

Dann konnte sie weder an kommende Chancen noch an irgend etwas anderes denken außer an die widerliche Wirklichkeit dieses Augenblicks. Sie wand sich, sie stieß nach ihm, sie verschränkte ihre Beine krampfhaft ineinander, aber sie mußte die Berührungen seiner Hände ertragen, die über ihren Körper fuhren. Als er so unklug war, sie küssen zu wollen, schlug sie ihre Zähne tief in seine Unterlippe und biß sich fest, bis ein kräftiger, schmerzhafter Schlag auf den Kopf sie zum Loslassen zwang. Aber nichts konnte ihn abhalten, ihr verzweifeltes Sträuben schien ihn nur noch anzustacheln, bis sie ihn, vor Erschöpfung und Verzweiflung fast bewußtlos, in sich eindringen fühlte.

Abscheu und Wut schüttelten sie, während er sich auf ihr bewegte, und sie zischte ihn an: »Nun machen Sie schon, werden Sie endlich fertig! Mir wird schlecht!« Dann war es endlich vorbei, der Schmerz zwischen ihren Beinen ließ nach, er rollte sich von ihr.

Zufrieden lächelnd brachte Davalos seine Kleidung in Ordnung und sagte mit belegter Stimme: »Ja, Jason hat schon Geschmack, das muß man ihm lassen!« Er ließ seine Augen über ihren Körper gleiten und sagte berechnend: »Wenn ich ihn nicht kaltmache, fände ich es gut, wenn du ein Kind von mir bekämst. Das wäre es direkt wert, ihn am Leben zu lassen! Von diesem Schlag würde er sich nie mehr erholen.«

Plötzlich kniete er wieder neben ihr und verschlang ihren weißen, jetzt von blauen Flecken bedeckten Körper mit den Augen. Catherine betete darum, daß er sie nicht noch einmal nehmen würde. Sie lag steif da, ohne sich zu rühren; doch seine Hände fuhren zitternd über ihren Körper, sie merkte ihm an, daß seine Begehrlichkeit von neuem aufflammte. Doch plötzlich lenkten Geräusche aus dem Nebenraum seine Aufmerksamkeit ab. Er runzelte die Stirn, stand hastig auf und band ihr überraschend die Hände los.

Wie eine Wildkatze fuhr sie auf ihn los, doch er war darauf vorbereitet, wich ihr aus und versetzte ihr mit voller Wucht einen Schlag auf das Kinn, der ihr fast das Genick brach und sie quer durch den Raum schleuderte. »Ich lasse dich jetzt allein«, sagte er eisig. »Wenn du noch nicht angezogen bist, wenn ich wiederkomme, spielen wir noch einmal dasselbe. Und wenn du dich dann immer noch wehrst, werden dir die anderen beibringen, daß es nicht ratsam ist, mir den Gehorsam zu verweigern.«

Catherine raffte zugleich mit den Reithosen heimlich ihr Messer an sich und rutschte in die hinterste Ecke des Raums, während er die Tür entriegelte und hinausging. In Sekunden war sie angezogen, hatte das Messer wieder versteckt.

Als Davalos zurückkam, band er ihr gleich wieder die Hände zusammen, eingedenk seiner Warnung wehrte sie sich diesmal nicht. Er warf ihr jedoch nur eine Decke zu und sagte: »Heute nacht lasse ich dich schlafen.« Als Catherine ihn verblüfft ansah, erschien auf seinem Gesicht wieder das häßliche Lächeln. »Oh, nein, ich bin deiner noch nicht müde, vorerst wenigstens nicht. Aber die Männer murren über unseren kleinen Spaß, und wenn wir jetzt weitermachen, muß ich dich mit ihnen teilen. Warten wir eben, bis wir unter uns sind! Das regt meinen Appetit nur an. Wenn wir erst in Nacodotsches sind, werde ich mich an dir sattlieben – und dann können dich die Männer vielleicht haben.«

Catherine warf ihm einen Blick zu, der an Deutlichkeit nichts zu wünschen übrig ließ, und sogar Davalos schien sich unbehaglich zu fühlen. Drohend sagte er: »Bilde dir nicht ein, daß du fliehen kannst! Draußen stehen Wachen, und wenn die dich einfangen, mußt du mit ihnen im Liegen tanzen, bevor sie dich wieder bei mir abliefern.«

Als die Tür sich endlich hinter ihm geschlossen hatte, lief Catherine zum Fenster und sah auf die mondbeschienene Lichtung hinaus. Das Herz wurde ihr schwer, als sie sah, daß mehrere Soldaten Wache standen. Als einer von ihnen auf das Fenster zukam und sie angrinste, zog sie sich in den Schutz der Dunkelheit zurück.

Unentschlossen biß sie sich auf die Lippen, doch schließlich ließ sie sich auf die Decke fallen und verbrachte die Nacht sich ruhelos hin und her werfend, zum Schlafen nicht imstande, zum Wachen zu erschöpft.

Am nächsten Morgen waren die Männer sehr früh auf den Beinen. Davalos zerrte Catherine heraus und zwang sie, dabei zuzusehen, wie er den grauen Vollblüter abstach. Die grausige Arbeit schien ihm ein böses Vergnügen zu bereiten, er grinste, als er Catherine beim Todesschrei des Tieres zusammenzucken sah. »Nur eine kleine Warnung für deinen lieben Ehemann!« murmelte er. Catherine hatte sich nicht mehr in der Gewalt und spuckte ihm mitten ins Gesicht.

Das brachte ihr eine geschwollene, blutende Lippe ein, aber Davalos' teuflisches Lächeln war verschwunden. Angewidert rief sie: »Seht den tapferen Schlächter wehrloser Tiere! Und wie furchtlos er gegen eine gefesselte Frau kämpft!«

Er fluchte leise, warf sie auf sein Pferd und stieg hinter ihr auf.

»Das tote Pferd wird Sie teuer zu stehen kommen, Davalos!« rief sie. »Wenn Sie es am Leben gelassen hätten, wären Sie schneller. Aber jetzt ...«

Wütend zischte er ihr ins Ohr: »Sei still, du verfluchte Hexe, sonst reiße ich dir noch die Zunge heraus!«

Aber Catherine lachte nur. »Ich habe keine Angst vor Ihnen! Wir werden heute viel Zeit verlieren, glaube ich.«

Ihre Worte sollten sich bewahrheiten, sie kamen nicht so schnell voran wie am Vortag. Und ihre Hoffnungen wuchsen, als ihre Hände für die Nacht vorne, statt auf dem Rücken zusammengebunden blieben. Mit jeder Meile, die sie tiefer in spanisches Gebiet vordrangen, schien Davalos unvorsichtiger zu werden, und an diesem Abend machte er den folgenschweren Fehler, sie im Schatten eines Felsbrockens schlafen zu lassen, wo der Schein des nächstgelegenen Lagerfeuers nicht hinreichte.

Hellwach beobachtete Catherine, wie das Feuer tiefer und tiefer herunterbrannte, bis sie nicht einmal mehr der kleinste Schimmer erreichte. Außer einem dösenden Wachtposten, der gegen einen Baum gelehnt saß, lagen die Spanier alle auf der anderen Seite des verglimmenden Feuers im Schlaf.

Schnell fand sie ihr Messer und zerschnitt ihre Fesseln. Dann formte sie mit äußerster Vorsicht aus der Decke die Umrisse eines schlafenden Körpers. Einer genauen Prüfung würde dieses Täuschungswerk nicht standhalten, doch bis jemand wirklich aufmerksam hinsah, hoffte sie, schon einige Meilen weiter zu sein.

Ihr Herz schlug wie wild, als sie sich in den Schatten des Felsbrockens duckte und einen schnellen Blick in die Runde gehen ließ. Die ungesattelten Pferde waren in zwei Reihen an einem Seil festgebunden, das die Spanier zwischen zwei Bäumen gespannt hatten. Leider hatte der Wachtposten sich ausgerechnet gegen einen dieser Bäume gelehnt. Mit einer namenlosen Angst im Herzen kroch sie ein Stück an ihn heran, bis sie halb hinter ihm war. Einen Menschen zu töten, war ungeheuerlich – es aber auch noch kaltblütig und voller Absicht zu tun und ihm von hinten plötzlich ein Messer in den Rücken zu stoßen, war noch gräßlicher, als sie es sich vorgestellt hatte.

Der Mann gab nichts als ein erschrecktes Grunzen von sich, bevor er starb. Catherines Kinn begann vor Abscheu zu zittern, doch ihre Hände verhinderten, daß der leblose Körper vornübersank. Sie lehnte ihn zurück an den Baum und ließ nur den Kopf in gebeugter Stellung, als schliefe er. Einen Augenblick suchten ihre Augen Davalos' schlafende Umrisse, ein wildes Licht schimmerte in diesem Blick. Doch dann wurde ihr klar, daß das Risiko zu groß war, und sie huschte zu den Pferden.

Die Tiere bewegten sich unruhig, als Catherine sich ihnen näherte; vielleicht rochen sie das But. Ohne Zeit zu verschwenden, wählte sie einen Wallach mit starker Brust und langen Beinen aus der zweiten Reihe, band ihn vorsichtig los und führte ihn aus dem Lager heraus.

Fiebrige Hast erfüllte sie, aber sie zwang sich dazu, langsam zu gehen und das Tier ohne unnötiges Geräusch in einem weiten Bogen von den schlafenden Spaniern fortzuführen. Sie wagte kaum zu atmen, bis sie sich endlich sicher genug fühlte, aufzusteigen. Dann allerdings war sie wie ein Blitz auf dem ungesattelten Pferd. Als der Wallach so unerwartet ihr Gewicht spürte, schnaubte er und tanzte einige Sekunden lang aufgeregt umher, während Catherine das Blut durch die Adern dröhnte und sie angestrengt lauschte. Doch aus der Richtung des Lagers kam kein Laut, sie trieb das Pferd auf den Pfad zu, der links von ihr liegen mußte. Wieder war sie dankbar für die Jahre bei den Zigeunern, in denen sie die Natur kennen und lieben gelernt hatte. Sie war mutterseelenallein in einer feindseligen Wildnis, ihre einzige Waffe war das Messer und ihre einzige Hoffnung der Wallach. Aber sie hatte keine Angst.

Schnell hatte sie den Pfad gefunden, doch noch immer gebot die Vorsicht, das Pferd langsam und ruhig gehen zu lassen. Erst als sie auf diese Weise etwa eine Meile zurückgelegt hatte, trieb sie das

Pferd zum Galopp.

So war sie etwa zwei Stunden durch die Nacht geritten, als sie plötzlich merkte, daß sie nicht mehr allein war.

Zuerst hatte sie die Verfolger über dem Trommeln der Hufe ihres eigenen Pferdes nicht gehört, doch als sie den Wallach wieder einmal zu langsamerer Gangart zügelte, fiel ihr das unheildrohende Dröhnen vieler Hufe sofort auf.

Sie warf einen gehetzten Blick über die Schulter, dann schlug sie dem Pferd ihre Fersen in die Seite und zwang es zu einem halsbrecherischen Galopp. In wahnsinnigem Tempo schoß sie den gewundenen Pfad hinunter; und doch sagte ihr ein kaltes Prickeln im Nacken, daß die Verfolger aufholten. Verzweifelt trieb sie das Pferd noch mehr an, als sie plötzlich kopfüber durch die Luft geschleudert wurde. Das Tier war hinter einer Wegbiegung in einen halbverrotteten Baumstumpf gerannt, der mitten auf dem Pfad stand. Der Wallach riß sich auf dem unebenen Boden Unterkiefer und Knie auf, während Catherine wie ein Geschoß auf der Erde aufprallte.

Einen Augenblick lang war sie noch bei Bewußtsein, fühlte in ihrem Leib einen reißenden Schmerz, und ihr letzter zusammenhängender Gedanke war: »Oh, mein Gott, ich verliere mein Kind!«

34

Das Aufwachen war qualvoll, und während sie durch die Schichten eines schmerzbeherrschten Halbbewußtseins schwamm, wußte sie, daß sie ihr ungeborenes Kind verloren hatte. Sekunden, Ewigkeiten lag sie mit halbgeöffneten Augen da und begriff nichts außer der schrecklichen Bitterkeit dieses Verlustes. Undeutlich spürte sie, daß jemand sie in den Armen hielt, und machte eine instinktive Abwehrbewegung, doch sie hatte nicht die Kraft, sich ernsthaft zu widersetzen.

Wie durch Watte drangen Worte zu ihr, mit denen sie nichts zu tun haben wollte. Dann plötzlich, einem Blitzschlag gleich, kam Verstehen. »Psst, Kätzchen. Lieg still, mon amour. Du bist verletzt, mein Liebes. Beweg dich nicht so viel, ich bitte dich.«

Die vertrauten Koseworte ließen sie ungläubig aufblicken, und sie starrte benommen in ein hageres Gesicht. »Jason«, flüsterte sie.

Er lächelte zärtlich bei dem Ausdruck ungläubigen Staunens in diesem einen Wort und streifte ihre Stirn mit einem zarten Kuß. »Ja, meine kleine Feuerfresserin, es ist dein verhaßter Ehemann, aber jetzt bist du in Sicherheit und hast von Davalos nichts mehr zu befürchten.«

»Nicht verhaßt . . .« murmelte sie, und wie ein müdes Kind, das zuviel erlebt hat, ließ sie ihren Kopf gegen seine Brust sinken und verlor wieder das Bewußtsein.

Jason legte sie mit unendlicher Vorsicht auf die Decke, die Bluttrinker hastig ausgerollt und auf den Boden geworfen hatte. Er wickelte ihren schlanken Körper darin ein und sagte tonlos: »Sie muß schnell zur Ruhe kommen, aber wir dürfen nicht mehr allzu weit mit ihr reiten, sonst verblutet sie uns.« Kläglich fügte er hinzu: »Wenn es nicht sowieso schon zu spät ist.«

Bluttrinker betrachtete Jasons mühsam beherrschtes Gesicht, wollte etwas sagen, doch Jason kam ihm zuvor: »Ein paar Meilen von hier gibt es eine Jagdhütte, nichts Besonderes, aber schwer zu finden. Davalos kommt dort bestimmt nicht hin, und ich kann ihr dort erst einmal ein Lager zurecht machen. Wenn wir da sind, möchte ich, daß du so schnell wie möglich nach Terre du Cœur zurückreitest. Und bring genügend Männer mit, damit Davalos für immer die Lust vergeht, noch einmal in unsere Nähe zu kommen.«

Bluttrinker schien Bedenken zu haben, doch Jason fügte hinzu: »Mach dir um Catherine und mich keine Sorgen. Die Hütte liegt weitab aller bekannten Wege in einem kleinen Tal. Ich habe sie einmal im Winter gebaut, als ich mich in der Fallenstellerei versuchen wollte. Selbst wenn Davalos in dieses Tal gelangen sollte, findet er sie nicht. Wir sind dort ganz sicher!«

Ohne mehr Worte zu verlieren, stiegen sie auf ihre Pferde, und Jason ritt, Catherine in den Armen haltend, durch den Wald voraus. Bluttrinker folgte langsamer und verwischte alle Spuren hinter ihnen.

Das Tal war schmal und langgezogen, und obwohl Jason es kannte, wäre er beinahe selbst daran vorbeigeritten. Der ansteigende Boden und das Walddickicht gingen so unmerklich ineinander über, daß es für das Vorhandensein irgendwelcher Anhöhen oder Vertiefungen kaum Anzeichen gab. Bluttrinker ließ ein zufriedenes Knurren hören, als seine Blicke die Gegend um den Taleingang absuchten.

Sie ritten in eine flache Schlucht ein, die von hohen Bäumen getarnt war und in deren Mitte ein schmaler Wildbach floß. Der Bach entsprang einem kristallklaren See am Nordende des Tals, und dort, zwischen dicht zusammenstehenden Bäumen verborgen, lag die Hütte. Sie war roh zusammengezimmert und bestand nur aus einem winzigen Raum. Aber sie überblickte den See und den Weg, den sie gekommen waren – und sie bot Zuflucht nicht nur vor gegnerischen Blicken, sondern auch vor der beginnenden Kälte der Nächte.

Bis sie alles abgeladen hatten, wurde es Tag. Während Bluttrinker sich um das Absatteln der Pferde kümmerte und sie auf einem kleinen eingepferchten Stück Land hinter der Hütte freiließ, brachte Jason die Hütte in Ordnung. Als Catherine wieder aus ihrer Bewußtlosigkeit erwachte, lag sie in einem hölzernen Bett, unter Decken und Fellen kuschelig eingebettet.

Sie hob den Kopf und sah sich neugierig um. Sie entdeckte die kleine, steinerne Feuerstelle – mehr ein Loch in der Wand –; gegenüber vom Bett standen zwei Stühle aus Tannenholz und ein kleiner Tisch. Das Fenster über dem Tisch war weit offen, doch trotz der warmen Sonnenstrahlen und der kühlen, frischen Luft, die hereinströmten, roch sie noch die Feuchtigkeit eines Raumes, der lange leergestanden hatte.

Erschöpft ließ sie den Kopf zurückfallen und rief schwach nach Jason. Er konnte diesen leisen Ruf unmöglich gehört haben, doch als hätte er ihr Wachsein geahnt, öffnete er einen Augenblick später die schwere Tür und trat vorsichtig an ihr Bett.

Er trug die Kleidung eines Waldläufers – ein gefranstes Hemd und eine Hose mit ebensolchen Fransen, beides aus Leder. Seine Mokassins verursachten nicht das geringste Geräusch. Catherine sah ihm mit einem Blick, in dem sich Liebe und Hoffnungslosigkeit in merkwürdiger Weise vermischten, entgegen.

»Fühlst du dich besser?« fragte er.

»Ich habe mein Kind verloren, nicht wahr?« flüsterte sie. Jason nickte kaum merklich. »Das ist doch nicht schlimm, Kätzchen. Wir werden wieder ein Kind bekommen. Wichtig ist jetzt nur, daß du wieder gesund wirst.«

»Du weißt, daß wir keine Kinder mehr bekommen werden«, erwiderte sie.

Jason lächelte beruhigend. »Das redest du dir nur ein. Zerbrich dir jetzt nicht den Kopf darüber. Wir können später weiter darüber reden, wenn es dir wieder gut geht.«

Sie war völlig erschöpft und hatte kaum die Kraft, ihre Stimme zu heben, doch auf eine völlig unlogische Art erschien es ihr als das Wichtigste der Welt, ihm klarzumachen, daß sie den Begierden seines Körpers nicht mehr zur Verfügung stehen würde. »Ich will keine Kinder mehr von dir.«

Jasons zärtlicher Gesichtsausdruck verschwand. »Später«, sagte er unverbindlich. »Später reden wir darüber. Jetzt werde erst einmal gesund.«

Geschwächt durch den Blutverlust war sie nicht mehr in der Lage, weiter zu argumentieren, und drehte unglücklich und hilflos den Kopf zur Wand. Jason starrte auf sie herunter, bis Bluttrinker hereinkam. Mit nach Indianerart gekreuzten Beinen setzte er sich neben der Feuerstelle auf den Boden. Nach einer Weile sagte Jason: »Du hast nicht vor, nach Terre du Cœur zurückzureiten?«

Bluttrinker schüttelte feierlich den Kopf und antwortete mit voller, melodischer Stimme: »Es tut mir weh, mein Bruder, daß ich deinen Wünschen nicht gehorchen kann, aber der Spanier ist eine schleimige Schlange mit Giftzähnen, die erschlagen werden muß. Während wir hier beraten, rollt sie sich schon zu einem neuen Angriff zusammen.«

»Verflucht, das weiß ich auch! Ich will ihn auch verfolgen, aber erst muß meine Frau außer Gefahr sein.«

Bluttrinker nickte langsam. »Du sprichst die Wahrheit. Und nie würde ich der Rache zuvorkommen, nach der dein Blut ruft. Aber dich hindert die Verantwortung für deine Frau. Während wir warten, kann die Schlange sich verkriechen, und vielleicht werden wir sie nie wiederfinden.«

Jason sah ihn niedergeschlagen an. »Du willst allein hinter ihm herreiten? Es ist gefährlich. Davalos ist darauf vorbereitet, daß wir etwas unternehmen.«

»Die Gefahr würzt den Erfolg«, meinte Bluttrinker, doch plötzlich richteten seine dunklen Augen sich auf einen Punkt hinter Jason; als der sich umdrehte, sah er, daß Catherine aufgewacht war.

Sie stützte sich auf einen Ellbogen, ihr schwarzes Haar hing ihr über eine Schulter herab, und ihre Augen starrten schmerzerfüllt in die des Cherokesen. Jason war es, als ginge zwischen beiden eine stumme Botschaft hin und her – als hätte Bluttrinker etwas erraten, das ihm selbst verborgen geblieben war.

Mit fiebrigen Augen starrte Catherine in Bluttrinkers beherrschtes Gesicht, es erstaunte sie, wie genau er wußte, was ihr geschehen war. Sein unmerkliches Nicken bestätigte ihre Beobachtung, zwischen zusammengebissenen Zähnen zischte sie: »Töte

Davalos, Bluttrinker! Töte ihn für mich!«

Mit schmalen, harten Augen sagte Jason: »Da bin ich wohl überstimmt. Wenigstens stimmen wir in dem Punkt überein, daß Davalos sterben muß.«

Catherine sank mit geschlossenen Augen zurück, Jason stand rasch auf und ging zu ihr hinüber. Er strich ihr sanft das Haar aus der weißen Stirn und murmelte: »Was du doch für ein blutrünstiges kleines Ding bist! Du sollst dich ausruhen und nicht unsere Gespräche belauschen. Das ist nichts für deine kleinen Ohren.«

Bei diesen Worten riß sie ihre Augen auf und sagte mit einer Andeutung ihres alten Widerspruchsgeistes: »Wenn ich nicht zuhören soll, dann unterhaltet euch woanders und nicht in meinem Schlafzimmer.«

Er strich ihr zärtlich über die Wange und ging dann mit Bluttrinker hinaus. Catherine sah, wie sie die Tür hinter sich schlossen, und schimpfte vor sich hin: »So wörtlich hätten sie das ja nun auch nicht nehmen müssen!«

Draußen war Jason dem Cherokesen dabei behilflich, eines der Pferde zu satteln. Alles, was Bluttrinker brauchte, wurde in eine Decke eingerollt und hinter dem Sattel festgeschnallt. Lange schüttelten sie sich die Hände, bis Jason schließlich sagte: »Sei vorsichtig, mein Bruder. Wenn du uns bei deiner Rückkehr hier nicht mehr antriffst, weißt du, wo wir zu finden sind. Ich warte zwei Monde, wenn du dann nicht wieder in Terre du Cœur bist, suche ich nach dir.«

Bluttrinker nickte ernst. Er wußte, daß Davalos, wenn nicht durch seine, dann durch Jasons Hand sterben würde. Sekunden später sah Jason den Cherokesen im Wald verschwinden.

Um von den quälenden Gedanken loszukommen, wandte er sich seinen eigenen Aufgaben zu. Er sah nach den Pferden, untersuchte die Verletzungen des Wallachs, die sich doch als nicht so schwer erwiesen. Als nächstes verstaute er die Sättel und einige der mitgebrachten Gegenstände im angebauten Schuppen. Der Wassertrog mußte gefüllt werden, auch in der Hütte wurde Wasser gebraucht und Brennholz für die Nacht.

Catherine war ganz auf ihn angewiesen, und sie glaubte sterben zu müssen vor lauter Peinlichkeit, als er sie am Abend behutsam von oben bis unten wusch. Er schleuderte ihre schmutzige, blutbespritzte Kleidung in eine Ecke und goß aus einem großen, schwarzen Kessel, der über dem Feuer hing, heißes Wasser in eine Schüssel und wusch sie. Kühl und geübt wie ein Krankenpfleger riß er ein mitgebrachtes Leinentuch für sie in schmale Streifen, um sie zu verbinden. Schließlich wickelte er sie in ein zweites Tuch; das sanfte Leinen fühlte sich himmlisch weich auf ihrer Haut an, und mit immer noch vor Verlegenheit rotem Gesicht sank sie dankbar wieder zurück in die Kissen. Jason steckte mit unbeweglichem Gesicht die Decke um sie fest, und erst als sie mit allem versorgt im frisch gemachten Bett lag, fragte er sie nach Einzelheiten über das, was sie bei Davalos durchgemacht hatte. Doch Catherine vergrub ihr Gesicht und stammelte: »Ich will nicht darüber sprechen.«

Jason seufzte und ließ sie in Ruhe. Später war dafür immer noch Zeit, und eigentlich wollte auch er jetzt nicht an das verlorene Kind denken. Er tröstete sich damit, daß sie ja Nicholas hatten, der sicher und wohlbehütet in Terre du Cœur aufwuchs.

Am nächsten Morgen fand er in einer der Fallen, die er am Vortag aufgestellt hatte, ein junges Reh und kochte für Catherine eine dickflüssige, wohlschmeckende Brühe, die köstlich schmeckte.

Am dritten Tag ließ er sie für kurze Zeit aufstehen, doch als er die ersten Ermüdungserscheinungen an ihr bemerkte, schickte er sie grob wieder ins Bett. Hilflos gegenüber ihrer Schwäche brach sie in Tränen aus, Jason stand diesem Ausbruch erschüttert gegenüber. Er legte sie ins Bett, setzte sich neben sie und lehnte seine breiten Schultern gegen die Wand. Warm und liebevoll hielt er sie in seinen Armen, während seine Lippen zart über ihr tränenüberströmtes Gesicht glitten, sie hörte ihn erschüttert und heiser vor Zärtlichkeit sagen: »Weine nicht, mein Liebes. Weine doch nicht. Ich hätte dich nicht so anfahren dürfen. Ich bin eben ein ungehobelter Kerl! Wenn es dir wieder gut geht, kannst du dich an mir rächen.«

Aufschluchzend blickte sie zu ihm auf und entdeckte so viel Zärtlichkeit in seinen Augen, daß sie zu träumen glaubte. Es muß ein Irrtum sein, dachte sie, denn nie würde Jason sie so voller Liebe ansehen. Er küßte sie auf die Nasenspitze und murmelte: »Geht es dir wieder besser?«

Plötzlich lächelte Catherine ihn strahlend an – ein Lächeln, das sein Herz weit werden ließ. Lange saßen sie so und sahen sich, völlig ineinander versunken, an, bis Jason sie sanft wieder in die Kissen drückte.

Am nächsten Tag konnte sie schon länger aufbleiben, aber erst am sechsten Tag erlaubte er ihr, die sauberen Reithosen und das neue Hemd anzuziehen, die er für sie mitgebracht hatte. Nachdem sie zum erstenmal gemeinsam zu Abend gegessen hatten, trat sie neben ihn, und gemeinsam sahen sie in die untergehende Sonne. Instinktiv legte er einen Arm um ihre schmalen Schultern und zog sie an sich. In seinen Armen geborgen, beobachtete sie das wunderbare Farbenspiel des Sonnenuntergangs und wünschte, dieser Augenblick inniger Zweisamkeit möge nie zu Ende gehen. Doch als Jason bemerkte, daß sie fröstelte, schob er sie sanft ins Haus zurück und verschloß die Tür.

Nachdem sie so viele Tage im Bett zugebracht hatte, sträubte sie sich gegen den Gedanken, schon wieder dorthin zurückzukehren. Aus einer Kanne, die in der Nähe des Feuers stand, goß sie sich eine Tasse Kaffee ein, setzte sich auf einen der Stühle und sagte munter: »Es ist noch zu früh fürs Bett. Ich bin viel zu wach, um zu schlafen. Erzähl mir von der Hütte. Wie hast du sie gefunden?«

Jason goß sich auch eine Tasse Kaffee ein. Während er sich ihr gegenüber setzte, begann er, ihre Fragen zu beantworten. Plötzlich fragte Catherine: »Jason, was hast du da draußen in der Wildnis entdeckt? Ich weiß, es ist nicht Cibalo, aber irgend etwas mußt du doch gefunden haben.«

Jason zögerte mit der Antwort, setzte seine Tasse auf den Tisch zurück und fragte: »Wie kommst du darauf? Ich erinnere mich nicht, je so etwas behauptet zu haben.«

»Natürlich hast du etwas gefunden! Davalos muß einen Grund haben für seine Annahme, daß du weißt, wo der Schatz ist. Und dieses goldene Smaragdarmband, das du trägst, muß in Zusammenhang stehen mit dem, wonach Davalos sucht.«

Jason strich langsam über sein Kinn. »Ach, der Armreif hat nichts zu bedeuten. Er ist nur ein Glitzerding, das mir gefällt.« Er übersah ihr ungläubiges Gesicht und fuhr fort: »Von diesem Armreif gibt es zwei Exemplare. Ich hatte einmal einen Freund namens Phillip Nolan. Mit ihm und Bluttrinker habe ich tatsächlich so etwas wie einen Schatz entdeckt – keinen besonders großen, und sicher nicht Cibalo.«

Jason seufzte, lehnte seinen Kopf gegen die Wand und starrte zur Decke hinauf, doch er sah nicht die Decke der Hütte, er sah die heiße, sengende Sonne über den Hochebenen des Komantschenlandes. Er sah die hochragenden Wände des Pablo Duro Canyon und spürte von neuem das überraschte Staunen, das er beim Anblick jener zum Himmel strebenden Pyramide empfunden hatte. Er versuchte, Catherine dieses Staunen zu beschreiben, und verlor sich in einer ausführlichen Schilderung alles dessen, was sich damals zugetragen hatte. Bluttrinkers Vorahnungen, Nolans

Vermutung, daß sie in der Tat eine Azteken-Pyramide gefunden hätten, die Entdeckung der verborgenen Höhle und die Mitnahme der beiden goldenen Smaragd-Armreife.

»Bist du noch einmal dagewesen?« fragte Catherine nach einer langen Pause des Schweigens.

»Nein!« knurrte Jason. »Ich besitze selbst genug Vermögen, warum soll ich da noch alte Höhlen ausplündern?«

Catherine fragte vorsichtig: »Meinst du, daß Davalos durch Nolans Armband auf den Schatz aufmerksam geworden ist?«

»Wahrscheinlich«, antwortete Jason, sein Blick wurde wieder hart. »Davalos war schon immer eine habgierige Kreatur, und ich bin ziemlich sicher, daß noch eine Menge Spanier an diesen Zinnober glauben – aztekische Goldstädte, die angeblich nur darauf warten, entdeckt und ausgeraubt zu werden, und was sonst noch alles!«

Catherine seufzte tief auf. »Wenn ich doch nur ein Mann wäre! Es ist ungerecht, daß immer nur ihr die Abenteuer erlebt!«

»Wieso?« fragte er. »War es dir nicht abenteuerlich genug, von mir entführt zu werden?«

Bitter und ohne nachzudenken schleuderte sie ihm entgegen: »Das war scheußlich! Wie kannst du etwas, das mein ganzes Leben zerstört hat, mit den aufregenden Dingen vergleichen, die du erlebt hast?«

Sie bemerkte, wie sein Gesicht erstarrte, und hätte in Tränen ausbrechen können über ihre unbedachte Äußerung, die den zerbrechlichen Frieden zwischen ihnen zerstörte.

35

Nach zwei Wochen wurde Catherine, der es schon wieder recht gut ging, immer ungeduldiger, sie fragte Jason, wann sie denn endlich nach Terre du Cœur aufbrechen würden.

»Warum? Niemand wird sich um uns Sorgen machen«, meinte Jason und zog sie neben sich auf das Bett.

»Laß mich los!« fuhr sie ihn an, doch er lächelte nur und bedeckte ihr Gesicht mit kleinen, zärtlichen Küssen.

»Warum wehrst du dich? Ich fange an zu glauben, daß du eher einen Kampf gegen dich selbst austrägst als gegen mich, und frage mich, warum.«

Völlig außer sich versuchte sie, sich ihm zu entziehen. »Rühr mich nicht an! O Gott, rühr mich nicht an!« rief sie.

Jason glaubte zuerst nicht so recht, daß ihr Sträuben echt sei, doch als er die Angst in ihren Augen sah und die Panik in ihrer Stimme vernahm, wurde ihm klar, daß hier doch mehr als ihre übliche Querköpfigkeit im Spiel sein mußte. Er ließ sie los und sah bestürzt, wie sie sich in die äußerste Ecke zurückzog. Sie zitterte am ganzen Körper, legte schützend die Arme über ihre Brust und stammelte: »Verzeih! Ich will nur nicht, daß du mich so anfaßt.«

Jason sah sie ratlos an. »Catherine! Das muß endlich aufhören! Denkst du, es macht mir Spaß, dich jedesmal mit Gewalt nehmen zu müssen? Ich will mit dir nicht ständig auf Kriegsfuß leben! Es wird langsam Zeit, daß du erwachsen wirst und der Tatsache ins Gesicht siehst, daß wir miteinander verheiratet sind. Der Teufel soll mich holen, ehe ich mit dir eine platonische Ehe führe! Was ist eigentlich mit dir los? Kannst du mir verraten, was ich diesmal wieder angestellt habe, um mir diese Abneigung einzuhandeln? Seit du von Davalos zurück bist, bist du völlig verändert. Sag mir um Gottes willen endlich, warum.«

»Das Kind«, murmelte sie nicht sehr aufschlußreich.

Er seufzte ärgerlich und sah ungeduldig zu ihr hinüber. Schließlich fragte er: »Das Kind, das du verloren hast?«

Sie nickte dumpf.

»Was, zum Teufel, hat das mit der Art zu tun, in der du mich schon lange vorher geschnitten hast?«

Wütend über seine offensichtliche Begriffsstutzigkeit schrie sie ihn an: »Ich will nicht deine Zuchtstute sein! Such dir eine andere dafür! Ich habe gehört, was du an jenem Morgen in Paris zu Elizabeth gesagt hast! In Wirklichkeit hast du mich nie heiraten wollen – wenn du schon unbedingt eine dafür brauchst, die dir eine Schar Kinder in die Welt setzt, warum hast du dann nicht sie genommen?«

»Weißt du eigentlich, was du sagst? Ich komme da nämlich nicht mehr ganz mit.«

»Ich habe genau gehört, was du gesagt hast. Du hast gesagt, ich wäre ganz brauchbar, um dir Söhne zu gebären, aber sonst wüßtest du nicht viel mit mir anzufangen.«

Jason hatte diese Unterhaltung mit Elizabeth längst vergessen. Sein Ärger war daher echt, als er sagte: »Ich habe nicht die leiseste Ahnung, wovon du redest. Falls ich diesen Unsinn je von mir gegeben habe, dann doch nur, weil ich dein Flittchen von Kusine endlich los sein wollte!«

Schweratmend hockte Catherine in ihrer Ecke auf den Knien, ihre Hände waren zu Fäusten geballt. »Ich glaube dir nicht!« schrie sie. »Du mußtest mich ja heiraten, und in deiner üblichen arroganten Art hast du beschlossen, daß ich dann wenigstens für deine Zwecke nutzbar sein sollte.«

»Ich glaube«, grollte Jason, »daß wir endlich einmal mit einem Mißverständnis aufräumen müssen. Niemand hätte mich zur Heirat mit dir zwingen können, wenn ich es nicht gewollt hätte! Du hättest den König von England zum Vater haben können – wenn ich nicht aus freien Stücken dazu entschlossen gewesen wäre, hätte nichts mich dazu bringen können, dich zu heiraten!« Jason war jetzt genauso in Rage wie Catherine. »Vielleicht darf ich dich daran erinnern, daß ich vorgeschlagen habe, daß wir heiraten sollten. Ebenso gut hätte ich dich nach England zurückbringen und ganz andere Regelungen treffen können.«

Eine wilde Freude durchzuckte Catherine bei diesen Worten, aber zu lange hatte sie den Gedanken an jenes Gespräch zwischen Jason und Elizabeth mit sich herumgetragen, als daß sie die Erinnerung so einfach hätte abschütteln können. »Du wolltest nur eine Zuchtstute!« beharrte sie. »Das hast du selbst zu Elizabeth gesagt.«

»Hör endlich auf mit diesem Unsinn!« knurrte Jason mit einem gefährlichen Glitzern in seinen grünen Augen. »Wenn ich dafür eine Frau gewollt hätte, wäre ich wohl kaum auf so ein mageres Etwas ohne Hüften wie dich verfallen! Dafür hätte sich Elizabeth wirklich viel besser geeignet.«

Verletzt fragte Catherine: »Wenn ich so ungeeignet bin, warum hast du mich dann geheiratet?«

Mit vor Wut schmalen Lippen schoß Jason auf sie zu, riß sie hoch und schüttelte sie. »Weiß der Himmel!« brüllte er ihr ins Gesicht. »Bestimmt nicht wegen deines sanften Gemüts!« Und plötzlich fügte er ganz leise hinzu: »Ich liebe dich, Catherine. Ich habe dich von dem Augenblick an geliebt, als wir in der Kutsche nach Paris saßen. Ich bin aufgewacht, und da warst du. Du hast aus dem Fenster gesehen und ›werweißwas‹ ausgebrütet, doch in dem Augenblick habe ich gewußt, daß ich mehr von dir will als nur deinen Körper.«

Mißtrauen kämpfte mit beginnender Hoffnung in ihr, dieser Zwiespalt spiegelte sich in ihren Augen, als sie zu ihm aufsah. Sie hatte so lange auf diese Worte gewartet, daß sie ihr jetzt fast inhaltslos vorkamen.

»Vielleicht habe ich dich noch nicht geliebt, als ich dich zum erstenmal nahm«, fuhr er nachdenlich fort. »Aber schon, bevor wir England verließen, wußte ich, daß ich ohne dich nicht leben kann.«

»Die üblichen männlichen Gelüste«, meinte Catherine, doch Jason schüttelte den Kopf. »Vielleicht war es Lust, aber ich glaube es nicht. Wenn es so gewesen wäre, wäre ich mit einer Nacht zufrieden gewesen – und ich hätte dich nicht mit nach Frankreich genommen.«

Plötzlich wußte Jason nicht mehr weiter. Wie oft hatte er die schönsten Beteuerungen ohne Schwierigkeiten über die Lippen gebracht, um andere Frauen in seine Arme und sein Bett zu locken, doch jetzt ließ ihn diese Zungenfertigkeit im Stich. In diesem wichtigen Augenblick kam er sich wie ein linkischer Halbwüchsiger vor. Vielleicht wurde es ihm gerade deshalb so schwer, zärtliche Liebesworte auszusprechen, weil er sie zum erstenmal ehrlich meinte, und Catherines Verhalten war auch nicht sehr ermutigend. Sie stand wie eine Fleisch gewordene Anklage unbeweglich vor ihm, seine Eröffnungen schienen sie nicht zu berühren. Ungeduldig schüttelte er sie. »Hast du nicht gehört? Ich liebe dich – du dickköpfiges, eigensinniges Gör! Ich liebe dich!«

Diese Ungeduld war es, die Catherine schließlich überzeugte, denn Jason würde nie ein demütiger Liebhaber sein. Mit einem tiefen, erlösten Seufzer lehnte sie sich gegen ihn und stammelte mit Tränen des Glücks in den Augen: »Ich liebe dich auch, Jason. Manchmal habe ich geglaubt, sterben zu müssen, weil du dir so wenig aus mir gemacht hast.«

»Hast du das denn nicht durchschaut, meine kleine Hexe? Ein Mann benimmt sich doch nicht so, wie ich mich benommen habe, wenn er eine Frau nicht liebt. Warum habe ich dich geheiratet? Warum habe ich diesen verdammten Gaul Sheba von England bis nach Terre du Cœur kommen lassen? Warum hat mich die Eifersucht zerfressen, als ich dich mit Adam sah, wenn ich dich nicht geliebt hätte? Mein Gott, Kätzchen, wenn du wüßtest, was ich durchgemacht habe? Jedesmal, wenn ich dachte, jetzt kommen wir uns näher – jedesmal hatte ich wieder dieselbe Wildkatze im Arm, die nur darauf aus war, mir die Augen auszukratzen!«

Catherine kicherte unter Tränen und schmiegte sich noch enger an ihn, sein Mund glitt zärtlich über ihre schwarzen Locken. Er fand ihr Ohr und biß behutsam hinein. Sie spürte seinen warmen Atem im Nacken und hörte ihn sagen: »Wenn ich dich in meinen

Armen halte, kann ich nicht mehr klar denken. Weißt du nicht, daß jeder Streit, den wir miteinander hatten, sofort zu Ende gewesen wäre, wenn du dich, so wie jetzt, in meine Arme geschmiegt hättest?«

»Das ist nicht wahr! Als ich es in Natchez getan habe, warst du ekelhaft zu mir.«

»Kätzchen, ich war rasend vor Eifersucht! Damals hat nicht viel gefehlt, und ich hätte dich erwürgt! Ich hatte nicht die leiseste Ahnung, wo du über ein Jahr lang gewesen warst, und ich war überzeugt davon, daß Adam dein Liebhaber war.«

»Adam?« fragte Catherine verblüfft. Diesen Namen hatte sie nie erwähnt!

Er ging mit ihr zu einem der Stühle, zog sie auf seine Knie und erklärte ihr, weshalb Adam nicht nur ihr Bruder, sondern auch seiner war.

Ihre Augen waren groß vor Staunen. Es war, als hätte dieses gemeinsame Band sie von ihren Hemmungen befreit; jetzt konnte sie von ihrer Liebe sprechen und davon, warum sie so oft abweisend gewesen war. Es war der richtige Augenblick für Geständnisse, und doch konnte sie sich nicht dazu überwinden, auch von Davalos zu sprechen. Der Schatten des Spaniers lag sogar über diesen Minuten, in denen Catherine und Jason zueinander fanden.

Als ihr Gespräch noch einmal auf Jasons Eifersucht kam, ging ein plötzliches Zittern durch ihren Körper. »Wäre es denn so schlimm, wenn mich ein anderer gehabt hätte?« fragte sie verhalten.

Seine Arme drückten sie fast schmerzhaft. »Und ob das schlimm wäre! Schon allein die Vorstellung wäre unerträglich! Daran möchte ich lieber nicht denken.«

Seine Worte löschten in ihr den zarten Zauber dieses Abends aus und ließen sie in einer kalten Welt zurück. Als er sie zu küssen versuchte, zuckte sie zurück.

»Was ist denn los?« fragte er verwirrt.

Vor ihren Augen stand Davalos, der sie küssen wollte, und geschüttelt von Angst und Abscheu schrie sie: »Rühr mich nicht an! Ich kann es nicht ertragen!«

Fassungslos und ohne jedes Verstehen schrie nun auch Jason: »Was, zum Teufel, soll das jetzt wieder heißen?«

Catherine versuchte zu sprechen, aber die Zunge gehorchte ihr nicht, und geduldig, als wolle er einem verschüchterten Kind zureden, fragte Jason noch einmal: »Was hast du?«

»Ich kann nicht. Bitte, frag mich nicht«, stammelte sie.

Jason blickte sie forschend an, dann sagte er sanft: »So geht es nicht, Catherine. Du kannst mir nicht in einem Augenblick sagen, daß du mich liebst, und mich im nächsten Augenblick wegstoßen, als ob ich dich vergewaltigen wollte.«

Bei diesen Worten zuckte sie zusammen, und als Jason sie, ungeduldig geworden, in seine Arme zog, riß Catherine sich von ihm los und rannte zur Tür. Dort drehte sie sich um und sah ihn mit gepeinigten Augen an. Sie wußte, daß sie reden mußte, und stöhnte: »Oh, Jason! Es hat nichts mit dir zu tun! Er . . . er . . .« Sie war nicht in der Lage, die Worte auszusprechen, doch was sie meinte, war unerträglich klar.

Aus Jasons Gesicht wich alle Farbe, sein Blick war eiskalt, wie Catherine ihn noch nie gesehen hatte. »Er hat dich vergewaltigt?«

Ein Nicken war die Antwort. Sie konnte ihm nicht ins Gesicht sehen, so sicher war sie, daß er sie wegen des Geschehenen verurteilte. Sie lehnte sich gegen den Türpfosten und weinte in sich hinein. »Ich habe mich gewehrt, aber er hat mir die Hände zusammengebunden! Es war ein schrecklicher Alptraum! Er hat sich durch nichts stören lassen! Er hat es nur einmal gemacht – Gott sei Dank! Ich hätte mich umgebracht, wenn er es ein zweites Mal getan hätte.«

Sie hob den Kopf und sah ihm in die Augen, sah den glühenden Zorn und mißdeutete ihn völlig. »Oh, mein Gott, Jason! Es war nicht meine Schuld! Ich bin nur eine Frau, und meine Hände waren gefesselt!«

Ihre Worte brachten ihn wieder zu Besinnung, er wollte sie an sich ziehen, wollte sie trösten – ihr sagen, daß die Schande und der Schmerz über das Vorgefallene an seiner Liebe nichts ändern konnten.

Doch als er die Hand nach ihr ausstreckte, schlug Catherine sie fast hysterisch zur Seite. »Rühr mich nicht an! Rühr mich nie wieder an! Ich hasse dich! Verstehst du mich – ich hasse dich!« Und in diesem Augenblick glaubte er ihr.

Am nächsten Morgen brachen sie nach Terre du Cœur auf.

Bluttrinker hatte keine Schwierigkeiten, die Spanier zu finden. Er ritt direkt auf die Gruppe zu, ließ sich zu Davalos führen und bot ihm mit unbeweglichem Gesicht an, ihm den Weg zu dem Gold zu zeigen, nach dem er so verzweifelt suchte.

»Warum willst du das tun?« fragte Davalos mißtrauisch.

»Nolan ist tot. Jason will dich nicht führen. Ich muß es tun, damit du ihn in Ruhe läßt. Teile mit mir, und ich führe dich.«

Davalos ließ sich seinen Triumph und seine Verachtung für Bluttrinkers vermeintliche Dummheit nicht anmerken und willigte ein. Die Soldaten ahnten nicht, was ihren Leutnant so ruhelos durch das Land trieb. Sie gehorchten seinen Befehlen und nahmen an, Jason habe vielleicht ein Verbrechen gegen Spanien begangen. Die Gefangennahme seiner Frau hielten sie für ein Druckmittel, das Jason veranlassen sollte, sich den spanischen Behörden zu stellen. Als Davalos sie jetzt allerdings mitten ins Komantschenland beorderte, begannen sie untereinander über den Wahnsinn zu munkeln, den ein solcher Vorstoß darstellte. Ihre Furcht wurde nicht kleiner durch die Tatsache, daß ausgerechnet ein Indianer sie anführte.

Bluttrinker ritt der Gruppe mit stoischer Gelassenheit voraus und sagte nie mehr als unbedingt notwendig, bis er Davalos eines Abends zu verstehen gab, daß er allein mit ihm sprechen wolle. In einiger Entfernung vom Lager fragte er den Spanier: »Wirst du mit ihnen teilen?«

»Auf keinen Fall«, gab Davalos verächtlich zurück.

»Wie willst du dann vor ihnen verbergen, wohin ich dich führe?«

»Sind wir in der Nähe?«

Bluttrinker nickte langsam.

»Schon sehr nah?«

Bluttrinker nickte wieder, und Davalos, dessen Augen jetzt vor Habgier glühten, forderte atemlos: »Führe mich hin!«

»Und deine Soldaten?«

Davalos überlegte. »Wenn wir uns davonschleichen, solange sie schlafen, sieht keiner, was er nicht sehen soll. Ich nehme an, daß wir morgen früh wieder hier sein können?«

Bluttrinker nickte gleichgültig, und so stahlen sie sich in der Nacht aus dem Lager und ritten davon. Nachdem sie fast zwei Stunden schweigend nebeneinanderher geritten waren, sagte Davalos vorwurfsvoll: »Ich dachte, es ist sehr nah?«

»Es ist nah«, war die Antwort. Doch eine weitere Stunde verging; schon kroch die Morgendämmerung über dem Canyon hoch. »Wie weit noch?« schnauzte Davalos. »Wir kommen doch nie mehr rechtzeitig zurück!«

Bluttrinker sah, daß die Sonne in einer Stunde am Himmel stehen würde, und registrierte mit unmerklichem Lächeln, daß vor ihnen nichts als harte, trockene Ebene lag. Sie befanden sich tief im Komantschenland. Die zurückgebliebenen Soldaten konnten ihre Spur unmöglich durch das Labyrinth der Canyons verfolgen, durch das er Davalos geführt hatte. Plötzlich hielt er sein Pferd an, und als Davalos neben ihm hielt, knallte Bluttrinker ihm unversehens den Gewehrkolben gegen das Kinn, der Spanier fiel wie ein leerer Sack in sich zusammen und schlug auf den Boden.

Mit einem häßlichen Lächeln auf seinem sonst so sympathischen Gesicht erledigte Bluttrinker seine Arbeit. Er zog Davalos splitternackt aus, befestigte an jedem Hand- und Fußgelenk des Bewußtlosen einen nassen Lederriemen, schlug vier Pflöcke in den Boden und band ihn mit ausgebreiteten Armen und Beinen daran fest. Schließlich rüttelte er ihn, bis Davalos zu sich kam.

Als er aufwachte, beschlich ihn eine panische Angst – er wußte, daß ihm aus den schwarzen Augen des Indianers der Tod entgegenblickte. Bluttrinker hockte sich neben ihn und schnitt ihm, ohne sich um die gräßlichen Schreie des Spaniers zu kümmern, fast liebevoll die Augenlider ab. Dann zog er sich in den Schatten einer überhängenden Felswand zurück und beobachtete geduldig, wie Davalos' ungeschützte Augen von der glühenden Sonne ausgebrannt wurden. Mit unbeweglichem Gesicht überhörte er die Hilfeschreie des angepflockten Mannes – er hockte nur schweigend da und wartete.

Bei Sonnenaufgang des dritten Tages war nur noch ein schwacher Funke Leben in Davalos. Bluttrinker hockte sich wieder dicht neben ihn und sagte leise: »Es ist nicht gut, wenn ein Mann stirbt, ohne den Grund zu kennen. Ich töte dich auf diese Art nicht, weil du Nolan umgebracht hast, den Jason wie einen Bruder geliebt hat. Ich töte dich, weil du Jason angegriffen hast, der mein Bruder ist.« Bluttrinker zog sein Messer hervor, seine Hand legte sich auf Davalos' Geschlechtsteile, er sagte: »Für die Frau meines Bruders!« Das Messer blitzte auf, und von den Wänden des Canyons hallten die Todesschreie des Spaniers wider.

Bluttrinker stieg auf sein Pferd und machte sich, ohne den Sterbenden noch eines Blickes zu würdigen, auf den Heimritt.

Er erreichte Terre du Cœur lange vor Ablauf der zwei Monate, die Jason auf ihn warten wollte. Es dunkelte, als er vor dem Herrenhaus abstieg, Jason kam ihm auf den Stufen der Veranda entgegen – ein glattrasierter, wieder völlig gentlemenlike gekleideter Gutsherr. Sie sahen sich lange Zeit mit einem harten Blick schweigend an. Schließlich sagte Bluttrinker: »Es ist vorbei.«

Jasons Hand krampfte sich um seinen Arm. »Willst du es Catherine selbst sagen?«

»Nein. Sage ihr nur, daß er für seine Tat gebüßt hat.«

Jason sah dem Indianer nach, als er zu den Ställen hinüberritt, und ging in Gedanken versunken ins Haus zurück. Er, Guy und Adam hatten nach dem Abendessen ein Glas Wein miteinander getrunken, als ihm die Rückkehr Bluttrinkers mitgeteilt worden war. Doch Jason ging nicht zu den beiden zurück, sondern in den großen Salon, wo Catherine in lebhaftem Gespräch mit ihrer Mutter saß.

Catherine war schöner denn je – und so unberührbar wie der Mond, auch Rachael war aufgeblüht. Als die beiden Frauen aufblickten, sagte er lächelnd: »Bitte, laßt euch nicht stören. Bevor du dich heute abend zurückziehst, hätte ich gern noch kurz mit dir gesprochen, Catherine.«

»Ist es wichtig?« fragte sie beunruhigt. »Kannst du es mir nicht jetzt sagen?«

Er schüttelte den Kopf. »Es hat Zeit.« Von da an fiel es Catherine schwer, dem Gespräch mit ihrer Mutter noch mit der gleichen Aufmerksamkeit zu folgen, so schützte sie bald darauf Kopfschmerzen vor und ging in ihr Zimmer. Nachdem Jeanne ihr beim Auskleiden geholfen hatte, ließ sie das Mädchen gehen. Sie zog einen weichen, weißen, spitzenbesetzten Hausmantel über das Nachthemd, sank in einen Stuhl bei der Feuerstelle und starrte in die Flammen. Äußerlich waren ihr die Schrecken der Entführung nicht mehr anzumerken, doch in ihrem Innern fühlte sie sich jämmerlich und zerbrochen. Zwischen ihr und Jason gab es nur noch qualvolle Ernüchterung. Zwar verbargen sie ihre Feindseligkeit hinter kalten Höflichkeiten und spielten vor anderen die Rolle des liebenden Ehepaares, die alle überzeugte – außer Adam.

Ihre unglücklichen Gedanken wurden unterbrochen, als die Verbindungstür zu Jasons Schlafzimmer aufging. Er kam zu ihr herüber, nahm einen Stuhl und begann ohne Einleitung: »Bluttrinker ist zurück. Er läßt dir ausrichten, daß Davalos für das, was er dir angetan hat, gebüßt hat.«

Sie starrte ihn an und erkannte voller Bestürzung, daß die Nachricht von Davalos' Tod ihr keinen Trost brachte. Sie war froh über seinen Tod, aber das brachte sie und Jason nicht näher. Er schien ein Fremder für sie geworden zu sein.

Mit leisem Erschrecken bemerkte sie, daß er keine Anstalten machte, wieder in sein Zimmer hinüber zu gehen. Lässig band er sein Halstuch ab und warf es auf den Boden. Als nächstes warf er seine Stiefel beiseite, stand auf und zog seine Jacke aus. Dann zog er das Hemd aus der Hose und begann, die Perlmuttknöpfe zu öffnen. In seinem Blick lag eine Mischung aus Entschlossenheit und Zärtlichkeit. »Es ist Zeit, daß wir etwas gegen die Kälte zwischen uns unternehmen! Du bist meine Frau, und ich liebe dich. Wir können nicht immer so weiterleben. Diese Worte, die du mir in der Jagdhütte entgegengeschleudert hast – ich glaube nicht daran. Du haßt mich nicht! Deine Augen verraten dich jedesmal, wenn du mich ansiehst.«

»Jason, ich bin noch nicht bereit für solche Auseinandersetzungen. Bitte, ich will heute abend nicht darüber reden.«

Er schüttelte langsam den Kopf, zog das Hemd aus und warf es zu der Jacke. »Nein«, murmelte er. »Von dir aus wirst du nie bereit sein. Mit jedem Tag, der vergeht, baust du das, was geschehen ist, innerlich größer und ungeheuerlicher auf. Mißversteh mich nicht! Ich habe nicht vor, es zu verharmlosen oder gar zu beschönigen, aber wir können es nicht mehr ungeschehen machen. Davalos ist tot, und ich meine, wir sollten seine Taten mit ihm begraben.«

Mit schreckgeweiteten Augen und trockenem Mund sah sie an dem halbnackten Mann vorbei, der vor ihr stand. Er trat auf sie zu, Catherine wollte ihm mit einem unartikulierten, kleinen Schrei ausweichen, doch Jason fing sie ein und zog sie unbeirrt an sich. Steif vor Angst und Widerwillen ertrug sie seine Arme, doch er hielt sie nur sanft umfangen, sonst tat er nichts. »Siehst du«, sagte er beruhigend. »Daran ist überhaupt nichts Schreckliches. Denk daran, daß ich dich sehr, sehr liebhabe. Du hast es mir nicht leichtgemacht, aber ich werde so kurz vor dem Ziel nicht aufgeben.«

Sie wollte ihm so gerne glauben und fragte ängstlich: »Aber – du warst so eiskalt, als ich dir von Davalos berichtet habe. Du hast mich gehaßt! Ich weiß es! Und du wirst es nie vergessen!«

Er strich ihr zart über die Wange und hob ihren Kopf, bis sie direkt in seine Augen sah. »Wir werden es vergessen!« sagte er fest. »Und langsam habe ich genug davon, daß du mir ständig die gemeinsten Gedanken unterstellst.« Er schüttelte sie sanft. »Catherine, ich liebe dich. Als ich begriff, was dir angetan worden ist, war ich von den widersprüchlichsten Gefühlen erfüllt. Ich wußte in dem Augenblick nur, daß ich selbst jämmerlich versagt hatte. Ich wollte Davalos umbringen wie einen tollen Hund. Aber nicht eine Sekunde lang ist es mir eingefallen, dir die Schuld daran zu geben. Was immer du in meinem Gesicht gelesen hast – es galt Davalos!«

Er hob sie auf das Bett – behutsam wie ein verletztes Kind, und zog sie langsam aus. Als sie nackt und zitternd vor ihm lag, flogen seine Hosen zu ihrem Nachthemd auf den Boden, sein warmer, starker Körper glitt neben sie.

Sie lag unbeweglich und begann lautlos zu weinen. Mit sanften Lippen küßte er die Tränen von den Augen, seine Hände streichelten über ihre Haut, er küßte sie zart und liebevoll, weder fordernd noch besitzergreifend. Nach und nach fühlte sie die Spannung aus ihren Gliedern weichen, wie von selbst schlangen sich ihre Arme um seinen Hals.

Als sein Mund ihre Lippen zu einem langen Kuß fand, gab sie sich anfangs völlig seiner zärtlichen Wärme hin, doch plötzlich stieg wieder Panik in ihr auf. »Es wird nie mehr wie früher sein. Ich kann nicht!« schrie sie verzweifelt.

Einige Sekunden lang blickte Jason in ihr gequältes Gesicht, dann küßte er sie stärker, hungriger. Sie wollte sich ihm entwinden, wollte schreien, doch er fuhr fort, ihr Gesicht, ihren Hals, ihren Körper zu liebkosen. Und plötzlich – sie hätte nicht sagen können, wann und warum – war alle Angst und Qual vergessen, sie spürte nur noch Verlangen nach ihm. Ihr Mund öffnete sich, und all ihre Liebe, ihre Sehnsucht, ihr Verlangen drängten sich ihm entgegen. Jason erschauerte und glitt mit einem Seufzer unendlicher Erleichterung zwischen ihre Schenkel. Und dann gab es nur noch Jason – Jason, der all diese unbeschreiblichen Gefühle in ihr erwecken konnte, bis ihre Körper eins waren und er sie zur Krönung ihrer Liebe führte.

Später, als sie glücklich und erschöpft nebeneinanderlagen, schaute er sie zärtlich an. »Du bist mein Leben, Catherine. Ohne dich bin ich nichts. Ich liebe dich, meine kleine, eigensinnige Hexe!«

»Auch wenn wir streiten?« fragte sie neckend.

Lachend erwiderte er: »Auch wenn wir streiten.« Plötzlich ernst, fuhr er fort: »Was auch geschehen mag, denk immer daran, daß wir uns lieben, und wir werden ganz glücklich sein.«

Liebe und unendliche Freude erfüllten ihr Herz – Catherine wußte, jedes seiner Worte war wahr. Sie hatten gesiegt, ihre Liebe, lange verborgen und verleugnet, würde blühen wie die Blüten des Magnolienbaumes unter der heißen Sonne Louisianas.